imaginist

想象另一种可能

理
想
国

imaginist

茧

张悦然 著

北京日报出版社

孩子，我所能给你的祝愿不过是些许不幸而已。

——萨克雷《玫瑰与指环》

目 录

1   第一章

55   第二章

187   第三章

395   第四章

529   第五章

537   后记

第一章

李佳栖

　　回到南院已经两个星期，除了附近的超市，我哪里都没有去。哦，还去过一次药店，因为总是失眠。我一直待在这幢大房子里，守着这个将死的人。今天早晨，他陷入了昏迷，怎么也叫不醒。天阴着，房间里的气压很低。我站在床边，死亡的阴影像一群黑色翅膀的蝙蝠在屋子上空盘旋。这一天终于要来了。我离开了房间。

　　我从旅行箱里拿出厚毛衣外套。这里的暖气总是不够热，可能是房子太大的缘故。我一直试着和那种从墙皮里渗出来的寒冷相处，终于到了无法忍受的地步。我走到洗手间，没有开灯。细细的灯棍散发出青寒色的光，会让人觉得更冷。我站在水池边洗脸，想着明天以后的事。明天，等他死了，我要把这里所有灯都换掉。洗手池的下水管漏了，热水汩汩地溢出来，静静地流过我的脚面，像血一样温暖。我站在那里，舍不得把水龙头关掉。

我走下楼，到厨房里煎了两只蛋，把吐司放进烤面包机。我坐在桌前慢慢吃完早餐，然后从储物间搬出梯子，把所有房间的窗帘都摘下。再回到一楼时，发现客厅完全变了一个样。我靠在门边，打量着那些光秃秃的窗户。阳光涌进来，照亮了角落里的每一粒灰尘。

中午过后，我回到这个房间来看他。他的身体压在沉厚的鹅毛被底下，好像缩小了一点。天仍旧阴着，死亡继续盘旋，迟迟不肯降下来。我感觉胸口窒闷，太阳穴突突在跳，穿起大衣，从这幢房子里逃了出去。

我在医科大学的校园里漫无目的地走。废弃的小学、图书馆背后的回廊、操场上荒凉的看台，这些都没有让我想起你。直到来到南院的西区。从前那片旧楼都拆了，现在是几幢新盖的高层公寓，楼洞前安装着铮亮的防盗门。我走到最西边，绕过它们，惊讶地发现你家那幢楼还在，被高楼围堵起来，孤零零地缩在墙边。

这么多年过去了，我不相信你仍旧住在里面。可我还是走进去，按响了102室的门铃。里面的人应声说，进来。我迟疑了一下，拉开门。房间里很昏暗，炉子上似乎在煮什么东西，氤散着很重的水汽。有个男人坐在沙发上，闭着眼睛，好像睡着了。隔着阴骘的光线、湿漉漉的水汽以及十几年的时光，我认得出那是你。程恭，我轻轻叫了一声。你慢慢睁开眼睛，好像一直在等着我，等得乏了，就睡了过去。有那么一刻，我甚至怀疑是不是和你约好见面，而我把这件事忘了。可事实上你并没有认出我，在我说了我是谁以后，也表现得很冷漠。我提到从前的朋友，问起废弃的小学，很快把寒暄的话说完了，就陷入了沉默。我想不出继续留下的理由，于是起身告辞。

你把我送到门口。我说再见，你说保重，我转过身去，门在我的背后关上了。走廊里很静。能听到防盗门铁栊上灰尘震落的声音。我站在那里，不敢迈出楼洞，生怕走出去再回头看，这幢楼已经消失。冷风涌进来，防盗门吱呀呀地响了几声，像是有个人在暗处叹气。一些混沌的念头在心里，如同就要熄灭的火种，经风一吹，又活了过来。我忽然明白自己为什么会到这里来。我又一次按响了门铃。一看到你，我立即发出邀请，约你今晚到小白楼来，说完我转身就走了，甚至没有看你的反应。

我沿着湖边的小路向回走。再回到这间屋子的时候，内心变得很平静。我从抽屉里拿出那张一直没看的光盘，放进影碟机，然后泡了茶，搬来两把椅子，坐下来等你。窗外的天光渐渐乏暗，床上的人偶尔发出几声呻吟，他呼吸得很卖力，整个屋子里都是从他的烂肺里穿出的酱紫色空气。光线暗下去，忽然又亮起来一点。回光返照的天色，好像要有什么异象出现。大风把窗户吹开了，我走过去关上，才发现外面下雪了。也许你不会来了。可是我仍在等。

天完全黑了，雪下得越来越大。我走到窗边，眺望着远处的路。已经没路了，只有一片茫茫的白色。我一直盯着它，看得眼睛几乎盲了。终于，一个黑点在眼底出现，像颗破土萌发的种子，冲开了那片白色，在视线里扩大。是你朝这边走来。

你什么也没有问，就跟着我走上楼梯，来到这间屋子。你好像早就有预感，看到他躺在床上，并没有表现出惊讶。你向前走了几步，以一种不带感情的目光端详着他的脸，好像在丈量他的一生。那运算太复杂，你好像有点迷失在其中，就只是怔怔地望着他，直到我搬来椅子，请你坐下。

是的，你看到了，他就要死了，我的爷爷。我知道我应该给医院打一个电话。他们会立即派车把他接走，连夜召集专家会诊，竭尽全力抢救。生命或许可以多维持几天，但也不会太久。然后他们开始准备葬礼。李冀生院士的隆重葬礼。追悼会那天，我将作为唯一到场的家属和大家一起为他送行。人们眼含热泪念诵他的生平，慢慢挪着脚步瞻仰他的遗容，一些不认识的人走上来和我讲话，对我说我爷爷是怎样一个人，伟大、睿智、令人尊敬……省长或市长也会赶来，亲切地握住我的手，对我说节哀顺变。摄像机镜头像一条忠诚的狗，跟着他摇过来，在我的脸上采集欣慰的表情。一切都会有人打点好，我什么都不用做，除了准备好充足的眼泪。

我应该也能哭出来吧，不是因为他，而是为了那些和他一起离开的东西。可是我无法让自己按下医院的电话号码。一旦拨通电话，他的死将会变成一桩公共事件，和我再也没有关系了。他的身边围满了护士、医生、他的学生和同事、来探望的领导，还有媒体……人们乌乌泱泱挤进他生命最后一点时间里，展现出这场即将到来的死亡应有的规模。死亡的规模就是他生命的重量。一艘巨轮的沉没。我不应该阻止一个伟大的人隆重地死，我知道，可是眼下我却攥着这一点时间，怎么也不想交出来。过去那么多年里，我没问他要过任何东西，他的关心、他的宠爱、他的荣誉……他的一切我都不想要。现在我只想要他的死，把他的死据为己有。我等待着那一刻降临，等待着一个不存在的声音向我宣布，一切都结束了。

下午见面的时候，我能感觉到有些东西横亘在我们之间，那个秘密，也许你早就知道了吧。它可能已经在漫长的时光里消融，渗入生命的肌理。但是不管以何种形态，我相信它仍旧存在着，并且你也像我一样，无法对它视而不见。就让我们谈一谈好吗，第一次，也是最后一次，把关于这个秘密的一切，都留在今晚。

外面的雪下得真大。大片的雪花从天空中纷纷落下，仿佛是上帝在倾倒世人写给他的信。撕得粉碎。

程恭

我不能在这里待太久。等雪小一些我就要走了，今晚我要出一趟远门。其实下午就应该动身的，你来找我的时候，我正在等一个送水的人，他来晚了。

下午我收拾好行李，去厨房倒杯水，发现饮水机空了，就给水站打了电话。过了半个小时，送水的男孩还是没来。本来不打算等了，但是上次没现金，借了他的钱，总觉得还是要还上。外面阴着天，我觉得越发口渴，从柜子里翻出一只很破的铁壶，煮上了水。等水开的这一小会儿时间里，我坐在沙发上睡着了，还做了个梦。梦里我、大斌和子峰，我们还是一群少年的模样，在夜晚的巷子里奔跑，大家都喝了一些酒，脸上的青春痘红得发光。就这样一直跑啊跑，跑到了大街上。大街上霓虹灯闪烁，有很多和我们一样的年轻人，他们拎着啤酒罐，朝不远处的广场走去。我们跳上了路边的一辆吉普车，红色的，引擎隆隆地发动起来，大家欢呼着，吹起了口哨，把身体从车窗里探出去。在一派节日狂欢的气氛里，汽车疾速朝前方驶去。

迷蒙中我听到了敲门声，猜想应该是送水的男孩，就向着门口喊了声"进来"。门没有锁，那个男孩自己会推开门，扛着水桶进来。我仍旧闭着眼睛，回想着先前的梦。它像是一个电影的结尾，远去的汽车，缩小的房屋和街道，渐渐听不见了的欢呼和笑声。大幕落下，一片漆黑。所有的东西都被拿走了，我静静地待在黑里，像一只空碗。隔了一会儿，我才感觉到涌进来的冷风，知道门被打开了。却没有脚步声，屋子里一片寂静。

我睁开眼睛。你站在门口。我不知道你已经站了多久，没准连我在梦里大笑都看到了。还有醒来的悲伤，最虚弱时刻的样子。程恭，你低声喊出我的名字，声音沙哑，好像很久没有开口讲过话。快要下雪了，天阴得厉害，屋子里黑漆漆的。炉子上的水沸了，铁壶发出阵阵低鸣。我仔细地看了你一会儿，确信自己并不认识你。可是在昏暗的光线里，我忽然觉得这个站在对面的陌生人，似乎与我的生命有很深的联结。那种感觉让人背后一阵发凉。我努力回想着，记忆的卡片在头脑中哗啦哗啦地翻动。然后你说，你是李佳栖。

你嘴巴里呼出的白色哈气，被风撩起的卷曲头发，大衣下摆底下微微颤动的膝盖，这些让我相信眼前的你是真实的存在，并非先前那个梦的延续。十八年没见了，认不出来也不奇怪。你没有化妆，苍白的脸有一点浮肿，不过总算没有辜负大家的期望，长成了一个美人。只是那张桃心小脸乌戚戚的，一副在大都市待久了的神情。你问我，你的样子是不是和我想象的不一样。我不置可否地笑了笑。坦白说，我从未想象过你长大之后的样子。对我而言，和你有关的一切都已经装进档案袋，封上了火漆。说出来或许会有些伤人吧，不过，我真的没有期待与你再见面。

我走到厨房关掉炉子。水已经蒸发了半壶，整个房间弥漫在白雾里。你局促地坐下来，看着我倒茶。

"你还跟奶奶和姑姑一起住吗？"你问。

我告诉你，奶奶已经去世了，现在我和姑姑一起生活。

"她一直没成家？"你问。

"嗯。"

我们的谈话进行得很艰难。每次陷入沉默，我都觉得心脏受到压迫，只想快点结束这次见面。你似乎有所察觉，但还在努力寻找话题。茶冷下去，屋子里的白雾已经散尽，你终于起身告辞。我刚关上门，感觉松了一口气，门铃又响了。你站在门口，请我晚些到小白楼来。我还没有来得及推辞，你已经走出了楼洞。

我并不打算赴约。不管是因为什么，我想我们都没有再见面的必要了。我坐在沙发上一支一支地抽烟，天色越来越暗，门突然笃笃地敲响了。送水的男孩扛着水桶站在门口，说是给西郊的一户人家送水去了。他戴着一顶脏兮兮的灰色毛线帽子，神情恍惚。

"我迷路了。"他说。

我把送水的男孩送走，系上外套的扣子，拖着旅行箱出了家门。外面已经黑了，天空开始飘雪。走出南院，我站在街边等了很久，也不见有出租车经过。好不容易来了一辆，司机摆手说要收工了。天冷得厉害，我不停地跺着脚，把热气呼到手心上。身后是一个小饭馆，门呼啦一下打开了。老板娘从里面走出来，她到隔壁的小卖部替客人买烟，看到了我就热情地打招呼。去年夏天有一阵子我常来她这里喝酒。

"要出远门啊？"她问。我点点头。

"着急吗？雪小一点再走吧，这会儿很难打车。"她说。我跟随她走进小饭馆。最里面的位子上坐着一个中年男人，拿过老板娘买回来的香烟，剥掉塑料纸，点着了一根。我在靠窗的桌子前面坐下，要了一份卤味拼盘。老板娘是潮州人，跟着老公来到这里，后来老公跟着别人的女人跑了，她却留了下来。

"有新进的老挝啤酒，要不要试一下？"她问我。我说"好啊"，虽然并不想喝。我知道酒会让意志变得软弱。

我一边喝酒，一边吃着卤豆干。啤酒很淡，有夏天的味道。老板娘和中年男人一直热络地聊着天，从妈祖像到酿豆腐的做法。

"这里的水不好，豆腐不好吃。"老板娘感慨道。

过了一会儿，中年男人付了账走了。店里只剩下我一个客人，变得很寂静。

"你朋友的哮喘好些了吗？"老板娘忽然问。"前阵子有个客人到店里来，说起家里有个祖传的治哮喘的偏方，我就让他写下来了。"她翻腾着收银台底下的抽屉，"咦，放在哪里了？"

"没事，别找了。"我说。

"在这儿呢！"她说，"我就记得收起来了。"

"谢谢。"我接过药方，塞进口袋里。

她回到座位上，点了一支烟。

"好大的雪啊。"她喃喃地说。

我转过头去看着窗外。黑沉的夜幕中雪花纷飞。地上已经是白茫茫的一片。马路沿上留下的脚印被新雪覆盖，只剩下浅浅的窝。

"要不是因为这里会下雪，我早就回南方了。"老板娘说，"你喜欢雪吗？"

"喜欢。"我说。

我们都没再说话，只是静静地看着外面的雪。我盯着路灯下的那道光渠，大片的雪花在当中剧烈地翻卷、坠落，如同在苦海里挣扎。

我想起很多年前的那个下午，也下着这样大的雪，我离开学校去你爷爷家见你。你要走了，你妈妈领着你到学校办了转学的手续。在办公室门口，你遇到大斌，跟他说你要见我，让我晚些去你爷爷家找你。我知道以后也许很难再见面了，这恐怕是最后的机会将那些事情告诉你。可是我却越走越慢，最终在我们从前常去的康康小卖部门口停住了。然后，我掉头回家去了。据说那天你等了很久，快吃晚饭的时候才被你妈妈带走。让你空等一场，我一直感到很抱歉。我也说不清为什么这样做。可能因为没有什么是我能够主宰的，所以我想自己来决定如何结束这场友谊。从那个时刻起，我把和你有关的一切封存进了档案袋。

大斌有你的新地址，你生日前的一天，他伏在桌上给你写生日卡，但我拒绝把自己的名字添在他的后面。后来他还为你没有回信，也没有在他生日的时候寄来卡片而难过。没有人知道你的消息。你从我们的生活中消失得干干净净，一如我希望的那样。我猜你在用这样的方式告诉我，你赞同我的决定，既然再也不能回到过去，保持联系也就毫无意义。我们曾那么亲密，以为友谊坚不可摧，可事实上它非常脆弱。因为它从一开始就是错的，如同长在道路中央的树，迟早会被砍掉。我喝光了三瓶啤酒，扣上外套的纽扣，站起身来。

"要走了吗？"老板娘问。我掏出钱来给她。

"你往前再走一段，前面的大路口没准会有车。"她手脚麻利地把找回来的钱塞到我手里，"路上多保重。"呼啦一声，她拉开半扇门。冷风夹杂着碎雪涌进来。

我一只脚跨出了门槛，又停住了。我一动不动地站在那里，酒精灼烧着我的脸。

"能先把箱子放在你这里一会儿吗？"我听到自己说，"我想起还有一件事没有办。"

"好啊，反正下那么大的雪，我也回不了住处了，你多晚来取都行。"她笑着说。

我谢过她，迈出门跨入风雪中。

刚才走在来见你的路上，又经过康康小卖部。它已经改成东东快餐店。旁边存放自行车的大车棚拆掉了，从前那个陡峭的斜坡被垫平了，你爷爷的家也从西区搬到了小白楼。可是大雪覆盖了这所有的变化，让我恍惚觉得还是十一岁的那个夜晚，你要走了，我赶来见你。这一次经过康康小卖部的时候我没有停下。我终于把那个晚上没有走完的一段路走完了。

李佳栖

　　夜晚一到，这里就变得如此安静，一点人声也听不到。还是白天好，孩子们会到中心花园来玩，在结冰的湖面上追逐打闹，发出一阵阵尖叫。有太阳的下午，甚至能看到穿着婚纱的女孩，脱去披在外面的大衣，瑟瑟发抖地站在楼前拍照。或许是冬天的缘故，海边太冷，温暖的地方太远，他们才会到医科大学的校园里来选景。小白楼倒是正称他们的心意，雪白的外墙，探在半空中的圆弧形露台，还有镂花的拱窗，足够搭起一个劣质的幸福布景。反正幸福这东西，本来就都是假的，劣质的幸福也不会比精致的幸福假到哪里去。

　　小白楼。我们亲昵地管它叫小白楼。那时候这样纯白的小楼并不多见。在这座污染严重的工业城市，一切都理应是灰色的。灰色的楼房，灰色的天空，灰色的空气。灰色就是我们整个童年的底色。小白楼显然不属于这里。它隐藏在中心花园的尽头，远远看去像是一朵蓬松的云彩，披在浓密的树冠中间。但我总疑心它是一只落难的小象，被坏人施了咒语，流放到此地。我最喜欢它夏天的样子，被茂盛的橡皮树围在当中，像极了一座殖民地时期的官邸。白墙上荡着惶惶的树影，周遭黏腻的热风里，弥漫着一股颓靡的气息。有几回我们游泳回来，看见几个低年级的女孩在楼梯上玩过家家，把沙发扶手上的白色盖布披在头上，假扮出嫁的公主。我们则像突然来搅局的巫婆，一边做鬼脸一边怪笑着从她们旁边走过。

不过你知道吗，有一个和你一起潜进这幢楼来的夜晚，我也曾在心里暗暗决定，将来要在这里举行婚礼。那时候我们多大？十岁，或是十一岁？这里还是工会活动中心。有个星期六，我和你趁着看门的人走开了，溜进来看大人们跳交谊舞。我们还看到了美丽的音乐老师。她身上有很多平时没有的东西：高跟鞋、大摆裙、扶在腰上的男人的手。舞池昏暗，香水和汗液的气味在空气里打架，球形射灯转个不停，墙上飞来飞去的光斑，如同是我们乱撞的心。从举办舞会的偏厅走出来，我们在这幢楼里四处游荡。穿过挑高的大厅，顺着木头楼梯爬上二楼，走廊的尽头是一扇小小的圆形窗户。我们趴在上面向外张望，湿漉漉的夜色里，有一轮披着烟霭的月亮。烟霭忽然散开，月亮圆得完美无缺。我们小心翼翼地移动脚步，退后，向左，往右，直到终于找到那个位置。在那里，月亮恰好位于窗户的正中央。无懈可击的同心圆。我们紧挨着彼此，眼睛一眨也不眨地望着窗户，那一刻我们好像站在整个世界的中央。可是很快地，如同泄露了什么惊天大秘密似的，烟霭追上来蒙住了月亮。我们慢慢走下楼梯，我感到有些惆怅，心里想着一些空渺的事，比如幸福、未来，以及永恒。离开这幢楼的时候，我觉得应该与它有个约定，于是在心里许愿将来在这里举行婚礼。我没有把这个决定告诉你，虽然那一刻我相信新郎会是你。

你一直跟我说小白楼是德国人建的。当时我们刚上五年级，历史老师在课上说起德国人占领胶州湾的事，引起了你的浓厚兴趣。东门外的哥特式天主教堂、古老的火车站，还有这座小白楼……你寻找着德国人留下的痕迹。你以为它们都是在希特勒的指挥下建造的，幻想着能在小白楼的墙壁上找到隐秘的万字符号。私底下你告诉我，你其实有些崇拜希特勒，因为他至少没有度过碌碌无为的一生。你害怕平庸，害怕人生像一颗投到河水里无声无响的小石子。

很久以后我才知道，小白楼其实是二十世纪五十年代才建的，当时一位著名的教育家调到这所医科大学做校长，政府特意为他建造这座小楼作为住所。但他觉得太奢华，婉言拒绝。可是没有用，到了"文革"的时候，这笔账还是算到他的头上，脱离群众，搞特殊化，各种罪名一一扣下。这里变成了批斗他的地方。他被关了很多天，承受了不少羞辱。有一天晚上，在二楼的某个房间里——也许就是我们现在所在的这间，他用私藏的刀片划开了动脉。这位饮恨自杀的校长一定不会想到，许多年后小白楼会成为女孩们拍婚纱照的幸福布景。而我当然也从来没有想过，自己有一天会住进这幢楼。现在如果我愿意，每天都可以在这里举行一遍婚礼。这恐怕是从小到大最接近梦想的一次，近得只差找到一个和我结婚的男人了。

去年我真的差一点结婚。那个人叫唐晖，是我大学的学长，我们认识得很早，但已经太晚。我人生中的大事早已发生。他发现了这一点，但还是想试一试。他真的很好，像派来拯救我的天使，抓着我的手向上拉，只可惜到最后没有成功。离开他以后，我寄住在不同的朋友家，那段日子过得浑浑噩噩，直到今年夏天，沛萱回来了，我搬去和她住了两个月。

你一定还记得我的堂姐沛萱吧，那个美丽的升旗手。她一直生活在美国，去年拿到了医学博士的学位，现在在俄亥俄州立大学教书。夏天她回来的时候，主动约我见面。也是从她那里，我得知爷爷搬进了小白楼。沛萱并不认为这里有多好，说它的位置太显眼，和中心花园、人工湖挨着，来游玩的人很多，经过楼前总要朝里面张望。有的还会敲门，询问能不能和院士合影。

"爷爷就像是一头被关在笼子里的动物。"沛萱生气地说。但她每年夏天都要回来住一段，给这房子添置几件新家具，厨房里的烤箱和咖啡机都是她买的。等到夏天一过，她离开以后，它们就都被收进了橱柜。我爷爷还是只靠一把铁壶、一口铁锅生活。虽然生活方式有些差异，但是他们相处得不错，沛萱把那些日子称作"静谧的夏日时光"，我想那只是"无聊"的另外一种表述方式。

我转学以后，就没有再见过沛萱。不过我们一直更新着彼此的联系方式，这主要是靠她单方面的努力。去美国后不久，她给我寄了一封信，告诉我她在美国的地址，随后断断续续寄来信，有时末尾附着新换的地址。后来，我去了北京读大学，她问我妈要到我宿舍的电话，和我通过一个简短的电话，然后交换了电子邮箱。她有时候会给我写邮件，告诉我她生活里发生的变化，比如换了一所大学读硕士，留在原来的学校读博士。在每封邮件的结尾，她都会写上这么一句话：希望你有空的时候，回家看一看爷爷奶奶。那些信我都没有回，只在大学毕业的时候写去一封邮件，告诉她我会留在北京工作。

对于沛萱来说，和我保持联系好像是她的责任，我是爷爷家的一个成员，所以她有义务不让我与这个家庭彻底脱离关系。我们之间唯一一次实质性的联络是五年前，有一天深夜她从美国打来电话，泣不成声地告诉我，奶奶去世了，她会回来参加葬礼，恳求我也赶回来。但我还是没回来。后来她照旧发来邮件，告诉我她博士毕业，谋得教职等事情，末尾仍旧是那句话，只是少了奶奶两个字。一直到今年夏天，她发来一封邮件，告诉我她回来了，会在北京住一段时间。

我们在一间市中心的咖啡馆碰面。她有一副常去健身房的好身材，皮肤还是像从前那样白，白得有些不近人情。不过，我很惊讶她脸上那道伤疤竟然如此明显。我没有见过她有了这道伤疤之后的样子。听说是从高处摔下来受伤了，这倒真是不可思议，从前每次受伤的总是我，不是膝盖磕破，就是手臂蹭伤，而她是从来不会做爬高上梯之类的事的。你记得吗，当时她来喊我回家，只要我们爬到死人塔的高墙上，她就彻底没办法了。

那道凸起的疤，从右边的嘴角斜着向下，一直延伸到下颌骨的边沿，足足有五厘米。不讲话的时候还好，那道疤像是睡着了，一听到她讲话，它立刻醒了，随着她口型的变化而动了起来，仿佛有一条蜈蚣，在那层很薄的皮肤底下爬。我只是感到有点惋惜。从小到大，她都很清楚自己想要什么，并且始终沿着规划好的道路往前走，这道疤或许是她人生的唯一一个意外吧。

沛萱告诉我，有一家电视台准备制作一部关于爷爷的纪录片。这次她回国的主要目的是协助制作组收集素材，联络和采访一些了解爷爷的人。她希望我作为爷爷的另外一个孙女，也能参加录制。

"你跟他们讲一讲小时候住在爷爷家的事。"她说。

"我不记得了。"我说。

"怎么会呢，你好好回忆一下……"

"想不起来。"

"我知道你是因为你爸爸的事。可那不是爷爷造成的……"

"不要再说了，"我说，"我得走了，你还要再坐一会儿吗？"她叹了一口气，示意服务员买单。

但她并没有放弃，隔了几天又打来电话，约我再见面。那个时候，我刚和一个短暂交往的男人分手，必须尽快从他家搬走。我告诉她，自己正忙着找住处，没空见面。她提议我先搬过去和她一起住。因为纪录片的事，她要在北京待两个月，所以租了一间酒店式公寓。我同意了。因为一时之间真的找不到合适的住处。但其实在我的内心深处，的确怀着和她好好谈谈的愿望。我想把我知道的一些事情告诉她。

第二天下午，我就搬到了沛萱那里。

"这就是你全部的东西吗？"她抱着肩膀，看着立在门口的两只旅行箱。

"有一只箱子还没有装满。"

"你过的是吉卜赛人的生活吗？"她问。

"差不多吧，除了不给人算命。"

我早就习惯了这种移动的生活。对于怎么在最短的时间里让自己的痕迹从某个地方消失颇为在行。平日购买生活用品，除去价格，还有一个重要的衡量参数，就是体积。

在具有同种功能的同类物品中，我一定会选择最小的那个。吹风机、直发夹板、电熨斗、扬声器，所有这些都是最迷你的，我甚至可以容忍它们简陋的功能和专为讨好做芭比梦的少女而漆成的粉红色。香水都是五毫升的小试管。此外，尽量选择兼具多种功能的物品，折叠的开瓶器能开红酒、啤酒和罐头，便携充电器可以给手机、电脑以及相机充电，一罐乳液既能搽脸又能涂身体。我像节食的女人计算卡路里那样对物件的体积斤斤计较，把自己所占据的空间缩小到不能再小，如同生活在一只勒紧的胃里。

沛萱当然不会理解这些，据说她在美国一个人住一幢很大的房子，还有花园。她爸妈没跟她在一起，他们在加州，她爸爸身体一直很糟，两年前中风瘫痪了，这意味着他可能永远都没法回国来和我爷爷见面了。

搬过去的第二天，沛萱再次提起纪录片的事。

"你只需要对着镜头讲几句，"她说，"有这么难吗？"

我有些明白了。事实上我在纪录片里说什么并不重要，重要的是我得出现。这应该是导演的意思吧，为了展现爷爷生活中的一面，希望多采访几个家人。可是奶奶、我爸爸都已经去世，我叔叔和婶婶又回不来，现在爷爷的家人只剩下我和沛萱了。沛萱肯定没有告诉他，我和爷爷早就不来往了。她不会说的，那让爷爷看起来很凄凉，有损他的完美形象。

"有你一个孙女不就够了吗？"我说，"要那么多家人干什么，很多大人物都是断子绝孙的。"

沛萱惊讶地看着我。过了一会儿她说，"其实我们两个里面，爷爷更喜欢你。"

我笑起来："怎么可能呢。"

"对，他是跟你爸爸不和，但他喜欢你。知道为什么吗？因为你长得很像他母亲。奶奶说的，额头和眼睛极像。"

"能不能不要再提他了？"我说。

在随后一些天里，她真的没有再提起爷爷。但我很快发现，即便不提起，他也仍旧在我们中间。沛萱的生活里，充斥着爷爷留下的痕迹。我甚至有时候会有一种错觉，好像回到了小时候，回到了和她一同住在爷爷家的那三年。我拿起茶杯喝水的时候，发现把手上绑上了胶布条，上面写着我的名字，桌上的另外一只，写着她的名字。从前爷爷家就是用这种方式，来防止有人错用了其他人的杯子。在爷爷家，用错杯子是一件很大的事，他们以假定每个人都是肝炎患者的态度，来杜绝一切传染的发生。我记得我曾偷偷用了沛萱的杯子，想把自己的感冒传染给她。事实证明，杯子的威力根本没有那么大。

酒店式公寓有一个开放式的厨房，沛萱在水池旁边的瓷砖墙上粘了几个挂钩来挂毛巾，每个挂钩旁边也都粘着胶布条，上面写着："洗碗用""擦桌用""擦手用"等字样，我看着那一排职责分明的毛巾，恍惚觉得站在从前爷爷家的厨房里。关键在于她用的不是便笺纸，不是黏性贴纸，而是那种窄窄胶布条，带着一股浓重的药味。从前在医院工作的人，家里都有这种胶布条吧，你奶奶家应该也有。不过很少有人能像我爷爷家使用得那么充分。裹着塑料膜的电视机遥控器两头缠着这种胶布条，收音机的天线上缠着它，开裂的文具盒外面也缠上两条。沛萱还教给我，把它剪成小方块，贴在作业本上，盖住写错了的字，即便后来有了修正液，她仍旧对它们不离不弃。那时候我很讨厌这种胶布条，讨厌闻到上面那股医院的味道，更讨厌它把文具盒、遥控器和收音机都变成了缠着绷带的病人。

沛萱还继承了爷爷那种对自己严苛得近乎法西斯的生活态度。但她把这说成是必要的节制：早晨醒来绝对不会再在床上逗留一分钟。说好看三十分钟电视，到了时间哪怕正好播放到一部电影的结尾也会毫不留情地关掉。有一天晚饭之后我们讲了一会儿话，然后她说该吃水果了。可是看了看表，八点半，比平时晚了半小时，她就说现在不能再吃东西了。最要命的是她竟然还戴着牙箍，那种隐形牙箍，吃东西之前要先去摘下来。

"你小的时候不是就戴过牙箍了吗？"我问。她小时候戴的是金属丝的那种，说话的时候一嘴的寒光。

"现在牙齿又有缝了，要再戴一段时间，没有什么事是一劳永逸的。"她说。

我看不出哪里有缝隙，她的牙齿整齐得像麻将牌。她告诉我，有时候她会无意识地用舌尖顶牙齿，戴上牙箍可以纠正这个坏习惯。原来她也是有坏习惯的，也会有无意识的时候。在我的印象里，她连睡着都是时刻警惕的。她凑近了我，让我张开嘴巴给她看。

"你也应该戴一段时间。"她说。

"不要。连说梦话都戴着一层塑料套子，多假啊。"

有一天她从超市买东西回来，带了两瓶葡萄酒。她说晚上可以喝一点红酒。我很高兴我们终于有了一个共同的爱好。她用干布耐心地擦去酒杯上的水珠，把它们并排放在桌子上，分别向里面注入三厘米高的葡萄酒，然后用瓶塞把酒瓶封好。我立刻意识到我们对于"喝一点酒"的理解不一样。倒酒的时候她一直盯着玻璃杯，仿佛上面有一道刻度线，而里面装的是止咳糖浆。等沛萱睡觉以后，我把她收起来的大半瓶酒拿出来，拔掉塞子，一个人继续喝。

第二天中午我才醒过来。头有点疼，走到外面的房间，她正坐在电脑前回复邮件。

"你是不是根本不记得昨天的事了？"她一边打字一边问。

"我喝醉了？"

"我半夜起来看到你躺在地板上，酒杯打破了，一地的玻璃碎片。"

"抱歉，我的酒量不大好。"我抬起手揉了揉太阳穴，发现胳膊上有一大块瘀青。

"不，你的酒量好极了，不仅把剩下的大半瓶喝光了，还又打开另外一瓶，一点没剩。"

"是吗？"我隐约想起昨夜自己握着红酒，四处寻找开瓶器。

她忧愁地看着我，"你是不是也有酗酒的倾向？"也有，她用一个"也"字迫使我想起我爸爸。

"有可能。"我说。

"为什么？"她看着我，"我的意思是，你为什么不戒掉，可以通过药物，美国还有戒酒所，国内应该也有吧？"

"我喜欢自己有一些恶习，这样我不至于太讨厌自己。"我没有告诉她，这项恶习是我从爸爸那里继承来的为数不多的东西。每次喝醉以后，我都会觉得离他很近。

"我没想到你会变成这样。"她摇头。痛苦的表情不适合她，会让那道疤变得扭曲。我在想象要是她大哭或者大笑，那条"虫子"会不会从皮肉里面跳起来。我终于明白为什么她总是面无表情。面无表情是最适合她的一种表情，她尽可能地不惊动那道疤。

后来，她再也没有买酒回来。有些晚上我会出门，找朋友一起喝酒。每次她看到我临走前忙着吹头发和化妆，总是会很生气。那是一种感情复杂的生气，有时候像是一个管教不了女儿的母亲，有时候又像一个看着妈妈精心打扮、出门赴约就会不高兴的小女孩。她从来不化妆，也几乎不参加派对。她总抱怨美国人在毫无意义的社交派对上浪费了太多的时间，这是让他们变得越来越蠢的原因。她看到我大概才意识到中国也好不到哪里去，全世界的人都在变蠢。

出门前我站在镜子前面试衣服，脱下一件，换上另外一件，拿不定主意究竟该穿哪一件出门。她坐在电脑桌前，扭过头来看着我。我并没有询问她的意见，但是她会告诉我，它们都不适合我。

"衣服最重要的是材质，穿起来要舒适。"她说。

后来我去面试一份时尚杂志的工作，她逼迫我脱下连衣裙和高跟鞋，换上她那舒适的黑色套装和平跟皮鞋，并告诉我职业女性在正式场合穿裤子更得体。那场面试以失败告终，我猜主编肯定觉得我和时尚一点关系都没有。

每次洗脸，我都能从镜子里看到挂在浴缸上方横杆上的内衣。我们两个人的胸罩，肩并着肩，貌合神离地挨在一起。我的都是樱桃红和嫩粉的颜色，细窄的半月形，劣质的蕾丝或仿缎，胸口系着小蝴蝶结，上面粘着一颗洗几次就会掉的小粒亮钻。她的则一律是白色，舒适吸汗的纯棉布料，几乎都是相同的款式，用料慷慨的宽大形状，一直连到腋窝底下，我简直怀疑她从货架上把所有同一尺码的都买了回来。

"这么花哨的胸罩，都是穿给男人看的吗？"我换衣服的时候，背后传来她阴郁的声音。

"怎么是穿给男人看的呢？"我说，"你自己难道不会照镜子吗？"

她真的不照镜子。大概由于那道疤，她不愿意看到镜子里的自己。因为缺少镜子，她如同一个未发育的小女孩那样，活在蒙昧之中。有时候，她会流露出小时候的神态，只是那种发光的神采不见了。我仍旧记得那时候，每个星期一的早晨她抱着国旗走向旗杆，皮肤在阳光下白得耀眼，颀长的身形洋溢着一种动人的少女气息，我简直觉得全校的男生都要爱上她了。

只有一个晚上，我们谈起过比较私密的话题。事实上，对于其他堂姐妹来说，那根本算不得是什么私密话题。可我却有一种冒犯了她的感觉。

我问她有没有男友。她说没有。

"性伴侣呢？"我问。

"我不需要那个，"她红着脸说，"我过得很充实。"

她告诉我，那个属于她的男人还没有出现。她相信这个世界上有一个与她完全匹配的男人，来自很好的家庭，受过很好的教育，有一份体面的工作，而且永远只爱她一个人。她在耐心地等他。

"你呢？"她有点不好意思地问。

"你要等的还没出现，我要等的已经离开了。"我说，"现在我觉得男人都差不多，没什么好，也没什么不好，和谁一起都能过。"

"你的人生态度很有问题。"

"我的人生没有态度。我就是那么一天天活着，活下去。"我说。

后来的两个星期，沛萱忙着和摄制组一起开会，准备拍摄所需的资料。中午我睡醒的时候，她已经出门。我自己弄一点吃的，然后坐在电脑前写稿，在网上寻找工作机会，写邮件发简历。她通常吃过晚饭才回来，那时候我已经准备出门。因为是夏天，几乎每天都有朋友在酒吧喝酒，不管谁叫我，我都会去。等我深夜回来的时候，沛萱早就睡下了。我们住在同一个房子里，但几乎碰不到面，这样很好。从前我住在别人家里，一旦发觉对方不好相处，就会调整自己的生物钟，尽量与他错开时间，避免见面。

直到有一个下着大雨的晚上。过了十二点，我湿淋淋地跑回家，发现她还没有睡。屋子当中放着旅行箱，她正把叠好的衣服放进去。我心里一沉，纪录片拍完了吗？我竟然有一丝惆怅，随即想到又要找住处，就感到很疲倦。但她告诉我，她只是要出差几天，随摄制组到云南和缅甸去。

"云南？你们拍的是风光片吗？"我问。

"你知道吗，"她说，"爷爷参加过远征军。抗日的时候齐鲁大学迁去成都，他在那里入伍，跟随军队去了云南和缅甸。有张照片是一个连的士兵和孙立人将军的合影，我在里面找到他了！"

我当然不知道，我甚至不知道孙立人将军是谁。

沛萱从写字桌上拿起一本书。那本书在桌子上放了很多天了，是关于远征军的，我拿起来翻过几下，又放了回去。她捧着书，飞快地找到当中的一页，指着照片上一排士兵中最右边的那个人给我看。那个在很低的像素和很远的时空里的年轻士兵，看起来可以是任何人。我注意到那一页的右上方有折了一个角，小小的折角，很当心地不让折痕碰到照片，也不要压到最右边的那个人的身上。

"他在医护队工作，负责抢救伤员。当时不是有英国派来的支援部队吗，他还给支援部队的军官做过翻译……"沛萱一边说，一边又开始翻那本书。

"别说了，我是不会参加录制的。"我说。

"你以为我是为了让你参加录制才说的吗？"她合上书放在膝盖上，"我只是认为你应该知道。不管你是否承认，爷爷都是我们家的荣耀。我希望和你分享这份荣耀。当你接纳它的时候，它就会充满你，带给你力量。"

充满我？像圣灵充满基督徒那样吗？她想要和我分享的，恐怕不是荣耀，而是她的信仰。她对爷爷的感情是一种信仰。所以明知是徒劳，她仍孜孜不倦地把那些"荣耀"的故事讲给我听，就像是一个教徒尽着传福音的义务。她用一种召唤的目光看着我，让我觉得自己好像是一只迷途羔羊。

"沛萱，迷失的人是你。"我轻声对她说。

我们两个并排坐着，用惋惜的目光看着彼此，都觉得对方很可怜。这情景有多么荒诞啊。

我忽然记起那时候有一个傍晚我和你爬到死人塔的围墙上玩，她来找我，要我跟她回家。我坐在墙上不肯下来，还绘声绘色地向她描述墙里面那些死尸的样子。她的脸色苍白，整个身体都在发抖。然后她转身走了，走出几米她停下脚步，转过头一字一顿地对我说：

"李佳栖，你的人生肯定会是一个悲剧。"她的声音很奇怪，好像不是她自己的，她不过是在传达一个神谕。

"你的人生才是一个悲剧。"我恶狠狠地回敬道。

多年以后，我们的诅咒都应验了。我的人生确实是一个悲剧。不过沛萱又能好到哪里去？

她一直为爷爷和家族而活。它们就像她从很小的时候就戴上的牙套，一直紧紧地箍着她，塑造着她的形状。成年之后，为了不让任何一条微小的罅隙产生，她依然不敢把它摘下来。她的全部自由，都被夹死在那些闭合的齿缝之间了。

"沛萱，"我打破了沉默，艰难地说，"你知道这份所谓的家族荣耀有多么可笑吗？"

"不要再说了，"她倏然站起来，"就算没法理解，也请你不要中伤它。"那道疤在颤抖。

我把目光移开，正想着该如何继续说下去，她已经走回里面的房间，"砰"地关上了门。

我一个人坐在沙发上，坐在危险的沉寂里。我想象着下一秒，自己会冲过去，拉开那扇门对她说："沛萱，让我告诉你一些事吧。"

她可能预感到了我要说的话将会是一场暴力。但我和我的影子堵在门口，她逃不出去。她蜷缩在那里，惊恐地看着我。然后我会解开口袋，真相像一条恶狗从里面跑出来，狂吠着扑向她，撕烂她身上荣耀的铠甲，掏出她的心，用水淋淋的舌头舔去上面那层洁白糖霜似的信仰。只需一点时间，她就会失去那些对她来说最宝贵的东西。她将完全被摧毁。我站在那里，平静地看着这一切，然后告诉自己，我并没有做什么。对她施暴的不是我，而是真相。真相只是借了我的手去解开束着它的口袋。

可是真的是这样吗？我陷入了迷茫。得知那个真相，目睹它给很多人带来伤害，在这一切面前，我是完全被动的，除了承受之外，什么也不能做。而那一刻我忽然意识到，自己的手中好像主宰着一些什么。我主宰着如何处置真相的权力。我可以决定是否让它去伤害沛萱。我当然可以无视那些伤害，假正义之名将它说出来。我还可以说服自己相信，把所知的真相说出来是一种责任。正义和责任，听上去多么崇高啊，可惜它们不是真正贴着身体的感情。我的感情忽然变得很软弱。我只是希望自己能够仁慈一点。沛萱信赖的荣耀是虚妄的，可她却依靠它真实地活着。她所崇拜的信仰并不是善美的，但因为她相信它是，它就在净化着她的心，令她得到善美。

我在想，如果我只把沛萱当一个普通朋友、一个陌生人，对她仁慈会变得容易很多吧。这种仁慈本是我们天性里的东西，只是随着成长的险恶，渐渐失去了。我想起小时候，我和你那么热衷于探寻真相。可是当我们花了很大的力气，终于确认子峰并非他爸妈亲生的时候，我们选择了保持沉默。我们互相提醒着，千万不能在他面前说错话，露出蛛丝马迹。有一次我不留神和他讨论起家里人的血型，过后你生气地训斥了我，说我不够善良。我还为此大哭了一场。那时候，我是多么害怕自己不够善良啊。

我坐在沙发上，盯着面前那扇十二楼的窗户。窗外是暴雨，皎洁的闪电不断划过。有一束光握住了我。它温存地抚摸着我的头发。你不能想象，而我也无法解释，当我决定永远把那些事束在口袋里的那一刻，忽然非常地想念你。

沛萱去云南和缅甸的时间比她预料的要长。后来她打来电话说，美国的大学有重要的事情等她回去处理，她买了从香港飞的机票，就不回北京了。她说她多付了一个月的租金，我还可以继续住下去。

"希望你能早点找到工作，还有，快些戒酒。"她站在中缅边境，风很大，声音像天空中疾飞而过的鸽子。

"你也保重。"我挂掉了电话。

沛萱离开之后，我似乎变得积极了一点。去酒吧的次数减少，也没怎么喝醉过，还在书店找了一份工作，跟朋友合租了一套很小的公寓。秋天的时候我妈妈来看我，在北京住了几天。厨房的炉子坏了，我们坐在小得转不过身的房间里吃外卖，她低着头扒白饭，一句话也不说。我知道她一定失望透了。她一直盼着我早点嫁人，买个房子，好让她也搬进去。这些年她一直住在我姨妈家，受够了那种寄人篱下的日子。回济南之后不久，有一天凌晨两点，她给我打来电话，说不知道你爷爷现在怎么样了。我很吃惊，这些年她从来没有提过他。她沉默了一会儿说，你爷爷住的那幢小楼是医科大学送给他的，就算他不在了也不会收走，对吧？毕竟是亲孙女，她说，要是你能回来照顾他，他还是会高兴的，说不定就把小楼留给你。我说我不会回去的，让她打消这个念头。可她好像着了魔，隔几天就打一个电话。渐渐地，我忘记了她的目的，只听到电话那边的声音重复着，回来，回来。我开始想起很多童年的事，非常怀念在南院的日子。直到上个星期，我又做了那个梦：我坐在摇摇晃晃的火车车厢里，一个红色的俄罗斯套娃滚到脚边。我把它拿了起来。有个女人尖厉的声音在耳边说，打开它呀。我拧开它的肚子，看到一个小一号的套娃，长得一模一样。我又把它拧开，里面是一个更小的。我一个接一个地打开，越来越快，汗水不断流到眼睛里，好像永远也停不下来。拦腰斩断的娃娃们在地上骨碌碌地滚动，那个女人的声音还在说，打开它呀，打开它呀。我醒过来，枕头上都是汗。这个梦又回来找我了，它每次出现都是一种召唤。我意识到自己必须回来一趟。我爷爷可能就要死了。

我是上个月回来的，没有通知任何人。到的时候是晚上，中心花园的路灯都坏了，到处是黑漆漆的树影，光秃秃的枝丫在风里摇颤。月光照着崎岖的小径，凸起的鹅卵石微微发亮。我不记得人工湖旁边有那么一簇假山，参差地耸立着，仿佛是夜游神忘了藏起它的獠牙。小白楼在人工湖的另一端，远远看去，像一座央心孤岛。

门铃坏了，但门没有锁，扭一下把手就能打开。我循着吵闹的声音来到一楼的尽头，看到一屋子男男女女围在圆桌旁边，两个男人在猜拳，另外几个人正摇晃着脑袋，用我听不懂的方言唱歌，还有一对男女黏缠在一起。地上横七竖八地躺着空酒瓶，桌子中央的电炉子上，有一锅红油在咕噜噜地翻滚。在好不容易弄清楚我是谁之后，一个女孩冲出屋子，用力地敲着对面紧闭的门。隔了一会儿门才打开。

走出来的那个女孩就是照顾我爷爷的保姆小梅。小梅已经把身上的衣服穿好了，但身后那个男人还没有，皮带出了一点麻烦，他正背过身去弄搭扣。客人们仓皇散去，剩下小梅一个人站在屋子当中，咬着嘴唇恶狠狠地抹桌子。她当然不服气，因为从来都没有见过我，甚至不知道我爷爷还有那么一个孙女。这幢象征着毕生荣誉的大宅，到头来成了保姆幽会的乐园，可惜我爷爷不会知道了。半年前的一场肺炎之后，他一直躺在床上，再也没有离开过现在这间屋子。也没有人来看望他，我爷爷讨厌被打扰，几年前就和外界断绝了往来。

两天后，我解雇了小梅。因为她比我看起来更像这里的主人。临走前她来和我爷爷道别，还哭了，好像有几分真感情。不管怎么说，一定比我对爷爷的感情深。我爷爷也习惯了被她照顾，可是快要走到生命尽头的时候，他变得很虚弱，在必须找一个人依靠的时候，他还是选择了我。虽然很多年没有见面，他已经认不出我，可是当我说了我是佳栖以后，他立刻对我很信任。我要辞退小梅他也没有异议。一切都是因为血缘。血缘真是一种暴力，把没有感情的人牢牢捆绑在一起。

佳栖，佳栖。他会冷不丁地喊一声，好像只是为了不让自己忘掉这个名字。刚回来的那几天，我在这间屋子里待了很久。坐在这里看着他，想象着那场发生在我们之间的对话。关于我们这个家庭里的悲剧，关于他如何变成现在的他，而我又怎样长成今天的我。我在心里排演着要对他说的那番话，练习着冷酷的语气，把每个词削得像铅笔一样尖。要足够锋利，给他致命一击。

可是事实上，我们什么话都没有说。给他致命一击的是一场寒流。小梅走后没几天，我爷爷就受了风寒，发起高烧。吃了两天药，烧退下去了，神志却没有恢复。眼神涣散，完全听不懂我在说什么。疾病及时地赶来，像是为了保护他，使他免于受到羞辱和伤害。如同被罩在一个器皿里，与外界隔绝，可他还能思考，意志也还在。大小便失禁的事从来没有发生过，他会一直憋着，直到我把痰盂放到他的身子底下。为了挑战他的意志，我曾试过十几个小时不管他，他竟然仍旧能坚持。这可能也是站了几十年手术台所练就出来的一种职业素养。

我渐渐很少到这间屋子里来，除了喂饭和帮他解手。我不愿意和他面对面看着彼此。虽然在他浑浊的瞳孔里，我或许只是一个毛边的轮廓。他也垂着眼睑，尽量不看我。我们似乎都害怕一不小心会看到那个隔在我们两个中间的人。给他擦身的时候，我总是越过他的肩膀，看着他背后的温热发皱的床单。他太瘦了，毛巾简直要把那层皮捻起来，我好像在擦拭一根一根的骨头。他把头转向一边，眼睛看向地板。这似乎令他感到很屈辱。他曾是一个那么有能耐的人，决定过无数性命，最终却要让别人拽起胳膊擦腋窝。不过说真的，作为一个老人，他算是很干净，身上没有任何难闻的气味。这一定也是通过强大的意志来实现的吧，他不允许自己发臭。到了这个时候，他还没有放弃自己。

没有人到这里来，除了两个孩子。前天他们翻过栅栏，偷偷跑进了院子。当时我正在沙发上看书。书房里有一些精装本的名著，专门用来装饰书架的那种，似乎从来都没有人看过。我拿出《呼啸山庄》来看。故事如此迫近，击打着我的心。不经意间一抬头，发现两个小孩正把脸贴在窗户上向里张望。都是十来岁年纪，一个男孩，一个女孩。男孩长得一点也不像你，女孩也不像我，但是不知道为什么，两人在一起，就很像多年前的我们。我跑过去拉开门，看到他们并排站在那里，一时间有些恍惚。

男孩告诉我，语文老师布置了一篇作文，题目是"一个令人尊敬的人"。他们都是这座医科大学的教工子女，从小就听说我爷爷，这次决定写他，特意来采访。在我以爷爷健康状况不佳为由拒绝之后，女孩看着我，眨了眨眼睛，说那我们采访你吧。你是她的孙女，应该很了解他，给我们讲讲他的故事吧。我说我其实对他一无所知。他们不信，非要缠着我讲故事。我说你们随便编一些好了。他们瞪大眼睛看着我，这可是你说的喔，万一老师来问，你要说都是真的。嗯，都是真的，我说。他们心满意足地走了。一个受人尊敬的人，需要有很多动人的故事簇拥着他，无所谓真假。

我爷爷被授予院士称号的时候，这座医科大学，包括我们的附属小学应该都很轰动吧。可惜我已经转学，在新的学校里，没有人知道晚报用整整两版报道的中国最著名的心脏方面的专家就是我爷爷。好像冥冥中有一股力量，把我从他的身边拉开了，让我免于分享他的荣耀。有时我会想，要是我没有离开，要是我一直生活在他的光环之下，我会长成另外一个人吗？

前天晚上，我坐在楼下的客厅看电视。电视里正播放一个纪实节目，寻访留在缅甸的远征军老兵。他们有的当了华文补习老师，有的开着一间小杂货店。镜头在老人的脸上移动。在陌生的异乡，连衰老都是小心翼翼的，没有一条皱纹敢长得太铺张。他们的身体依然硬朗，却已耳聋或痴呆多年，似乎有意早早关闭了感官，只活在自己的世界里，这样他乡就看起来有些像故乡了。打完了日本人，因为不想回国再打内战，不愿意目睹自己人杀自己人，他们决定留在缅甸。这一生从此偏离了航道。不再与大时代共振，太平了，也废弃了。一个卒子，要是选择不过河，也就没有用了。

　　记者采访了一个老兵的孙女。她继承了爷爷的生意，现在是杂货店的老板。我盯着她的黝黑的脸庞看，她也可能就是我，如果我爷爷当时留在了那里。也许他会开一间诊所，靠一些当地的华人帮衬，惨淡地经营下来，从我爷爷到我爸爸，然后再到我。我长大了，可能和一个缅甸的男孩谈了恋爱，我们冒着雨跑到广场上去看昂山素季的演讲，坐在电视机前听到新闻解禁的消息，相拥欢呼。那原本不是属于我的人生，如同蒲公英的种子，被风吹到那里，开出草率的花。但因为少了根的羁绊，没准也能活出一点自己的气象来。至少，会更干净一些。每个古老的国家都积下太厚的尘垢，离散是一个自我洁净的过程。那种夹杂着痛苦的自由，令我向往。

　　可惜我爷爷没有离散的勇气。那片贫瘠的土地也无法承载他的野心。然而沛萱并不觉得爷爷有什么野心。爷爷的那部纪录片里有一段对她的采访。她说，爷爷曾经告诉她，他其实是一个最随波逐流的人，求学就好好读书，学医就悉心看病，该入伍的时候入伍，该入党的时候入党。他只是踩对了步伐，时代更迭太频密，一不留神就会踏空，坠入深渊。随波逐流其实是最难的，如同情报工作者耐心地调试无线电，要有多么灵敏的耳朵和平静的心，才能把自己和这个时代调到一个频率上。

现在电视里放的就是她寄来的纪录片。下午等你的时候，它一直在循环播放，我断断续续地看着，不时走一会儿神。要是有机会，我会告诉沛萱，我很喜欢远征军的部分。我喜欢我爷爷的前半段人生，喜欢想象要是他在当中的某个地方停下来，现在我们一家人的命运会是怎样。

仁心仁术——走近李冀生院士

15'37"

一个老年女人，穿着枣红色衬衫，坐在窗前的桌子旁边。字幕显示："陈淑贞长女，姜爱岚"。她打开面前的椭圆形铁盒，拿出折叠成方块的信纸。打开，摊放在桌上。信纸边缘残缺，有两行钢笔字洇开了。屏幕上逐字打出信的内容：

淑贞：

见信好。

医疗队现在驻扎在一个山坡上。这一带地势险峻，下过雨寸步难行。天气闷热，但仍得裹得严实，盖因此地蚂蟥甚多。下午我做了一个截肢手术，终生难忘。病人是伍德先生，医疗队里最好的医生，从前在英国是给皇室贵族看病的。这两个月，我一直给他当翻译和助手，但没碰过手术刀，他只信自己，不让别人插手。前两天有场空袭，营地牺牲了十来人，他也被炸伤。昏迷了一整天，他醒来便问，右胳膊保不住了？我点头。他的眼圈红了。手术前他让我握住他的右手，然后说，我把我的天赋都交给你了。手术很顺利，现在他还没醒。我一个人在营地外面坐着，远处又拉响了警报。淑贞，这些日子以来，我对命运之无常有了更深的体会。生命如此卑微，毫无尊严可言，战争不过是那些发号施令者的游戏。以牺牲那么多人为代价，胜利又有何意义。但我常常想起你，使我不至太悲观。不管多难，我定要回到你身边。

冀生

画面转换。老年女人把信折好，放回铁盒。底下字幕显示："这是一九四三年李冀生从缅甸寄给陈淑贞的信，也是唯一一封，随后，他们失去了联系，直到战争结束。李冀生回来的时候，陈淑贞已结婚两年。二〇〇八年，陈淑贞去世前想见李冀生一面。但李冀生在美国参加学术会议，未能赶回来。"

程恭

我姑姑不知道我要走的事。现在她大概正躺在床上，警觉地听着门外的动静。这两年因为神经衰弱，她入睡的时间总比睡着的时间更长。要是我很晚回家，她就一直醒着，在黑暗里听着，直到听见门锁响动，我从外面走进来，才放心地睡去。她一定以为今天和往常一样，我只是出去喝酒了。她不在乎我喝酒，喝得烂醉也没所谓。近一年来，我有轻微酗酒的倾向，她肯定也发现了，不过没准这正是她希望的。一个天黑以后就喝醉的人应该很难被姑娘爱上。而且酒鬼对性的需求变得很低，慢慢也会失去爱的能力。我应该老得更快一些，最好追赶上她衰老的步伐，和她一起离开这个世界。这是为了我好，她一直担心她不在了我会太孤独。

可是今晚她等不到了。她整夜都会醒着，也许天要亮的时候，才勉强睡着一小会儿，很快又醒过来。她扭开台灯看桌子上的闹钟，爬起身查看门锁，试着给我打电话，听着长长的等待音，在房间里走来走去。有那么一瞬间，她可能会忽然意识到：我不会回来了。她站在第一缕阳光照进来的屋子当中，环顾四周，我能想象那一刻她有多么恐惧。熟悉的事物变得陌生起来，那种感觉我知道。

这是我第一次真正离开济南，要去别的地方生活。很多年前，我姑姑算过一次命，说这辈子必须守在家里，出远门会遇险。她一口咬定我的八字和她很像，也不能出远门。这些年，我一直和姑姑合用一条命，真的和她越来越像。渐渐地，她对远方的恐惧也变成了我的。有一种古怪的信念，让我相信必须留在这里，好像在等待着什么。那时候，我很想把这种感觉告诉小可，可是连我自己也说不清究竟在等什么。

小可也不说话，不停地去抓胳膊上蚊子咬的包。时值八月，生锈的电扇哗啦啦地掀起窗帘，她光着上身在屋子里走来走去，用力挠着手臂。那个包破了，在流血她也不知道。结了痂又一次次被揩掉，变成一个越来越大的洞，直到她离开都没有长好。

和小可认识已经是七年前的事了。那时候我还在一家广告公司工作。上大学时本来可以去别的城市，最终还是留了下来，但一直有些不甘心。奶奶年纪越大，脾气也变得越古怪，简直让人无法忍受。所以那时候，我真的很想离开这里。小可也想。她也住在家里，父亲是退伍军人，性格暴虐，对她非常苛刻。他不让她交男友，怕她会失身。但小可和我见第二面就上床了。我们最初的约会，都是在她家附近的旅馆，每次只有一个小时。我当然更自由一些，但也必须对奶奶和姑姑隐瞒小可的存在。

我奶奶一直害怕我因为恋爱而离家，从此再也不管她。刚上大学的时候我谈过一场恋爱，她的反应很激烈，总是找碴和我吵架，还跑去威吓那个女孩。我一气之下搬了出去。几个月后，女孩离开了我，和她的一个狂热追求者好上了。我拎着行李回到了家。奶奶什么也没有说。姑姑则对我关怀备至，每天做我爱吃的菜，周末还陪我去爬山。在风很大的山顶，她对我说，你这样一走了之，留下我一个人去应付你奶奶，我真的怕死了。从那以后，我再也没有和女孩长久地相处过。好像没有谁值得我这么去做。

但小可是个例外。我们时常谈论起"私奔"的事。两个人悄悄离开这里，到另外一个地方开始新生活。那场景总是会让我想起小时候和你讨论去远方。还记得吗，你要去北京，因为你爸爸在那里。而我想去深圳找我妈妈，也可能是广州，我不知道她到底在哪里。我们计划着离家出走，先陪你去见你爸爸，你再和我一起去找我妈妈。坐上漫长的火车，在咣当咣当的车厢里睡着了又醒过来，趴在窗户上看飞起来的树，分吃一碗热气腾腾的方便面。你答应帮我洗袜子，我承诺中途停车的时候，会给你到月台上买红薯，还同意就算剩下再少的钱，也一定会让你吃冰淇淋。这些想象总是令我们兴奋不已，像一个怎么都玩不厌的游戏。很多年后我又重拾它，和小可。但是这一次要现实一些。我们计划去上海，那里机会比较多，也许能赚到一些钱，然后开始自己的事业。每次见面我们都会谈起这件事，说得眉飞色舞，声称明天就出发，最终在一个小时后各自回家。

直到那年五月，我奶奶住进了医院。她发烧很多天也不退，人忽然瘦了很多，结果一查是肝癌晚期。医生让她回家，说活不过三个月了。她的神志已经有些不清楚，总是觉得我和姑姑会害她，说什么也不肯离开医院。医大附属医院的住院楼向来人满为患，她仗着爷爷曾是医院的领导，姑姑又在医院里工作，才终于住进了偏楼，就是我爷爷从前住的那幢老住院楼。那里几乎快要变成老人院，住了很多等死的老人，护士的凶恶是出了名的，她没少吃苦头。况且，为了提防我和姑姑，她把存折和首饰都带在身边，总是担心被偷，整晚都无法安睡。

"家里的东西你们别乱动，我快好了，这两天就能回去。"我奶奶说。我们眼见着她一天天地衰弱下去。

到了五月底，小可忽然出现在我家楼底下，带着一只旅行箱。她说她和父亲决裂了，也辞掉了家旁边健身中心的工作，已经打定决心再也不回去了。

我把她暂时安置在我家楼上。下午你去找我的时候，一定很奇怪为什么整片西区的旧楼都拆掉了，只有我奶奶家住的 8 号楼还在。那幢楼原本也是要拆的，但我奶奶不肯搬，硬要校方出双倍的赔偿金。最后别人都搬走了，只剩下我们一户，医大拆迁办整天派人来游说也没有用。他们知道我奶奶难缠，动辄要死要活，闹起来很可怕，就决定暂时先不拆这幢楼。我猜他们是觉得反正我奶奶也活不了两年了。没想到她那么能活，校长都换了两任。等邻居都搬走以后，我奶奶撬开门锁，把那些房子占为己有。她让我和姑姑买来一些便宜的钢丝床和塑料桌椅摆进去，然后把它们租给旁边电子城来打工的外地人。从此她成了大房东，整日楼上楼下收房租，日子过得相当充实。这样维持了七八年，后来电子城迁到别的地方，租户越来越少，到最后都搬空了。整幢楼就剩下我们一户住人，墙上的裂缝越来越大，线路有时出故障，家里总是停电。楼上窗户的玻璃都碎得七零八落，刮大风的时候窗框来回摇晃，像是在闹鬼。

　　我让小可住三楼朝东的那套房子。我们敞开所有的窗户，扫掉墙上的蜘蛛网。小可打开我带去的收音机，一边扫地，一边跟着哼唱。我用接长的水管冲洗地板，冷不丁在背后偷袭她。她抢过水管反击，两人在空旷的屋子里追逐，浑身都湿透。我们在包着塑料膜的双人床垫上做爱。每次做爱之后，她的脸会洇起红斑，生出很多细小的疹子，这令她感到苦恼，我却觉得挺美。

　　没过多久，我因为和上司发生争执，索性也辞掉了工作。于是有大把的时间，可以在一天的任何时候去找她，清晨、中午或是傍晚。要是姑姑上夜班，我就住到楼上去。有时候趁着去病房给奶奶送饭，或是出门帮姑姑买一瓶酱油的时间，也到楼上看她一眼，给她带去一盒外卖的炒饭。夏天来了。两人支起蚊帐，把那只床垫当成木筏，在上面吃饭看影碟打游戏，消磨一整天。还有做爱。无休止地做爱，直至虚脱。我们谁都没说，可其实我们都在等待着。

这些年我和姑姑无法换房子，无法换任何一件家具，无法改变落后的生活方式，一切都必须遵循奶奶的意志，而她的意志就是留在原地。我们一直都在等着她离开，然后开始一种新生活。现在，小可也加入了等待的队列。她在等我得到解脱，和她一起离开这里。但是谁都不再谈起这件事，只是默默地等待着。

我们在白天喝啤酒，光着身体躺在地板上，让肚脐被阳光照得发烫。一直喝到烂醉，四肢绵软无力，我爬起来，进入她。那深邃的核心。痉挛的感觉传遍全身。我俯下去，闭上眼睛，完全沉入她的身体。被窄小的骨盆撑开的身体在战栗，收缩。我不能停下来，直至麻木，无法射精。勃起久久不能消退。那孤独的坚硬，像青春最后的狂欢，让人感到迷惘。

六月底，我奶奶进了重症监护室。我们去的时候她很清醒，要求拿掉氧气罩。她问姑姑：

"你说，你爸早就在那边等我了吗？"

姑姑犹豫着，说她不知道。过了一会儿，我奶奶摇了摇头："我不想再一个人了。"

她在两天以后咽气。当时我正搂着小可午睡。挂了姑姑的电话我又躺下，抱住小可。小可睁开眼睛，问我怎么了。我让她不要动，就这样再躺一会儿。解脱的滋味和想象的不一样，我感到有点晕眩。

追悼会很冷清。奶奶在南院声名狼藉，别人躲着她都来不及，不要说有什么交往了。回来的时候下起了大雨。跳下公交车，我和姑姑护着骨灰盒，冲到邮局的屋檐底下。我们站在那里，雨越下越大，完全没有要停的意思。姑姑忽然大哭起来。她说：程恭，现在我在这世上是一个孤儿了，你不要欺负我。

我们把奶奶葬在了城郊的山上。就她一个人，旁边没有别的亲属，孤零零的。原本想把骨灰送回老家，但姑姑只知道她是山东曹县人，哪个村的也不清楚。十七岁她离开家就没有再回去过。回家的路上姑姑说，葬下你奶奶，就有祖坟了，现在我们才算是在这个城市安了家。

大独裁者死后，人们陷入一种可怕的空虚状态。反抗已经成了毕生事业，除此之外，他们什么也不会做。现在自由从天而降，如同一件精密复杂的仪器，他们拿着它，却不知道该怎么用。在接下来的一个星期里，我和姑姑小心翼翼地按照从前的方式生活着。她照样上班下班，我白天去找小可，傍晚出门买菜，晚上我和姑姑坐在那张破旧的方桌两端吃饭。头顶的白炽灯仍旧坏着，光线像不祥的眼皮，跳个不停。姑姑也还是像从前奶奶在的时候一样，把菜烧得那么熟烂。油腻腻的塑料桌布上，残留着奶奶口水的气味，让我想起她坐在我们中间的那个位子上啃排骨的样子。到了星期天，在我的提议下，我们去买了一台饮水机，还有姑姑一直想要的榨汁机。这就是全部了，我们所期待的新生活。

我和小可的生活也和从前一样。但她开始抽我带去的烟，并且一遍遍叠箱子里少得可怜的几件衣服。有天下午，她跑出去文了个身。在手心，是只小鸟。但她说那是和平鸽，祈祷世界和平的意思。然后她咻咻地笑了，说实在想不出该文什么好，但就是想文身。和平鸽和她的性情很相称。她从小见多了爸妈吵架，特别抗拒纷扰，从来不与人发生争执。她对我连一句抱怨也没有。我感受着她那沉甸甸的缄默，每天都比昨天更沉一些。

我也不知道自己为什么还不走。也许是有些事没做完，于是我决定帮姑姑把家搬了。院方在高层公寓楼留了一套房子，为的就是哪天我们肯搬了，可以直接住过去。我和姑姑去看了，在十二楼，采光很好，还有一个很大的阳台。我们开始为搬家做准备，周末进行了一场大扫除。奶奶有囤垃圾的爱好，平日什么也不肯扔掉。光秃秃的鸡毛掸子、断齿的梳子、空的雪花膏铁盒……我们把这些东西都装进大纸箱，摞在墙边。原本要借一辆三轮车，把它们丢到垃坂站去，可是那两天下雨，就暂时搁置了。等到我好不容易借来三轮车，姑姑看着我把东西往外搬，忽然开口说："等我死的时候你再一起扔吧，反正也没有多少年了。"

我不理她，继续搬东西。她跑过去拦在门口："我不换房子了，就住在这里。你想走就走吧。"

"我早就想走了。"我丢下箱子，夺门而去。

我没去小可那里，到小饭馆吃了碗面，之后就在大街上晃荡到深夜。我打算第二天和姑姑谈谈，劝她搬进新楼，然后告诉她有个朋友介绍了一份上海的工作，我打算去试试。回到家，一推门发现屋子里灯火通明。姑姑坐在客厅里，桌子上是早就冷掉的饭菜。她自己什么也没吃。我要进房间，她喊住了我，说有话要跟我说。等我坐下，她又不开口。

"我也不知道我是怎么了……"她哭了起来，"你奶奶死了以后，我晚上总是睡不着，好多老早以前的事，都在脑袋里翻腾，就跟演电影似的，我一会儿在台下看，一会儿又在台上演……"

"你知道吗，我有一种很奇怪的感觉——"她垂着脸，不停地摇头，"你爷爷还没有死……"

"没有植物人能活四十二年。"我很惊讶自己能脱口说出四十二这个数字，好像一直在心里默默地算着。可我们很多年都没提起过爷爷了。他是二十年前失踪的，有天晚上被人从病房里偷偷运出去，从此再也没有下落。

"可是说不定会有奇迹。当时在重症监护室你奶奶不也这么问过吗，她一定是知道了什么，临死的时候人知道得要比平时多。"我姑姑说。

"你这些都是瞎猜的，一点依据也没有。"

"我有。"她说，"去给你奶奶办丧事的时候，我才知道如果不是家属，拿不出证件，就没法火化。那你爷爷死了尸体怎么处理？埋了？扔了？那都犯法，只有一个办法——"姑姑看看我，"就是把他再悄悄送回来。"

"把他偷走不也犯法吗？谁还会冒着被抓的危险再把他送回来？"我说。

"我们这座楼都搬空了，晚上把他搬到门口，没人会看到。"

"所以你每天都在等着早晨一推门，看到我爷爷躺在外面是吗？"

"不是我在等着，是你奶奶在等着，"姑姑说，"我现在明白当初她为什么死活不搬，就是因为这个。"

"得了，"我说，"她一直盼着他早点儿死。"

"人有时候不知道自己心里想什么。我一直以为我很想搬走，换个大一些的房子，有个像样的自己的房间，可是现在……我不知道，我就是觉得我必须待在这里，你爷爷的事还没有完……"她又哭了起来。

"别说了。"我说。

她说出了某种真相。我们的等待，并没有因为奶奶的去世而终止。因为我们在等的是别的东西。是不是我爷爷被送回来，我不确定。但是我的确无法相信，关于他的一切都结束了。不是因为还有什么谜没有解开，该知道的都知道了，只是有一种情感上的东西尚未完结。它悬在那里，无法交托。

我们都没再说话。姑姑小声地抽泣着。我把桌上一碟炸花生米拿到跟前，一把一把吃了起来。

从那之后，姑姑变得越来越害怕独处。连做饭也要我站在旁边跟她说话。到了晚上更不想让我出门。我就陪她坐在沙发上，看无聊的电视剧，吃西瓜。她不停地流汗，还在织一件很厚的毛衣。只有手上做点什么，她才不会那么焦虑。随后我才意识到，她的更年期来了，正在处理身体里多余的欲望，如同一只就要报废的炉子在烧煤，把余下的煤都用上，烧得通烫。奶奶刚去世，她的更年期就来了，像是为了顶替家里那个老年女人的空缺。她继承了奶奶的乖戾、多疑和强烈的占有欲，也继承了她留在这幢破楼里的意愿。虽然衰老是不可违抗的事，但我仍旧觉得更年期的到来对她来说，显得格外残酷。因为她很可能还是一个处女。她这一生的血，算是都白流了。

小可没有再问我还要不要和她一起走。从某个时间起，她已经知道了答案。可她似乎仍在等着我说点什么。她在房间里走来走去，抓手臂上蚊子咬的包，流血了也不知道。我坐在墙角喝啤酒，想着没准喝得再醉一些，就能跟她讲讲我的故事。可是我却始终无法让自己开口。太久不讲，故事已经锈住了。外面下着大雨，离别的气息充斥着整个房间。小可站在窗前，猛然从这座荒凉的楼里探出身去，像一只要飞起来的鸽子。

在我所记得的最后一次做爱里，她紧紧抓住我，把指甲深嵌进肉里。蚊帐被扯了下来，裹缠在我们身上。她用它蒙住脸，像罩在新娘的纱里。

"娶我吗？"她一脸正色地问。

"嗯。"

她像是听了天大的笑话似的哈哈笑起来。

小可走的时候没有和我道别。告诉我这个消息的人是我姑姑。她早晨下去倒垃圾，看到一个女孩从楼上走下来。

"我找的人已经搬走了。"她对姑姑说，然后拖着行李箱走远了。

第二章

李佳栖

你也觉得这屋子里冷吗？喝了酒会好一点，慢慢就暖和了。我很高兴你也喜欢喝酒，我们发展了同样的爱好，这算不算是一种默契呢？不过我的酒量一般，没准很快就醉了。但是别担心，我不会讲胡话。也许正相反，头脑能变得更清楚。酒能让记忆力变好，你有这样的体会吗，就像是有一盏灯，照亮了布满灰尘的角落。

有时候我也会想，为什么和沛萱来自同一个家庭，从中得到的东西却完全不同。其实这种差异在我们父亲那一辈已经存在。她爸爸，就是我叔叔，从小把我爷爷奉作神明，所有人生大事都听从我爷爷的意见。我爷爷宣称从不强迫子女做什么，他只是说出自己的意见。可是那些意见，就像他开给病人的药方一样具有威慑力。没有人敢违逆，除了我爸爸。他是这个家庭里的叛徒。

从很小的时候开始，我就能感觉到爸爸和爷爷之间有一股对峙的力量。每回他们坐在一起，空气就变得紧绷，好像随时要爆炸。他们两个几乎不说话，如果要说，也是通过奶奶。奶奶经常对爸爸说一些话，然后补充道，这是你爸爸的意思。而爸爸对奶奶讲话，有时以"你告诉他"开头，那就是说给爷爷的。当时我以为，他们关系不好主要是因为我爸爸娶了我妈妈。这的确是一个原因，不过后来我发现，我爸爸正是为了和我爷爷作对，才娶我妈妈的。

我妈妈刚认识我爸爸的时候，还是一个脸蛋上顶着两团高原红的乡下姑娘，祖祖辈辈没有离开过那个叫作十八里庄的村子。要不是因为下乡，我爸爸永远都不会认识我妈妈。也可以说，要是没有"知识青年到农村去"的口号，这个世界上就不会有我。因为某条口号而降生，听起来总觉得生命有些草率。不过我是不是应该感到庆幸，因为在那个年代，更多的小孩因为某条口号而没有办法生出来。

在"广阔天地，大有作为"的乡野之间，我爸爸实在没有找到可以"作为"的事，就和我妈妈谈起了恋爱。当时他和我爷爷的关系已经很糟，为了摆脱家庭，他打算留在乡下。我外公家在当地是大户人家，人多田多，吃饭不多他一个，干活也不少他一个。何况我妈妈是整个村子里最美的姑娘。我爸爸喜欢美人，我一直不愿意承认这个事实，总觉得这样会使他显得有点肤浅。我妈妈农活干得也很好，养猪喂鸡样样在行，可惜后来去到城市，这些优势都带不走，唯一跟着她一起进了城的是她的美丽。美丽不像户口，它是可以到处通用的。因为那份通用的美，人们好像很容易忘记她是从乡下来的，没念过书，字也不认识几个，也容易忽视她忍受着的格格不入的孤独。当我发现她的孤独的时候，她进城已经二十多年了，那时候，她早就不再美丽了。

我爸爸的确说过要永远留在乡下，但那只是一时的气话。他和所有从城里来的年轻人一样，很快就无法忍受艰苦而无聊的生活。后来城市招工，我爸爸就回来了。不久他向爷爷提出要和我妈妈结婚。直到这个时候，全家人才知道我妈妈的存在。

我爷爷坚决反对这门婚事，他想让我爸爸娶同事林教授的女儿。林姑娘是学音乐的，拉一手动听的小提琴，而且对我爸爸很倾慕，还特意上门送票，请他去听他们剧团的演出。不过后来听我妈妈说，她这个情敌皮肤黝黑，身材矮胖，戴着一副很厚的眼镜。小时候我常常在心里权衡爸爸和林姑娘结婚的利弊：我将会被生成一个又黑又矮的小孩，有可能早早就戴上了眼镜，可是会拉小提琴，到了每个人都要表演节目的新年联欢会，就不用再和你，还有大斌合演一个根本就不好笑的小品，而是能够一个人走到鸦雀无声的教室中央，把小提琴放在肩膀上，演奏一曲悱恻缠绵的《梁祝》。

我爷爷说，我爸爸要是娶了我妈妈，将来一定会后悔。但是我爸爸说，后悔也是他自己的事，不用他管。一个下着小雪的早晨，他带着我妈妈去领了结婚证。就这样，他们结婚了。没有婚礼，没有新房，没有彩礼。两个人暂时住在我爸爸朋友的房子里。那间十平米的简陋平房成了我妈妈在这座城市的第一个家。一个星期以后，我外婆和舅舅拎着两只活鸡和一袋年糕面坐长途汽车来到济南，想去拜访一下亲家，结果被我爸爸拦下了。后来两家的人一直都没有见过面。

刚结婚的时候，我爸爸和妈妈也有过一段幸福的时光。毕竟这个小家庭冲破了重重阻碍才得以建立，让我爸爸觉得很珍贵。我妈妈呢，再也不用养鸡喂猪、站在烈日之下割麦子，陌生的城市生活对她来说很新鲜。我爸爸用他那辆很破的金狮牌二八自行车教会了她骑车。一个星期天的下午，她摇摇颤颤地骑着车子上街，在百货大楼给自己买了平生第一瓶雪花膏。这时她已经褪去了脸上的两团红，从当时拍的照片来看，还是很美的。不久后，我爸爸托人帮她找了一份工作，在街道幼儿园当阿姨。她很喜欢这份工作，每天就是和小朋友一起唱歌跳舞，做游戏，等他们入睡以后，她悄悄地把剩下的饭菜倒进饭盒，带回家做晚餐。

那时我爸爸在粮食局的车队当司机。每天早晨他骑车到车队，换上工作服，戴上白线手套，发动他的那辆解放牌卡车，载着一车斗的面粉和大米在城市里穿梭。忙里偷闲的午后，他会开车来接妈妈，带着她到街上去兜风。那是一九七六年，这种卡车还很稀罕，据说整个济南不超过二十辆。当我妈妈站在巷子口看着爸爸的车驶过来，在路人羡慕的目光里跳上车的时候，她也许曾相信自己是这个世界上最幸福的女人。有时候一直忙到晚上，来不及回车队，爸爸就把车开回了家。我妈妈欢天喜地地拿着扫帚和装米的口袋奔到胡同口。她爬上后车斗，借着路灯昏暗的光线，把漏撒在上面的一层薄薄的米拢到一起，拨扫进口袋。她一路小跑回到家，掂着沉甸甸的口袋告诉我爸爸，这些足够吃一个星期。我爸爸笑了，或许是觉得她很可爱。那时候她的节俭还是一种令他欣赏的美德。

这些是妈妈讲给我的，在爸爸向她提出离婚的时候。有那么几天，她一直都在回忆。她忽然不再是平日里那个粗糙简陋的乡下女人，悲伤使她超越了自己的理解能力，变成了一个很懂得爱情的女人。我很少像那几天那么喜欢她，那么愿意听她讲话。我喜欢所有懂得爱情是怎么一回事的人。

刚结婚的那一年，我爸爸和爷爷没有任何来往。忽然有一天，我叔叔来找他，说我爷爷要见他。我爸爸勉为其难地回了一趟家。我爷爷说，今年政府恢复高考了，你应该去参加考试。但我爸爸表示他对现在的生活很满意，不用别人指导他该做什么。两人不欢而散。为了这件事，我奶奶第一次也是唯一一次专程来拜访我妈妈。后来我妈妈一直后悔答应了奶奶的请求，帮他们去劝我爸爸。以她有限的见识，绝对想不到念大学这件事，对人生会有那么大的改变。

很难说我妈妈的劝说到底起了多少作用，反正我爸爸最终还是参加了高考。也许他本来就想参加，只是为了违抗我爷爷的意志，才差点决定放弃。但他没有像爷爷希望的那样学医，而是选择了中文系。他其实想去北京的大学，但最后还是留在了济南。因为要是把我妈妈带过去，连个落脚的地方也没有，也无法给她找到工作。从那个时候起，她已经在拖他的后腿了。

我爸爸平时住校，只有周末才回家。星期一到星期六，他读托尔斯泰，跟老师、同学讨论诗歌和哲学，去学校的小礼堂看电影，到了星期天他带着脏衣服回家，去粮店驮回五十斤面粉，把蜂窝煤搬到临时搭起的雨棚底下，清理堵塞的炉子。住的地方常停电，他随时准备出去换保险丝，而我妈妈则继续在黑暗中包饺子。她不知道怎么表达对他的好，就只会在每个星期天包饺子。这是我爸爸一星期的生活，浪漫主义的身子，拖着一条现实主义的尾巴。

那时候我爸爸写诗，他的诗刊登在杂志上，被女同学们悄悄吟诵。每回他从校园里经过，总有几道目光默默跟随着他。小时候我曾在家里的旧杂志上读过他的诗。我读不懂，只觉得很美，很浪漫。那种浪漫，与爱情有关，和我妈妈无关。至少我很难把它们和我妈妈联系在一起。我爸爸还和几个同学创建了诗社，他是第一任社长。他们常常一起读诗，周末也很少回家了。诗社的影响力很大，当时的几个主创人员，后来都成了有名的诗人。除了我爸爸。虽然他们都说他才是当中最有才华的那一个。

我爸爸为什么停止写诗？这真是一个谜。很多年后我认识了他的同学殷正，据殷正说，大学毕业之后他和我爸爸都留在了学校，一边教书，一边读硕士。就是在读硕士的第一年，我爸爸忽然不写诗了。是无法写了，好像失去了这种能力。他很焦虑，整夜不睡觉，那是很黑暗的一个时期。同一年还有一件大事发生，那就是我出生了。没有人知道二者之间有什么隐秘的关联。

那个时候，我爸爸对妈妈的感情已经很冷淡。虽然我们全家人搬进了教工宿舍，总算有了一个真正属于自己的家，但我爸爸很少回来，情愿一个人待在办公室。也许他觉得失去写诗的能力和我妈妈有关，又或者他只是想独自度过那个艰难的时期。

我爸爸的大学同学里，有一个人和他的情况相似，也是下乡的时候娶了农村姑娘，后来返城读大学。大学毕业没多久他就离婚了，找了一个同班的女同学。我爸爸没有离婚，也没有去喜欢任何一个女同学，虽然据说当时爱慕他的人挺多。我猜想，使他坚守这段婚姻的，也许不是他和我妈妈的感情，而是他反抗我爷爷的意志。

我爸爸也做过一些努力，来缩小和我妈妈之间越来越大的差距。他送我妈妈去上夜校，让她参加自学考试。我妈妈断断续续读了好几年，一门考试也没有通过。一直等到生下了我，她才终于不用再去了，心里总算松了一口气。可是她因此就以为我是她的福星，会给她带来好运气，真是大错特错了。我上小学以后，我妈妈每次翻着我新发下来的课本，就会说都过去那么多年了，她还是常常会做考试的噩梦。除此之外，还有流产的噩梦。当初为了让我爸爸安心上大学，她打掉过两个孩子。我很为她惋惜，觉得她把那两个孩子当中的哪一个生下来都会比我好。在那两颗受精卵里，或许还有我爸爸对我妈妈一点残余的爱意。

从我懂事起，就知道我爸爸不爱我妈妈。只是因为结了婚，他们才生活在一起。我猜想婚姻就像我们的校服一样，从来都不合身，但是必须一直穿着。随着一天天长大，我学会了用爸爸的目光来审视妈妈，辨识出她身上那些无可救药的乡下人习气：她有时会忘记刷牙，洗完了脸从来不会用毛巾去擦干；她无法区分不同器皿的功能，把橘子汽水倒进碗里，红烧肉装在脸盆里。她不喜欢开灯，她对光线的要求和城市里的人不一样，她对吃饭的理解也不同，有时会站在炉子旁边，迅速扒完一碗饭，然后洗掉那只碗，有种如释重负的感觉。她还有一些过分节俭的美德，比如把包装苹果用的发泡网都收集到一个大口袋里，用它们来洗碗、擦煤气灶，或是把刷锅洗碗的水积攒起来冲洗马桶。我知道爸爸讨厌这些，虽然他早就不再说了。这些日常琐屑充斥在生活里，像泱泱白蚁似的啃噬着他对她有过的一点感情。在我出生之前，那一点感情已经被吃空了。

在我的童年记忆里，家里总是静悄悄的。只有一些没有生命的东西在说话，电视机、洗衣机，还有煤气灶。后来家里装了电话，我就很盼望有人打来找爸爸，这样就能听到他讲话，有时甚至能听到他笑。我很钦佩电话那边的人可以讲出令他发笑的话，这是我和妈妈都不具备的能力。你肯定不会想到，小时候我最喜欢看的电视剧是《成长的烦恼》。我不羡慕里面那三个孩子有各种玩具和忠诚的大狗，不羡慕他们总有参加不完的派对，也不羡慕他们一到暑假就在小岛度假，戴着墨镜躺在碧蓝的大海边。我羡慕的是他们的爸妈有那么多话可以说。当他们的妈妈站在水槽边洗碟子的时候，他们的爸爸会站在一旁和她说话。他们说着说着，爸爸走过去亲吻了妈妈。好长的一个吻，长得足够让我的眼泪掉下来。我告诉自己他们只是在演戏，只有在戏里丈夫和妻子才会说那么多话。

在我爸爸和我妈妈之间，好像从来没有过什么完整的对话。我妈妈其实很爱讲话，但是每次她想要发起一场对话，总是很快被我爸爸中止。

"你不懂。"

"别问了。"

"能让我安静一会儿吗？"

这是我爸爸对妈妈说得最多的几句话。妈妈有时咧嘴一笑，走过去把窗帘拉严实，或是"哎"地空叹一声，拿起指甲钳开始剪指甲。她好像从来不会生气。她的自尊心早就被收起来了，放在一个自己看不见的地方。她总是一副不在乎的模样，令人同情不起来。我从来没有怜悯过她。

不仅如此，我还怨恨她。我一直觉得是她连累了我。我爸爸是因为不爱她才不爱我。所以我很努力地和妈妈划清界限，苛责她那些粗陋的习惯，纠正她讲话时用错的词，嘲讽她土气的审美。我想以这样的方式来取悦我爸爸，虽然事实上收效甚微。我爸爸没有抱过我，更没有亲吻过我。有些早晨，我看到他新长出的胡楂，会想象它们蹭在我的脸颊上是什么感觉。我爸爸也不会逗我笑，或者惹我哭，我们之间是没有情绪的。我们也从来都不做游戏。他可能从来没有意识到我需要游戏，就像他小时候我爷爷没有意识到他需要一样。他们的词典里，根本没有"童年"这两个字。

我爸爸有时会出差，但从来不会带上我和妈妈。我们一起去过最远的地方是乡下的外婆家。他没有带我去过游乐园，也没有和我看过电影。我们全家一起去过一次元宵节的灯会，但我太矮了，看到的不是花灯而是奔走的腿。我爸爸并没有像别的爸爸那样把我举过头顶，让我摸一摸彩灯底下写满字谜的彩条纸，或是从插满糖葫芦的靶子上摘下一串。他也不知道我任何一个朋友的名字，不知道我的作文写得很好，最讨厌做鸡兔同笼的数学题。

他似乎早就假定我生活在一种和他不同的介质里，就像水缸里的金鱼，而他是一个从来不会把脸贴近玻璃看一看里面的主人。我对他而言，可能只是一种装饰性的摆设。只有在问他要零用钱的时候，我们会有一点交流。我喜欢问他要钱，他比妈妈慷慨很多。妈妈也喜欢我问他要钱，这样就不用从他给她的家用里出。每次我都会很具体地说明要买的东西：带一把心形小铜锁的日记本，外壳的颜色有深蓝和浅蓝两种，就像白天和黑夜的天空，我想要深蓝色的，因为我更喜欢夜晚；一盒三十六色的水粉铅笔，洒一点水颜色就会晕开的那种，最适合画云彩和起雾的森林；一盒酒心巧克力，与班里要好的女同学分吃，上一次我们吃的那盒是她买的。描述它们的时候，我觉得好像是在描述自己的一部分，假如爸爸对我多了解一些，没准就会喜欢上我吧。事实上，带小锁的日记本我买的是浅蓝色的，因为深蓝的被别人买走了。这个本子在客厅的茶几上放了好多天，爸爸每次拿起报纸的时候都能看见，但他并没有抬起头问我：它为什么不是深蓝的？

没错，你会说大人听孩子说话的时候总是心不在焉的，他们根本不会记得深蓝色还是浅蓝色这样的细节。如果不记得的人是我妈妈，我一点都不会介意。可是我对爸爸的感情不一样，它非常脆弱，总是不断受伤。在我们那个家里，他和妈妈好像分属两个阶级，他在高处，拥有无上的权力，他的爱无法索要，只能是一种恩赐。

我知道他最喜欢的时间是深夜，我和妈妈入睡以后的那一小段时间。那是真正属于他的时间。有一次我起来上厕所，看到他在沙发上看电视，手边的茶几上有一罐啤酒。他斜躺在那里，腿搭着沙发扶手，脸颊绯红。屋子里洇着很重的水汽，他刚洗过澡，穿着一身白色秋衣，看起来像一只软体动物。一只终于从紧闭的蚌壳里爬出来的软体动物。他看到我站在门边，轻声说，去睡吧。他那没有隔着蚌壳发出的声音湿漉漉的，非常温柔。

我爸爸很少带我和妈妈去他和同事、同学的聚会。虽然妈妈每次出现，都令他们感到惊艳，两人站在一起，非常符合才子佳人的古典爱情的范式，所以人们理所当然地认为他们是幸福的。但是我爸爸并不想在人前刻意伪装出家庭幸福的样子。只有一个例外，就是我们去爷爷家的时候。

小时候每年临近春节，妈妈都会带着我到商店买新衣服，为的是除夕夜去爷爷家的时候穿。有一年我看上了一件有袋鼠式大口袋的苔绿色毛衣，但是妈妈说我上一个除夕穿的就是绿的，他们会以为还是去年的旧衣服。

到了年三十那天，中午就开始打扮了。新衣服、新鞋子，头顶戴着新发箍，脑后还绑着一朵新头花。印象最深的是亮缎子扎成的蝴蝶结，肥厚的翅瓣上缀满小珠子，走起路来小珠子就摇，像个宫里的女人。我有一个喜欢的头花，红底配墨绿的花格呢，但是妈妈不让我在除夕夜戴，嫌它太小了。她让我戴的那种，简直像一个大手掌似的捂在我的后脑勺上。好像戴上一朵很大的头花，就能让我看起来更幸福。

等我们两个都打扮好了，站在镜子前面，妈妈很满意地说，这下可要把他们气坏了。

"他们为什么会生气？"我问。

"因为他们不想看到我们过得好，"我妈妈说，"他们觉得你爸爸娶了我，就肯定不会过得好。"

也就是说，我们应该表现出过得很好的样子。虽然我爸爸并没有这么说过，但我能感觉到这也是他的想法。怎么样算是过得很好呢？在路上我总是很忐忑，不知道自己该怎么做，可是一到爷爷家，我好像很自然地就会了。帮妈妈掸去包饺子时蹭在衣服上的面粉印子，拉着爸爸的手让他陪我去阳台上看烟火，在十二点外面鞭炮声大作的时候，我会堵住耳朵把头埋在爸爸的怀里。而妈妈则会让爸爸给她挽袖子，或是在洗碗之前，摘下戒指让爸爸替她保管，并在这个时候不经意地告诉奶奶和婶婶，这个戒指是爸爸最近才给她买的。至于爸爸，他很少主动做什么，只是默默地配合着我们。不过，吃饭的时候他会用自己的筷子给我妈妈夹菜——这样的行为对我爷爷简直是一种冒犯，他们家每个盛菜的盘子上都横着一双公筷。

我知道一切都不是真的。我只是在表演，可是我却真的感觉到很快乐。一种在表演快乐中获得的快乐。我开始很盼望除夕夜这一天，盛装、表演，像我们三个人的一场联欢晚会。

七岁那年的除夕夜，全家人一起吃晚饭的时候，奶奶忽然问起我妈妈在幼儿园的工作。

"我让她辞职了。"我爸爸说，"那个幼儿园阿姨太少了，除了照顾小孩还要打扫卫生，太累了。"

这是我第一次听到爸爸说谎。妈妈不是辞职而是被辞退了，因为他们招到了幼儿师范毕业的新老师。那时候叔叔和婶婶还没有出国，婶婶也在医科大学当老师，就说不然她去托人想想办法，看能不能给妈妈在后勤部门找一份工作。爸爸摇头说，后勤都是男人干的活。

"也有适合女的干的，"婶婶说，"比方说在食堂或是学生宿舍……"

"不用了，"爸爸说，"让她在家里休息一段吧。"

吃完饺子，奶奶取出包好的压岁钱发给我和沛萱。大人们坐在电视前看联欢晚会，我们就在外面的房间拆红包。新的钞票有一股发甜的香气，很好闻。钱上面印着的人，脸上一道皱纹都没有，看起来很纯洁。我们数着灰色的钞票，结果发现我有五张她只有三张。相差这么多，不可能是奶奶数错了。我立刻跑去告诉爸爸。

爸爸沉下脸，转过头看着奶奶。奶奶放下削了一半的苹果，说我妈妈现在没有工作，所以就多给一点。房间里变得很安静，只有电视机里传出一浪一浪的掌声和笑声。我斜着眼睛看向屏幕，两个穿着中山装的人在说相声。其中一个正一口气报出一长串菜名。我又饿了。

"啪"的一声，我惊慌地回过神来，爸爸把茶杯重重地搁在桌子上。

"你这是干什么？"爷爷瞪着他。

爸爸也看着他。这是我第一次见到他们对视。在更多的时候，他们都情愿把目光放在离对方远一点的地方。我爸爸从我手里夺过那个红包摔在桌上。

"多谢你们的好意，老婆和孩子我还养得起。"他站起身对我和妈妈说，"去穿外套，我们走。"

我们出了门，朝大院的另一边走去，因为担心车子被偷，就把它们放在了那边的车棚里。天空板着脸，没有下雪，可是非常冷。我跟在爸爸妈妈的身后，哆哆嗦嗦地扣着外套上的扣子。这时，十二点就要到了。很多个阳台上伸出一串燃烧的火光。路边有人点起盘卷成蛇的鞭炮，捂着耳朵跑开了。我们穿过浓烟弥漫的马路，头顶上是一朵一朵烟火炸裂开来，把天空炸成了绿的，又变成了红的。车棚看门的老头把手抄在棉服的袖笼里，用一台收音机收听春节联欢晚会。那个相声早就播完了，女主持人正用颤抖的声音念诵边防战士发来的贺词。

"不看完晚会再走啊？"老头问。

妈妈"嗳"地含混应了一声。爸爸跨上自行车，妈妈把我抱上后面的车座，然后她跳上自己那辆，我们轧着满地的红色炮仗皮驶出了大院。

那时候南院附近还很荒凉，除了这座家属院，没有别的住宅楼，大街上看不到一个人。抬起头，依稀能望见一角烟火，已经很远了，像是在别的天空里的。两辆自行车在空寂的马路上前行，爸爸骑得很快。妈妈拼命地蹬才能不让自己落下。迎着大风，她侧过脸来对爸爸说："他们也太欺负人了。"她的声音带着哭腔，有一种煽动性。爸爸什么也没有说。坐在后车座上的我却忽然大哭起来。他们以为我在响应妈妈，为全家人自尊心被伤害而难过。

我的确很难过。我在怪自己。要是晚一点把红包的事情告诉爸爸就好了。晚一点，就晚一点点，过了十二点。我还有很重要的一场戏没有演。那就是当钟声敲起，外面爆竹声最响的时候，我捂紧耳朵把头埋进爸爸的怀里。你知道吗，整个除夕夜，只有在那一两分钟里，我会忘了自己是在表演。

程恭

你还记得我们小时候吧，南院这一带很荒凉。这座医科大学算是在城市的最东边了，再向东就是电厂，电厂向东就是麦田和村庄。村庄里的人会带着新摘的苹果和花生到大学门口卖。还有一个人，总是拎着一小袋刚下的土鸡蛋，从在食堂工作的大斌的爸爸手里换走几桶泔水。当时这周围没有高楼，更没有现在的电子科技城，只有电厂的两根大肚子烟囱立在那里，因为中间没有楼房遮挡，所以总是觉得离我们很近。它们在晴天里吐着斜斜的烟，在沙尘暴、暴雨和风雪的恶劣天气里，就变得很恐怖，像两条外星人的腿，正朝这边走来。那情景总是让我联想到世界末日。

那时候这座大学没有好几个校区，只有一个校园，对面是家属院，我们跟着大人们管它叫南院。我的奶奶家和你的爷爷家都住在南院，但一东一西，中间隔着食堂、车棚，还有一个很小的小树林。早晨我们会在那里等对方，然后一起去上学。没有人比我们离学校更近了，附属小学就在南院的西南角。

六岁的时候，我被我爸爸送到了南院，八岁那年，你也被你妈妈送到了这里。你不喜欢这样的安排，刚来的时候闷闷不乐。你不想知道附近的邮局在哪里，书店在哪里，也不愿意和小卖部的掌柜攀谈，告诉她你的名字，春游的时候你为了逃避拍合影躲到假山后面。你告诉我们，你只是暂时待在这里，你爸爸很快就会来接你。我看着你，总是想到两年前的自己。我于是又开始跟着你一起，幻想自己很快会被接走。不同的是，三年之后你离开了，而我又在这里待了二十四年。我刚去"五福药业"上班的时候，大斌向其他同事介绍我，说我和他一样，都是从小在南院长大的。我认真地纠正他，我是六岁的时候才搬来的。有区别吗，大斌撇了撇嘴，怪我吹毛求疵。他不会理解，六岁之前的那段生活对我很重要，就算几乎快要忘记了，我也要在记忆里保留它的位置。我好像从未对你说起过那段生活。不知道为什么，那些最重要的事我都没有对你说。

按照八字先生的说法，我在六岁那年起运，从此开始十年一轮的大运。老人说，起运之前的命是轻飘飘的，很容易夭折。起运以后，人生才算真正开始，就好比树木牢牢地扎根于泥土。我倒情愿没有扎根。所谓的"起运"，更像给一匹马套上嚼子，从此被命运牵起缰绳，循着它早就设定好的路线向前走。我一直都很怀念六岁之前的生活。那时候，命运还没有找上我。

"妈妈只有小恭，小恭也只有妈妈。"小时候我妈妈常常这样说，然后把我拉到怀里，轻轻抚摸我后脑勺上的头旋，"是不是这样啊？"看到我点头，她才松了一口气。当然如此，在我看来这根本没有询问的必要。可是妈妈却总是喜欢这样问，一问再问。

那时我并不知道，自己生活在一个妈妈圈起的狭小而封闭的空间里，还以为世界就是这样小。我没有去过幼儿园，也从来不在楼下玩耍，妈妈不交朋友，不访亲戚，连最熟悉的邻居，也只是在楼下遇到的时候才寒暄几句。这个世界上我认识的人，掰着手指头就能数过来。多数时间，我们哪里也不去，只是待在家里。家是两间很小的屋子，统共不到三十平米，被塞得满满当当。妈妈喜欢买东西，虽然生活很拮据，她却坚守着这一丁点乐趣。托在外贸批发站工作的女同学买来的旋转木马八音盒和打着太阳伞的洋娃娃，在玻璃厂门口抢购的低价处理的残次花瓶，到古玩集市上淘回的失了声的老收音机……她像一只筑窝的燕子，隔些日子就要衔回一点什么。这些没用的东西总是摆在家里显眼的位置，鞋子、雨伞和脸盆那些常用的东西，却因为缺乏美感而被藏在看不见的地方。它们在床底下挤得快要窒息，有时会撩起床单，露出半个脑袋透一口气。我们躲在密封罐头似的家里，把时间挡在了外面，所以那段日子好像过得特别慢。

除了那些没用的摆设，我妈妈还很喜欢买衣服。不过其实她的很多衣服也是摆设，根本没有穿过。但它们非常漂亮，大衣有别致的领子，裙子有特别的下摆，羊毛衫的毛线一点也不扎人，软得让我总想用脸去蹭一下。妈妈把一件因为颜色太艳而从来没有穿过的桃粉色毛衣给了我，让我枕着它睡觉。因为我很喜欢闻那上面的一股特别的香味，像腐烂了的甜苹果。我也有一些漂亮的衣服，虽然没有妈妈那么多，背后有绊扣的小西装坎肩，红黑大方格的呢子外套，还有胸前绣着船锚标志的白色毛衣，它们只有一个缺点，就是都不怎么合身，多数太肥大了，妈妈说再放几年就能穿。虽然很少外出，但是每次出门妈妈都会把我打扮一番。我记得有一次和妈妈在巷子口遇到楼下住的美珍阿姨。她用羡慕的目光打量着我们，"瞧瞧，"她伸手摸着妈妈身上那件驼色呢大衣的领子，"这身行头又是那个外国亲戚寄来的吧。"妈妈微笑不语。我抬起头看看她，我可从来不知道我们有什么外国亲戚。

在大多数白天，我都不记得自己还有一个爸爸。他总是在深夜回来，带着一身酒气，眼睛里的红血丝好像就要喷出来了。他从来没有什么正式工作，却一直很忙，借着做运输生意的名头，整天在外面鬼混。他酗酒、嗜赌，好像非得如此才能释放掉体内过多的能量，倘若体内还是有剩余的能量，他就打妈妈。

从记事那天开始，我就总是看到妈妈被打，也看到她对此早已习惯。她只是希望暴力发生的时候，我已经睡着了。如果还没有，又或是被惊醒，妈妈也希望我能像睡着了一样，不要哭，不要叫喊，好让一切快些过去。我的确是这样做的，乖乖地待在黑暗里，屏住呼吸，不发出任何动静。作为奖励，或是补偿，等到那场暴力结束，妈妈再次回到我身边的时候，会让我抓着她的乳房入睡。在溶着月光的夜色底下，她那小小的锥形的乳房，像一座洁白的神祇。我栖息在上面，噩梦就没有再来找我。

但也有的夜晚，妈妈没有再回到床上。在梦的间隙里，我醒过来，跳下床，走到另外一间屋子的门边。妈妈和爸爸躺在大床上。爸爸的褐色大手，笼盖在我的神祇上面。

早晨醒来的时候，妈妈又回到了床上，正靠在床背上，抱着肩膀发呆。我端详着她手臂上被香烟烫起的水泡，用手指轻轻地触碰它们。指肚掠过亮锃锃的凸面，有一种奇妙的触感。我数着她身上的瘀青，一块一块，就像下雨之前天空里的云彩。新的，旧的，似乎从来没有彻底好过。长大以后我才发现，并不是每个女人的皮肤都像妈妈那样，薄得近乎透明，幽蓝色的毛细血管曝露在表面，那么脆弱，轻轻一戳就破裂了。我喜欢看她受伤的样子，那时的她显得特别美。所以我以为她也喜欢自己受伤的样子，甚至是为了受伤才来到这个世界上。

我也是后来才知道，妈妈的确有在外国的亲戚。她的祖父一九四九年去了台湾省，从那里又去了美国。不过据我所知，她的祖父没有联系过她。她的父亲是独子，被祖母一个人拉扯大。她出生不久，祖母和父亲病死了，母亲在稍后的三年自然灾害里饿死。她被过继给祖父弟弟的儿子，由他抚养长大。"文革"中，表叔一家因为有她祖父的海外关系，成天被批斗。她在整日的惶恐中长大，生怕他们会因此抛弃了她。

恐惧的阴影一直留在她的眼睛里，如同白垩纪时代动物逃亡时留下的足迹。她的美丽与那种恐惧相互依存，当我爸爸第一次在展览馆门口遇到在那里做讲解员的她时，也许就感觉到这个女人身上有一种他想要赶尽杀绝的东西。我妈妈可能过了太久寄人篱下的生活，很希望有一个自己的家，所以才会和这个无赖似的缠着她的男人交往。她很快发现他是个混蛋，但自己却怀孕了。为了不给表叔家再添任何麻烦，她决定和他结婚。很多年以后我陪一个女孩去买紧急避孕药的时候，忽然想到要是当年就有这种药，我和妈妈的那场亲缘就根本不会存在了。

我爸爸的恶劣行迹一直可以追溯到童年。他小学没毕业就跟着一群红卫兵混。后来世道太平了，他却停不下来，动辄就和别人打架，也没有正经工作，没钱了就想一些敲诈勒索的法子。他砍伤过别人的手臂，打断过别人的鼻子，自己当然也没少受伤，左腿被敲断过，有一点跛，跷着脚走过来的时候让人感到不安。他从小在南院长大，这里没有人不认识他，他们见了他都躲着走，背地里管他叫"程玩命"。我相信你刚来南院的时候，肯定就有人对你讲起过。

虽然我没有亲眼见过，但我感觉我爸爸其实不擅长打架。他只是无法控制自己的怒火。他身上有一种强烈的仇恨情绪，但他不知道该恨谁，就漫无目的地发泄着怒火。有一年夏天，我们一家三口难得一起出门，到南院来给我奶奶过生日。酷热无风的下午，我们站在站牌底下等公车。等车的人群里有个很漂亮的女人，比我妈妈年轻一些，穿着一件白色的连衣裙，大荷叶边的领子在背后开得稍低，露出一截脖颈。我爸叼着烟，盯着她看。

"骚娘们儿！"他低声说。

他凑到那个女人的身后，踮起脚跟，眯着眼睛假装在看高处站牌上的字。然后不经意地抬起手，将那支冒着火星的烟蹭在女人领子上。女人正朝车开来的方向张望，全然没有发觉，周围的人也没有看到。只有我和妈妈，我们看着火焰咬着荷叶边，一丝一丝吞下去。妈妈紧紧地攥着我的手，似乎担心我叫出声来。那是多么漫长的一分钟，我们是如何绷住身体，把自己留在原地的？荷叶边被火焰蚕食掉一小块，留下一排黑色牙印。车来了，女人走上去了。妈妈松开了我的手。

我怀疑这种毫无来由的恶，可能是基因里就有的。因为我搬到南院以后，发现在这里我奶奶比我爸爸还有名。

大家都还记得她是怎么跑到对面附属医院辱骂一个不知道怎么得罪了她的小护士，害得对方惊吓流产的，也一定不会忘记她每天捧着痰盂拎着垃圾倒在护士长家的门口，只是因为她为那个小护士说过几句公道话。但是他们说她原来没那么可怕，是我爷爷在"文革"中受迫害，成了植物人以后，她才慢慢变成这样的。可是他们又说，我爷爷在变成植物人之前，也是个狠角色，那时候是副院长，在附属医院呼风唤雨的，别人都怕他。所以到底是不是基因的问题，我也弄不清。

我奶奶很不喜欢我妈妈。事实上我爸爸娶任何人她都不喜欢。除了自己家里的人，她觉得这个世界上都是坏人，都是她的敌人。我妈妈嫁过来以后，奶奶自然没有"亏待"她。让她在洗衣板上跪一下午，还拿擀面杖打过她。

相比之下，我姑姑算是奶奶家唯一正常的人了。她性情胆小怯懦，这些年在家里一直是个逆来顺受的角色，我妈妈嫁过来以后，有人分担了她承受的压迫，让她轻松了不少。她们有过一段短暂的友谊，那主要是靠我姑姑单方面的努力。她用各种方式讨好我妈妈，利用工作的便利，帮她开各种药，还把医科大学浴室的洗澡票分给她。她有点崇拜我妈妈，因为我妈妈举止优雅，谈吐不俗，而且，她实在是一个好看的女人。那种好看，如同一串昂贵的项链，就算不能拥有，也想要凑近了看一看，想象一下自己戴上它的样子。想象过后又不免神伤，所以姑姑会忍不住在奶奶面前说我妈妈的坏话，导致她们的关系越来越糟。

不过后来妈妈和姑姑疏远，并不是因为姑姑爱挑拨，而是因为我。从我懂事开始，她就有意将爸爸一家人隔绝，不让他们侵入我们的生活。她希望我被各种美好的事物包围起来。我刚出生不久，有一次姑姑来看我妈妈，我妈妈正抱着我在阳台上晒太阳，录音机里放着交响乐。她把食指放在唇边，示意姑姑不要作声，让我继续安静地听完那首曲子。你瞧，他听贝多芬听得多入迷，我妈妈说。那么小的孩子懂什么，我姑姑觉得很可笑。他什么都懂，常常都会让我觉得不可思议，我妈妈微笑着说。她给我听交响乐，讲童话故事，在墙上贴满凡·高和夏加尔的画，那时候她野心勃勃，非要把我培养成一个了不起的人物不可。但是这种信念随着我一天天长大，渐渐消失了。残酷的日常生活磨损掉了她全部的耐心。

我真的忘了第一次和妈妈去泰康食品店是什么时候了。后来我爸爸一再追问，要不是他非要逼迫我想起来，我或许还会忘记。我只是记得每次都是下午。我妈妈领着我穿过一条街去泰康食品店买点心。那个男人在店里做售货员，因为每天跟点心和糖果打交道，身上有一股甜味，讲起话来也很黏腻。我不记得他叫什么名字了，也可能从来都不知道。我只是管他叫蜜饯叔叔。妈妈每次带我去，蜜饯叔叔总是会抓一大把彩色蜡纸包裹的蜜饯塞进我的口袋。

"太多了，给几颗就行了，"妈妈笑盈盈地看着蜜饯叔叔，"你这样我以后可不敢再来了啊。"

没过两天，我妈妈又带着我去了。我的口袋里再次塞满了蜜饯。午后的店里没有什么顾客，妈妈把手肘支在柜台上，和蜜饯叔叔有一搭没一搭地说话。柜台很高，高过我的头顶，我一个人在底下吃蜜饯，把皱巴巴的糖纸捋平，叠成小人。上面忽然传来妈妈嘤嘤的哭声，震得脚底下的影子发颤。我抬起胳膊，想要去拉妈妈的手，可是她的手已经被别人拉住了。

临走的时候，蜜饯叔叔又给了蜜饯。蜜饯多得吃不完，睡觉的时候，我的嘴里也要含上一颗，连做的梦都有一股凉飕飕的甘草味。

有一天我从甘草味的梦中醒来，屋子里空荡荡的，我妈妈不见了。她走得很匆忙，什么也没有带走，不过好像也没留下什么。她唯一留给我的，是两颗因为吃太多蜜饯而蛀坏的牙齿。我不知道我妈妈为什么没有带我一起走。是我什么地方令她失望了吗，使她决定抛弃我。但在很长一段时间里，我并不相信她会真的那么做。我总觉得等她安顿下来，就会回来接我。所以我一点都不愿意住到奶奶家去，我只想待在家里等她。可是我爸爸根本不会问我的意见。他只想找个地方把我丢下，就再也不用管了。

春夏之交的傍晚，我站在门边，看着爸爸粗暴地收拾着东西，把我们曾经的家装入两只塑料编织袋。天光渐弱，黑暗把空旷的房间再度填满，使摘去照片和画框的白墙不再那么刺眼。我蹲下身，从爸爸准备扔掉的破烂里，悄悄拣回一只发条铁皮青蛙和几颗玻璃弹珠。爸爸把两只口袋绑在自行车后座上，我们就向着奶奶家出发了。他骑着车子，让我跟在后面跑。起先骑得很慢，后来穿过一个拥挤的集市，变得不耐烦，就快了起来。我在后面拼命地追，险些撞翻一个水果摊，还碰掉了一个小女孩手里的风车。口袋里的玻璃弹珠蹦跳出来，滚落到地上。我拼命地奔跑，生怕下一秒爸爸也会从视野中消失。

我奶奶家也是两间小小的屋子。世界上所有人的家，可能都是两间小小的屋子吧，我心想。房间里没有几件像样的家具，只有大大小小的木箱、纸箱，看起来像一个仓库。我环视四周，想要找到一点花瓶、相框之类的小摆设，但唯一找到的只有墙上那面方形的钟表，表盘下方写着一行红字：庆祝医科大学建校90周年。后来我发现，我奶奶酷爱这种红字，茶缸上有，脸盆上有，暖水瓶上也有。不过庆祝的内容不太一样，有的是建校，有的是建党。

已经到了晚饭时间，桌上摆着几只黑漆漆的海碗。只有三把椅子，姑姑搬来缝纫机凳，让我坐在上面。奶奶抱怨第四把椅子是被我爸爸砸烂了，他声称会给她再配一把，可是根本没做到。然后她开始历数我爸爸没兑现的承诺，从买炸糕到给她镶金牙，一件一件，都记得很清楚。我奶奶说话似乎不用舌头，字还没有咬出形状，就从喉咙里滚了出来。那种古怪的声音，让我想到鹧鸪，或是别的什么鸟。我爸爸则好像一副听不懂这种语言的模样，泰然自若地吃着饭。

缝纫机凳很矮，我必须挺直身体，伸长脖子，可是悬在手里的筷子却不知道要落在哪个碗里。哪个碗看起来都一样，无论肉片、西葫芦，还是茄子都浸在一钵酱油汤里。馒头不知道馏过多少次了，吸饱水的馒头皮已经烂掉，一块块掀起来。我拿着馒头，偷偷去看奶奶和姑姑，希望有谁会把剥下来的馒头皮扔掉，可是她们却放进了嘴里。奶奶还捏起一块，在酱油汤里蘸了一下。爸爸则连剥也没有剥，就直接吞下去。他们看起来真像一家人啊，我万念俱灰地摘下一小块馒头皮吃了下去。它像块肥肉似的迅速在舌头上化开，我呕了一下，险些吐出来。

我爸爸吃过晚饭就走了。出门的时候奶奶在后面喊，让他记得每个月交我的生活费。我收起桌上的脏碗，走到厨房交给姑姑，然后站在旁边殷勤地接过洗好的碗，用干布擦去上面的水珠。我猜想讨好她应该比讨好奶奶简单。直到姑姑洗完碗，擦完灶台，把厨房的一切都收拾妥当，我才跟着她回到外面的房间。

屋子里的光线暗得让人缺氧。只有餐桌上方的墙上悬着一支灯棍，豆绿色落满尘埃的灯罩投下大片阴影，像张开的蝙蝠翅膀。黑白电视机嗡嗡嘈嘈地响着，奶奶躺在窗户底下的沙发上。那是一只很破的竹藤沙发，很多藤条已经断了，到处支棱着半截的枝茬。沙发中间有一个凹陷的大坑，刚好兜住奶奶扁小的身体，看起来像是躺在树梢上的一个鸟窝里。我以为她睡着了，正要松一口气，她却腾地坐起来，眯起眼睛上下打量我。然后，鹧鸪的声音从那张布满皱纹的脸后面传出来。

"快把他身上的衣服脱下来！"

我还没明白过来怎么回事，一只胳膊已经被姑姑抓住了。她拉起我身上的条纹线衣，去解前面的一排扣子。"费什么劲，直接扯下来！"我奶奶说。

姑姑就去撕拽那件线衣，扣子一颗颗掉到地上，然后她揪住后面的衣领，把它从我的身上扒了下来。

"裤子！还有裤子！"奶奶嚷着。

姑姑蹲下身，一只手箍住我，另一只手去拽我身上的灯芯绒裤子。

"你还当你妈给你穿的这些衣裳是宝贝呢，"奶奶站起身，抄着双手朝地上啐了一口痰，"这些都是从死小孩身上扒下来的！浑身烂臭，长满了蛆的死小孩！现在上面粘着的蛆卵已经爬到你身上，钻到你耳朵里去了！"

"你胡说！"我大叫。

"你奶奶没骗你，"姑姑拾起丢在地上的线衣，翻过来让我看接缝处的水洗标，那上面全都是密密麻麻的英文字母，"这些旧衣裳是你妈妈在海右市场买的，那里卖的都是用集装箱从国外运来的垃圾。"

我惊愕地站在那里，任凭姑姑抬起我的腿，把堆在脚踝上的裤管拽下来。她用两根指头捏住裤子的两端举在空中，"你瞧，这颜色还新着呢，一看就没洗过几水，要不是从死人身上扒下来的，好好的干吗要扔掉？"

"别抖搂了，脏死了！"奶奶狠狠地戳了一下姑姑的肩膀，"快去翻翻他带来的包，把那些死人衣服都抱到楼下烧掉！"

我看着姑姑拉开塑料编织袋，绣着船锚的线衣、连帽风衣、鸭舌帽……她一件一件从里面拎出来，像是为了让我最后一次再看看那些衣服。它们散逐到空气里的气味如此熟悉，我不知道究竟是我妈妈的，还是那些死去的小孩的。姑姑把挑拣出来的衣服塞进一只空纸箱，抱着它下楼了。

"谁见过这么恶毒的妈哟，给自己的亲儿子穿死人的衣服……"

奶奶打了一个哈欠，欠了欠身，走进了她睡觉的房间。

我穿着单薄的秋衣站在屋子当中。隔了一会儿，"哇"的一声大哭起来。我迷茫地哭着，不知道究竟因为什么。因为失去了那些心爱的衣服，因为害怕死小孩身上的蛆虫钻进耳朵，还是因为妈妈欺骗了我。我想到我枕着睡觉的那件桃红色毛衣，上面好闻的腐烂苹果的甜味也许是一个死了的女人身上的香水味。曾经美好的记忆变得毛骨悚然。从前再熟悉不过的妈妈也陌生起来。我觉得自己再也不能像从前那么爱她了。

我哭累了，趴在缝纫机凳上睡了过去。不知过了多久，听到身边有动静，睁开眼睛看到姑姑正把椅子搬走。她把两把椅子并排放在床边，将那张单人床加宽，又从床头的木箱里取出一条百衲被铺在上面。

"过来吧，你跟着我睡。"她把我从地上拉起来。

"秋衣也得换，"她看了看我，"这是你奶奶的意思……"

她拿起搭在床上的豆沙色的秋衣说："先穿这个吧，将就一晚上，明天我去给你买两身新的。"

那是一件女士秋衣，穿在我身上成了到脚踝的袍子。她伸进长出一大截的袖子，把我的手拉出来。

"好了。"她帮我挽好袖子，坐在床边看着我。我把头扭向一侧。

"喏，这个给你。"她从毛衣口袋里掏出一块糖放在我手里。凉滑的蜡纸摩挲着我的掌心。我低下头，是蜜饯叔叔给我的蜜饯。

"刚才烧衣服的时候，从裤子的口袋里找到的。"姑姑说。

"就这么一块了，"她说，"你要是爱吃，我以后再给你买。"

"不用了。"我攥紧它，把那只手缩回袖子里。

临睡前姑姑把辫子上的皮筋解掉，散开一头长发，关掉了灯，在我的旁边躺下来。也许是太暗了，又或者因为思念，又或是她那有显著特征的凸额头和高颧骨都被长发遮住了，当我转过头去看她的时候，竟觉得有一点像妈妈。

我努力地忍着，才没有把自己的手放在她的乳房上。过了一会儿，轻微的鼾声响起来。

在黑暗中，我鬼鬼祟祟地剥开糖纸，把最后一颗蜜饯放进嘴里。

如果还有别的选择，我一定不会把对妈妈的感情转移到姑姑身上。你是见过她的，但可能根本不记得她长什么样。她永远梳着齐耳短发，说话的时候不敢正视别人的眼睛，像个受委屈的童养媳。小时候有两样东西阻碍了她的发育成长：饥饿和恐惧。饥饿令她长得非常瘦小，只有一米五多一点，恐惧使她总是含胸，缩着脖子，努力想把自己变得更小。她并不难看，五官也算端庄，只是长得小心翼翼，生怕有什么突出的地方，引起别人的注意。那对于她来说，就意味着置身于巨大的危险之中。她希望人们最好把她完全忽略掉。和一群人在一起的时候，她总能做到让他们忘记她的存在。

有一次她买了一套水彩铅笔送给我。作为报答，我坚持要为她画一张像。于是她在我的凝视下，艰难地坐了十五分钟，整个脸涨得通红。也许从来没有人这样认真地看过她，我想我大概是第一个。

春天到奶奶家的时候，已经错过了幼儿园开学，我奶奶也懒得再去想办法，索性让我在家里待到秋天，直接去上小学。南院有很多小孩，可是他们都上幼儿园，我一个也不认识，就只能和自己玩，从春天一直玩到秋天。没多久我爸爸和一个寡妇同居了，很少回南院来，生活费也拖着不给。我奶奶每次想起这件事，就会把火发在我身上，抄起扫帚追着我打，嚷着说明天就让我滚蛋。但其实我是有一些用处的，可以帮她拔草，给丝瓜和葫芦浇水。她在后院种了很多蔬菜，但是到了春天，她就开始惦记外面的野菜，野荠菜包馄饨、槐花炒鸡蛋，一想到这些就会流口水。每天早晨她给我背上一个筐子，让我出门去挖野菜，拣槐花。还有杨树花絮，就是一串一串长得很像毛毛虫的家伙，奶奶会把它们剁碎了混进肉馅做包子。在济南的土话里，杨树花有个名字叫"无事忙"，人们是笑它空开花，不结果子，到头来白忙一场。那时我不大明白其中的意思，但只是念着这个名字觉得有点伤感。我站在高高的杨树底下，挥动几下竹竿，然后仰起头，看着那些白忙一场的花纷纷落下。

我背着筐子到处游荡。那时候觉得南院真大，从这头到那头要走好久。不过我有的是时间，要是我愿意，可以在外面待一整天，奶奶也绝对不会出来找。我的游荡范围不断扩大，渐渐不局限于南院，医大的校园、附属医院，还有门前那条街上的小商店，我把周围能去的地方都去了一遍。

有一天，我出了南院，不知不觉拐到另一条街上。那里有一座我从来没有见过的教堂。深褐色的石墙，刺入天空的十字，看起来非常壮观。大门是敞开的，里面传出歌声。我穿过院子，站在礼堂门口朝里面张望。所有的人都站着，牧师说一句，他们跟着重复一遍，像小学生。还有几个女人哭了，越哭声音越大，也不去擦眼泪，别的人也没过来安慰。但等到仪式结束，她们立刻就好了，有说有笑的，和先前完全两个人。散场之后人们陆续往外走。前排的三个老年女人经过门口的时候，注意到了我。

"咦，这是谁家的小孩，从来没见过。"其中一个矮个子女人打量着我。我穿着肥大的汗衫，上面破了很多小洞，领子大得露着半个肩膀，脸上蹭的都是灰，身后还背着好大一个竹筐。

"你自己来的？你家住哪儿啊？"高个女人问。

她们问了我很多问题，直到问出我爸爸是谁，奶奶是谁。

"哟，老程家的小孩……难怪呢。"矮个女人盯着我脚上绑满胶布的塑料凉鞋。

还有一个绾着银白色发髻的女人，一直没有说话，她又走进礼堂，回来的时候手里拿了一把糖。

"这个给你，"她说，"拿着吧。"她看起来比我奶奶年轻一些，一双大眼睛包裹在柔软的皱纹里。

"我说什么来着，绘云的心肠就是好，咱们都得跟她学。"矮个女人对高个女人说。

"是啊，可是我真不喜欢他奶奶……"高个女人小声嘟囔。

我没伸手去接。自从蜜饯叔叔之后，我对陌生人给的糖果充满警惕。那个叫绘云的女人抓起我黑乎乎的手，把糖塞在手心里。

"下星期天再到这里来，好吗？"她对我笑了一下。

我没道谢，攥着那把糖跑掉了。

隔天我跟着姑姑去南院的食堂买馒头，在门口碰到了那个叫绘云的女人。她应该也住在南院。我以为她会过来跟我说话，但她看见我像不认识一样，面无表情地走过去了。我心里有点失落。很久以后，我才知道原来她就是你的奶奶。

星期天我又去了教堂。礼拜结束后，她走出来，又对着我笑了。这次她没有给我糖，跟牧师匆匆道别之后就走了。我一个人在院子里晃荡了一会儿，正打算离开，牧师走了过来。

"小朋友，你叫什么名字？"

"程恭。"我说。

"成功？哈哈，好名字。"他眯起小眼睛打量着我，"你知道一个人最大的成功是什么吗？"

我摇摇头，朝门口走去。

"就是做一个品德好的人。"他拉住我，把手搭在我的肩膀上，"能记住我刚才在台上讲的话吗？"

我又摇了摇头。

"尽量多记几句，会有用的，知道吗？"他拍拍我的头，"先别走，等我一下。"

正午的阳光明晃晃，我站在院子中央，看着他走出礼堂，手里拿着一只塑料袋，从里面掏出一双蓝色塑料凉鞋。

"试试看合不合脚。"

鞋子是新的，还带着标牌。我狐疑地看着他，慢吞吞地脱下破凉鞋，把脚伸进新鞋子。

"正合适嘛，"他说，"穿着吧，旧的那双别穿了，带子断了容易摔跤。"他又拍拍我的头，"以后你有什么需要都可以跟我说。好吗？"看到我点头，他也满意地点点头，"不过我希望你每个星期都来，这样你就能长成一个品德好的人。"

我穿着新凉鞋往回走，心里有点纳闷，教堂是个聚宝盆吗，怎么里面什么都有，转眼就能拿出一双我这么大小孩穿的凉鞋。也许牧师会变魔术。不是一直在讲那个叫上帝的神吗，可能神传授给他一点法力。回到家，我跟姑姑讲了这件事。姑姑说一定是上一次我去的时候，牧师就看到我脚上的凉鞋破了。可是我记得那次牧师根本没有看到我。但姑姑没兴趣探究这个，她关心的是为什么牧师要让我每个星期都去。哦，我知道了，她说，他是想培养你，他发现你不是个普通小孩。我问培养我干什么。做牧师啊，她说。我说我不想当牧师，我要当飞行员。知道了，她说，可是也别辜负人家的一番好意。她想了想，你再让他给你买两件衣服吧，都破了，穿得太费了。哦对了，再买个遥控车，你不是一直想要吗？就当你的生日礼物吧。我说我改变主意了，想要一辆自行车。她拧了一下我的耳朵，行啊你，够贪心的。

星期天我又去了教堂。等所有人都走了，我才过去跟牧师说，下个月就是我的生日了，我想要新衣服和自行车。这一次牧师没有把东西变出来。他甚至也没答应，就只是说你下星期再来吧。好不容易又到了星期天，我一大早就跑去了，几乎旁听了整个仪式，牧师的话太长了，神啊罪啊说个不停，我趴在最后一排的桌子上睡着了，直到结束的时候才醒。和几个围着他的人讲完话之后，他转身消失在讲堂后面。过了一会儿，他推出一辆小自行车。车身是大红色的，在礼堂幽暗的灯光下熠熠发亮。从来没有人对我有求必应，那一刻我真的有点感动，甚至觉得就算让我当牧师也行。

自行车车把上挂着一个塑料袋，牧师从里面拿出两件衣服。一件是白色衬衫，一件是蓝白条的圆领汗衫。他在我身上比了比，又放回袋子里。"你看这样好吗？"他笑着说，"以后每年生日都满足你一个愿望，想要什么可以提前告诉我。"

"好。"我抚摸着银色的车把，头也没有抬。

临走的时候，他又叮嘱我要常去，做个品德好的人。

我骑着自行车从教堂出来，凉爽的风吹在脸上，双脚越蹬越快，脚踏板好像就要从脚下飞出去了。那种快活的感觉我一直都记得。在记忆里，那天好像是个分水岭，那天之后，我似乎才真正从南院住下来。陌生人的善意使我开始喜欢这个地方了。我相信牧师的恩惠也不是随便给人的，就像姑姑说的，我不是个普通小孩。虽然我还是不想当牧师，可是他对我的那份期望很重要。如果说妈妈的离开令我很沮丧，从内心深深地否定了自己的话，现在总算找回了一些自信。

生日的前一天，早晨我刚醒，一颗牙齿从嘴里掉出来。我开始换牙了。我把那颗牙齿托在手心，观察上面褐色的蛀斑，口腔里漾起一股酸液，久违的甘草味又泛上来。但它很快退去了。那短暂的涌现似乎只是为了和我道别。姑姑说，上排掉的牙齿要埋进土里，下排掉的应该扔到高处，这样新牙才会长得好。我站在奶奶家的院子中央，用尽全力一跳，将那颗牙齿扔到了加盖的杂物间屋顶上。可是当时姑姑没有告诉我，把牙齿扔到哪里，就是把根种在了哪里。

我竟然在那幢楼里，一住就是二十多年。

李佳栖

很小的时候，我就有一种预感，有一天我爸爸会离开我们这个家。我还为他设计了一条最便捷的途径，就是爱上他的某个女学生。他在中文系除了教书，还担任班级辅导员，理所应当地要过问同学们的生活，和梳着流水长发、把一本诗集抱在胸口的女学生谈谈心。"谈心"，我真的很喜欢这个过时的词，特别有八十年代的气息，那个时候的人心还没有埋得太深，还是可以把它谈出来的。

我爸爸没有邀请过他的学生到家里来，也没有让我和妈妈参加过他们的聚会。所以我从来没有见过他的女学生。我对她们仅有的一点了解来自他带回来的几本毕业纪念册。也就是说，每次都要等到毕业的时候我才能认识她们。但她们可没有要曲终人散的意思，在毕业寄语里写道："我们的故事还没有结束""你是我永远的驿站"，每次读到这样的句子，总觉得那是写给我爸爸的情话。在下午的阳光里，我眯起眼睛，从小帧的照片里仔细审视着那些环抱双膝看落日、拿着一顶太阳帽坐在草坪上的女孩，好像在为自己挑选一个后妈。

我毫无理由地相信她们都比我妈妈好。倒不是年轻，当然也很难超越我妈妈的美貌，主要因为她们不是乡下人。我没有想过，她们也有可能是乡下人。考上大学才离开农村，在城市里生活的时间还没有我妈妈长。但她们看起来不像乡下人。她们能够讲出我妈妈永远也讲不出的"我们的故事还没有结束""你是我永远的驿站"之类的话。

可是那个带走我爸爸的女学生一直都没有出现。一九九〇年，我爸爸辞去了大学教职，决定去北京做生意。他离开之前，我第一次见到了他的学生们。

那天晚上，七八个学生来到我家。我爸爸还没有回来，他的朋友在附近的一家餐馆为他饯行。学生们在狭小的客厅坐下，神情严肃，谁都不肯吃一口我妈妈端上来的西瓜。

"师母，打扰您休息了吧，可是我们真的很想再见一见老师……"一个女生说，她的眼睛很肿，好像哭了很久。

"师母，"一个男生说，"您不知道，老师对我们有恩……"

我妈妈有些迷惑地看着他，也不知道该说什么，只能报以微笑。

那个男生继续说："去年我们去北京，只有他一个人支持。后来学校要处理，也只有他站出来保护我们。那些人就揪住了他的把柄，最后连累他受了处分……"

我妈妈根本不知道这些事。不过现在这个已经不重要了。她关心的是他们提到的"北京"。

"那他现在去北京不会有问题吧？"她问。

虽然学生们说不会，可她还是忧心忡忡。对她来说，"北京"是一个只会在新闻联播里出现的词，连着"国家""世界"等更大的词。和外国领导人会晤，筹办亚运会，国庆阅兵，在我妈妈的头脑里，北京是一个办大事的地方，她无法想象怎么在那里过日子。她想听他们再多说说北京。她问他们北京是不是都是电视上看到的那种很宽的大马路，是不是总有很多人在广场上。学生们其实也只去过一次北京，却好像已经待了半辈子似的。他们把在那里度过的十几天讲给我妈妈听。醉生梦死的日子。梦醒了，也真的是死过一次了。我假装若无其事地躲在妈妈的身后，手里转着塑料洋娃娃的胳膊。一圈一圈，像是留声机的摇把。随着他们的情绪越转越快，忽然之间，那根胳膊从娃娃的袖子里掉出来，飞了出去，落在一个男学生的脚边。讲话的人戛然停住。大家看着我，好像这时才发现我的存在。男学生从地上拾起那只胳膊。我迟疑了一下，红着脸走过去。他从我手中拿过娃娃，捏住胳膊，对准它身体上的那个窟窿，用力地按进去。

"喏，别再弄掉了。"他把娃娃还给我。

这个小事故之后，大家都陷入了沉默。空气变得硬邦邦的。屋子里的电压很低，白炽灯光在颤动。嗡嗡，嗡嗡。

我爸爸回来的时候已经喝醉了。他裹在热腾腾的酒气里，像一块烧得发烫的煤。刚进门的时候，他还在上一个聚会散场的失落中，忽然看到一屋子学生，立刻高兴起来。那是一种喝醉了的人才有的高兴，空心的高兴。只是喜欢热闹，没有别的。我妈妈给他搬来一把椅子。他跟跄了很久，也没有使自己坐下来。我有一点替他担心，害怕这会损害他的形象。可是学生们看他的目光依然很崇敬。还有一种心疼，好像他们很清楚他所承受的痛苦。我嫉妒他们知道那么多，比我和妈妈更像他的家人。

"你们要让我说多少遍，我辞职和你们没关系！"我爸爸挥动着食指，"我只不过是看透了而已，"他摇了摇头，"一点意思都没有。"

学生们紧咬着嘴唇不说话。有个女生小声哭了起来。

"别哭，小枫，你不要哭。"我爸爸的声音很温柔。他终于坐在了身后那把椅子上，发了一会儿呆，忽然笑了出来。

"我们不要再抱什么希望了。"他说。

在我的记忆里，那个悲壮夜晚就在这句深奥的话里结束了。不过其实并没有，只是我被妈妈拖回房间睡觉去了。

当时他们说的那些话，虽然听不懂，可是不知道为什么都记住了。多年以后，我竟能把那个时候学生们讲述的在北京发生的事完整地复述下来，令许亚琛非常惊讶。有些情景连他自己都记不清了，又或是被篡改了。于是他对我说，很多事情可能都是注定以一种看似不经意的方式被记录下来。

许亚琛就是那个帮我把娃娃的胳膊接上去的男学生。四年前，我遇到他的时候还在时尚杂志做编辑。那场慈善拍卖一如往常，聚集了富商和名媛。一个财富的秀场。人们对着明星戴过的珠宝、五大酒庄的名酒以及当红艺术家的作品竞相开价，拍卖的全部所得将会用于建立一所农民工子弟小学。爱心无价，主持人不断这么说，可那里的每一份爱心都是明码标价。许亚琛一掷千金，拍下一件著名艺术家的雕塑。主持人请他上台发言的时候，他用充满爱意的小眼睛俯看着坐在第一排的几个作为代表出席的小孩。

"我们所付出的只是一点微小的努力，却可能改变这些孩子的一生。"他说。

台下响起热烈的掌声。我说不上哪里不对劲，只是觉得那些孩子有点可怜。别人的微小努力就能改变他们的一生。他们该有多么渺小。

许亚琛穿着一件灰色衬衫，勉强扣上了最上面的纽扣，领子紧紧卡在滚圆的脑袋底下，像是给人勒住了脖子逼着还钱似的。我强迫自己记下他那张没有特点的脸，以便散场之后能在人群中找到他。他的身份是一家餐饮集团的老板，那阵子凭借公司上市风波，以及与另外一位创始人失和的新闻成为媒体新宠。杂志主编让我去约他做一个采访，放在"城市新贵"的栏目里。拍卖结束之后，我捏着一杯香槟慢慢移动过去，等到几个与他攀谈的人相继离开，才走上去讲话。他很爽快地答应了采访。任务完成了，我不好意思立即撤退，只得与他寒暄几句。他问到我是哪里人，我说济南，他说他是在济南读的大学。哪个大学，哪个系，哪一级。信息一条条命中。最终，我问他是否认识李牧原。他说那是他的老师。他是我父亲，我说。

"小师妹！"他激动地喊道。

我的手颤抖了一下，险些把杯子里的酒泼到他身上。这个称呼真的很动人，它让我觉得自己是爸爸那些学生中的一员。

许亚琛说他见过我，当时我还是个羞怯的小女孩。我却完全不记得他是学生中的哪一个，直到他忽然想起那个娃娃，说是他帮我把它的胳膊安了上去。我很惊讶，实在无法把那个男学生和眼前的这个男人连在一起。

"你当时那么小，肯定记不住我的样子了。"他说。

可是我说我记得他的样子。

"那就是因为我老了，也胖了。"他伤感地笑了。

也不是因为这个。或许是我从来没有想过他会成为一家餐饮集团的老板吧。他会成为什么人，我也不知道，但好像不应该是一个那么成功的人。一定是那个夜晚太伤感，我把那种伤感的基调当成了他们所有人的人生基调。

这时，主办方的工作人员走过来，请他和他买下的雕塑合影。那件雕塑是一个十来岁的小女孩，穿着粉红色的裙子，微微屈着膝盖，将上身向前探，仰面闭着双眼，仿佛空气里有一朵看不见的花，她深深地嗅着，一副很沉醉的模样。雕塑的名字叫"梦"。许亚琛按照摄影师的意思，伸出胳膊搂住"梦"，脸上露出微笑。

过了几天，我约他出来做采访。结束后他带我去一家餐厅吃晚饭。餐厅在六十五层，从大玻璃窗里往下看，灯火远得像是在人生的另一头。我们到地面的距离，如同我们到一九九〇年的距离一样遥远。谁也没有提起从前的事。他和我谈红酒，谈旅行，谈艺术品收藏，就像和所有新认识的女孩那样。吃完饭他开车送我，车子驶过长安街，广场空阔，深红的围墙在夜幕下呈铁锈色。车里很静，只有沙沙的空调声，他转过头来问我，要不要去他家喝酒。他说他家有一些不错的红酒。好啊，我说。

他刚离婚不久，一个人住很大一幢别墅。我们坐在他家的花园里喝酒。那是六月的傍晚，刚下过雨，空气很凉爽。微风吹着脸，让人不是那么容易醉。打开第二瓶酒的时候，他提起了我爸爸。我低头盯着杯子边沿，不想错过他讲的每一个字。

他说毕业之后好几年，他们才知道我爸爸去世的消息。班里的同学聚在一起，为他举行了一场小型的追思会，每个人都哭得很伤心。在他的记忆里，整个青春好像就在那场恸哭中结束了。

"不只是青春，好像一个时代就这么结束了。"他说。

"一个时代就这么结束了。"我小声重复了一遍，紧紧地捏住这句话，仿佛终于为我爸爸的死找到了一个隆重的意义。

那天晚上没有人喝醉。我们只是喝到我可以留下过夜而不觉得尴尬为止。

和许亚琛做爱的时候，我们似乎都在对方身上寻找着什么。化作泡影的理想、从前人与人之间的真诚与慷慨，以及那个消失的时代的痕迹。我们想要借助彼此，回到上次见面的那个时空里去。我想回去，因为我想把那些搞不懂的事弄明白；他想回去，因为他想把那些忘掉的事记起来。

"小师妹。"在身体紧贴着身体的时候，他低声叫我，让我记起我们之间始终隔着一个人。

"爸爸。"我喃喃地唤着那个在虚无空气里坚实存在的人。

那一夜谁都没有睡。我们躺在床上，一起回忆着一九九〇年的那个夜晚。我记得比他清晰得多。当晚所有人讲过的话，我都能复述下来。

"那时你问我们，谁记得长安街的路灯，一根柱子上有几朵玉兰花灯？十二朵，你说。因为在广场度过的漫长夜晚，你曾一遍又一遍数过。"我听到自己在说，但那个带着沙沙粗糙颗粒的声音好像不是我的，而是来自一卷多年以前录制好的磁带。忽然变得清晰的记忆是一道强光，照着许亚琛，使他变得很虚弱。他说他看到了从前的自己。是看到，不是想起。因为那个自己还在那里。在那个结束了的时代中。然后他对我说，他知道自己已经是一个残废的人了。

"我的一部分已经跟着那个时代一起死了。"他说。

我闭着眼睛，但知道天就要亮了，因为压在眼皮上的黑暗正在变轻。

清晨他穿上衣服，再度变回完整的人。他带着我参观整幢房子，展示收藏的黄花梨家具，又去看了新挖的酒窖，还打开二楼的一扇紧闭的房门，让我欣赏从各种拍卖会上买回的艺术品。宽敞的大屋，白日里也垂挂着沉厚的窗帘，据说是担心那些昂贵的摄影作品被晒坏。阻断了日光的房间，充满幽禁的气味。满墙的油画是一个个笼子，囚着少女、初夏的风景和熟透的苹果。地上立着高高矮矮的雕塑，好像是墓穴里的俑人。大概是后来收藏品买得太多，都懒得去拆了，好多画还蒙着塑料布。在屋子的最深的角落里，我看到了上次他买的那件雕塑。那个名叫"梦"的女孩。塑料膜还没有拆去，缠在上面的胶带，紧紧地勒住了她的笑。

许亚琛对现在的生活很满意。和很多成功人士一样，他相信从前遇到的挫折都是为了成就现在的自己。

"幸亏当时受了处分。"他说，"不然以我的性格，肯定是要去当官的。为了贪那么一点钱，整天提心吊胆的，一点儿意思都没有。"

一点儿意思都没有。我爸爸也这样说过。不过他们两人所说的"意思"，可能不是一个意思。但是说这句话的是十八年前的爸爸。如果他还活着，如果生意做得顺利，现在也会成为一个富有的商人吧。他检阅着自己拥有的一切，是否也会感激当年所受的处分？他是不是早就忘记了和学生们告别的那个夜晚？也许那注定是一个被所有当事者忘记的夜晚？

我还有一个问题想问，可是错过了时机，这时的情景已经不对。我想问他，如果我爸爸还活着，他的一部分是不是也会在那个结束的时代里死掉？或者说更早一些的时候，他的一部分就已经死了。这时也不过是再死一次。

那么多年过去了，许亚琛仍旧很崇拜我爸爸。只是令他崇拜的东西有所改变。现在的他很钦佩我爸爸当初能选择辞职经商，做出"一个具有前瞻性的睿智决定"。他把我爸爸称作共和国的第一代商人。可我觉得爸爸只是在放逐自己。按照许亚琛的说法，当时在中文系，很多教师都与我爸爸不和。不仅以袒护学生的罪名给他处分，还想出各种办法整他，甚至不让他给学生上课。我想爸爸所讲的"看透了"和"没意思"，也和同事之间的斗争和倾轧有关吧。所以他决定辞职。至于之后做什么，也没有打算。因为有个表哥在北京做生意，他就前去投奔，其实自己对经商这件事并没有太大兴趣。

遇到许亚琛的时候，是二〇〇八年。当时唐晖刚回北京不久。他是高我三届的学长，读大学那会儿我们就开始谈恋爱了，在一起已经很多年。毕业后他去上海继续读书，而我则选择留在了北京。这座大而无当的城市到底有什么好，我也说不清，或许是爸爸的缘故，我对它总有一种无法割舍的感情。那几年，我和唐晖聚少离多，感情却出奇的稳定。期间我也对别人动过情，但那只是因为空虚。唐晖从未察觉，他像相信数学公理一样相信着我们的感情。念完博士，他终于回到了北京，在一所大学里教书。这些年我一直和别人合租，总是在搬家，所以他一回来就租下一套公寓，让我结束颠沛流离的生活。"咱们的第一个家。"站在明亮的空房间中央，他抱住了我。

他给的爱就像他的手心一样软，待在里面很舒适。

那时候，我们才搬进新租的公寓。绿色的法兰绒窗帘刚量好尺寸送去定做，养在阳台上的栀子和小苍兰尚未开花，用诏安青梅酿的酒也还不能喝。我买了一只小烤箱和做玉子烧的平底锅，从网上打印下厚厚一叠菜谱。静谧的家庭生活刚刚开始，墙壁上那层新刷的油漆，释放出的化学气味让人感到很空旷。有大片的留白等着我们用日后的人间烟火去填满。

在许亚琛家过夜的那天，唐晖碰巧去上海出差。我不知道自己为什么选择在这个时候去采访许亚琛。或许我早就预感到我们之间会有事发生。不过它在发生的同时也就结束了。在那个太长的夜晚，我们把该说的话都说尽了。

第二天离开的时候，我抱定了不再见面的决心与许亚琛拥抱。回家的出租车上，阳光盈满了后座，我心中无限惆怅。再也见不到许亚琛了，意味着再也无法离我爸爸那样近。汽车朝着背离他的方向驶去。我仿佛看到一扇卷帘门正在缓缓落下，将那些往事都关在了里面。

当天晚上，我开始做那个怪梦。梦里我八九岁，梳着毛梭梭的麻花辫，就是你刚见我时的那副样子，坐在摇摇晃晃的火车上。车厢里空无一人，光线很昏暗，破旧的地毯上有古老的花纹。一个俄罗斯套娃忽然滚到我的脚边。我捡起它。那个木头娃娃露出微笑，眼睛通亮有神，像个菩萨。

"打开它呀。"不知从哪里传来一个女人尖厉的声音。

我沿着木头娃娃的肚子把它扭开。里面有一个小一号的娃娃。我又把它拧开，就看到更小的一个。我不断地拆下去，额头上冒出汗来。一个接一个，好像永无尽头。

"打开它呀！打开它呀！"那个女人的声音在火车里回荡。拦腰拆开的木头娃娃在地上滚动起来。

我惊醒，发现自己浸在一摊冰凉的汗水里。唐晖正轻轻拍着我的背。"只是一个噩梦而已。"

我把头埋进他的怀里。那个梦的寓意尚不可知，但我意识到，一切不可能就那么结束。果然，一个星期以后，许亚琛打来电话。

"想见你。"他在电话那头低声说。

当天下午，他开车来接我，载我去郊外的餐厅吃饭。那是夏日里晴朗的一天，空气里有青草的香气。汽车从空阔的公路上驶过，旁边是大片葱郁的麦田，太阳正慢吞吞地沉入地平线，电台广播里放着罗大佑的《童年》。真的有一种童年时放学后的感觉，我忽然觉得很快活。

餐厅被大树围簇，耳畔有响亮的蝉声。露天的桌子上点着小株的白色蜡烛，池塘里漂浮着紫色的睡莲。

"我们已经认识十八年了。"许亚琛说，"有点难以置信，不觉得吗？"

"这几天我总是想到你，"他说，"你让我记起很多从前的事，在你面前我觉得自己特别真实。"

"为真实干杯。"我拿起面前的酒杯。

意志就在一寸一寸减少的葡萄酒里瓦解了。我忘记了对自己的承诺，又跟着他回家了。然后做爱，在烂醉中睡去。好在睡到午夜时分，因为口渴醒了。手机在床头柜上不停地闪。我跳下床，蹬上鞋子，说了声再见就冲出了门。

我撒了一个蹩脚的谎，跟唐晖说是和同事一起喝酒去了。

"他们说以后要经常聚一聚。"我说，好像在为以后的约会找个一劳永逸的借口。

"看来我得练练喝酒，不能给你丢脸。"唐晖说。

"你不会喜欢他们的。"我说，"都是很无聊的人。"

到了周末许亚琛再次打来电话。站在镜子前绾起头发的时候，我发觉自己的样子很陌生。镜子里的房间也很陌生，或许是刚挂上窗帘的缘故，颜色不对，太艳了，绿得咄咄逼人。当目光掠过镜子的右上角，我忽然看见灰色的墙角里，有一双眼睛注视着我。

"爸爸！"我转过头去。他坐在那里，身上穿着多年前的咖啡色毛坎肩，头发泌着发亮的油。一小簇绿色阳光在他的皮鞋上晃动。他只是静静地看着我，脸上没有任何表情。

"我不知道怎么办。爸爸。"我说，"我只是想离你近一些。"

那一小簇绿光淬溅在涌出的泪水里。光斑扩大，他消失了。

他的出现，即便只是一个幻念，也是为了赦免我而来。离他近一些，还有什么比这个更重要呢？

此后，我和许亚琛几乎每个星期会见一次。都是同样的程序，傍晚他来接我，带我去吃饭，然后到他家喝酒，做爱并回忆些从前的事。其实我只对最末一项真正有兴趣，觉得可以缩减前面的步骤。但他很重视吃饭，每次餐馆都用心挑选，开满三角梅的天台，栽着湘妃竹的中式庭院，远道而来的米其林厨师，天马行空的分子料理。

"我要替老师照顾好你。"有一次他看着菜单，一本正经地对我说。可是和他坐在奢华的地方，享受那些昂贵的食物总是令我觉得很罪恶。看着他衣冠楚楚地坐在对面，轻轻摇晃着葡萄酒的杯子，我会忽然感到愤怒。我们怎么可以这么快乐和安逸？不对。应该是一种悲伤的基调才对。和一九九〇年的那个夜晚一样。我们应该关在窗帘紧闭的房间里，痛苦地做爱，痛苦地凭吊。只有沉浸在痛苦里，我们的情欲才合乎情理，我的背叛才是高尚的。

我埋头吃光所有的食物。终于，服务员收走了面前的碟子。

"我不想吃甜品，"我说，"现在就去你家吧。"

他露出狡黠的微笑："把杯子里的酒喝完。"

一进他家的门，我就拉着他爬上楼梯，跌跌撞撞地冲进卧室，剥去他的衬衫，解开他的皮带。他肥胖的身体袒露在夜色里，像个废墟。

"那么想要？"他轻声问。

"嗯。"我回答。虽然我想要的和他要给的并不是同一个东西。

我粗暴而歇斯底里。榨出所有痛苦的汁液。让他变得一贫如洗，如同一场献祭。

"你是一个女强盗。"他虚弱地说。

在某一时刻的某一个角度，他看上去真的有点像当年那个男学生。有血气和棱角的脸，带着令我着迷的失意。我几乎想要伸出手臂抱一抱他。真希望那爱意可以多停留几分钟。

"再说点那时候的事吧。"我说。那时候。一个在我们之间流通的说法，虽然其实是有些出入的，他的"那时候"

是他的大学时代，而我的"那时候"是我爸爸与他有交集的三年。

"说什么呢？"他问。

"随便说什么。"

他闭上眼睛开始回忆。他模糊地记起有段时间因为失恋喝很多酒，还去打了把他的女孩夺走的那个男生，后来被我爸爸叫去谈话。我爸爸并没有责备，只是谈了一些自己对爱情的看法。

"他是怎么说的？"我问。

我跪坐在床上，在黑暗中等待着，直到他的鼾声响起。

他已经不能在回忆里走太远了，那比让他跑马拉松都要吃力。他只需要很小剂量的往事，来调和一下过于单调平顺的生活。事实上，他喜欢的可能不是回忆，而是从往事里回到眼前的那个瞬间。在巴洛克水晶吊灯的光芒里找到了明亮。在苏富比拍卖会上买的壁炉里找到了温暖。在200支埃及长绒的棉羽绒被上找到了幸运女神的吻。

我知道我早就应该离开了。可是没有。我也不知道自己在等什么。或许等着被唐晖发现。那个星期五下了一场骇人的暴雨。雨下得最大的那会儿，唐晖给我打电话，我没有接。新闻里说很多道路积水严重，因为担心，他拨通了我同事的电话。

我在接近午夜的时候回家。雨已经变小了。客厅里敞着窗户，地板上有一大摊水，浸湿了垂下来的窗帘。唐晖坐在沙发上，用手肘支着头。他转过脸来，看着我换下高跟鞋。

"聚餐？"他的声音很沙哑。

"嗯。"

他摇了摇头："没有。"

"什么？"我摘掉耳环。

"没有聚餐。"他说。

我抬起头看着他。

"看来每个星期你都有一个很重要的约会。"他说，"我想听听你的解释。"

他用期待的目光看着我。好像在鼓励我把那个谎话说圆。但我咬着嘴唇，一句话也不说。

他悲伤地笑了一下："这么说，我们是真的遇到麻烦了。"

雨停了。房间里渗着潮湿的凉意。我们坐在沙发的两端。

"他是我爸爸的学生，让我觉得很亲切，忍不住想靠近……"我说。

"你爸爸有那么多学生，你要一个个去靠近吗？"他站起身，摔门而去。

我一直坐在客厅里发呆，到凌晨三点才去睡。我睡得很浅，浅到根本没法做梦。所以那到底是不是梦，我也不知道。可是俄罗斯套娃又出现了，猩红色的油漆脸，在地板上骨碌骨碌地滚动。

"打开它呀。打开它呀。"尖细的女声说。

我醒来的时候，唐晖正看着我。他什么时候回来的我也不知道。

"我有一种感觉，"我低声说，"我爸爸的很多事我都不知道，我想把它们弄清楚……"

"李佳栖，他都走了快二十年了！"他冲着我喊道。

我不说话，翻身跳下床，赤着脚走到客厅拿烟。地板上的那片雨水，保持着原来的形状，像一具尸体。我走到镜子前面，盯着右上角看了一会儿。我知道他在那里。

回来的时候，唐晖的怒火已经平息。台灯被调得很暗，光线像隔夜的茶水泼溅在他的脸上。他神情很哀伤。我转过脸去，背着光抽烟。

"告诉我你打算怎么样。"他说。

"我想去找找以前和我爸爸一块做生意的人。他们也许知道……"

"我问的是我们，我们怎么办？"他看着我的眼睛，"告诉我，你不想和你爸爸的那个学生分开是吗？"

"我不知道……我只喜欢他身上的一部分，很小很小的一部分，可是那一小部分连着我爸爸……"

唐晖把我拉向他，捧住我的脸："抛掉这些奇怪的想法好吗？"他说还有很多事等着我们去做。我们还没有一起好好旅行过。今年或许可以到泰国的某个岛过年，明年放暑假的时候去巴黎……过两年，我们可以在近郊买一套房子，有个小小的院子，种我喜欢的无花果树，夏天可以在树下烧烤，再养一条拉布拉多……他努力地勾画着未来的图景，却看到我一脸茫然。他颓丧地靠在床背上。

"你爸爸，"他说，"我早就知道，他是我们最大的敌人。"

两天以后我搬出了氤氲着淡淡油漆味的家。那是一个阴沉的早晨。许亚琛睡眼惺忪地打开门，看到我拖着行李箱站在门口。他微微露出惊讶，随即伸出双臂给了我一个大大的拥抱。我只是想和他一起生活一段时间，把那点残余的眷恋耗尽。

许亚琛给我一串钥匙，叫来他的司机和保姆给我认识。保姆小惠跟随他很多年，已经完全是城市人的样子，客气地笑着，悄悄地打量我，好像在判断这位新来的女主人能待多久。她很快发现我和先前的那些女主人有些不同：护肤品没有迅速占领浴室的各个角落，而是仍旧收纳在一只洗漱包里，洗干净的衣服没有挂进衣柜，而是叠成一摞放在角落里，对她做的饭菜、熨烫的衣服极少发表意见，更没有提出改进的要求。自始至终，我没有给她制定过任何规则。

每天清晨我醒来，总要花一点时间来想自己究竟在哪里。有时走在空阔的房间里，会想起这是自己少年时幻想过的奢华的生活。可它来得如此不真实，凭靠着一点往昔的情谊，好似是爸爸留下来的一笔遗产。我虽然继承了它，却没有真正拥有的感觉。始终有一重隔膜，无法让自己沉浸其中。

我开始通过各种线索去寻找当年和爸爸一起做生意的人。许亚琛很帮我，托各种朋友帮忙，找到了其中的几个。我和他们通电话，然后循着地址去拜访，又通过他们给的线索再去联络新的人。那段日子过得很恍惚，根本无心工作。有一次约好了采访竟然没去，被约的女明星气得跳脚，经纪人打电话到杂志社大骂。主编为了息事宁人，只好劝我离职。我没找新的工作，打算再花些时间寻找和我爸爸认识的人。

许亚琛几乎每晚都在外面应酬，没有应酬的时候，也会召集一些人吃饭喝酒。他喜欢热闹，需要有很多人陪伴。而陪伴这种东西，对他而言唾手可得。每个有钱人的周围，大概都簇拥着很多人，随叫随到陪他喝酒，陪他聊天，陪他百无聊赖地坐到凌晨。虽然已经有那么多人陪伴，但他还是要叫我去。

"她是我的小师妹。"他告诉朋友们，好像这是新女友身上最别致的地方。

"古典式的爱情。"一个朋友说。

"亚琛兄真是念旧。"另一个朋友说。

酒精有一种魔力，能使所有的话听起来都很真诚，能让无聊的时刻熠熠闪光。仿佛一切只在这个夜晚。这个夜晚变得很重要。每句话都那么动人，都应该被永远记下来。沉甸甸的存在感，让人变得充满活力，不知疲倦。亚琛喝醉之后，露出一脸的颓废，笑眯眯地摇晃着脑袋，和记忆里我爸爸的样子很像。或许是因为我也喝了酒，才会有这样的幻觉。为了配合幻觉的成像，我爱上了喝酒。血液里似乎本来就潜藏着这样的基因，忽然被唤醒了。每次陪他去吃饭，总是醉醺醺地回来。

我特别喜欢回家路上的那段时光。余兴在夜晚的空气里嗞嗞燃烧。我和许亚琛坐在汽车后座上，绞缠着手臂，激烈而无声地接吻。司机沉默的后脑勺，让狭促的空间里充斥着禁忌的气味。汽车驶过宽阔的长安街，玉兰花灯有十二朵。那是很多很多的眼睛，在看着我们。

不过我一直很节制，不敢让自己彻底喝醉。我也不知道喝醉了会变成什么样，直觉告诉我，最好不要去尝试。可是世界上所有禁忌都是为了引诱人尝试才存在的吧。我终于还是喝醉了，在许亚琛的大学同学聚会上。

我的出现，唤起了他对大学生活的怀念，所以决定召集一次聚会。我当然很期待，因为能见到爸爸的那么多学生。许亚琛打算一开始先不介绍我，等到聚会到达高潮，才挽起我的手走到台上，告诉大家我是小师妹。可是在他宣布这个消息之前，我已经喝多了。我没有等到他来挽我的手，就一个人冲到了台上，从正在发言的人手里夺过麦克风。

没有人劝我喝酒，都是我自己喝的。因为当天的气氛和我想的完全不一样。大家一边抱怨房价太高，一边分享着置地心得。还有一小撮人在探讨移民计划，就哪个国家政策最好展开了辩论。女同学们的话题则主要围绕孩子的教育和抗衰老补剂展开。不断有人走过来和许亚琛喝酒，搂着他的肩膀，用谄媚的语气和他讲话。他微笑着，听得一脸陶醉。那好像只是一个随随便便的晚宴，和平时每个晚上他召集的那些并无不同。没有谁回忆从前的事，也没有谁提起我爸爸。我一杯一杯地喝酒，听着周围的人夸赞许亚琛有多成功。即便如此，我也没想冲到台上去，我发誓。我记得是因为太热了，我才想到外面透一口气。快走到门口的时候，我发现自己喝多了，觉得应该快点离开，于是折回去拿我的包。经过前面的台子，有个人正拿着麦克风说，让我们感谢亚琛给大家这次重聚的机会，希望他的生意越做越大，每年都搞一次这样的聚会，下次聚会最好去三亚……那个人的脸是歪的，要么就是房间的地板倾斜了，总之一切都不对劲，必须停下来。我走上台子，夺下了话筒。记忆就到这里停止了，至于后来在台上说了什么，一点也想不起来了。我当然也不记得聚会什么时候结束，而我又是怎么回去的。醒来的时候，我发现自己躺在许亚琛家的一间客房里。窗帘没有拉上，天还没有亮，黑暗像一块火漆封在窗户上。我走进许亚琛的卧室，在床边坐下来。他背对着我，我知道他没有睡着。

"我喝醉了。"我想了想补充道，"对不起。"

他翻了个身，仰脸看着天花板。

"和我这样的人在一起，真是难为你了。"

"不是，你帮了我很多……"

"太过分了！"他咆哮道，"当着那么多人的面，说我是一个庸俗的暴发户，一个没有了灵魂的空壳……"

"我这么说的？"

"太没教养了！基本的礼貌你父母都没教过吗？"他扬了扬眉毛，"噢，确实没教，我忘了，你爸爸去世得太早了，"他翻过身来看着我，"他要是看到你现在这副样子，肯定连头都抬不起来。你真给他丢脸。"

"不会的，"我说，"他对我没有期望。"

"说我其实一无所有，"他说，"你才一无所有。你真不明白吗，我收留你是因为可怜你。"

我看着他，"就像你做的那些慈善一样。对吗？"

"对，就像我资助的山区儿童。可是我从来没见过这么不知感恩的山区儿童。"

我们在黑暗中注视着对方。他疲倦地闭上眼睛，以一种哀求的语气说："你明天就走吧。"

我睡到快中午时醒来。这一觉竟然睡得很好，什么梦都没有做。我到三楼的储藏室取自己的行李箱，经过那个陈列收藏品的房间时，我想起自己有一串钥匙。我打开了那扇门。窗台上有把美工刀，我拿着它来到那个没有拆封的雕塑面前，开始割捆绑在它外面的那层胶带。

门砰地被推开，小惠走进来。

"果然，"她尖声说，"给我抓到了！"

"什么意思？"

"你自己清楚。走就走了，还想拿上一点儿东西……"

我没说话，继续用刀划割着胶带。

"你要干什么？"小惠问。

我割断了最后一根胶带，将塑料膜剥落。雕塑暴露在幽暗的空气里。女孩仍旧保持着我上次见到她时的姿势，向前探身，仰脸闭着双眼，仿佛在捕捉这个陌生地方的气味。她的脸上露出充满感恩的微笑。我走出了房间。

程恭

　　我的酒量不错，但也没什么用，喝酒的目的，就是为了跨过那条界线，到达失控的状态。只有失控了才能感受到那种纯粹的欢乐和自由。你醉了，你的身体已经不能动，但大脑却非常清醒。好像正因为罢黜了身体的职能，将你的大脑孤立出来，才达到了这样的清醒。一颗孤绝的大脑在高速运转，进行着一种无关身体的思考，它们不涉及行动、目标和明天。以后有机会，希望我们能喝醉一次，今天不行，我一会儿还要赶路。

　　不过，喝了一些酒，好像终于可以说起我爷爷了。随着年龄增长，和他有关的事变得越来越遥远。记忆里好像有个央心孤岛，放着所有和他有关的事，在最显要的位置，但是是隔绝开来的。想够到那些事，必须一头扎进寒冷的水里，屏住呼吸游过去。

　　我是六岁那年，才发现世界上还有我爷爷这个人的。

有一天我姑姑去附属医院上班的时候，带上了我。走进大门的时候，她问我，记不记得从前来过，然后说我就是在这座医院生的。我想了一会儿，摇了摇头，很抱歉地告诉她，我真的不记得出生那会儿的事了。她被我逗笑了，说你后来也来过的，来看爷爷。她说爷爷就住在这个医院里，住院楼的三层，她指给我看那扇窗户，问我还记不记得爷爷。我说不记得了，但是很好奇，央求她带我去看他。

我们来到住院楼的三层。经过一条很长的走廊，病房的门都敞开着，我探进头去，看到有人抬着一条擎向天花板的石膏腿，还有个很瘦的男人，脑袋缠在厚厚的绷带里，整个人看起来像一根巨大的棒棒糖。每间病房有四到六人不等，其中必然有一个呻吟的老人和一个在跟护士吵架的家属。

爷爷的病房在走廊的尽头，与其他房间隔开一段距离。门楣上用深红色的油漆写着"317"，简陋的手写体，字号也比其他房门上的小，一看就是后来添补上的。后来我知道，这间屋子从前是护士值班的办公室，为了爷爷，医院把它腾出来，改成一间病房。

那间病房关着门，里面出奇地安静。姑姑把我领进去。房间很狭小，但因为只在当中摆了一张床，所以看起来还是空荡荡的。躺在床上的应该就是爷爷了。我走过去，端详着他，一张很白的大饼脸上，葡萄干似的小眼睛亮晶晶的，眼珠子还会骨碌骨碌地转动，可目光从天花板上的一角移到了另一角，始终没有落在我们的身上。

"爷爷。"我出于礼貌叫了一声。当这两个字从齿颚之间吐出时，我感觉到它们轻飘飘的，像一层干瘪的豆荚皮，中间是空的。

上一次使用这个称谓，要追溯到刚会说话的时候了。姑姑说，我小时候他们带着我来过，妈妈把我领到床边，指着床上的人告诉我，这是爷爷。我像拿到一件新玩具似的兴奋地叫着"爷——爷""爷——爷"。

"别叫了！"爸爸打断了我，"你再怎么叫，他也听不见！"

我看看爸爸，又看看床上的人，乖乖地闭上了嘴。

姑姑说，爷爷是一个植物人。

"植物人就是——不能说话，不能动弹，总是待在一个地方的人，"姑姑指了指窗台上的一盆快要枯死的兰花，"喏，就像它一样。"

第二天，我一个人偷偷地跑到医院，拿着一只水壶爬到床上，给爷爷从头到脚浇了一遍水。我站在床边目不转睛地看着，想知道爷爷会开出什么颜色的花。后来护士来了，气呼呼地换掉了湿透的被褥。

然后她把一根长管子插到爷爷的嘴巴里，深褐色的浆液流了进去。我在一旁惊奇地看着，原来爷爷是这样吸收养分的。

那之后的一段时间，我差不多每天都溜到医院去看爷爷。我站在床边看着他，他也看着我。我眨眨眼睛，他也眨一眨。我挤了一下左眼，想让他也挤一下，等了很久，他还是眨了眨眼睛。我又眨眨右眼，这次他瞪着我，什么反应也没有。我一遍一遍地教给他，还是无法让他跟上我的动作。到了下午三点，护士准时来了，爷爷每天只需要喂一次。那个护士把我赶出去，别上了插销。后来我才知道，她不想让我看到帮助爷爷排泄的过程。他究竟是如何排泄的呢？这在我的童年里是一个谜。

对我来说，爷爷就好比一个寄养在别人家里的植物，我觉得自己有责任去看一看他。当然和植物相比，他还会动，这事也牵动着我的心，我总是希望能够训练他学会一点技能，挤眼睛，耸眉毛，或是对着我笑。训练了两个星期，毫无起色，我就放弃了。

后来，一只刺猬夺走了我的爱心。有一天去帮奶奶买馒头，在路边看到一只刺猬，我轻手轻脚走过去，用装馒头的布口袋把它罩住了，然后兜起口袋一路跑回家。奶奶不让拿进门，我只好把它养在后院。找来一只裂缝的酱菜缸，在上面盖了一块石板。我每天拿西红柿皮和黄瓜蒂喂它，戴上手套小心翼翼地摸一摸它。就这样，我把看望爷爷的事抛在脑后，直到一个星期天，我跟着姑姑去她的一个同事家，中途下起暴雨，等我们回到家的时候，水已经从酱菜缸里溢出来，刺猬胀着肚子，浮在表面，身上的刺已经泡软了。

我难过了好几天，然后想起了爷爷。我发现家里人平时都不去看他，也不提起他。她们似乎完全忘记还有他这么一个人。作为植物，最大的悲哀可能就是常常会被人忘了吧。护士会不会也把他忘了呢？想起这个我就一阵不安，觉得有点内疚。没准他已经悄悄地死了——刺猬死后，我开始明白生命无常了。有一天，我终于忍不住把自己的担忧告诉了奶奶和姑姑。

"让他死吧，也就只剩下这件事是他自己能做得了的。"奶奶翻翻眼睛说。

"有护士在呢，护士会记得天天喂他。"姑姑说。

后来我说服了姑姑，让她同意我午饭之后去医院找她，并且承诺奶奶，每天上午把她吩咐的事情都做完。于是，我重新恢复了去看爷爷的习惯。如果姑姑找不到我，就知道我到爷爷的病房里去了。

"你倒是很孝顺嘛，以后对我也能这样吗？"姑姑说。她拿了一条毛毯，铺在病房的地板上，从此，我可以在那里午睡了。病房里只有一扇细窄的窗户，一到夏天，就被裹进密匝匝的爬山虎里，屋子里光线总是很幽暗，在长久不散的潮气里，剥落的墙皮像巨大的飞蛾，伏在冷得发青的墙上。铁床也在蜕皮，表面的白漆开裂，掀起来。

那些漫长的下午，我坐在窗户底下的毛毯上，玩着她们买给我的唯一的玩具——一套已经褪掉颜色的积木，用水彩笔给《西游记》连环画上的线描小人涂颜色，揪毯子上结起的褐色毛球，观察墙根底下顶着面包屑匆忙赶路的蚂蚁，把从姑姑那儿要来的一截纱布用彩笔染红，绑在头上，等护士来的时候，吓她一跳。实在无聊了，就趴窗台上往下看，数走进医院大门的黑色人头。数着数着困了，我就倒下去睡着了。

在那块结满毛球、沾满汗液、口水和尿渍的红色毛毯上，我做了很多奇怪的梦。每次我都要把自己变得很细，细得像一支铅笔，才能钻进梦的入口。然后要通过一条狭长的管道，柔软的、有弹性的管道，就像护士给爷爷喂营养液的那种橡皮管，它紧紧地箍在我的身上，必须依靠摩擦力一点一点向前挪动。到达另一端的时候，总觉得像是重新出生了一次，有一种再也不想回去的感觉。

在那些梦里，场景总是同样的，一个我从来没有去过的地方。大片的庄稼田，房子都很矮，破破烂烂的，四处都是土路。我周围是黑压压的一群人，太阳又高又热，皮肤被晒成紫色，油亮发光。有人站在高处，拿着扩音喇叭呜里哇啦地讲话，我跟着他们一起高呼响应。然后大家散开，热火朝天地干起活来。我亲眼看到，田地里种出一根巨型麦穗，还在不断地长高，最后麦穗戳进了云彩里。我也亲眼看到，有人把铜锁铁锯砸碎了，丢进大锅里煮，煮着煮着，它们凝聚到一起，成了一块闪着银光的钢铁。我也想种一根那样的麦子，然后顺着它爬到天上去。

但我有更重要的事要做。在那些梦里，有一个人教我打枪。那个人就是我爷爷。不过这个爷爷和躺在病床上的那个人完全两样。他很年轻，看起来跟我爸爸差不多，黝黑的皮肤，精瘦，眼睛很亮，走起路来步子像量过的，很威风。我正挤在人群里，听高台子上的人说话。他走过来把我拎走了。虽然和我见过的爷爷不像，可是我知道他是爷爷。没什么理由，我就是知道。而且为了区分，我在心里管他叫梦里爷爷。梦里爷爷很沉默，从来不开口说话。就把我带到田边，丢给我一杆枪，让我去打中间的那个稻草人。他好像以为我不用学，天生就应该会似的。但他很快发现，我连枪都拿不动。他让我先练习拿枪。在很多个梦里，夏天的午后，我就只是那么站在阳光底下，抱着那杆枪，明晃晃的光线让人睁不开眼，我感觉头发在着火，马上就要昏倒了。这样过去十来天，总算把枪拿稳了。是真的很稳，纹丝不动。他开始示范给我看如何开枪。沉下肩膀，稳稳地端住，然后瞄准，扣动扳机。子弹"嗖"地飞出去，正好打在麦田里那个稻草人的脑袋中央。又一枪，打在心脏的位置。子弹百发百中，动作干净利落。我捂着耳朵，看得很入迷。但我自己打的时候，还是有点害怕枪声，手一直在发抖。他让我握着枪不停地练习，手上磨出茧子也不许停。

等我终于能打中稻草人之后，他开始带着我去打鸟和野鸭。最重要的是耐心。同样没有言语，他只是示范给我看。我们伏在草丛和河塘边，他一眨也不眨地注视着前方，呼吸均匀而缓慢。有只蚊子落在他的脸上，吸饱血飞走了。就在我开始打瞌睡，眼皮就要合上的时候，枪声砰然响起。沉实的鸟在天空中划过一条血色弧线，坠落到草丛里，羽毛四溅。我拍手称赞，从地上一跃而起，飞奔向草丛。轮到自己的时候，才知道有多难。我总是沉不住气，越急躁身体越忍不住要动，就把鸟惊飞了。他很生气，抬手给了我一巴掌。我摸了摸滚烫的脸颊，趴下继续瞄准。在梦里我好像不知道委屈，也不知道怨恨，心里一丝杂念也没有，只想把枪练好。我在永无休止的训练中感到很充实，并相信自己会长成一个强大的男人。

那些天，我在梦里专心训练，午睡的时间不断延长。常常是要等到下午三点，护士来喂爷爷的时候，把我从毯子上拉起来。

"怎么又把窗户关上了？"护士说，"我说过多少回了，不通风会长褥疮！"

我抿着嘴唇，眨了眨眼睛。窗户不是我关上的，从来都不是。这的确是一件怪事。不过和梦里的那些怪事比起来，已经不算什么。护士走了以后，我想再回梦里，可是躺了很久也睡不着。我只好自己练习，站在窗台边以手当枪，对着外面的鸽子瞄准。啪啪啪。我嘟囔着，嘿，你们都死了。

姑姑下班后来病房找我，把我领回家。路上她问我今天都玩了什么。我很想说说我的梦，特别是告诉她，我会打枪了，可我还是忍住了。虽然梦里爷爷并没有跟我说不许跟别人说，但是我觉得这应该是我们两个人之间的秘密。晚饭的时候，姑姑和奶奶发现我的饭量大得惊人。

到了暑假的最后一天，我也没有打到一只鸟。那天梦里爷爷气得又想打我，我跟他说，明天我就开学了，以后恐怕没法来找你了。他看起来很悲伤，一个人走到田埂上，默默地抽烟。我也有点难过，梦里爷爷好像没有别的亲人，要是我走了，就剩下他一个人了。于是我安慰他说，等到周末就来找他。见他还是将头扭向一侧，不为所动，我就拿起他的手，和他钩了钩小指头。

九月，我升入了附属小学，从此终于有了集体，不再是独自一人。可是只花了两天的时间，我就弄清楚一件事，那就是学校不适合我。一堂课的时间实在太长了，老师转过身在黑板上写字的时候，教室里静得可怕，我总是忍不住想要大叫一声。下午上体育课，大家站在惨淡的阳光下，做无聊的广播体操。我非常想念梦里爷爷和我的枪。

好不容易熬到周末，我跑到医院，兴冲冲地推开病房的门。一个男人正盘腿坐在我的那张毯子上，往嘴里扒盒饭。是我爸爸。见有人进来，他倏地站起来。看清楚是我，脸才恢复了血色。

"你个小混蛋，吓死我了！"他狠狠地拍了两下我的后脑勺，"你小子倒是挺孝顺，一听说我在这儿，就赶来看我了。"

我咧开嘴笑了。

我爸爸欠了高利贷。为了逃债四处躲藏，几天就要换一个地方。精疲力竭之际，他脑中闪过一道灵光。爷爷的病房！那些追债的人绝对不会想到他躲在那里，而且离奶奶家那么近，姑姑还能给他送饭。

"关键时候老头子显灵了。"我爸爸指着床上的爷爷说，"有爹就是比没有强啊！"

我眨眨眼睛，对他的结论表示怀疑。

在我的记忆里，我爸爸多数时间都在躲债。好像那才是他的工作。两三岁的时候，我就见识过讨债人的厉害。两个彪形大汉破门而入，里里外外搜了一遍，没有发现我爸爸，也没有找到任何值钱的东西，就抄起椅子砸向电视机。电视里正在播放《鼹鼠的故事》，屏幕倏地黑了，中间被戳了一个巨大的窟窿。两个男人摔门而去，屋子里恢复了寂静。我盯着屏幕上的黑洞看了很久，鼹鼠始终没有从里面爬出来。

我爸爸占据了317号房间。他带来的那只收音机，一天到晚地开着，他就躺在地铺上，听完评书听球赛。有时实在寂寞难耐，就等天黑下来，溜出去玩一会儿，到别人的牌局上搓几圈麻将。医院规定不准家属留宿病房，护士来劝过几次，我爸爸都假装听不见，还做出一副要打人的模样。后来她了解了一些我们家的历史，就再也不管了。

每天傍晚，我都要去给他送饭。他夺过我带去的饭盒，在墙边的地铺上坐下，呼噜呼噜地吃起来。我站在旁边，等着他吃完，倒掉剩下的菜汤，把油腻的饭盒盖上，放回网兜里。他吃得很快，通常只需要十几分钟，即便如此，对我来说已经太漫长。我无法让自己的目光从他屁股底下的毯子上移开。那条曾经让我做过许多梦的魔毯，现在沾满了菜汤和油渍，边角上还有一个烟头烫的洞。它就这样被毁了。梦里爷爷现在大概正在田埂上走来走去，烦闷地抽烟。而我的那把枪就躺在一旁的地上，没准已经生锈。

我变得讨厌去医院。有一次送饭，手中甩着那只网兜，甩得太用力，把它挣破了，饭盒掉出来，两个包子滚到医院长廊上，地板上刚洒过消毒液，我捡起包子闻了闻，上面散发出淡淡的化学味道。我把它们重新放回了饭盒。那天晚上，我做了一个梦，梦见爸爸吃下那两个包子后七窍流血，很快断了气。我站在旁边，冷静地思考着该如何处理尸体。

秋天快过完的时候，我爸爸终于把债还上了，但钱是从一个餐馆老板那里敲诈来的。没多久对方报了案。我爸爸被抓起来，判了六年。这些年他进进出出派出所不知道多少次，我们都确定，总有一天，他会穿过那道门，踏踏实实地住进去。现在总算是进去了，大家都松了一口气，而且犯下的并非杀人放火的重罪，实属万幸。

那个冬天最冷的一天，我和奶奶、姑姑去城郊的监狱看他。天空飘着小雪，我们带着两件姑姑刚打好的毛衣，藏青色，密实的元宝针。我爸爸的胡子刮得很干净，头发从来没有那么短，露着头皮，上面有一条一寸长的刀疤。他的精神还不错，出乎意料的安静。我奶奶也表现得很和气，对爸爸说，你在里面就安心吧，程恭我会帮你带，生活费也会给你记着，等你出来再一起给我，六年很快，一晃就过了。爸爸听到"六年"，痛苦地抽搐了一下说，雅娟一直没来看我。你们跟她说，让她在外面等着我。雅娟是他先前相好的那个寡妇，比我爸爸大八岁，一口龅牙，可我爸爸真的很喜欢她。后来从监狱里一出来，就去杭州找她了。她在那里和朋友做服装生意，有个自己的小工厂，我爸爸就帮她们管理库房，据说人踏实了一些，至少再没犯过事。但雅娟不喜欢我们，不让我爸爸跟我们来往。除了偶尔过节打个电话，我爸很少跟我们联系。他欠我奶奶的生活费，一直没有还。

我爸爸走后，317病房恢复了宁静。我本可以再去那里看爷爷，然而却不小心迷上了象棋，每天都跑到南院旁边的一个小胡同里看棋局。有个老头下得最好，所有人都不是他的对手。我帮他拿马扎，给他续茶水，心里盼望着他会像梦里爷爷一样，把本事都教给我。可是他对我爱搭不理，别人向他请教，他也是隔好半天才慢吞吞回答一句，而且都是高深的人生道理，和棋局没有半点关系。越是如此，我越想他的徒弟，我经常偷偷把他讲的话记下来，回家反复琢磨。到了周末，下棋的人更多，吃过午饭我就跑过去，把317病房和爷爷完全抛到了脑后。到了冬天，棋局从胡同里搬到了一个餐馆里，热闹不减。忽然有一天，老头不再来了。过了一阵子，有个知道他家住在哪里的人说，他得了肺癌，又过了几天说，他好像死了，因为看到他女儿手臂上戴着黑纱。那之后仍旧有人在餐馆里下棋，但是水平很差，霸着棋盘不肯下来，还要让周围的人下注。我渐渐不再去了。

冬天过完了。我终于想起梦里爷爷。但我相信他一定对我很失望，我觉得自己没有脸再见他了。因此我也没有再去过317病房。不过我根本不用担心爷爷就此消失。后来我发现，每隔几年他就会想办法让自己"复活"一次，回到我的生活里。

他的这次复活，要先从我的学校生活说起。你第一次到附属小学来的时候，应该也惊讶于它的简陋。全部校舍不过是一幢两层楼和一排平房，院子小得连一个完整的篮球架都放不下，就把篮球板钉在楼侧的墙上，勉强算是有一项运动设施。学生是医科大学职工的子女，老师则是医科大学职工的家属，就像我们当时的班主任杨老师，为了解决与丈夫两地分居的问题，被调进大学，找不到别的地方安置，最后分配到小学。有的老师刚从老家来，乡音浓厚，我们模仿着她的口音念课文，为多掌握了一门"外语"而欢喜。有的老师就是班上某个同学的妈妈，开始我们以为这意味着他可以横行学校，再没有人敢欺负他，后来我们发现，他每天中午必须去办公室跟母亲一起吃饭，向她解释自己上午上课时为什么会走神。

虽然学校很简陋，却是我所拥有的第一个集体。每天和那么多同学在一起，让我感到很兴奋。可是他们都很傲慢，对人爱搭不理。我想让他们喜欢我，但不久就发现，无论怎么做都没法实现。因为父母都在这座大学或者附属医院工作，又都住在一个家属院里，所以每个同学的家庭状况，大家都很清楚。他们当然也知道我爸爸。班里有个男同学，从前住在我奶奶家隔壁，他爸还借给过我爸爸钱。后来我爸爸不见了，也不敢问我奶奶要钱，最后只能不了了之。那个男孩每回课间在走廊里看见我，都嚷着让我还钱。还有一个女生的妈妈，吃过我奶奶的苦头。她在医科大学的基建处工作，当时我奶奶在院子里，加盖起一个一层半高的房子，把楼上那家遮挡得一点阳光也没有。她妈妈代表校方上门劝阻，我奶奶就记恨她，找她的麻烦。把剩的饭菜倒在她停在楼下的自行车车筐里，将汽水瓶扔进她家的院子，弄得满地都是碎玻璃碴。她妈妈整天提心吊胆，不知哭过多少回。直到一年多以后，她家换了房子，奶奶才消停。下课的时候，这个女生常常和其他同学围成一小圈，悄悄地讲话，一看到我过来，他们就不说了。没过多久，全班同学都躲着我。我跟他们说话，他们只是敷衍两句就走开了。连老师看我的眼神也不一样了，对我好像有一种特别的关心，生怕我要闯什么大祸似的。

我彻底被孤立了。活动课一个人玩，放学后独自回家。春游的时候，他们围成一圈做游戏，我一个人在旁边啃面包。拍合影我站在后排的最边上，旁边的同学扭着身子，转过脸，努力想离我更远一点。我变得很讨厌去学校，一有集体活动就谎称肚子疼，让姑姑给我开假条。姑姑很快察觉，并猜出了原因。她跟我讲了一些小时候的经历，当时她认识的一个人因为家庭的原因，被周围的人孤立。那是我第一次听到汪露寒的名字。姑姑只说是因为她爸爸是杀人凶手，被所有人唾弃，没有人愿意和她做朋友。姑姑说，你一定得想办法融入集体，被孤立的人很惨，会越来越自卑，一辈子都翻不了身。我嘴上说知道了，却什么也没有做。

后来，一篇作文改变了我的处境。那次老师让我们写一个家庭成员。我写的是爷爷。结果那篇作文成了范文，老师让我在全班同学面前朗读。

"我的爷爷是一具僵尸。"这是开篇第一句，所有的同学都抬起了头。在那篇作文里，我把爷爷刻画成一个烈士，他是在抗美援朝的战争中，冲在前线拼杀的时候，为了保护战友，被敌人打伤，才变成植物人的。他的战友们也没有把他丢下，而是一路护送离开战场，运回到家里。

读完之后，班里一片寂静。下课后两个女同学走过来对我说，你写得可真好。自习课上，同桌碰了碰我的胳膊，问我敌人是用什么枪把我爷爷打成植物人的。

"那种很长的枪。"我比画着，"从他脑袋里取出的弹片，现在还留着呢，奶奶把它锁在一只小木头匣子里，从来都不让碰，不然我就拿出来给你们看了。"同桌的眼圈红了。

随后的几天，下课以后总有同学走过来，要我再讲爷爷的故事。我讨厌重复同一个故事，就即兴演绎，每次讲的都会有些不同。主要的出入在于，爷爷究竟是怎么变成植物人的。有时说是开枪打的，有时说是被刺刀砍伤，有时是被敌人的卡车撞伤，还有的时候是被敌人从高墙上推下来摔伤……在那些不同版本的故事里，"爷爷"以各种匪夷所思的方式，一次又一次被坏人变成植物人。每次讲的时候，我自己都很感动，并且相信事实就是如此。

一个细雨蒙蒙的黄昏，我带着七八个同学去医院"参观"了爷爷。病房是不允许闲杂人等进入的，但是每天傍晚有一小段时间，护士和楼下看守的人都去吃晚饭了，我们就趁机溜了进去。为了渲染气氛，我事先买来一面党旗，盖在爷爷的身上。大家簇拥在他的四周，怀着瞻仰领袖仪容的心情。爷爷泰然地接受了他们的注视，他自己则继续看着头顶的天花板。一只壁虎正缓慢地爬过他的视线。

同学们忽然对我变得好起来。因为爷爷的事，他们好像原谅了我奶奶和爸爸的过错。课间的时候，开始有人叫我一起出去玩。体育课上，他们主动把排球传给了我。可是这样的好日子没有持续多久，谎言很快被戳穿了。有一天早晨，我一走进教室，一个女同学跳到我面前，神秘地笑了笑："我爷爷说，你爷爷根本没有参加抗美援朝战争……他是在'文革'挨批斗的时候，被人打昏了，变成植物人的……"

"胡说！"

"我爷爷说，批斗他是因为他犯了错误……"

"你胡说！"我双手捂住耳朵，从教室里跑出去。

放学的时候，两个男生从后面赶上来，挡在我的面前，用手指拉着眼角，吐出舌头，扮成僵尸的模样。"我爷爷是个僵尸——"他们学着我讲故事的语气，一本正经地说，"但他是个烈士。他在抗美援朝战争中，奋勇杀敌……"说到这里，他们已经笑得直不起腰来。

从那以后，植物人爷爷在同学当中，变成了一个笑话。为了不让自己再想起这件事，很长一段时间，我去附属医院找姑姑，都绕着住院楼走。至于317病房，我发誓再也不要去了。我心里确实有些怨爷爷。怪他为什么不是在战争中英勇杀敌变成植物人的。我都没有去问姑姑，他到底是怎么在那个"文化大革命"中，变成了现在这样。那不重要了，反正他不是英雄。我甚至确信都是因为他软弱、没本事，才会被人弄成了现在这副样子。

李佳栖

　　刚才你说每个人都有一个起运的时间，人生好像忽然套上了缰绳。我的应该是在八岁。那年秋天，爸爸离开济南，一个人去了北京。从那以后，我就再也没有家了。

　　我爸爸其实对做生意一窍不通，只是去投奔一个并不相熟的表哥。我奶奶有个妹妹，早年去了北京，后来在那里结婚生子。这个表哥是她家的长子，在整个家族里，一直作为一个异类存在。念书不行，也没有找过正式的工作，整天跟一帮狐朋狗友混在一起，做些倒买倒卖的生意。在我爷爷看来，"倒买倒卖"是"坑蒙拐骗"的同义词，所以不难想象当他知道我爸爸也干起这种事的时候，有多么震惊。对他来说，这是不可原谅的堕落。

　　"坑蒙拐骗""贩卖""倒爷"，我讨厌他们用这些词来说我爸爸。每次听到总是会在心里纠正，他是一个商人。在一九九〇年，"商人"还是一个书面词语，听起来很高贵。

我其实没有见过什么商人，学校门口卖江米棍和卡通贴纸的人应该不算，他们只是小贩。我知道商人这个词，是因为它在童话故事里常常出现。很多童话的主角都是商人的女儿，过着养尊处优的生活，跟公主没什么差别，她们的美丽和天真带来一些麻烦，不过最终总是会有一个英俊勇猛的男人出现，解救她们于危难。她们总是有一副打不烂的好命，仿佛她们的父亲早已用钱收买了上帝的心。所以，那时候我很高兴自己成为"商人的女儿"，好像因此就换上了一副好命。

去北京以后，我爸爸每星期会打来一个电话。星期天的傍晚，我和妈妈都会在附近的一家小卖店等候。他用的也是公用电话，和我们约好六点钟。但并不是那么准时，通常都会迟一些。我们不好意思干等，就在店里买点山楂片或者果丹皮之类的小东西。我比较喜欢山楂片，因为可以吃得久一些。小纸包里的山楂片像一摞五分钱的硬币。我小心翼翼地用舌头托着它，吮着甜蜜的色素。等到它变软，碎裂成小块，才咽下去。我尽可能地慢慢吃，如同小心翼翼地用掉一枚枚硬币。每次我都在心里猜，用到第几枚的时候，铃声会响起来。有一回用光了全部"硬币"，铃声还是没有响。我和妈妈一直等到小卖店关门，才拖着酸痛的腿离开。其实就算接到他的电话，我不过是将那句每次都说的话再说一遍而已："爸爸，你好吗？我很好，我会听妈妈的话，你放心吧。"

我们在寒风里慢慢向回走。我的舌头已经甜得麻木，后面有颗牙齿隐隐作痛。那句没有讲出去的话在身体里越变越大，胀满了整颗心。一个踉踉跄跄的酒鬼迎面过来，眯起眼睛打量着我妈妈，张开手臂阻拦她。我妈妈左右躲闪，好不容易才甩开他，拽起我的手向前飞奔。跑了很久，我们两个才停住，在路灯下喘着粗气。我怨恨地看着我妈妈，好像她做了什么背叛我爸爸的事。

　　长大以后，那种山楂片很少能见到了。我也一度忘了那年冬天含着山楂片等电话的事。让我把它再记起来的是一个陌生的女人。去年夏天的一个晚上，我和朋友相约见面，他迟迟不出现，我的手机没电了，就走到路边的电话亭。那个女人就站在塑料罩子底下。她穿着很多年前流行的那种垫肩高耸的珠丽纹连衣裙，披散着灰白的头发，目光涣散。我看到她拿起听筒，摊开手心，从粉红色的纸柱包装里，小心翼翼地取出一枚山楂片，塞进投币缝里，伸出手指去按电话号码：1—1—9。

　　"着火了。"她小声说，然后把听筒放回去，攥着那一小包山楂片走入夜色。

　　过完冬天，星期日的电话之约取消了。因为我爸爸开始去俄罗斯做生意，火车要开整整一星期才能到莫斯科。只有在他回到北京的时候，我们才能通一次电话。到了春天，我妈妈也去了北京，因为爸爸那里需要人帮忙。我被送到了爷爷家。这是奶奶的主意，她想借此来修复爸爸和爷爷之间恶劣的关系，何况沛萱也在爷爷家，可以给我一些正面的影响。在目睹我爸爸的堕落之后，她认为我急需一个好的榜样。我爸爸不愿意欠他们的情分，可是也没有别的办法，每次去莫斯科都要半个月，实在不能把我带在身边。最后讲好每个月都向我奶奶交一些生活费，他才终于答应。

我不想去爷爷家。只要能和他们一起去北京，哪怕是上一个寄宿小学也行。可是没有人问过我怎么想。就算我抗议，我妈妈恐怕也会说，我们这样做，还不是为了你的将来吗？这个说法很奇怪。我只想要他们让我现在过得好一些。我与他们紧密相连的部分只是童年，这部分我无法主宰，全由他们掌控。在他们可以掌控的阶段，如果都不能让我过得好一点，所谓的将来又怎么能应许呢？办完转学手续的那一天，我妈妈拖着行李箱，带我来到爷爷家。这只是暂时的，她向我保证，等他们在北京安顿好，就把我接走。

你说得没错，我根本不想融入新的环境。因为是暂时的，我对一切既没有期待，也没有要求。我甚至不想交朋友。和你们一起玩，只是为了和沛萱还有爷爷奶奶作对。有时候正玩得很开心，我看着你们的脸忽然感到奇怪，不知道自己怎么会和你们成为朋友的。我总是毫无征兆地发出一阵尖叫，拖着长音很久才停下来。或许我是想把自己和你们隔开，一个人关在那个声音里，静静地待一会儿。

那两年，我失去了约束，自由自在地疯长。现在回过头看，或许是一生中最快乐的时光。可是那种快乐的感觉究竟是怎么样的，我一点也想不起来了。记忆向来按照自己的喜好剪裁时光，我的记忆更偏爱痛苦。

他们说，我爸爸赚了很多钱。我只是知道他常常要去莫斯科，带着很多货物。坐火车，路上经过贝加尔湖、叶尼塞河，六天六夜，到达莫斯科。

"他已经迷失了。"吃饭的时候爷爷说。

"让他受到点挫折，就知道回头了。"奶奶说。

"他受的挫折还少吗？"爷爷说。

在我的记忆里，那段时间我爸爸只回来过一次。因为生意越做越大，需要更多资金周转，他决定卖掉我们从前的房子。他是一个人回来的，办完手续以后，就把房子里的全部东西都搬到了一个朋友的仓库里。我们家的相册，刊登着我爸爸写的诗的杂志，还有我从前的日记本和洋娃娃。两年后的冬天，仓库着了一场大火，所有的东西都被烧毁了。和爸爸一起生活的那些年的所有物证付之一炬，一件也不剩。

我爸爸回来的时候，带了一台托人从国外买的录像机，算是感谢我爷爷奶奶这段时间对我的照顾。那是这么多年以来，他第一次给他们买东西。但他态度仍旧冷漠，把录像机往地上一放，说这是给你们的。我爷爷看也没看一眼，就走进了里面的房间。没坐多久，我爸爸起身要走，奶奶留他吃晚饭，他说约了朋友。我知道他没有。吃晚饭的时候我一直在想，爸爸此时不知道正坐在哪条街上的小饭馆里，独自吃一碗面。

那天晚上，为了试用那台机器，我和沛萱看了有生以来第一盘录像带。录像带也是爸爸带来的，名字叫《变蝇人》。里面的那个男人牙齿掉落，身上开始长毛，一天天渐渐变成苍蝇。每天他站在镜子前面，静静打量着身上所发生的变化，目光中有一种孤独的笑意。不知道为什么，他身上那种与整个世界决裂的东西，让我想起我爸爸。

我妈妈倒是每隔一段时间就会回来看我，带着从友谊商店买来的稀罕食物，巧克力、瑞士水果糖，还有梅林午餐肉。她瘦了一些，烫了头发，穿着矮跟的长筒靴，讲话的时候偶尔蹦出几个儿化音。我缠着她给我讲火车上的事。她就总说车上很危险，有好多坏人。她看上去一点也不享受那段旅途，说起莫斯科也只有冷、冷、冷。我听到她偷偷和姨妈抱怨，说我爸爸每天都在外面喝酒，醉到找不到回家的路，坐在台阶上等她来找自己。还说他每次到莫斯科都要去赌场，有时候能把刚赚到的钱输个精光。姨妈则叹着气说，钱会让一个人变质。

我根本不相信她们的话。我也不在意我爸爸变成什么样。那时候，对我来说这个世界上最幸福的事，大概就是和我爸爸一起坐火车去俄罗斯吧。在所有没有乘坐过K3次列车的人里面，我肯定是最了解它的一个。我知道它星期三早晨从北京出发，在下一个星期二到达莫斯科。我知道沿途的每个车站，还知道星期四的黄昏火车过了漠河的边境，星期六列车的窗外能看到贝加尔湖，星期天就到了叶尼塞河。那条铁路的轨迹，清晰得如同我手上的一条掌纹。我曾跪在铺展开的地图前面，用彩色水笔把它描出来。贝加尔湖的轮廓是一个瘦瘦的月牙，我用蓝色的笔把中间的区域填满，想象宽阔的湖面结满了厚冰，积雪在寒冷的夜晚闪闪发光。

那条铁路承载了我对于远方的全部想象。我想象爸爸穿着呢子大衣和皮靴，拎着皮箱站在扬起大风的月台上；在摇摇晃晃的列车上，一个把帽檐压得很低的男人坐在餐厅的角落里抽烟，他是一个经验老到的扒手；一个碧绿眼珠的妓女踩着很高的鞋子，咚咚咚从猩红色的地毯上走过；在莫斯科旅馆的房间里，爸爸脱去大衣，把伏特加倒在玻璃杯里；在著名的"皇冠"赌场，爸爸推出去高高一摞筹码，看着金色大波浪头发的女郎敏捷地切牌。

小偷、妓女、酗酒和赌场，这些素材都来自我妈妈。她有时会提到这些。关于妓女，她讲完就后悔了，在我面前提起她们显然不妥。总之她想说的是，那是一种充满危险的生活。要是用我爷爷的话来说，就是非常堕落。可是危险和堕落是多么迷人的异国情调啊。它们如罂粟花的香气一般撩拨着一个孩子的心。

我一直都没有坐上那列火车，也没有去过莫斯科。所以那份想象顽强地活下来，跟着我一起长大。你或许很难想象，每次听到"西伯利亚"这个词，我的眼眶几乎都要变红。这个词让我想到尽头和终结。爸爸后来并不是死在那里的，可是想到他的死，眼前就会出现白茫茫的一片，伴随着轻微的耳鸣，好像是火车压过钢轨的叮叮咣咣的声响。

那列往返于莫斯科和北京之间的 K3 次列车，承载了我爸爸生命最后几年的时光。在俄罗斯，那个寒冷的国度，火车是命运的隐喻。安娜·卡列尼娜的鬼魂一直还在站台上游荡。第一次读到那本小说的时候我就想，要是当时跟着爸爸去了俄罗斯，没准就会遇到她。可惜那时我还不知道她，就算遇到了也无法辨认出来。但是如果我能，我一定会走上去问一问她，灵魂究竟是怎么一回事。

我爸爸最后一次去俄罗斯，是一九九三年的十一月。那个国家庞大的身躯已经轰然倒下，降下的国旗收在看不见的角落里，上面的锤头和镰刀已经开始生锈，不过还要再等一个月，拜占庭帝国时代的双头鹰才会重新飞上国徽。在这最后的一个月里，人们躺在旧国的废墟上，躲进劣质伏特加制造的迷幻长夜，为布尔什维克送行。在生命就要走向尽头的时候，我爸爸来到那里，他一定分享过他们的痛苦和迷惘，因为他和他们一样，是一些什么也不再相信的人。

这些不过都是我的想象而已。很好笑是吗？我这样问是因为从前讲给唐晖听的时候，他说，很动人，不过也很好笑。

"我发现一个问题，"他说，"你总是要把你爸爸的人生轨迹和宏大的历史捆绑在一起，好像觉得只有这样，他的生命才是有意义的，中国历史里找不到了，就到世界史里找。你就不能把他从历史上解下来一会儿？给他一点自由不好吗？"

然后他提醒我，我爸爸到莫斯科去可不是为了分享俄罗斯人民的痛苦和迷惘，他要分享的是他们的钱。那时候他正忙着倒货卖货，将大把大把的卢布从俄罗斯人民的口袋里骗走呢。我立即抗议他使用了"骗"字。但他拒绝把它收回，"就是骗，他们卖给俄罗斯人的，都是劣质的假货"。

唐晖是北京人，他有一个亲戚九十年代在雅宝路做批发生意，就是把货物卖给像我爸爸这样的人，再由他们运到俄罗斯去。所以唐晖对当时的情况很清楚。我把这段故事讲给他听真是撞到了枪口上。

"那些卖给俄罗斯人的羽绒服，里面塞的都是沤烂的鸡毛，病鸡瘟鸡什么都有……就是没有一点鸭绒。皮夹克就更滑稽了，是用牛皮纸做的，外面刷一层亮漆，想想吧，你描述的那些旧国废墟上痛苦而迷惘的俄罗斯人，穿着这样的皮夹克，瑟瑟发抖地走在雪地里，他们不会把寒冷归咎给身上的衣服，只会觉得是自己变得更虚弱了。好不容易走进一个暖和的房间，落在身上的雪融化成水，渗到夹克里，所谓的牛皮立刻出现裂缝，碎成一片一片。你说他们什么都不相信了，没错，看着一件皮夹克转眼变成废纸，他们还能相信什么呢？"

"并不是所有的商人都这样。"我不是很有底气地说。

"后来在莫斯科，为什么发生了好多起俄罗斯人杀害中国人的案子？其中一个原因是，他们恨透了那些无良的中国商人。当然，你爸爸可能跟其他人想法不一样，可是不管怎么说，他和他们做的都一样，都是趁火打劫的买卖。"

当时我和唐晖刚恋爱不久。我们坐在一个学校附近的咖啡馆里。我抬起头，咬着吸管看着他。我第一次觉得我们可能不合适，因为他身上有一种我永远都不会有的正义感。而唐晖大概也已经意识到，我把爸爸雕塑成了一个失真的偶像。这个偶像的存在，隐隐对我们的关系构成威胁。所以他必须把它推倒。他认为自己能做到，这只是一个时间的问题。他是一个乐观的人，这大概才是我们最根本的区别。

当年他们在莫斯科做生意的事，我妈妈后来没有讲起过。她好像患了失忆，把那几年的事都忘记了。不要说莫斯科，有时候都想不起自己在北京住过一年。从几年前开始，我陆续接触了很多当年去俄罗斯做生意的人。玲姨是其中的一个，跟我爸爸很熟。和其他很多人一样，玲姨跟她丈夫当年赚了很多钱。后来生意随着航空运输的兴起而没落。他们失去了生财之道，只能坐吃山空地消耗积蓄。

后来玲姨丈夫爱上了一个年轻姑娘，为她花了很多钱。眼看这样下去就要把家底败光，玲姨咬咬牙离了婚，和丈夫分割了财产。她把自己分到的房子租出去，将租金当作一份收入，而自己则搬到近郊去住。这些年北京变得越来越大，她先前住的近郊被开发，房价不断攀升，她只得再搬去更偏远的地方。我坐到地铁的最末一站，又搭一辆没有执照的出租车，才到了她住的地方。她向我抱怨北京已经完全被外地人占据，再也不是从前的北京了。她特别怀念九十年代初的北京，歌舞厅、酒吧、友谊商店和外汇券，还有开往莫斯科的列车，大都会的萌芽时期，成就了她一生中最昌盛的时光。近郊的下午格外地静，空气凉翳翳的，她坐在小客厅的窗户底下讲着那些当年的事，有一种白头宫女坐在城墙边追忆往昔的感觉。

"当时那趟火车就是一个流动的商亭，它开到哪里，我们就卖到哪里。出了中国的边境，每次快到一个车站，就得把成包的羽绒服、皮夹克拖到窗户底下。月台上挤满了俄罗斯人，车还没有停稳，就都涌上来了。每站最多停十分钟，根本来不及下车，我们都是直接拉开窗户卖东西。会那么几句俄语，连说带比画，动作一定要快，收了钱都来不及数，往脚底下的编织袋里一塞，从包里抽出衣服赶快往下丢。有时候碰上坏人，一把抢了你的货就跑，你也只能眼睁睁地看着，没法下车去追。你爸爸就遇到过一回，把他一整包货都抢走了，你爸爸还真的冲下车去追了。在站台上跑了好远，还是没有追上，火车要开了，他又返回来追火车，扒着栏杆才爬上来，真是好险……"

回忆擦亮了玲姨黄浊的眼睛。一瞬间她好像回到了 K3 次列车沿途的某个小站上，有一种争分夺秒的亢奋。为了克服打断她的冲动，我只有不停地抽烟，看着簌簌落下的烟灰发呆。她的讲述太真实了，真实得伤害了我的自尊。我无法想象爸爸拎着羽绒服叫卖，在月台上追抢包的人，还要扒着栏杆爬火车。就算我很清楚我爸爸做的是这种倒卖的生意，也不想知道他具体是怎样把货物一件一件卖出去的。

在玲姨的眼中，我爸爸是一个很孤僻的人。每次去莫斯科，都要在火车上待一个星期，那些做生意的人整日混在一起，形成一个小圈子。他们每晚聚在一起喝酒打牌，打发无聊的时光。我爸爸很少加入，他不喜欢打牌，也不喜欢听他们讲粗鄙的笑话。他倒是很爱喝酒，但总是关在包厢里一个人喝。有些人因此看不惯他，背地里骂他清高，因为有点文化，就瞧不起别人，又嫉妒他的生意做得不错，后来就联合起来对付他。他们勾结供货的商家，偷偷调换了订货，把所有的残次品都给他。我爸爸因此赔了很多钱，意志越发消沉，酗酒也越发严重，生意一天天地衰败下去。

我爸爸可能是一个好老师，但绝对不是一个好商人。原本属于他的那个圈子排挤他，他放逐自己，走进一个不属于他的圈子，却还是受排挤。他始终是一个格格不入的人。每当觉得失望的时候，他就选择离开。所以他一生都在离开。

　　现在，K3次列车还在。仍旧是每个星期三出发，第二个星期的星期二到达莫斯科。第二天经过漠河，星期六的晚上能看见贝加尔湖，再过一天，就到了叶尼塞河。所有的景色都安放在原来的时间上。乘客将以一种缓慢而抒情的方式，一点点接近莫斯科。可是有这样兴致的乘客越来越少了。没有多少人愿意把六天六夜的时间花在路途上。每次坐车经过火车站，我都会在心里对自己说，嗯，总有一天要去坐一次K3的。可是我知道，我其实在等着有一天它从列车时刻表上消失。它的存在对于那些头脑中的美好想象来说，始终是一种威胁。

仁心仁术——走近李冀生院士

22'13"

画面上是一张黑白照片。男人和女人并排坐在两把椅子上。男人穿着长衫，女人穿着白色旗袍。

字幕显示："一九五〇年，李冀生和徐绘云结婚。徐绘云是齐鲁大学校务处主任徐成方的长女。次年，她随丈夫前往河北宣化，在当地一家医院工作。一九五四年，长子李牧原在那里出生。"

另一张黑白照片。女人坐在中间，怀里抱着一个女孩。男人站在她的左边，右边是两个男孩。底下字幕显示："左起李冀生、徐绘云、幺女李牧亭、长子李牧原、次子李牧林。五岁那年，李牧亭得病去世。李冀生对这个小女儿很偏爱。他曾在给老家表妹的信里说，牧亭眉眼很似他母亲，有种旷远的东西。"

程恭

我清楚地记得，你转学到附属小学来的时候，是春天。学校门口已经有小贩在卖桑叶和幼蚕。

上午第二节课后，老师把你领进教室。你细细高高地站在门边，细密阳光啄着左边的脸。整个人像是锁在一帧过曝的相片里，强光之下，令人无法看清的眉眼，带着一种庄严而神秘的气息。

你的自我介绍非常简短。说完之后大家呆呆地看着你，隔了一会儿才响起掌声。

班里唯一一个空座位，在最后一排，就是我的旁边。老师让你先坐在这里。只是暂时的，她安慰道，好像在向你暗示周围的环境很险恶。你露出一种毫不在意的表情，好像根本不关心旁边是谁。

上课的时候，我转过脸来看你。斜分的头发垂下来，挡住了你的脸，只能望见一个挺拔的鼻子，鼻翼微颤，温柔地振动着周围的空气。你一直按着手里的自动铅笔，长长的铅芯吐出来，戳在纸上，折断了，你取出铅盒，捏着两根铅芯装到笔里，然后继续按。你面前的桌子上落满了一截截碎铅，看上去好像一窝蚂蚁。整个上午，你都没有把课本打开。

放学的时候，李沛萱站在教室门口等你。你并不着急，一点点地撮起桌子上的铅沫，把文具盒收进书包，才走了出去。我们都认识李沛萱，虽然她比我们高一个年级，因为她是全校唯一一个市级三好学生。

很快我们知道，她是你的表姐。你们的爷爷是著名的教授李冀生，这座医科大学没有人不知道他。班上的女生很快前来示好，邀请你一起跳皮筋，问你愿不愿意参加周末的踏青活动。你表现得很冷淡，好像对一切都没有兴趣。

那时候，我在班里已经不再孤身一人，而是有了一个小团体。其他的成员是大斌、子峰和陈莎莎。刚上学的时候老师说，一个班就是一个小社会。她说得没错，所以也有阶级。我们都属于最底层的那个阶级，这主要是由家长的工作所决定的。我爸爸从前在大学的车队干过几个月，和子峰他爸爸是同事。后来嫌太累就不干了，但没人敢开除他，所以后来他也一直算是大学的员工。子峰的爸爸一直在车队，从开救护车换到开运货的车，晚上不用加班了，也算是一种进步。大斌的爸爸在食堂当大厨，每天站在和澡盆一样大的锅面前，挥舞炒勺。陈莎莎的爸爸在锅炉房工作，那里负责学校的热水和供暖。总的来说，他们都属于工人阶级，干的都是体力活。在这座医科大学，受尊敬的是脑力劳动者。所以在我们班，上层阶级是大学领导和教授的子女，中间的是普通教师的孩子，然后是我们。这个格局在不知不觉间形成，上层阶级结成一个小圈子，中间阶层则忙着讨好他们，同时努力和我们划清界限。我很快看清了形势，决定团结所有底层阶级的同学。其实除了我，也只有子峰和大斌，陈莎莎我根本没有算在内。她妈妈生下一对龙凤胎，没几个小时就失血过多死了，又过了几天，哥哥也得病死了。她主要是由奶奶带大的，三岁才开口讲话，五岁还结巴，大家都以为是因为没有妈妈的缘故，可是到了七岁进入小学，还完全不识数，人们才开始怀疑是智商的问题，老师也不确定，只是觉得她注意力涣散，听到自己的名字也不敏感，而且，几乎每时每刻都在吃东西。她对于食物有一种偏执的狂热。虾条、薯片、果丹皮，总之手边一定要有点吃的，连上课都不例外。起初老师试图纠正这一习惯，想把零食拿走，但是她大喊大叫，像被鬼神附了体，最后老师只得放弃。所以上课的时候，我们也能听到她咯吱咯吱吃东西的声音。很奇怪，她虽然看起来什么都听不懂，不过考试总能得些分，离及格差一点，但很多时候竟然不是最后一名。大斌仁厚，总觉得她孤零零怪可怜的，无论做什么，都要带她一起。大斌呢，当然也有他的问题。他的胆子不是一般的小，据说是八个月的时候，鼻子被老鼠咬了一口，后来就变得什么都害怕。最怕老鼠，也怕各种蠕动的虫子，甚至连蚕宝宝也害怕。他还晕血，同桌流鼻血，他反应比人家还激烈，险些就昏过去。最要命的是他的多愁善感，班上组织去看《妈妈再爱我一次》，数他哭得最凶，好几天都缓不过来。看《刘胡兰》，他也哭，不停地问我们，为什么他们就不能饶刘胡兰一命。不过他倒是挺慷慨的，是那种有一块橡皮，也会分给你半块的那人。至于子峰，则截然相反，看什么电影都没感觉，看到大家哭，有点摸不到头脑。据说他连最亲爱的外婆去世，都没有流一滴眼泪，他爸妈都觉得他有点冷血。我不是冷血，他不止一次跟我们说，我就是有点木讷，不知道应该哭。你们告诉我，该在什么时候哭呢？我说，要是你妈妈忽然跟别人走了，你就知道什么时候该哭了。他说，我妈妈不会走的，我爸爸打也打不走。我冷冷地说，真遗憾，那你没机会学会了。

坦白说，这几个人，都不是我理想中的朋友。可是我根本没有选择的余地。在班里这种情势之下，我必须团结一切能团结的人。到了你来的时候，我们这个小团体，已经很紧密，经常凑在一起。有时候课间他们来找我，坐在旁边的座位上，煞有介事地跟我讨论一些无聊的问题。你就在旁边冷冷地看着。我猜想别的同学已经把我们的底细告诉了你。离他们远一点，他们会这样告诫你。

所以第一个星期，你一句话也没有跟我说，我丝毫不感到意外，并且相信这种情况会一直持续下去。可是第二个星期，你竟然跟我说话了。那是一个下午的课间，大斌过来找我，和我约好放学去他家玩，看他家刚出生的小狗。他走了之后，你忽然开口问："是什么样的狗？"

"狼狗。"我怕吓到你，连忙说，"可是是刚出生的小狗，很可爱。"

你点点头，不再说话了。就要上最后一节课的时候，你转过头来问我，能不能带你一起去看狗。我有一种受宠若惊的感觉。但你还是冷着一张脸，回过头去，再也不跟我说话了。以至于我在怀疑，先前是不是听错了。

那个傍晚，你在大斌家的院子里摸了不友善的大狗，把小狗抱起来亲吻，然后像我们一样，用黑乎乎的手直接抓起一把爆米花放进嘴里。大斌和子峰顿时喜欢上了你，觉得你应该是属于我们的。不过我多少觉得，你的热情有点勉强，好像是在表演。后来我知道，你其实只是想晚一点回家而已。从那之后，你放学之后常常和我们一起玩。你选择加入我们，只是因为我们是那种放学之后不用急着回家的孩子。

你喜欢一切可以疯跑的游戏——丢沙包或者捉迷藏，还喜欢爬墙和钻树丛。你想要出汗，想要把自己弄得很脏，好像只有这样，才算玩得尽兴。你还喜欢尖叫，在嬉闹中忽然毫无征兆地发出刺耳的尖叫。不换气，一径喊到声嘶力竭，才心满意足地闭上嘴巴，仿佛把天空戳了一个窟窿，然后有点得意地看着我们。后来，每当发觉你有要尖叫的征兆，我就迅速从背后捂住你的嘴。但是这么做时必须小心，冷不丁就会被你咬上一口。你的牙齿很尖，我的手上留下订书机般的牙印。

你很快成为我们当中制定游戏规则的那个人。你讨厌一成不变的规则，总是对它做出修改。单说丢沙包，我们就玩过很多种，有时规定只准单手接沙包，有时规定丢的人必须背过身。每次你想到一个新主意，会先和我探讨是否可行。商量妥当之后，再把新规则讲解给其他人听。受限于陈莎莎的智商，规则不能设置得太复杂。即便如此，游戏中也要不断地提醒她已经换了规则。子峰玩着玩着就会不认真，开始用各种方式捣乱，总是要不断呵斥才行。有时候，我会萌生出一种奇怪的感觉，好像我和你是父亲和母亲，正在带着我们的三个孩子玩耍。

我很快发现，好像和你之间有一种奇怪的默契，比如捉迷藏的时候，我们总是不知不觉躲到一起。有一回石头剪刀布大斌输了，他背过身去开始数数，剩下的人迅速跑散。图书馆背后，紧挨着墙根的地方，种了几排竹子。我踮起脚跟横移身体，慢慢钻到里面。初夏时节，竹子长得葱翠茂密，遮挡得严严实实。我正为自己找到这个藏身之地沾沾自喜的时候，就听到竹叶沙沙地响了起来。然后我看到是你，从另一端钻进来。你慢慢靠过来，我们并排站立，紧紧地贴住墙壁，那样就不会碰到竹子。前一天才下过雨，空气里氤着浓重的水汽，你的脸上映着竹叶的影子，轻轻地摇曳，让人想要伸手摘下来。这时，你的手忽然伸过来，勾起食指挠我的腋窝，我摇晃着肩膀挣扎，竹叶沙沙地响起来。你咯咯地笑起来，我连忙捂住你的嘴巴。我们无声地打闹着，直到听到有脚步声迫近。我们屏住呼吸。一根长树枝伸进来，拨弄着竹丛。已经没有逃脱的希望了。我们闭上眼睛，等着竹子被拨开。在黑暗中，我感觉到你握住了我的手。你的手心柔软而潮湿，像雨后森林里的蘑菇。

"你猜我当时是什么感觉？"多年后大斌回忆起他拨开竹子看到我们牵着手站在那里的一幕，"好像是在捉奸。"他喃喃地说。那是他生平第一次"捉奸"。可惜不是最后一次。后来他娶了一个女主播，有过几次比较难堪的经历，他渐渐训练出猎狗的嗅觉，能捕捉到微毫之间的情愫。

"我觉得那时候你已经喜欢李佳栖了。"他说。

我摇摇头，说不知道。那的确是很复杂的感情。某些时候，你脸上乍然出现的神情，令我感到迷惑，一种成年人的神态，倦怠，世故，用不耐烦的目光打量着周围的一切。你的早熟令我感到不安。像两个一起跑步的人，你总是在我前面一些的地方，并且随时可能加速，从我的视线里消失。我处在紧张的防御之中，时刻准备发力，孤注一掷地一搏。我可以隐约感觉到，有一种微妙的竞争性存在于我们当中，离间了我们的感情。要是再过几年，等到情欲萌发，这种竞争性或许会转化成征服欲，我将无可救药地爱上你。可是对于当时的我来说，那是一种找不到出口的竞争性，令人不知所措。

一个月之后，老师把你从我旁边的座位换走了。可惜太晚了，你已经和我亲密无间。同学们认为你堕落了，看你的眼神充满惋惜。还有好心的女生把你约出去，晓理动情地劝说一番。你丝毫没有"悔改"之心，照旧与我们结伴。那时候我们天真地相信，你和我们一起玩，是因为我们比其他人更有趣。事实上，有趣的不是我们，而是你和我们之间的差异。著名教授的孙女与家境糟糕的坏小孩。你着迷于这种差异带来的戏剧性。谁都能看得出，你在存心与你的家庭作对。你不喜欢你的爷爷奶奶，虽然你并没有那么说过。你从来都不提起他们。而你讨厌李沛萱，是因为她总在执行他们的意志。你决意长成一个与她截然相反的女孩，好让他们深深地失望。这是你唯一能伤害到他们的方式。

李沛萱很快知道了你与我们交好的事。她认为自己有责任劝导你回归正途。每天放学，我们走出校园的时候，就看到她已经站在大门口等你，像一个称职的家长来接自己的孩子。你勉为其难地跟着她回家了两三回之后，就开始想各种办法逃脱。为此，我们不等最后一节自习课上完就提前离开学校，并且尽量到偏僻一些的地方去玩。可这是一座大学校园，所有偏僻的地方都躲着一对正在接吻的大学生。我们的出现令他们慌乱地退出舌头缩回手。脸上长满青春痘的男学生总是很凶地驱赶我们："小孩，到别处玩去！"

在这座拥挤的校园里，实在很难找到一个"别处"。直到有一天，我们想到了死人塔。在这座医科大学，没有人不知道死人塔。它的前身是一座水塔，德国人占领济南的时候建的，废弃了很多年，后来用来存放供大学解剖课和实验研究所用的尸体，还有那些尸体的局部。不仅是医科大学，据说连附近两个医专的实验课，都要仰靠它。

子峰爸爸所在的后勤车队，有时候会分配到拉尸体的活，把新鲜的死人从刑场运到这里。每次出车，子峰都会向我们报告。据说都是死刑犯。原来世界上有这么多死刑犯。我们终于相信，犯法是真的会被枪毙，还会被运到这里，肢解成很多块，再被医科大学的学生在课堂上进一步拆分。死人塔绝对是个净化心灵的地方，去过的人会变得害怕犯罪，特别是死罪。当时，我模模糊糊地明白了一个道理：想要为非作歹一辈子，不给这个世界留下任何有价值的东西，也并不是很容易。没准他们会从你的尸体上把它们找回来。

其实，我们早就知道这座死人塔。关于它的诡异传说，一直在我们的小学里流传。据说高年级的学生曾结伴夜探，回来之后就有人生了怪病。死人塔在校园的西北角上，四周围着砖砌的高墙。只在西边的角落里，开了一扇小小的铁门。铁门很矮，高大的成年男人得弯腰，大约建造的时候就想好，反正进去的人多半是横着抬进去。只是那么一小片剥了漆的铁门，却很显眼，经过的时候总能看到。因为附近没有树木，连草也长得稀落。这倒的确很奇怪。整座校园都是繁茂的大树，只有那里光秃秃的，像是被谁揪掉了头发，露出的一小块头皮。听姑姑说，有年植树节，大学生专门到那里栽过一些树，没多久就死了，据说是浸泡尸体的福尔马林挥发的缘故。还有传闻说，住得离死人塔近一些，生出的小孩就会有残疾。一个佐证是陈莎莎，早年间她家就住在西面不远的一排平房里，有人说，她同胞哥哥的夭折，以及她的轻微智障，都与死人塔脱不了干系。

　　傍晚时分，我们到那里的时候，附近静悄悄的。靠近铁门的地方，一间平房依傍着高墙。平房废置多时，破破烂烂的，有个很高的窗台，擎着一扇小窗户，上面嵌着豁残的玻璃，颤歪歪的，好像风一吹就能掉下来。我们几个男孩子搬来石头和砖块，摞在平房前面，踩着爬上窗台，再扒住房顶上的瓦片，就爬到了平房的顶上。你和陈莎莎也跟着上来。

　　我们坐在房顶上，终于看清楚了高墙里面是什么。塔的前面有一块空地。一边堆放着很多具尸体。确切地说，尸块比较多，有从头顶竖着剖开的半个人脸，有眼睛紧闭的头颅。也有女人的上半身，我看到她的乳房，霉绿色的乳头。另一边有个大水池，注满了黄浊的福尔马林溶液，泡着零散的手臂和腿。那些黯绿色的皮肤上，有着青铜器般神秘的花纹。你睁大眼睛看着它们，忽然发出尖叫。并不是害怕，而是因为亢奋。我悄悄观察着大斌的反应，很担心他会晕过去。但是在度过了脸色苍白的几分钟以后，他恢复了正常。我有点替他高兴，觉得他迈过了一道重要的坎。可是没多久就发现，他还是一样害怕毛毛虫。后来他解释说，死人不是活物，超出了引发恐惧的范围。况且还有我们呢。也许吧，当人们成为一个集体，很容易就能逾越个体的边界。

我们的探险当然不可能止步于房顶。但是墙壁上没有可以蹬踏的地方，想要进入院子，只能直接往下跳。子峰腿长，我们就把他推了下去。他一瘸一拐地把塔旁边的几只大木箱挪过来，叠高，这样我们再下来就容易多了。搬木箱的时候，里面骨碌骨碌一阵热闹的响声，他掀开盖子，是满满一箱的头盖骨。其中还有孩子的，看起来很精巧。或许比我们还小吧，世界上还有这么年幼的死刑犯吗？我们互相看看，倒吸了一口冷气。

塔的侧面有扇木头门，上面挂着铁锁。我们进不去，探险活动只得就此终结。不过后来有一次，门是虚掩的，锁头在旁边的地上。在门口听了很久，我们才确定里面没有人。可能是先前进来送东西或者取东西的人走得太急，忘了锁门。推门走进去，顺着细窄的木头楼梯往上爬，拐角处堆放着很多骷髅。二楼有一些木头架子，陈列着大大小小的棕色的瓶子，药水里浸着各种人体器官的标本。大家辨认着那些器官，不敢相信它们来自和我们一样热乎乎的身体。

有个茶褐色瓶子里浸泡着一个微型小孩，很小很小，没有出生就死掉的那种。它弓着身体，像是想要抱住自己，很寂寞的样子。头特别大，一粒粒小小的手指和脚趾很精致。

"婴儿。"你喃喃地说。

"是胎儿。"我纠正道。

"什么区别啊？"

"胎儿是生活在水里的，婴儿已经从水里爬上岸了。就像蝌蚪和青蛙一样。"

你对另一个瓶子里浸泡的一只脑产生了浓厚的兴趣。确切地说，是切下来的小半边脑，像猴头菇罐头那样苍白，看起来硬邦邦的。你抱着瓶子，凑到窗前仔细打量。

"受过严重的损伤。"你皱着眉头，仿佛自己是一个法医。你指给我看上面的一些纹裂，还有一个虫眼似的铅笔直径大小的黑洞。我实在不明白他们为什么要保存一块坏掉的脑。

"因为那个人的记忆还在里面啊。"你不断转着瓶子，变换着观察的角度。

"你说，"你转过头来问我，"未来有一天，人们是不是可以从这块脑子里，读出这个人小时候发生的事情呢？"

"可能行吧。"

你想了一会儿，认真地说："要是那样的话，我就同意死了以后给他们解剖，这样就能把自己的记忆保留下来了。"你重重地点了点头，像是已经和什么人达成了协议。

把记忆留存下来。我不知道你为什么要这么做，心里却朦胧地觉得，这是一个很高明的想法。在你说出来之前，我竟然从来都没有想过。你又跑在了我的前面，想到这个就觉得很失落。我冷冷地说："你怎么知道未来的人想读你的记忆呢？他们才不要读呢。"

"没关系啊。就放在那里好了，"你说，"未来的未来，总会遇到一个人想要去读的。"

我不再说话了，一个人在旁边生闷气。

窗外走了一片云，太阳在天空中祖露，阳光穿过茶色厚玻璃，射在那只苍白的脑上。在某一个瞬间里，它几乎变得透明了。我眯起眼睛，仿佛看到厚浊的表皮底下，有什么东西在一起一伏地呼吸。

后来再去，塔的门又锁上了。我们就在那个院子里玩游戏。比如瞎子摸人。这种古灵精怪的主意，只可能是你想出来的。我们用红领巾蒙起一个人的眼睛，让他摸索着找寻其他人。大家都会蹲下，甚至躺下。瞎子很有可能摸到的是一只断手，或者只有半截的身体。坦白说，触到尸体皮肤的感觉，想一下就觉得恐怖，所幸的是我的运气好，猜拳的时候总是赢，免于当那个瞎子。这个游戏很快因为陈莎莎险些跌入福尔马林水池里而中止。

那个院子太小，障碍物又多，实在没有什么游戏可做，还不如在房顶上视野开阔。我们后来去死人塔，就只是坐在那个房顶上看风景。大斌、子峰、陈莎莎，还有你和我，我们在房檐上坐成一排，荡着脚。周围没有树木，只有一座塔立在面前，像个穿灰袍子的僧人。眼前的世界看上去忽然老了许多。落日像一把烙铁，把西边的天空烫得通红。暮色渐渐垂下来，包住了我们。陈莎莎又饿了，于是撕开一包干脆面吃起来。我们听着清脆的咀嚼声，看着蜷曲的面渣掉下去，簌簌落在墙里面。

"他们竟然再也不能吃东西了。"你看着那些尸体说。

"往好处想嘛，"大斌说，"他们也再也不会饿了。"

是不是坐在比较高的地方，人就会很想要谈论一下未来？我记得那个时候，我们坐在房顶上，不知不觉说起对未来的构想。大斌想当警察，配枪的那种。子峰想当作家，能够洞悉人们丰富的内心世界。陈莎莎想当科学家，我说我想出人头地，做个受人尊敬的人。而你张开双臂，大声说："我要很多很多的爱。"

我们简直像是在许愿。可是为什么会在那里许愿呢？或许死者总归是有一种超越凡世的神性吧，虽然他们连自己的尸首都无法保全。

不知道为什么，后来回忆起我们几个坐在房顶上的那个场景，我就会想到《绿野仙踪》。我们像是正在长途跋涉的路上，要去往某个遥远的国度，寻找自己身上缺少的那件东西。大斌是缺少勇气和胆量的狮子，小峰是缺少感觉之心的铁皮人，陈莎莎是缺少头脑的稻草人。至于你，你缺少的是爱。那么我呢，我不知道自己缺少什么。也许是一种认可。我一直觉得自己和别人不同。我必须证明这一点。

临近期末考试的一天，我们又坐在平房的房顶上玩时，李沛萱出现了。她看到我们也很吃惊。她的确在四处找你，一直找到这条偏僻的路上来，不过她怎么也没想到我们竟然会在死人塔的墙上。她走过来，在离塔还有几米远的地方停下。

"回去复习，"她仰起头对你说，"我不想看到你留级。"

你邀请她到房顶上来，说院子里有很多好玩的东西。睁着眼睛的死人头、剁下来的手和脚、小孩的舌头……你有滋有味地罗列着。李沛萱的脸扭曲起来。

"好了，不要胡闹！"她低声说。

"上来嘛，上来看看。"你欢快地荡着腿。

"快跟我回去！"

"你们瞧，她根本不敢！"你说。

"升旗手是胆小鬼，哈哈哈……"我说。

我们大笑起来。拖着长音的笑声像一盆脏水泼溅下去。她一动不动地站在那里，好像在不断缩小，闪闪发光的威严也生了锈。我的心里掠过一丝快意，就好像把一件漂亮的瓷器摔在地上，或是朝清澈的河水里吐了一口唾沫。

她转过身去，朝远处走去。

"喂，"你在后面喊，"三好学生首先品德要好，回家告状可不是你应该干的事！"

李沛萱停住脚，转过身来对你说："李佳栖，你的人生肯定是一个悲剧。"

"你的才是呢。"你恶狠狠地回敬她。

"我们不应该这么对她。"大斌小声说。

"你喜欢上她了？"你问。

"别胡说！"大斌说。

当晚你回家，一切都如平常一样。李沛萱果真没有告诉你爷爷奶奶。不过好景不长，期末考试之后学校就召开了家长会。开完会，班主任留下了其中的几位家长。同学们在外面的院子里，等着家长出来，和他们一起回家。后来所有人都走了，只剩下大斌、子峰、你和我。没有陈莎莎，老师已经彻底放弃她了。

我们几个人的家长出来的时候，有个老太太走在最前面，脚步很快，一副想快点远离其他几个人的样子。她朝我们这边看过来，像是在逐个打量，然后在我的身上停住了。我发现我认识她。她就是我刚来南院的时候，在教堂遇到的那个绾着银色发髻的老太太。她给我的那一把糖，让我第一次体会到陌生人的善意。我因此会记一辈子。而现在她好像变了一个人，冷冷的目光像鱼叉似的朝我戳过来。她唤你过去，然后领着你走了。

当晚你经历了一场漫长的谈话。你奶奶说，并不反对你和差生做朋友，能帮助他们很好，不过那个程恭还是不要来往了。你问为什么，你奶奶就不说话了。你不断追问，她最后才说，从那种家庭长大，我怕他心里有些脏东西，会害你。

第二天，你把她说的话告诉我。

"她说得没错，"我用力推了你一把，"你最好离我远一点。"

你又靠拢过来，叹了一口气："暑假快到了，他们一定会把我关在家里。"

我们都不再说话了。

放暑假的前一天，我把你送到你家楼下，我们讲好给对方写信，把写好的信放在楼东侧灌木丛中的一截废弃水泥管里。那个暑假，我写了很多信。那是一个雨水很多的夏天，有好几回我从水泥管里取出的两张湿答答的纸，钢笔字洇散成模糊的一片，无法辨识。你的心事变成一个很难猜的谜。

七月末的一天，我和你奶奶曾在康康小卖部遇到过一次。当时我拿着一袋盐和两个面包走出来，就见她拎着三个空酸奶瓶正要进门。她看到我，很快把眼皮垂下。我走出去的时候，故意擦着她的身体，浸满汗水的背心好像蹭到了她的胳膊，这令我的心里感到一丝快意。

可是当晚我做了可怕的梦。梦里我被三个穿白袍子的人捉住了。他们把我关在一个实验室里，商量着剖出我的心来以后，应该浸泡在哪一种药水里。

"为什么？你们为什么要这么做？"我冲着他们大喊。

其中一个白袍子隔着口罩对我说："因为你的心里有脏东西。"

李佳栖

我记得那个写了很多信的暑假。但是为什么我记得不是放在水泥管子里，而是放在一个树洞里呢？一棵很大的无花果树，就在我爷爷家楼的东侧。树洞在靠近树根的位置，朝着墙，不仔细看不会发现。从里面拿出来的信纸是发绿的，有股青草的味道。我记得自己每次都是爬到树上去看信的。后来下了几天暴雨，但是信塞得很深，一点也没湿，也许再放上很多年，都会完好无损。离开南院以后，我梦见过几次自己又回到这里，都是去看那个树洞，总觉得里面还有封信没有取走。今天下午，我在南院漫无目的地走，可能是想找找那棵树吧。整片楼都拆了，树当然也不在了。我心里还有些失落，觉得再也取不回那封信了。不过刚才听你说，我忽然有些不确定了，也许根本没有那个树洞。

就是在那个夏天，在给你写信的时候，我忽然发觉自己对你产生了很深的感情，甚至希望一直在南院生活下去。但这样的念头只是一闪而过，立刻就会被驱散。它们无法动摇我对北京的渴望。

秋天刚到的时候，我就开始盼望着过寒假。爸爸说，那时候就把我接过去，全家人一起在北京过年。我答应你们会从友谊商店买很多巧克力和夹心糖带回来。在我的想象里，那里什么新鲜玩意儿都有，一望无际的货架比小学操场还大。我还要去著名的马克西姆餐厅，在枝形吊灯幽暗的光线下吃带血的牛排。我一直盼着，越来越近了，就快要到了。距离放假还有一个星期的时候，我妈妈突然回来了。谁都看得出她哭过，眼睛肿得快要睁不开了。她站在门口，双手紧紧抓着一只空瘪的旅行袋。这一次没有任何来自友谊商店的礼物。

爸爸有了别的女人。他一连两天没有回家。我妈妈沿着长长的街道找了很久，冬天的马路空空荡荡，没有那个坐在路边等着她把自己拉起来的醉鬼。他也不在仓库，不在和别人合租的铺面里。她去问那些认识他的人，都不知道他去了哪里。第三天清晨，就在她打算报警的时候，我爸爸回来了。当我妈妈问他这两天究竟去了哪里，他说他和一个女人在一起。

"一直？"

"一直。"

他的坦白令我妈妈无所适从。她慌乱地逃进卧室，关上了门。这些年，她虽然知道自己和我爸爸不亲密，可还是没有想过会有这一天。她躺在床上，眼泪不断涌出来，既害怕又希望我爸爸走进去，直到她听到外面哐啷一声门锁响。他离开了。他开始长时间地不回家，生意也荒废了，仓库里都是积压的货物，有人上门来问我妈妈要赊欠的货款。她不想去开门，可又担心会是我爸爸，万一他把钥匙弄丢了。她在北京没有朋友，也没有地方可以去，只能困在屋子里。白天她也和衣躺在床上，想着想着就哭起来，哭累了迷迷糊糊地睡过去。这样度过了漫长的一星期，我爸爸才终于露面。他拘谨地坐在沙发上，像一个客人。她什么都不问，只想知道他饿不饿，要不要准备晚饭。她快步走进厨房，抱着一丝事情已经都过去了的侥幸心理。当她打开空空如也的冰箱时，听到他在背后说，我们离婚吧。她手足无措地站在那里，连连摇头，再次奔回卧室，反锁上门。任凭我爸爸在外面唤她，问她能不能谈一谈。第二天清早，她收拾起几件衣服，逃回了济南。

在爷爷家，她讲起这些的时候，几次因为哭得太伤心而不得不停住。我爷爷一直蹙着眉头，用一种没有怜悯的目光支持着她说下去。我奶奶则想知道那个女人是做什么的，可是我妈妈回答不上来。她对对方一无所知。

"我不想知道，我不想知道。"她喃喃地说。

"他可能受了身边一些坏朋友的影响。"我奶奶说了一个连她自己都不太相信的理由。

"是的，是的。"我妈妈连忙说，好像在茫茫大海中抓到了一根浮木。她随即讲起我爸爸总和朋友喝酒去赌场的事，还说去莫斯科的火车上有很多妓女。她跟奶奶讨论着这些糟糕的事，相信是它们让我爸爸变成这样。然后我妈妈恳求爷爷出面，劝一劝我爸爸。

"他没有一件事听我的。"爷爷冷冷地说。

他们给寻呼台留了言，让我爸爸回电话。可是我爸爸没有打过来。我妈妈暂时住下来，睡在客厅的沙发上。早晨我走出房间的时候，她已经坐在桌边，守着那只电话。我把早饭给她端过去，她迷惘地拉住我的手，"你说，他为什么这样对我们？"我轻轻地挣脱开，把手缩进棉衣。我讨厌和她绑在一起，成为她所说的"我们"。我知道她很难过，可就是无法对她产生任何同情。其他人好像也一样。大家似乎都觉得这是她的错，是因为她无能，才会失去我爸爸。

她的到来，打破了爷爷家平静的生活。那种平静，对于我爷爷而言极为重要。当时他正撰写一部医学著作的书稿，总是听到我妈妈在外面絮絮不止地向我奶奶倾诉，说着说着，就又哭了起来。他忍无可忍地走出来制止，劝我妈妈回北京好好面对问题，不能总是这样逃避。

"你们应该为我主持公道。"我妈妈说。

"每个人都只能管好自己的事。"我爷爷说，"谁也帮不了谁。你明天就回北京吧。"

我妈妈被激怒了，大声指责我爷爷冷酷无情，然后翻出很多旧账，说这些年他们如何嫌弃她，她一直忍气吞声，受尽委屈，最后却落得个被抛弃的下场。

我爷爷不再理会她。他把写字台上的一沓稿纸塞进公文包，打算去办公室工作。

"佳栖，去收拾你的东西，"我妈妈大声说，"我们现在就走！"

我把桌上的笔收进文具盒。沛萱在一旁同情地看着我。没有人问过我的意见。没有，从来没有。我就像一棵盆栽，被人搬到这里，又拿到那里。

"可以帮我告诉程恭他们吗？"我拎起书包，转过头对沛萱说。

我跟着妈妈去了姨妈家，在那里过了一个沉闷的春节。除夕夜，我被姨夫拖下去看他放烟火。储藏室的房顶漏了，雪水把那些烟火都浸湿了。他一根根划着火柴，把烟火和鞭炮点燃，幽细的火苗静静烧了一小会儿，灭下去。我一直等着一团遽然腾起的焰火撕开黑夜。可是眼前却只有寂暗一片。夜幕如同是一副铁铸的面具。我把捂在耳朵上的手放了下来。除夕夜就这样寡淡地结束了。那时我才明白，从前在奶奶家过年，那虚假的欢乐有多么来之不易，是所有人共同努力的结果。现在他们放弃了。

那一年的寒假特别短，过完年很快就开学了。我被送回了奶奶家。妈妈则终于在姨妈的陪同下去了北京，说是要和爸爸最后谈一次。最后，不祥的字眼。我知道多半是徒劳的，但也只能把唯一一点希望寄托在我爸爸的身上。希望他忽然动了怜悯之心，然后回心转意。

我又回到了你们中间。过了一个寒假，好像错过很多事。你和子峰学会了骑自行车。大斌家的母狗又怀孕了。

"还是上次那只公狗吗？"我的问题听起来有点奇怪。

"不，这次是只纯白的长毛狗，比上次那只杂毛漂亮多了。"

这么说来，连狗也知道要选择更好的配偶。

你们都发现，我的兴致不高，总是一副怏怏的样子。我在等一个消息。几天以后，它终于来了。那天晚饭之后，奶奶让我留在客厅里。她告诉我，我妈妈同意离婚了。

"我不想现在说，但你爷爷坚持让我告诉你。"她说。

"那我呢？"我立即问，"我跟谁？"

奶奶抬起眼睛看着我，好像我问了一个很奇怪的问题。

"你跟妈妈。你爸爸——他可能暂时不回济南。"

我连连摇头。

"我跟你妈说好了，还是让你先住在这里。"奶奶说。

"我不同意！"我转身跑进了房间。

从妈妈哭着回来的那一天，我就应该知道结果会是这样。可是我一直都相信，有一股巨大的力量牢牢地牵系着我和爸爸，不会让我们分开。他怎么可能就这样从我的生活里消失了呢？

三月的时候，他们办理了离婚手续。我爸爸因此回到济南，但只逗留了大半天，当晚就要赶回北京，离开之前的一点时间，他到爷爷家来了。没有人通知我。所以放学后我像从前那样在外面玩耍，不想早回家。幸好沛萱出来找我，告诉我他来了，这简直是她做过的唯一一件好事。我来不及和你们解释，撒开双腿就往家跑。

推开门，客厅里没有人。他们都在书房里。我刚凑近那扇虚掩的门，就听到爷爷厉声说：

"不行，你绝对不能和汪露寒结婚！"

爸爸要结婚了。我的心一沉。

"我在询问你的意见吗？"我爸爸说，"我只是通知你一声。"

"你娶谁都行，就是不能娶她。"我爷爷说。

我跑进屋子，抓住我爸爸的手，想把他拉走。这最后一点团聚的时间应该是属于我的。可是他连低头看我一眼也没有，猛然甩开手，上前走了两步，瞪大眼睛看着爷爷："你有什么脸不让我和她在一起？想想你自己做过什么吧！你是不是都忘了？"

爷爷颤抖了一下，他那抽动着的嘴唇里发出低沉的声音："你的事我早就不管了。只有这一件，你得听我的。"

奶奶脸色苍白，一把拽住我，拉出了房间。门关上了，但爸爸哈哈大笑的声音还是从里面传出来。隔了一会儿，令人毛骨悚然的笑声戛然而止，我听到他一字一顿地说：

"你怎么就能活得那么舒坦呢？"

奶奶说："沛萱，带佳栖到楼下去。"

还没有等我反应过来，沛萱已经牢牢地钳住了我的手。奶奶拉开大门，把我们推出去。

我用力拍打着门。沛萱箍住我的肩膀，把我往楼下拖。

"我们到楼下去等，好吗？"她轻声对我说。

"不要！"我对着她大吼，"你什么也不懂！"

她平静地看着我："我只知道大人不想让我们知道的事，我们还是不知道为好。"

"我只是想和他待一会儿，他就要走了，你知道吗，我再也见不到他了……"我屏住气，不让自己哭出来。那些眼泪是留着和他道别的时候用的。

"我们到楼下去等，好吗？"沛萱机械似的重复着。在漆黑的楼洞里，她看上去像个纸糊的木偶。

我们坐在楼洞门口的台阶上。夜幕一点点染黑了周围的空气。一辆自行车从远处驶过来，在我们面前停下来。是我妈妈，她从车子上跳下来，要我跟她到姨妈家去。她不想让我爸爸再看见我，这是她能报复他的唯一方式。

"她明天还要上课……"沛萱在一旁替我回答，不知道是想让我再见一见我爸爸，还是真的惦记我的功课。

我妈妈说晚上再把我送回来。

"我哪儿都不去。"我说，"我要在这里等他。"

我们正僵持着，背后传来脚步声。我扭过头去，看到爸爸从楼上走下来。妈妈立即抓住我，把我拉向她。

爸爸的脸色很难看，似乎还沉浸在先前的争吵中。他的目光从我妈妈那张充满敌意的脸上移开，终于落在我的身上。他朝我走过来。妈妈的手紧紧地按住我的肩膀。

"再见了，佳栖。"他展开眉头，露出一个苦涩的微笑。

"再见了。爸爸。"我轻声说。

他伸过手来，匆匆地抚了一下我的头发。我渴望留住那只手，可它飞快地从背后掠过，离开了我。他迈开脚步，向着远处走去。我想要追上去，却被妈妈牢牢地拉住了。

"是他不要我们了。"妈妈蹲下身，把我揽在怀里，"你看到了吗？你一定要记住。"

这不是真的，我知道。我才不要把准备好的眼泪浪费在这些假话上呢。可是我哭了。大颗的泪水落下来，冲走了那个暮色中不断缩小的爸爸的背影。

程恭

　　我还记得，那一年的冬天特别长，四月过了一半，迎春花还没有开。父母离婚的事，令你的情绪很消沉。我们好久都没有什么新游戏了，一到傍晚就百无聊赖地坐在死人塔的房顶上。院子里散落的那些身体部件中，又多了几只胳膊。我们用钩子把它们拨到一起，摆成了一个千手观音。

　　大家都觉得很没劲。死人塔已经失去了从前的魅力。我们急需一个新的去处。

　　后来有一天，中午过后就开始下大雨，到了放学还没有停。连死人塔也去不成了，大家很沮丧，决定各自回家。我和你共用一把伞，慢慢地向回走。我实在不想那么早回家，拼命地在头脑中搜索着还有什么去处。一阵大风吹过来，猛然拽起伞甩向路边。我们两个淋着雨，追着伞跑。我的头脑中忽然灵光一闪。正如彼时我爸爸被讨债的人逼得走投无路，彷徨地站在街头，忽然感觉到心灵的召唤那样，我想到了爷爷的病房。

"我带你去一个地方！"我说。

我们一路疾走，来到住院楼。我打开 317 病房的门，像个主人似的做了一个里面请的动作。

你慢慢走到床边，看着植物人爷爷。你蹙着眉头眼睛一眨也不眨，好像我爷爷的脸是元宵节灯会上的灯笼，上面有一道让你伤脑筋的谜语。

"嗨！怎么了？"我唤了你好几声，你都不答应。

等到我走过去摇你的身体，你才回过神来。"他怕痒吗？"你问。

"不知道啊，你自己试一试看吧。"我很高兴你对植物人爷爷那么有兴趣。

你把手伸进他的腋窝里，胳肢他。他不怕。

"他怕疼吗？"你又问。

"再试试吧。"我鼓励你。

你从文具盒里挑了一支削得很尖的铅笔，拿起他的手，戳了戳他的掌心。又换到他的脸颊上试了试。

"他会做梦吗？"你又问。

"这个……"我彻底没有想法了。而且试也不能试了，总不能钻到他的脑子里一看究竟吧。

你抿着嘴唇，认真思考了一会儿，"他应该还是死掉比较好。"

"是啊，大家都是这么说。不过没办法，他卡住了。"

"卡住了？"

"就像一盘卡住的录像带，不能后退，也不能前进。"

"为什么会卡住呢？"

"不知道。可能阎王爷那里还没有安排好他的床位吧。"

"不过其实卡住也挺好的，死了之后就要再投胎，重新学说话，认字，还要再上一遍小学，想一想就觉得累。"

"他没有上过小学……"我说，"他以前是在乡下种地的，后来就参军了。"

"要是再生一次就得去上学了。"

"是啊，"我点点头，"没准他是因为不想上学，才把自己卡在这里的。"我们两个哈哈笑起来。

从此以后，317病房成为放学之后的新去处。不知道为什么，在最初的那段时间里，我们似乎有一种默契，谁也没有对大斌和子峰提起这件事。好像它是一个巨大的宝藏，我们不想拿出来和他们分享。所以每次放学，总是假装各自回家去，等到离开了他们的视线，我们就朝住院楼跑去。

在那间病房里，我们发明了一些新的游戏，植物人爷爷总是必不可少的道具。你还记得植物人爷爷浑身缠满纱布，裹成一具木乃伊的样子吗？那可是我们在一个星期六忙了整个下午的杰作。可惜你从家里偷出来的纱布不够用，缠他的腿的时候，只好用了一些我奶奶做衣服剩下的碎布条，所以他看起来有点像一只彩色鹦鹉。我和你扮演的是远赴埃及的盗墓人，在墓穴里发现了这具有点奇怪的木乃伊。在另一个下午，我们用一只板凳把他的上身撑起来，在他的背上写上密密麻麻的字，那些偏旁部首重新组合了一番的字，世界上没有人能看得懂，被我们当作一部失传多年的武功秘籍。这次我们是两个行走江湖的侠客，误入一个神秘的地道，在一张人皮上发现了它。

把他打扮成外星人的那次比较失败。虽然饼干桶的罐口已经被我们用剪刀豁开到最大，但还是没办法把他的脑袋完全套进去，铁皮还把他的脖子划破了，流出血来。好在血很快止住了，伤口藏在领子里，也没有被护士发现。我们还试过把他打扮成睡美人。我从家里偷出一支姑姑从来没有用过的口红，你用它把我爷爷的嘴唇和腮帮都涂红。我们拿透明胶带粘住他的眼皮，终于让他暂时地闭上了眼睛。但我们两个谁都不要做那个把他吻醒的王子，所以在我们的故事版本里，王子在半路遇难，睡美人永远也没有醒。

现在回忆起来，那个时候的317病房，像一个自娱自乐的小剧场。我们是导演，我们也是演员。植物人爷爷则像是一件道具，同时也是唯一的观众。他圆睁着一双小眼睛，看着我们跑过来跑过去地忙碌。

"你不觉得他的眼神像婴儿吗？"有一天你忽然问我，"很干净，一点脏东西也没有。"

我无法想象有植物人爷爷这样庞大的婴儿存在。不过，他的确也不像一个爷爷。白白胖胖的，奶油蛋糕似的大圆脸上一点皱褶也没有。虽然其实并没有在笑，脸上却总是洋溢着一种欢乐的气息，让人想要在他的腮帮上捏一把。而且每次注视他一会儿，心里就会变得很安静，烦恼好像都被带走了。

说不清是他身上的什么东西唤起了你的母性，使你一定要玩一回那种最原始的过家家的游戏。你来扮妈妈，让我扮爸爸，而植物人爷爷是我们的"宝宝"。你把一条围裙系在"宝宝"的脖子上充当围嘴，用一支灌满牛奶的注射器当奶瓶。他很淘气，总是把牛奶吐出来。你还抱着他的头，给他唱摇篮曲。我站在一旁，什么忙也帮不上，还因为大声说话而被斥责。

"嘘——"你皱起眉头，压低声音说，"我好不容易把他哄睡了。"

事实上，"宝宝"看不出要睡的意思，正圆睁着眼睛打量着我们。那种目光空空的，没有目的，也没有欲望，确实很干净。被他这么望着，我忽然有了一种沧桑感，竟然好像真的是个父亲了。感觉有点沉重，但也许因为新奇，并没有很抗拒。许多年以后，我陪一个短暂的女朋友去堕胎，坐在医院的长廊里等待的时候，我忽然想起在病房里扮演爸爸的一幕。也许我这一生，只有在童年游戏里才当过父亲。

从春天到秋天，我们穷尽全部的想象力，把所有能想到的剧本都搬上了这个舞台，然后那阵对表演的狂热终于过去了，我们停歇下来。不过317病房仍旧是放学之后最理想的去处。我们并排席地而坐，趴在床上写作业，背诵课文。有时候大斌和子峰会来找我下象棋。你就在一旁听广播，或者和自己翻花绳。植物人爷爷不再是重要的道具，他变成了一件闲置的家具。不过，偶尔还是会派上用场。在乍暖还寒的时节，暖气已经停止，屋子里非常冷，你就会坐在床边倚靠着他取暖。那具身躯庞大、柔软，随着呼吸的节律散发着充沛的热量。

"我都快要睡着了。"你伸了一个懒腰。

十平米不到的屋子里，一张铁床，以及床上的病人是仅有的家具。铁床涂着白色油漆，病人穿着白色病服，窗帘和喝水的缸子也是白色的，都已经很旧了，旧得泛了黄，于是就有了一点人情味。房间也是旧的，有种褪不去的潮湿，我们靠着墙壁坐在地上，白癣一样的墙皮大片剥落，带着病和药的气味。窗外有梧桐，连成一片的叶子在风里摆动，摇进来些零碎的阳光。

从三楼的窗户望下去，可以看到医院外面那条街道，街对面有几家紧邻的水果铺和花店，门外摆满了花束和果篮。旁边是个寿衣店，招牌下面吊着一只小花圈。远远望去，那些店铺都是鲜艳热闹的颜色，每天都像在庆祝节日。救护车呼啸而至，停在门口，人们抬着白色的床去欢迎新来的人。每天都有新进来的人，每天都有走出去的人，也有来了没走的人。医院就像只巨大的筛子筛选着生命，将一些老旧的、不必要的生命留下来。上帝会来回收，再补充些新的，就像送牛奶的人每天送来新鲜的牛奶，同时取走空瓶。

有人在死，有人在生，我们在生死的隔壁玩耍。床上躺着的那个人，不在生里，也不在死里，他在生死之外望着我们。他的充满孩子气的目光犹如某种永恒之物，穿过生死无常照射过来。我们被它笼罩着，与人世隔绝起来，连最细小的时间也进不来。但那肯定是一种错觉。时间无孔不入，所谓的永恒之物不过是一种假象。我们在假象里做游戏，直到有一天，蒙在眼睛上的布忽然被扯下来。天光豁亮，游戏也该散场了。

那是九月的一个星期一。淅淅沥沥地下着雨。雨丝从合不拢的窗户里飘进来，带着树叶和尘土的味道。我和大斌在窗边下象棋，你坐在床上听广播。你迷上了电台里的小说联播，每天都要准时收听。

那是一个哀伤的故事，白头宫女在高墙深宫里，追忆少年时的一段无疾而终的爱情。两盘棋之后，大斌匆匆忙忙地起身，他要赶回去看《圣斗士星矢》。那时这部动画片犹如魔咒似的俘获了孩子们的心，在每个黄昏到来的时候，无论身在何方，他们都会听到它的召唤，朝着家的方向飞奔。我怀疑这个世界上所有的小孩，只有我和你是不看圣斗士的。我们不喜欢动画片，我们不喜欢电视，最重要的是，我们不喜欢回家。

"回家找你的雅典娜女神去吧！"我站在走廊里，对着大斌走远的背影喊。

我回到病房，把象棋收起来。棋子倒在盒子里，哗啦啦作响。然后屋子里陷入了一片沉寂。我才发现广播已经关掉，雨声也停止。你安静得好像完全不存在。你当然还在，正是你的存在，使这里变得如此安静。我抬起头看着你，你坐在床边，眼睛一眨不眨地望着床上的人。你的目光落在他的胸脯。我才注意到，你把他上衣的几颗纽扣解开了，使他的胸脯袒露出来。起先我以为你又想到了什么新的游戏，不过很快，我发现你的神情有些异样，比任何时候都更严肃。

你慢慢俯下身。我想喊你，却没有出声。接着，我看到你蜷起食指轻轻地叩击他的胸脯。嗵，嗵，嗵，仿佛是在小声地敲门。你侧着脸，用耳朵等待着。

"怎么了？"我忍不住开口问。

没有回应。而是又敲了几下。嗵，嗵，嗵。漫长的等待，伴随着你脸上流露出的深奥的表情。

"你到底在做什么啊？"我变得害怕起来。

你终于抬起头，但目光并没有收回来。我听到你自言自语地说了一句："我听到了灵魂的动静。"

我怔怔地望着你。灵魂，我当然知道这个词语，可是它距离我们的生活，好像比一颗太阳系之外的行星还要遥远。

"嗯，没错，他的灵魂还困在里面。"你说。

窗外的乌鸦"啊，啊，啊"地叫了几声，好像被什么东西击中了。地球戛然停转了几秒，像是没想到自己出的谜语被人猜中，不禁愣住了。就连说出这句话的你自己也怔在了那里。你猜出了谜底，却还不知道谜面是什么。

潮湿的夜幕潜进来，在我们的周围合拢，像是立起一道道墙壁。屋子逐渐变小，空气越来越黏稠。我好像体会到那个灵魂所承受的围困之感，打了个冷战。我们望着彼此，在一种不可言说的悲伤里。窗外又下起雨来。我们静静地听着大颗的雨滴砸到树叶上。树叶歪斜下去，像一只只什么也抓不住的手。

那天，我们很晚才离开医院。雨仍旧在下。我把你送回家。我们两个站在楼洞底下，你问我："你说，灵魂究竟是怎么一回事呢？"

"谁知道呢。"我看着雨水溅落在地上，在脚边形成一个白亮的漩涡。

你若有所思地点点头："我一直都想弄明白灵魂到底是怎么一回事，可是越想就越糊涂。"

"一直？"我很生气你从来没有说起过，"你是怎么会想到这个的？"

"自从上次在死人塔里看到半颗脑，记得吗，泡在药水瓶子里的，回来以后我就总是忍不住想，那半颗脑的灵魂现在在哪里呢……今天看到你爷爷，这种念头又冒出来了，很想知道他的灵魂在里面干什么。"

我没有说话。你低下头摆弄着手中的伞，把它打开又合拢，隔了一会儿才又开口："算了，你不会明白的，不过以后你可能会发现，这个世界和你想的根本不一样……"

你用了一种大人跟小孩说话的口吻，沧桑、世故、闪烁其词。这令我很厌恶，甚至有一点受伤。我什么也没有再说，只是盯着那个雨水形成的漩涡。看得久了就产生了幻觉，好像那是一个洞，雨滴将水泥凿开了。我抬起腿，一脚踩在了那个漩涡的上面。

我一个人走回雨中。因为不想太快回家，就绕走一条很远的路。雨停了，空气又变得滞重。不知道走了多久，忽然发现前面就是死人塔了。心里想，也好，可以爬到房顶上透一口气。月亮又出来了。当我远远望着死人塔的时候，就看到了它，又圆又大地栖落在塔边，像卡在铡刀上的脑袋。我打了个寒噤。定神再看，云雾已经很快漫上来，将月亮遮去了大半，好像它是一个不经意泄漏出来的秘密。我第一次觉得这座塔可怕。可是怎么会呢？那时候每天都到塔里玩，也从来都没有觉得害怕。或许我害怕的不是塔，而是月亮。可是真的人头都见过，为什么会被像人头的月亮吓到呢？我怕的可能也不是月亮，而是脑中一闪而过的念头。也不是念头本身，是它忽然冒出来的感觉。可那种感觉究竟为什么可怕，却也说不上来。我只是觉得一些熟悉的东西忽然变成别的样子，令我不认识了。

我没有走近那座塔，一路奔跑回家。也没有抬头看月亮，然而眼睛的余光里却都是它。天空低得好像就要触到眉头了。世界变得沉甸甸的，好像从很远的地方朝着我压过来。

第

三

章

李佳栖

　　我没想过我妈妈会有再婚的念头。或许潜意识里，我觉得她应该因为我爸爸的离开而一直痛苦下去，就像我一样。况且，我觉得她缺少那种找到幸福的能力。事实也许的确如此，可是幸福有能力找到她。不是吗，作为一个美人，根本不必那么辛苦，她什么都不用做，只要站在原地就好了。

　　离婚之后，我妈妈又找了一份幼儿园阿姨的工作。那家幼儿园是全托，到了周末家长才会把孩子接走，也就是说阿姨平时都要住在那里，她看重的正是这一点，她必须在这座城市找到一个住处。离婚的时候，爸爸答应会把从前我们住的房子买回来给她，可是他所有的钱都压在货物上，得等把它们都卖掉才行。他承诺会在两年之内。妈妈反复向我强调他们的约定，说两年之内一定会把我接走。因为没有房子，我不得不继续住在爷爷家，这令她感到歉疼。到那时候就都好了，她搂着我说。可是我并不在乎。我对她所说的一切都毫无期待。但我没有说，她的悲伤已经令我感到非常疲倦，我连伤害她的力气也没有了。我只是站在那里，听她不停地讲，任凭她用手臂圈着我的脖子，泪水蹭着我的脸颊淌下来。这场景总会令我想起自己从前抱着洋娃娃讲话的模样。我妈妈对我的爱，大抵和我对洋娃娃的爱差不多，是一种单方面的爱，一种无法穿透介质阻隔，抵达对方心里的爱。我怀疑我对爸爸的爱也是这样。我开始意识到，这个世界上大多数爱都是失败的，就像掷偏了的篮球。

当然总会有成功的。比如林叔叔对我妈妈的爱。他第一次见到妈妈的时候，妈妈正在唱一首歌。幼儿园静谧的午后，她坐在床边用歌声哄那些小孩入睡。那天她特意打扮过，穿了一条连衣裙，头发编成一丝不苟的麻花辫。夏日过曝的阳光模糊了她脸上的痛苦，隐去了她肩膀上不堪承受的重负，使她看上去——像个纯洁的少女，据说。

她会唱的歌不多，就反复把那首歌唱了好几遍，孩子们早就睡着了，但她仍旧继续，直到教委来检查工作的人走远了，她才停下来，松了一口气。她靠在墙上，揉着酸痛的肩膀。这时忽然发觉其中一个人折回来了，就站在门口，她慌忙站起来，头脑中的第一个反应是要不要继续唱。那个人为吓到了她而不好意思，示意让她快坐下，指了指忘在窗台上的公文包。离开房间的时候，他又回过头来看了看她。她心里一紧，还在想着那个问题：到底要不要继续唱呢？

隔了两天，那个取公文包的人又来了。我妈妈透过窗户看到他站在院子当中，心想，难道他还落下了什么东西？直到园长喊她出去，她才知道他是来找她的。他想约她去看一场电影，她还没有来得及拒绝，他已经微笑着走过来，说我帮你请好假了。

突然到来的爱情令我妈妈感觉如临大敌。她本能的反应就是逃避。所以看完那场电影之后，她一直躲着林叔叔。看到他来了，就钻进杂物间，让同事说她不在。可是他又来了，一次又一次。她甚至动了辞职的念头，周围的人都劝她，遇到一个那么好的男人，应该牢牢抓住才是。可她就是害怕，觉得始乱终弃是男人的天性，他们最终都会伤害她。一个周末的傍晚，林叔叔混在来接孩子的家长当中，忽然出现在我妈妈面前，令她来不及躲闪。她终于答应给他一点时间。等最后一个孩子被接走以后，他们坐在空荡荡的幼儿园里谈了一次。虽然从头到尾都是林叔叔在讲话，我妈妈什么也没有说，不过那场谈话还是很有成效。林叔叔讲了一些自己从前的事。他离过一次婚，没有孩子。前妻是个很不安分的人，一直想出国，三年前终于借出差的机会去了美国，在那里留了下来。按照本来的计划，他随后也会辞掉公职过去找她。没想到她很快变了心，也或者是为了绿卡，和一个比她大二十几岁的美国男人同居，随后提出离婚。起先他无法面对，也不接她的电话，不给她任何回答，这样逃避了一些日子，终于鼓起勇气去解决问题。

这不也是她的故事吗？我妈妈转过头来，用那双睫毛长长的大眼睛望着这个失意的男人。幸福的人各有各的幸福，不幸的人的不幸却是相同的。那份相同的不幸令她有了一点安全感。她的心意虽有所转变，此后见到他却还是害怕，照旧慌手慌脚地避开。但林叔叔没有放弃。我猜他大概就喜欢我妈妈那副胆怯的样子，惊慌得像个处女。在世风日下的九十年代，他从开放的女性那里吃够了苦头，我妈妈身上蒙昧和守旧的东西反倒令他很着迷。

他们之间躲躲藏藏的游戏从春天一直玩到夏天。夏天的一日下起了暴雨，从中午下到傍晚，所有人都被困在了幼儿园，包括前来拜访的林叔叔。我妈妈躲了一些时候，不得不现身，因为那天轮到她做饭。林叔叔留下来一起吃了饭，然后陪她收拾碗筷，打扫厨房。在落雨的屋檐下，伴着天空中的电闪雷鸣，林叔叔完成了一场深情的告白。而我妈妈好像根本没在听，她一直低着头，不断强调着他们在一起所要面对的困难。我有一个十一岁的女儿，我有一个十一岁的女儿，她重复着这句话。林叔叔把手放在她的手背上，知道，我知道，让我们一起来面对好吗？

秋天的时候，他们开始正式交往。有个星期天，我妈妈带林叔叔来见我。来之前他肯定做了充分的准备，去餐馆点的都是我爱吃的菜，还非常耐心地给我剥虾。不过，我看得出来他并不喜欢我。这跟我对他的态度没关系，就算我再活泼可爱也没有用。可能我的存在，本身就破坏了我妈妈那种贞洁羞怯的形象。而且我妈妈太在乎我了，我们三个人在一起的时候，她的注意力都在我的身上，完全把他忽略了。当然，我也不喜欢他。因为他几乎是我爸爸的反面。话多，讲话的时候还要用手比画，而且特别爱笑。他是那种很简单的人，身上没有任何让人猜不透、想要继续探究的东西。更重要的是，他是一个快乐的人，热气腾腾的，有非常积极的生活态度，这些在我看来都是很肤浅的表现。

吃过午饭，林叔叔说要带我们去郊区的水库玩。坐了半个多小时的车来到水库，有个剧组正在附近拍电视剧，占据了水边的整片空地，不让我们靠近。水库旁边有座山，林叔叔提议去爬山。一路上，他不停地在旁边讲话，像一只关机按钮失灵的收音机。走到一半我妈妈崴了脚，他立刻蹲下帮她揉捏，又跑了好远找回一根树枝给她当拐杖。中途停下来休息，他和妈妈为了一只苹果推来让去。我坐在旁边的石头上，看着那只削了皮的苹果在空气中一点一点变黄。我觉得很累，只想快点回去。可是林叔叔说不，我们要爬到山顶。他认为这是一种对意志的锻炼，能让我成长。接下来的那段路，他不断在一旁鼓励我，告诉我山顶的风景有多么美，征服大自然是多么有成就感的事。征服大自然？或者说幻想着自己征服了大自然，这种说法听起来真幼稚。最终我们走到了山顶。那里什么也没有，除了恼人的大风。他却自作聪明地问我，有没有体会到他所说的喜悦。我看着他那张猪皮冻般油亮的脸，一个再明显不过的事实摆在眼前：我妈妈交了一个很蠢的男朋友。不过，和他的愚蠢相比，更令人无法忍受的是我妈妈那副恋爱中的样子。她忽然变得很娇弱，连说话声音也细了一些，喜欢大惊小怪，什么东西都要林叔叔来教，好像刚来到这个世界上一样。

刚来到这个世界上，也许的确如此，她得到了重生，正跟随眼前这个傻乎乎的男人重新体验世界。那么也就是说，我爸爸留下的印迹已经被揩掉了。是的，她康复了，不再觉得疼了。可是怎么能如此地轻易呢？

其实我是早就知道的。纵使是在爸爸刚离开，我们一起难过地大哭的时候，我也很清楚她的痛苦和我的不是一回事。她一辈子也不会明白那种爱。高贵的爱。而我也不羡慕她这肤浅的快乐，一点也不，我也不想要康复。我只是祈祷她不要带着这个愚蠢的男人闯进来，企图把我的世界粉刷一新。可惜祈祷是徒劳的，最担心的事总是会发生。

爬山回来的路上，妈妈终于感觉到了我的闷闷不乐，但她还以为那是因为我不想被送回爷爷家。为了让我高兴起来，她决定把那个"好消息"提前告诉我：林叔叔正在托人帮忙，要让我转入经五路小学念书。那可是最好的小学，她说，为了这件事林叔叔费了不少心。见我不说话，林叔叔有点尴尬地笑了："刚开始嘛，肯定会有一点不适应，两个学校的教学方法，课程进度，学生的素质都会不同，这很正常，"林叔叔摆出一副教育工作者的姿态，"不要害怕功课跟不上，我已经帮你找好了补习老师，语文的，数学的，哪门不好我们就补哪一门。"

"我不想再转学了。"我说。

"我知道了，"林叔叔点点头，"你是不是担心到了那边没有朋友？我有两个同学的孩子和你是一个年级，都很优秀，我会介绍你们认识。"

嗯，他连朋友都帮我准备好了。

"经五路小学和林叔叔家就隔两条马路，等我们搬过去以后——"我妈妈匆匆看了我一眼，"你走五分钟就能到学校。"她的脸忽然红了，似乎说起要和林叔叔住在一起令她有些难为情。

"我不搬，你自己搬吧。"我把头扭向一边，看着窗户外面。

隔了一小会儿，漫长的一小会儿，我听见妈妈抽泣的声音。连她的哭声也比平时更娇弱一些。

"你瞧我说的吧，"她哽咽着说，"在爷爷家待久了，这孩子的性格都变孤僻了。"

林叔叔揽住她的肩膀。她哭得更凶了。

"哪个做妈的舍得让孩子离开自己啊，我是真的没有办法，让她待在那里受罪，没有人疼，没有人爱……"

"都过去了，都过去了，"林叔叔握着她的手，"以后就好了。"

车子已经开进了城。窗外是一片灰色的楼群。鸽子拍着翅膀，盘旋在竖着铁棂的窗口。黄昏的光线有些潮湿，像毛茸茸的苔藓。有一层水汽氤氲在眼前，当它变得越来越厚，我忽然意识到自己哭了。现在怎么能哭呢？这个时候的眼泪，好像是在印证我妈妈的话，他们会以为我真的是因为没有人疼没有人爱而难过。可是我的痛苦和她所说的根本不是一回事。天知道我为什么会哭，眼泪总是在那些最不应该哭的时候掉下来。这是多么不成熟的表现。我感觉到自己缩在小孩的躯壳里，缩在那一小团眼泪里，无处可去。两颗眼泪在眼眶里打转。屏住，不能让它们掉下来。屏住，深吸气。我看着越来越模糊的窗外，在心里对自己大声说。

那一年立冬那天出奇的冷。好像在向人们宣布，接下来将会是一个严酷的冬天。在那个严酷的冬天里，我妈妈将迎来她的第二次婚礼。确切地说，是第一次。当年因为爷爷奶奶极力反对，她和我爸爸结婚的时候根本没有办婚礼。这么多年，她心里一直有怨，也有遗憾，现在总算得到补偿。所以这一次，她一定要把自己风风光光地嫁出去，三十六岁，还带着一个孩子，真的算是打了一场漂亮的翻身仗。对林叔叔来说，这场婚礼也是一次雪耻的机会。当年妻子抛下他去了美国，在那里找了一个满口假牙的老头，这事传得沸沸扬扬，让他在朋友中间抬不起头，所以他特别需要用这场婚礼来挽回颜面。所以，对于这两个迫切地想让人们知道他们现在过得很幸福的人来说，这场婚礼显得极为重要。为此，林叔叔不惜斥重金订了最好的酒楼，花了好几个晚上的时间来拟宾客名单，把该请的人全都请到了。

我妈妈最想请的人肯定不是那些乡下的穷亲戚，而是我的爷爷奶奶。她希望他们能看到林叔叔一家对她是多么好。当然，他们是不会来的。所以我妈妈很想借我之口把关于婚礼的一切转播给他们。事实上，从婚礼筹备阶段开始，她已经在这样做了。虽然幼儿园每天下班都很早，可她偏要等到周末让我陪她一起去试礼服。她想当然地认为我迫不及待地想看到她穿上礼服的样子。在我看来，那种镶着金丝边的红色旗袍，谁穿都是一个样。她把林叔叔的妈妈送她的戒指拿出来给我欣赏，祖传的金镏子又大又笨，戴在手上一点也不好看，只能存在家里偶尔拿出来掂掂分量。所以林叔叔又专门买了一枚结婚戒指给她，是最新的式样，一圈细细的镂花围簇在宝石的周围。可我也感觉不出它的好，在我看来所有的金首饰没有分别，都很俗气，我在心里发誓一辈子也不要戴它们。

另一个周末，她带我去看了"我们的新家"。那房子林叔叔以前住过，离婚后他搬回父母家，空了很多年。这次为了结婚，重新布置了一番。我去的时候，新粉刷过的墙壁尚未干透，刚运来的冰箱还没有通上电。朝南的那个屋子是给我的，有一扇小小的窗户，阳光透过新挂上的纱质窗帘照进来，薄薄地洒在浅紫色床单上，有一种俗气而美好的情调。我试着想象自己睡在这张床上，一天天睡下去，做很多平庸的梦，长成一个乏味的少女。这时候，我妈妈已经等不及要带我去看屋后的小院子，那个被她称为是巨大惊喜的地方。在乡下生活那么多年，她对土地始终有一种斩不断的感情，所以一直都盼望可以住在一楼，有个很小的院子，哪怕只有几平米也好，能够种点丝瓜毛豆，夏天的时候从窗户里望出去，可以看到茂盛的爬藤，那会让她觉得自己很幸福。我很羡慕她的幸福能够如此具体，具体得可以一件件列在清单上。现在，她得到了那张清单上所有的东西，圆满得无可挑剔。

"在这里种你喜欢的蔷薇，浅粉色的那种。"我妈妈拉着我的袖子，指给我看墙根边的那块地方。但我根本不喜欢蔷薇，我不喜欢所有带香气的花。

从林叔叔家出来的时候，已经接近傍晚，路灯已经点亮，人来人往很热闹。三个和我差不多大的女孩从一个小卖店走出来，手里拿着瓷罐酸奶和夹心饼干之类的零食。

"她们应该就是经五路小学的，"林叔叔低声对我们说，"中间那个女孩穿的就是她们学校的校服。"

"是吗？"我妈妈问。

"我过去问问看。"林叔叔说。

"别问。"我说，可是已经来不及了，他朝她们走了过去，笑眯眯地和她们攀谈起来，还朝我这边指了一下。他一定是在跟她们说我要转学到这里来的事，女孩们齐刷刷地望过来，以一种异样的目光打量着我。我顿时感到一阵窘迫，耳朵烧灼，恨不得马上钻到地底下去。偏偏这时林叔叔大声喊我：

"快过来，跟这几个小姐姐认识一下……"他得意地向我招手，觉得自己是在帮助我。

"快过去啊。"我妈妈推了我一下。我忽然转身，朝街的另一头跑去。

我跑得飞快，风在耳边唰唰作响，多想一直那么跑下去。可惜我没有什么地方可去，跑了两条街，就停下来，坐在了马路沿上。没过多久，他们追过来。我妈妈紧绷着脸，走上前一把将我拽起来，要我向林叔叔道歉。我不说话，用力去掰她紧箍着我的手。那只手倏地抬起来，"啪"的一下，给了我一个耳光。我妈妈自己也吓住了，站在那里不动，半天才将悬在半空中的手放下去。她从来没有打过我，似乎有点不确定自己可否这样做。

"好好讲，好好讲，不要动手。"林叔叔说。

我妈妈躲开我的目光，眼睛望向远处的柏油路面："这孩子太不像话了，不给她点颜色看看怎么行？"

我没有哭，只是问她，好了吗，可以了吧，现在我想快点回爷爷家去了。原本晚上是要去林叔叔的爸妈家吃饭的，这是第一回，他们还没有见过我。不过现在不得不改变计划，林叔叔也赞同把我先送回爷爷家去，他大概觉得让我这样带着一肚子怨怒去，只会把事情搞砸。要知道为了说服他们接纳我，他可没少花力气。

"别急，慢慢来，等她搬过来再好好管教。"林叔叔揽住我妈妈的肩膀，轻声对她说。

我没有把要转学的事告诉你。你会很生气，而且会就此疏远我。我不希望我们之间产生那样的隔膜。可是隔膜好像已经产生了，不知道从什么时候开始，你变得很沉默，好像也怀揣着什么心事似的。但我没有问。我只是觉得，我们好像都到了某个年纪，各自有了自己的秘密。并不是所有的秘密都能交换的。

我决定找沛萱谈谈。这是我第一次想要和沛萱谈谈，以往都是她追在我的后面，一脸严肃地说："佳栖，我们得好好谈谈。"她热衷于谈话，在班上担任学习委员，感化差生是她最擅长的工作。一想到她那种在高处俯瞰芸芸众生的目光，我立刻觉得头皮发紧。可是眼下没有别的办法，只能求助于她。我想请她和爷爷说情，让我继续留在这里。他虽然谈不上喜欢我，却也并不讨厌我。何况我住在这里，不过是吃饭时多加双碗筷，丝毫不会妨碍到他。若是沛萱肯为我说情——就说我成绩刚刚有一些提高，这时候转学无异于功亏一篑，他没准会答应。可他在乎我的学习成绩吗？我不确定。我忽然发现在这里生活了两年多，我却对他一无所知，除了他很爱他的工作。

至于沛萱，她会帮我吗？我到这里之后，确实给她添了不少麻烦。都怪她身上那种多余的责任感，总在担心我的学习，担心我学坏。我走了她大概会长长地舒一口气吧。可她不是一直说，亲情有多么珍贵，我们能彼此扶持，一起长大是一件多么好的事吗？虽然这些话听上去很假，可是也许她真的这样想呢，我抱着一线希望，在整个晚上寻找谈话的机会。沛萱却忙着准备那个该死的数学竞赛，一直在写字台前埋头做题，连水都顾不上喝一口。我给她倒了一杯水，站在一旁看着她。她顾自在一张草稿纸上写写算算，好像完全没有察觉我的存在。起先还以为她是假装，可后来当我忍无可忍地咳嗽了两声，她真的吓了一跳，猛然抬起头来。于是我问她，我们能否谈一谈。好啊，她说，可是要等下个星期六数学竞赛结束了才行。她把这个竞赛看得很重，晚饭的时候我听到她跟奶奶说，从明天开始，放学后她要在学校多留一些时间，因为老师要给她和其他几个参赛的同学辅导。

"我们学校还没有拿过一等奖呢。"她说，大有一种要为学校荣誉而战的意思。她身上那种强烈的集体荣誉感，令我感到很可笑。在我看来，类似学校、家庭这种词是极为空洞的，它们对我毫无意义，对我有意义的不过是学校或家庭里的某个人罢了。但这些道理当然是说不通的，要是说得通，她就不是沛萱了。爷爷家的人，虽然性格各不相同，可有一点倒是很像，那就是都很固执。

没办法，只好等到下个星期六。可是没过两天，奶奶就出事了。

星期四那天下午，邮局快下班的时候，她急着去给叔叔寄信，下楼时一脚踩空，跌了下去。最后一节自习课的时候，沛萱来教室里找我，红着眼圈说，奶奶摔伤了，快收拾书包，跟我到医院去。我爷爷去北京会诊了，医院的人找不到他，就来学校找沛萱了。据说奶奶伤得很重，脑震荡，腿骨折了，目前还在昏迷。一路上，沛萱一直在小声抽泣。快到医院的时候，她忽然停下脚步，整顿呼吸，抹掉脸上的眼泪。她拉起我的手说，不要担心，还有我呢，没事的。她好像忽然记起自己是个姐姐，强迫自己振作起来。哪里来的那么多责任感呢？难以置信。可是望着她那张好看又天真的脸，我竟然有一点感动。

我们赶到医院的时候，奶奶已经醒过来了，右腿打了石膏，悬挂在半空中。她躺在那里不能动弹，还在牵挂着我们该怎么吃晚饭。我们吃了医院的盒饭，然后留在病房里陪她。她让我们早点回去，沛萱说什么也不肯，随即拿出课本，跪坐到地上，伏在床边写起作业来。还指了指床的对面，喏，你在那边写。我也拿出了作业本。说真的，我好像从来没有那么快写完过作业。我们一直待到查房的护士来赶人才离开。

起风了，叶子落了很多。我和沛萱走在萧瑟的大街上。周围很静，只听到脚下踩碎叶子的清脆声响。

　　"我不打算去参加数学竞赛了。"沛萱忽然开口说。

　　我有点吃惊："因为奶奶？"

　　"嗯，要是参加的话，放学后得留在学校辅导，就没法去看她了。"

　　"我可以去。"

　　"你负责在医院陪她。我要回家做骨头汤。医生说喝骨头汤能长骨头。"

　　"爷爷过几天就回来了。"

　　"可他很忙，奶奶说他下个星期还有好几个大手术要做。"她说。

　　"手术都是安排在早上，下午他可以去。"

　　"可是我不想让他分心你懂吗？"她忧心忡忡地说，"要是他总想着去照顾奶奶，就没法专心工作了。和他的工作比起来，我的数学竞赛太微不足道了。"我看着她，这个比我大半岁的姐姐总是高尚得令人喘不过气来。

　　她果真放弃了竞赛——大家怎么劝也没有用，几天后奶奶出院回家，沛萱主动承担起买菜做饭的工作。她在洗菜和剥蒜的时候背课文，把一只方凳搬到厨房当桌子，一边做作业一边看着炉子上的汤。我也要给她帮忙，每天放学立刻赶回家。我承认这样做并非完全心甘情愿——要我放弃自己的玩耍时间，这个决定肯定比沛萱放弃她的竞赛要难，可是这实在是个表现的好机会，我必须为这个家做点贡献，好让他们觉得我应该留下来。这些曲折的心事并没有对你说起。我只是告诉你，我奶奶被撞伤了，我得回家照顾她，以后放学不能在外面玩了。你的反应很平淡，什么也没有说。事实上那段时间你也很忙，放学后总是消失得无影无踪，连大斌和子峰都不知道你去了哪里。对此我当然不可能毫无察觉，只是当时自己已经有些自顾不暇了。

那段时间，我对爷爷有了新的认识。准确地说，是才开始有了一点认识。我一直记得那天晚上他出差回来，走进房间第一眼看到躺在床上的奶奶时的神情。在那一刻，他性格中某种隐秘的东西好像忽然显现出来。那是一种厌恶的神情，没有怜悯与疼惜，只想快点摆脱眼前的一切，它只停留了一刹那，随即就从他的脸上消失了。他的面色变得和缓，走上前来，坐在床边的椅子上，问她现在感觉怎么样。照理说他是医生，应该最懂得如何对待病人，可是面对奶奶，他却显得手足无措。先是在扶她去厕所的时候险些让她跌倒，然后好不容易把给她擦身的毛巾和换洗衣服都准备好了，才发现炉子上的热水已经烧干。奶奶却是一副受宠若惊的表情，说你不要管，让沛萱来。我忽然意识到他可能从来没有为奶奶做过什么。也许不仅是为她，而是为这个家。他甚至不知道卷筒纸放在什么地方。

当他拎着被套的一角，看着沛萱将皱巴巴的被子塞进去的时候，脸上露出焦躁的表情。没错，他对日常生活毫无耐心。它们对他是一种折磨。事实上，他不过是在出差回来的那个晚上做了一点事而已，可我们谁都看得出他的心情糟透了，并且已经在为以后的生活担忧。好在沛萱立即安慰了他，说家里的事我们能应付，让他尽管去工作。第二天清早，他在原来的时间起床，吃过沛萱做的早餐就去上班了。他的生活还和从前一样，几乎没有什么变化，除了要自己打开楼下的信箱拿报纸和信件。他仍旧回来得很晚，有时候回家还要继续工作。没过多久，他就又出差了。

日后回想起来，那段日子好像没有大人存在，只有我和沛萱两个人，深陷在那些琐碎的家务事当中。

"茄子要削皮吗？"

"你确定鱼煮熟了吗？"

"换灯泡之前要不要拉掉电闸？"

"你知道水表在什么地方吗？"

……

我和她会为了应该炖几只萝卜而吵得不可开交。她放盐要用小汤匙盛，还要把表面抹得平平，多一粒也不行，见不得像我那样随便捏两撮丢进锅里的人。而我对她那种近乎病态的严谨也感到难以忍受。不过平心而论，我不像从前那么讨厌她了。当我发现她把土豆炖成了一锅烂泥，将围裙烧了一个大洞的时候，甚至觉得她还有一点可爱。至少，我发现她身上那些过分正确和高尚的品质并不是伪装出来的。只能说,她就是那样一个人,虽然有点可笑。我甚至在心里暗暗下决定,以后再也不捉弄她了。

我是等到两个星期以后,才对沛萱谈起要她帮忙去说服爷爷的事。那时,我已经很有把握她不会拒绝。因为这段时日的辛劳付出足以证明我很有用,她需要我,我留下来可以帮很多忙。

"你太自私了,"她摇了摇头,"只知道考虑自己。"我正想辩解,她又说,"你从来没有意识到,我们住在这里给爷爷和奶奶添很多麻烦。等到奶奶的腿能走了,一切肯定又恢复了,她还会像从前一样,做那么多人的饭,洗那么多人的衣服,你要是真的懂事,就不应该让她再那么累了。她需要好好休息。爷爷也需要安静的环境,才能集中注意力工作。"

"我们影响到他的工作了吗?"

"当然。他不喜欢这么多人在眼前晃来晃去。"

"哈,你可真了解他,简直比他自己都了解。"我气呼呼地坐在床上,"别再找借口了好吗?我知道你就是想让我走。你心里恨透了我,早就盼着这一天了。你干吗不说出来呢,非要找那么差劲的借口。说什么让他们安静,那你自己怎么不走呢?"

"没错,我的确是要走了。"她说,"我和爸爸商量,把去美国的时间提前了。他已经在给我办手续了,等过了寒假,奶奶的腿也好了,我就要动身了。"

"你是骗我的吧？"我吃惊得说不出话来。

她走过来，坐在我的身边。"佳栖，我们都该走了。南院的美好时光结束了。"

沛萱是到第二年春天过完才离开的，带着脸上那条新添的伤疤。据说是从高处摔下来，划伤了脸。受伤的事使她推迟了行程。事实上伤口早就愈合，但她可能需要一些时间来适应自己的新容貌。她不知道在新同学面前，该如何处置自己脸上有些狰狞的悲伤，又该如何找回她赖以生存的骄傲。那一切该有多么难，可怜的沛萱，后来我想到这些，不禁在心里感慨。我意识到这是第一次把"可怜"这个词用在她的名字之前。有点不可思议，又有一种……快感，好像看着一座宏伟的建筑在面前轰然倒塌。

到美国的第二个星期，沛萱就给我寄了一封信。她讲了一些新学校的情况，说同学们都很友善，虽然听不太懂他们讲话。在靠近结尾的地方，她提到房子后面有一块空地，要是傍晚的时候她去那里，就能看到鹿。长着杏核眼睛的漂亮的鹿，一动不动地望着她，然后转过身去，钻进了浓密的树林。我对这一段印象很深，因为当中似乎有一种伤感的东西，是她此前从未流露过的。但当时我情愿相信那只是自己的错觉。

要到很多年后我看到她的伤疤，再次想起那封信的时候，她在异乡的黄昏时分，独自站在屋后空地上的情景才会浮现在我的眼前。她写信来或许是想从我这里得到一丝安慰，也可能只是几句温暖的话。她向我袒露了自己最脆弱的一面，这意味着莫大的信任，也许在她的心里，我们真的曾经亲密过。

我没有回信。因为当时我也正处于巨大的痛苦之中，并且无法向任何人倾诉。我失去了组织言语的能力，和整个世界切断了联系。现在来看，虽然我不愿意将这一切视作某种血缘的牵系，不过我和她确实都在离开南院之后，度过了各自童年里最痛苦的一段时光。

每当回忆那一段痛苦时光，思绪总是首先把我带回到沛萱告诉我她很快要去美国的那个下午。我们并排坐在床边，阳光从一整个星期没有打开过的窗户照进来，照在我们面前的地板上。四四方方的一小块光，被大片的阴影围簇着。当她说"南院的美好时光结束了"的时候，我正摆弄着毛衣上的一颗扣子。那颗扣子忽然脱离了绑束着它的棉线，掉落到地上。嘎嗒，嘎嗒。它在那块光里蹦了几下，纵身跳入了阴影里。等到转过神再去看的时候，它似乎已经消融在黑暗中，看不到了。我移开了视线，心里想，等下再去找吧。不知道为什么，心中轰然一声，若有所失。某件事，就在那个时刻拉开了序幕，而我还不知道它究竟是什么。不过用不了多久，我就会明白，那是终结。童年的终结。

程恭

我可以抽支烟吗？也许可以把窗户打开一点。你还觉得冷吗？酒确实让人暖和起来了。回到先前说到的地方。从知道爷爷的灵魂还关在身体里的那一天开始，我的人生忽然变得严肃起来。

第二天下午我旷了课，跑去医科大学的图书馆借书。但凡是和灵魂扯上关系的，我都从架子上拿下来。

"小朋友，你都能读得懂吗？"图书管理员做记录的时候，忍不住抬起头问。

我抱着那些书去了317病房。护士刚离开不久，房间里氤氲着浓烈的消毒水的气味。我放下书，走到床边。从前，植物人爷爷更像一件物品，当过游戏的道具，做过你的沙发靠椅。可是这时候不一样了，他有灵魂了，他是一个人了。当我站在床前再次看着他的时候，好像才第一次意识到，这个人是我的爷爷。要是他没有变成这样，一定会是一个很好的爷爷吧。善良，慈祥，而且很疼爱我。他会带我去水库钓鱼，去动物园看大象，给我买新球鞋和变形金刚。要是他在，也绝对不会允许奶奶欺负我。我把手放在他的胸口，感觉到强壮的心脏在僵木的身体里跳动，然后学着你的样子，用食指骨节轻轻叩击。像敲门一样，嗵嗵，嗵嗵。

"你能听到我说话，对吗？"

虽然没有任何征象表示他能，我却相信自己已经得到了回应。他能，一定能。

他的灵魂被囚禁在里面了。他的灵魂被囚禁在里面了。我不断在心里重复着这句话，生出一股从来没有过的使命感：我必须把它解救出来。

整个下午我都在翻看借来的书。虽然没有几句能读懂，可是在那些深奥的句子里，我得到了一种肃穆的满足感。一切当然不会那么容易。解救灵魂肯定是一项艰巨的任务。

放学以后，你也到病房来了。你猜出我肯定会在这里，问我为什么没有去上课。我说没什么，就是不想去。你看到我旁边的那一摞书，但没有说什么，像往常一样走到窗户底下，扭开收音机，坐下来开始画你没有画完的小画。我低下头继续读手中的书。我们都在做着某种努力，好让这个下午按照往常的秩序进行下去，但是病房里的气氛已经和从前不同了。就连消毒水的气味，也变得格外刺鼻。我一行字也看不进去，眼睛的余光总是能瞥见屋子当中的病床。隔着床尾的铁棍就能看到爷爷的双脚。它们好像在轻轻地晃动。当我终于忍不住抬起头的时候，却发现你也正望着那张床发呆。我们的目光撞了一下，立即分开，又各自低下头去。现在，这个房间里有三个人。我们再也无法忽略我爷爷的存在了。

一切都开始变形和走样。就连窗台上的那只收音机，也要提醒我们它的存在，与过去不同的存在。那时电台里正在播放一首蔡琴的歌。我喜欢蔡琴，因为她的声音和我妈妈有点像。正听得入神，歌声忽然虚颤起来，越来越远，随即消失了，变成了沙沙沙的噪音。过了一会儿，声音又慢慢近了，但已经不是蔡琴，而是换到了另外一个频道，一个中年男人正用催眠的语调播报新闻。随即他的声音也远去了，又变成了一片沙沙声。你走过去调试，找到原来的频道，蔡琴刚唱了一句，声音再度消失了。你又调试，但还是没有用，收音机像是着了魔一般，进入了一种自动搜索的状态，不停地跳台，把各种声音都剪成细小的碎片。

仿佛有一种强烈的波频干扰充斥着这个房间。我蓦然想起下午在某一本书上读到的一句话：灵魂是一种电磁波。

你不再理会那台收音机，就让它继续痉挛似的跳台，接着推开了窗户，像是想要驱散什么东西。一阵大风吹进来，哗啦哗啦翻动着书页，好像也在提醒我们它的存在。没有生命的事物忽然都活跃起来。病房变得很拥挤，以至于我们无法很好地避开彼此，所以当你转过身来的时候，我们的目光又撞到了一起。不过这一次，你终于愿意为我们之间异乎寻常的沉默负责。你走过来，拿起桌上的书随手翻着："好吧，你到底打算做什么？"

"我要把爷爷的灵魂解救出来。"

你耸了耸肩膀，脸上又露出大人般不屑的神情："你以为你是奥特曼吗？"

"就因为不是，我才需要看这些书。"

"我看还是算了吧。"

"就是说，你根本不相信能实现，是吧？"我问。

"不知道，"你摇晃着脑袋，那副事不关己的模样实在可恶，"就算解救了灵魂又怎么样，你能让他彻底活过来吗？"

"没准可以呢。"我嘴硬地说。

"好吧，就算你能，你确定你奶奶和姑姑真的希望他活过来吗？"你飞快地看了我一眼，"怎么说呢，我觉得要是他现在活过来，恐怕会给很多人添麻烦吧。"

我从你手里夺过那本书。从前只是觉得你有点刻薄，现在才发现你是异常冷酷。我决定以后再也不对你讲起解救爷爷灵魂的事了。英雄们在成就大事之前总有一段不被人理解的时光吧。这时候我忽然明白了他们的痛苦。

"还是忘了这回事吧，"你压低声音，好像担心被什么人听到，"有些事可能我们本来就不该知道……"

我们都不再说话了。只有那台收音机还在不知疲倦地跳转波段，但人声已经消失，只剩沙沙沙沙一片闷响，如同一个人孤身走入漆黑的隧道。那是第一次，天还没有完全黑下来，我们就各自回家了。

我推开家门，奶奶正坐在窗户底下咯吱咯吱地踩着缝纫机，隆隆的响声像一架直升机飞过头顶。她看到我进来，抬起踏板上的小脚："你今天回来得倒是早。"

我注意到她换上了暖和的冬衣。那件深枣子色的毛线坎肩，毛早就洗光了，只剩下致密的线，结成两块厚实的毡片，硬邦邦的，像一副铠甲。闻到那股浓郁的樟脑味，就知道衣服是刚从箱子里取出来的。看样子奶奶终于打开那些箱子了——今年似乎比往年早一些。

每年秋天，奶奶都要拖到快来暖气的时候，才把大家过冬穿的衣服拿出来。因为那是一项浩大的工程，非要下很大的决心才行。

"过个冬天简直要了我的半条命。"她总是说。

家里没有衣橱，没有储物柜，所有的东西都放在箱子里。就现实状况而言，这的确是一种节约空间的举措，不过就算给我奶奶一座大庄园，也别指望她能用柜子，她只会毫不犹豫地给自己添置几只大箱子。在她的逻辑里，东西放在柜子里不算真正拥有，只有装到箱子里才完全属于自己。她总是担心有人来抄家，值钱的东西放在箱子里，随时能带走。里外两间屋子里，除了餐桌和床，以及必须留出的走道，其他的地方都堆满了箱子，箱子叠箱子，一直垒到天花板。最常用的东西放在上面。那些冬天的衣服，经过闲置的大半年，已经沉到了最底下，想要拿出来就要把上面的箱子一只一只挪开。

那些寒冷的秋天的夜晚，奶奶穿着单薄的线衣，冻得直打哆嗦。

"明天就搬箱子。"她咬牙切齿地说。

可是等到天亮了，太阳出来了，她又觉得可以再等几天。

"你听过寒号鸟的故事吗？"有一次我问她。

她翻了个白眼："那故事是我给你讲的。"

"不，是姑姑讲的。"

"是我给她讲的，"她咕哝道，"你不懂，春捂秋冻，对身体好。"

她换了一只脚，继续踩她的缝纫机。很难想象像她那么懒的一个人竟然花几个星期的时间缝一条根本不御寒的百纳被。这都是因为有人告诉她，多踩缝纫机可以预防老年痴呆。她害怕痴呆了以后被我们欺负，就拼命地踩呀踩。线用完了。她停下来。我殷勤地跑去帮她拿来针线盒。

"奶奶，"我站在一旁，装作若无其事地问，"你肯定一直都盼着爷爷能醒过来吧？"

"我盼着他快点死。"她头也不抬地说，"这老家伙的骨头真够硬的，躺那么多年都没散架。要是前些年就死了，医院能赔好多钱，现在领导都换了好几任，谁知道还认不认账。"

"你真的一点都不想让他醒过来吗？他醒过来我们就……"我在头脑中搜索着合适的词语，"全家团圆了。"

"团圆？哈哈哈……"她那副鹧鸪嗓子又发作了，"他住哪儿啊？医院也不给抚恤金了，我们吃什么？难道指望你来养我们？"她瞪着小圆眼珠子，恶狠狠地啐我一口。我跑进里面的屋子，环视一下四周，到处都是箱子，真的没办法再放下一张床。

过了一会儿，姑姑回来了。我迎上去帮她拎菜，跟着她走进厨房。

"姑姑，要是爷爷醒过来，你高兴吗？"我搓洗着一根黄瓜问。

"不可能，"她说，"大脑都被切除了。"

"大脑都被切除了？"我一直以为他是受到重物撞击才变成那样，从来都不知道还切除了大脑。

"也不是都切除，一多半吧。"

"我说假如啊。假如他醒过来，你想象一下……"

"噢，"姑姑点着炉子，飞快地打散碗里的鸡蛋，"那我就失业了啊。当初是因为顶替你爷爷，我才进了医院。现在来了那么多新人，年纪都比我小，学历又比我高，巴不得把我挤走，要是我爸醒过来，他们就有理由让我回家了。"绽开的鸡蛋在热油里冒着金黄的泡，像个烧焦了的太阳。姑姑拿着铲子怔怔地站在那里。等到一阵煳味逸散开，她猛然打了个寒噤。"不会的，切了大半个脑，不可能醒了。

你知道我胆子小，可不要再吓我了。"

我吃了一点烧煳的鸡蛋，回到房间。借来的书摆放在书桌上，我却没有力气再翻开。切除了大半个脑的人，是不可能再醒过来的，我试着让自己接受这个事实。同时还必须承认你是对的：没有人希望爷爷醒过来。你又想到了我没有想到的东西，跑在了我的前面，真是可恶。

在这个家里，这个世界上，已经没有爷爷的位置了。我这样想着感觉到一丝悲凉。从前看漫画书，总有小孩被各路妖怪神仙或是外星人带走，在仙境或是外太空经过一番历险又回来了。我一直都很羡慕那些小孩，走在街上总是很留意可疑或者怪异的人，希望他们能把我带走。现在才明白，不能随随便便被带走，再回来时这个世界上就没有你的位置了。而且我忽然意识到，是躺在床上一动也不能动的爷爷在供养我们。要是他没有变成植物人，奶奶就拿不到抚恤金，姑姑就没有现在的工作，我连学费都交不了。这一切都是用他切去的大半颗脑换来的。没有那半颗脑，就没有眼前的生活。等一等，切除的半颗大脑……我想起我们在死人塔里看到过的那颗苍白的脑，那会不会就是爷爷的？我打了个寒噤。爷爷究竟是怎么变成植物人的？

临睡前我缠着姑姑，问她爷爷是怎么变成植物人的。"钉子。"她嘟哝了一句，然后很快就睡着了。

从那天开始，每天临睡之前我都锲而不舍地追问。在那些不是太困的时候，她会给我讲一点，可是也很吃力。

她的记忆好像被坦克碾过似的，碎成了一小块一小块的。我渐渐习惯了她的颠三倒四，也习惯了讲述间隙里长长的沉默，以及猝不及防响起的鼾声。而且她必须花很多时间给我解释某个名词的意思。比如"文革"，比如"牛棚"。后者我总算弄明白了，但是前者，她越解释我就越糊涂，因为不断有更多陌生的名词出现。"大字报""造反派""红卫兵"……我不停地打断她，问这些词什么意思。最终我也还是一知半解。好在就算没有把"文革"是什么搞清楚，也能把爷爷的事弄明白。

我爷爷是一九六七年出事的。那时候"文革"已经开始。医院的人划分成两派势力。爷爷当时是医院的领导，属于"保皇派"。还有一些人是"造反派"。"保皇派"和"造反派"对我来说，不算是特别陌生的词语，从前看到爸爸和别人玩扑克，也会分成这两派。我不知道两者是不是完全一样，不过总之应该是一种水火不容的关系吧。所以，"造反派"的人就开始批斗"保皇派"。"批斗"也是一个令人费解的词，姑姑对它的解释是，从肉体和精神上折磨一个人。爷爷就受到了这样的折磨，然后被关入了牛棚。"牛棚"，我起先还以为真有牛呢，就是那种养牲口的草房，可是好像并不是。任何地方都可以成为"牛棚"。比如死人塔。爷爷当时被关入的牛棚，竟然就是我们每天去玩的死人塔。不过那时候，死人塔还是一座平淡无奇的水塔，没有死尸，也没有装满福尔马林溶液的水池。在一场批斗中，他被殴打，身上多处受伤，然后被关进塔里。第二天，我奶奶把他接回来的时候，他的精神很恍惚，也不会说话了，还很怕见光，不停地呕吐。我奶奶只当是受了惊吓，静养几天就会好。可是情况越来越糟，他的一只手臂失去知觉，抬不起来了。双腿也开始麻木，不能下地走路。又过了几天，他开始大小便失禁，只能支支吾吾地发出一点声响。我爷爷被抬进了医大附属医院。医生也查不出病因是什么。情况一天天变得更糟，没过多久，他全身都失去了知觉，除了会眨眼睛，有心跳之外，与死人一般无异。

医院召集各个科室医生会诊，给我爷爷做了一次全面的检查，最终在 X 光片上发现，他的颅腔里有一根两寸长的铁钉，应该是从太阳穴附近插进去的。那里有一个很小的创口，当时家里人还以为是皮肉外伤，也没在意。铁锈致使脑组织感染和溃烂，并且正在蔓延，必须马上开颅取出。虽然手术有一定的风险，但医院经过多次论证，还是决定必须做，而且越快越好。可是我奶奶说什么也不肯。

"现在他至少还活着，要是手术失败了，人死了怎么办？"她不停地重复着这句话。

那时候我奶奶显然对"活死人"还缺乏足够的了解。她一心只希望自己不要成为寡妇。要是她能够预见自己后半生的苦难都是因为丈夫没死，不但不会阻挠，还会在心里祈祷手术失败，爷爷快点停止他那毫无意义的心跳。

后来，医院派爷爷的同事来劝我奶奶，向她保证，如果手术失败医院会赔偿一定的抚恤金，并且照顾她和两个孩子以后的生活。她太累了，实在闹不动了，终于在手术协议书上签了字。

手术很成功。那根钉子被取了出来。它像搅拌器似的搅动着脑浆，使它在混入铁锈和细菌之后，发酵成了别的什么物质。烂掉的大脑已经开始发臭。医生竭尽全力将切除的部分减到最低，保住了三分之一的大脑。可是爷爷的状态和手术前毫无分别，既没有死，也没有醒。

我姑姑说，医学上也有不少案例，患者在切除部分脑体之后，空洞的部分被脑组织液填充，剩下的一部分脑承担起那部分缺失的功能，因此仍旧具有肢体行动和语言思维的能力，看起来与正常人一样。不过患者多半为大脑尚未完全发育的小孩，切除部分的功能也相对次要。这种奇迹显然不可能发生在爷爷的身上。所以医生认为，他应该永远也不会醒了。

手术进行的同时，警方也展开了调查。作案时间应该是在批斗结束，人们散去之后，凶手去了死人塔，把钉子插入他脑中。因为先前遭到殴打，他已经躺在地上不能动弹，神志也不是太清楚，所以很可能没有反抗。操作的人一定熟悉解剖学、有丰富操作经验，才能准确地找到这个位置，避开重要血管，令我爷爷不会当场毙命。伤口也做了适当的处理，可以加速它的愈合。后来有人开玩笑说，这可能是医大附属医院历史上最精湛的一次手术，只可惜没人知道主刀的人是谁。警察认为，当天参加批斗的人都有嫌疑，但也不排除作案人不在其中的可能。他们让我奶奶回忆一下，都是谁跟我爷爷有仇。我奶奶罗列了一长串名字，但其实还远远不止这些。应该说，附属医院的大部分医生都很恨我爷爷。姑姑说，我爷爷虽然打起仗来很厉害，但没正经学过医，技术不行。可他是领导，管着很多技术比他强的医生，那些人当然不服气。我爷爷也不喜欢他们，仗着懂点医术，骄傲自大，完全不把他这个副院长放在眼里，所以他必须给他们点颜色看看。越是技术好的，越不让碰手术刀，让他们再有本事也表现不出来。那些人心怀怨恨，一直都想伺机"造反"。

警察根据奶奶提供的名单，扩大了审讯的范围。不久后的一天晚上，其中一个人在家里用一根输液管吊死了自己。那个人叫汪良成，是内科大夫。谁都不敢相信是他干的。他平日里总是笑眯眯的，对人很和气，爱好文艺，喜欢画画，会拉小提琴，有点书生气。后来有人说，那天下午批斗结束，确实看到过他朝死人塔的方向走。当时下着雨，他撑了一把伞。旁边还有一个人，穿着雨衣，看不清楚脸。那个人应该是他的同伙，很有可能还是主犯。汪良成妻子一再说，丈夫告诉她自己什么都没干过。虽然她的话不足为信，但汪良成毕竟是内科的，没怎么动过手术。然而，警察把该审的人都审了一遍，没有发现任何可疑之人，也找不到新的线索，最后只能不了了之。按照他们的说法，有个人畏罪自杀不就是认罪了吗，这样就可以结案了。我爸爸却没法接受这个结果，他要求警察继续调查，直到找出那个同伙为止。他一个人跑到公安局，坐在门口不肯走。有一天快下班了，他们轰他走，他抡起拳头，打在一个警察的脸上，对着那个人的肚子连踹了好几脚。另外一个警察把他拉开，反绞住他的手，他挣脱掉，又冲上去踢那个警察。他就像一条疯狗，无法让自己停下来。

那一年我爸爸十三岁。有一股戾气在他的心里冲来荡去，找不到出口。好像就是从那时起，他变得暴躁，很容易被激怒，动不动就挥起拳头打人。姑姑说，从前在家里他们都怕我爷爷，他就是这种暴躁脾气，不知道什么时候会突然发作。他变成植物人以后，那副脾气就移到了我爸爸身上。后来我想，也许是因为没了父亲的保护，为了防御外界的伤害和攻击，他就把自己变成了父亲那样的人，以填补巨大的缺失带来的恐惧。不久以后，我爸爸加入了"红卫兵"，终于为他的愤怒找到了出口。那只红袖章成为他实施行动的许可证。只要听说有人要去抄家，就立刻冲出家门。要是有一段时间没去抄家，他就坐立不安，甚至忍不住摔自己家的东西。"文革"结束以后，其他的"红卫兵"都变成了正常人，只有我爸爸刹不住车，仍旧是一副过去的架势。知道这些事情以后，我对我爸爸的看法有了一点改变。至少，我知道他并不是生来就是那样。

在我爸爸不断去派出所讨说法的时候，我奶奶则整日坐在院长办公室的门外。她也在讨说法，讨的是更实际的说法——作为家属，应该得到怎样的赔偿。爷爷是附属医院的职工，事情又是在这里发生，医院当然得负责。她搬去一条小板凳，从早到晚坐在办公楼的走廊里。她没有爸爸那双厉害的拳头，但是她也有她的武器。那就是哭。歇斯底里、天昏地暗地号哭，一遍又一遍呼喊我爷爷的名字，让他快醒过来，看看别人是怎么欺负他们孤儿寡母的。她一直哭，哭出了这副让人毛骨悚然的鹧鸪嗓子。说法终于讨到了。

医院答应会派专人照顾我爷爷，直到他断气为止。此外每个月还会给一笔抚恤金。她暂时消停了。可是从那以后，只要遇上什么不如意的事，她就搬着凳子去那里哭一哭。我们家住的这两间屋子是她哭来的，姑姑的工作是她哭来的。连她嘴里那两颗金牙，也是哭来的。

不管怎么说，爷爷的事情就这样过去了。时间迈开大步向前走，人们每天撕去一张月份牌，如同剥落身上的一块死皮。起初，全家人每天还去探望爷爷，在病房里站一会儿，看着护士为爷爷擦身，确认她没有偷懒。后来变成每周去一次，再后来他们就不去了。不去也不去得心安理得，反正一切都应该由院方负责，要是他们还牵肠挂肚，倒像是吃了什么亏似的。

如果爷爷死了反倒会好。烧掉了，看不见，摸不到，彻底失去了他的感觉，会让悲伤更长久。可他还躺在那里，睁着无忧无虑的大眼睛，排泄出恶臭无比的粪便，而且就算家里出了再大的事，都与他无关了。想一想就觉得很生气，于是家里的人渐渐不再难过了。变成植物人，就像掉入了生死之间的一条沟渠里。活着的人过生日，死了的人有忌日，植物人既不过生日，也没有忌日。他们没有任何纪念日。

可他毕竟是存在的。一种结结实实，无法逾越的存在。到了我奶奶想要改嫁的时候，才真正意识到这一点。说起来，我奶奶一生都在与"守活寡"的命运做斗争。她生在山东曹县，家里一贫如洗，十六岁那年，她爸给她定了一门亲事，要把她嫁给邻村一个地主的儿子。那人患有严重的小儿麻痹症，两条腿萎缩得厉害，在床上躺了很多年。嫁给他就是守活寡，但聘礼很丰厚，她爸要用那笔钱来盖房子，也就顾不得这么多了。但他没想到我奶奶竟然是个烈女。娶亲的人敲锣打鼓地来到家门口，她却爬到房顶上，手里还握着一枚手榴弹。手榴弹是八路军打日本人用的，埋在后山，给她挖出来了。她让来娶亲的人快点滚，否则就把手榴弹扔下去。那些人还没回过神来，她已经咬开了导火线。手榴弹在空中划了个弧线，精准地落在空轿子顶上，顷刻间把它炸成很多片。硝尘漫天，破碎的红绸在空中飘飞。我奶奶伫立在高处，忽然意识到藏在自己身体里的某种天赋。那个彩霞满天的黄昏，我奶奶踏着硫黄味的尘土，拖着疲惫的自由之躯走出了村子。她过了一段流浪的生活，漫无目的地四处游荡，靠乞讨为生，树皮和草都吃过。在最落魄的时候，遇到一队八路军，就跟着他们走了。

"听说你的手榴弹扔得很准？"这是我爷爷对我奶奶说的第一句话。他也刚入伍不久，干革命同样是为了有口饭吃。我奶奶首先注意到的是他小腿上凸出的腱子肉，它们看起来是如此结实有力，令她一时间百感交集。

后来配了枪，我爷爷的天赋也展露出来，弹无虚发，成了部队里有名的神枪手。这两个有天赋的人，在乱世中走到了一起，血雨腥风地大干了一场。据说他们两个加起来，杀了好几十个日本鬼子。要不是因为在一次战斗中左腿负伤，只好待在后方，进了医疗队，我爷爷后来怎么也得是个少校。而我奶奶也因为留下来陪我爷爷，没有继续在前线建功。

据说爷爷刚变成植物人那会儿，我奶奶还常常回忆起风光的革命岁月，随即拍着桌子大骂害爷爷的人没种，有本事真刀真枪地打，他们什么世面没见过，日本鬼子杀了不计其数，难不成还会怕吗，可他们偏偏要用这种下三烂的招数。一个手榴弹丢过去把敌人炸开花的时光一去不复返了，而我奶奶还没适应这种和平年代更加迂回和隐晦的杀人方式。和日本人斗过，和国民党斗过，最终她还要和自己的命斗。兜转了半辈子，她又回到了十七岁的原点，守起了活寡。

等到我姑姑稍微大一点，就开始听到有人背地里讲闲话，说我奶奶作风不好，喜欢跟男人调情。去药房开药，到粮店买面粉，总是站在柜台前不走，和在那里工作的男人聊天、嗔笑、嬉闹，忍不住伸出手推搡几下。听到楼下有个磨菜刀的，也要唤到家里来，和人家说好半天的话。谁都知道她寂寞，但这样不假掩饰，还是让人们耻笑。有一次她又黏在柜台前和粮店的伙计讲话，被那人的老婆看到了，让她以后离别人的丈夫远一点。我看你是想男人想疯了，那个女人说。我奶奶扑上去抓破了她的脸。从那之后，所有男人都躲着我奶奶。

我奶奶又在她的寂寞里待了很久，才终于遇上了一个不是别人丈夫的男人。那人是钢厂的工人，老婆得肺病死了，留下一个肥胖的儿子，比我姑姑大一岁。我姑姑记得，有阵子那个男人常常来家里吃饭，带着一些从食堂里打来的饭菜。每次他来，我奶奶都变得特别温柔。有些晚上他没有走，那个痴肥的儿子也跟着留下来，和我姑姑挤在一张床上，胖胳膊老是蹭到她。在黑暗中，他张开嘴巴滞重地呼吸，像一只能把她一口吞掉的大鱼。这庞大的存在，令我姑姑感到害怕，同时又觉得很安全。我奶奶让他们父子把脏衣服都留下她来洗，还帮他们剃头，那个男人则替奶奶去驮面粉，拉蜂窝煤。两家人很快过得好像一家人一般。可惜终究还是成不了一家人。我爷爷还活着，也没法和他离婚，这就意味着只有等到他死的那一天，我奶奶才能获得自由。可是我爷爷完全没有要死的意思，在护士的精心照顾下，反倒胖了不少，堆着两个下巴，脸庞红润有光，看起来像个弥勒。

那个男人开始有些动摇。我还是想给小胖找个名正言顺的妈……他犹豫着说。我奶奶哭着抓住他的胳膊，求他不要离开。他的心肠很软，又陪我奶奶蹉跎了一些日子。但我奶奶也知道，这样耗下去，他离开是早晚的事，要留住他，除非……十七岁时扔出去的那颗手榴弹，给她留下了用暴力解决问题的深刻启示，既然十七岁时能用一颗手榴弹换得自由，现在为什么不能用一把水果刀斩断束缚呢？她每次出门，都把那把刀放进拎包里，就连到楼下买瓶酱油也不例外。医院在马路对面，绕一点路就能到病房，趁着没人把刀往心脏上一插，再回家做饭都不晚。她可能也真的去过，但碰巧护士也在，那时候是夏天，因为担心生褥疮，她们给爷爷擦身擦得很勤。

然后就有一天，我姑姑记得她和我奶奶去买布，回来的时候下起了雨。公共汽车停在南院门口，她们下了车。我奶奶抬起头，望了望灰蒙蒙的天空，忽然说想去病房看一看。走到住院楼，她把伞交给我姑姑，说你在这里等我一下，就一个人上楼去了。我姑姑站在屋檐下，听着雨水击打着破雨伞，啪嗒，啪嗒。那响声揪着她的头皮。在轻微的耳鸣里，她仿佛听到一声低沉而尖锐的嘶喊，像是从破碎的雨滴中间冲出来的，钢针一般刺了她一下。她愣了几秒钟，拔腿奔上楼。推开门的时候，我奶奶正站在床边，手上握着那把刀，看到姑姑，脸色瞬时苍白。她哆嗦了几下，手中的刀震落。

"我是想帮他，"她大哭起来，"早死早投胎。"

就这样，我姑姑鬼使神差地救了我爷爷一命。但真正令爷爷彻底脱离危险的还是奶奶的那个相好。他终于给小胖找到了一个名正言顺的妈，比我奶奶还大几岁，相貌也很普通，却胜在是个寡妇。寡妇而非活寡妇，丈夫死得干干净净。寡妇在公共汽车上卖票，钢厂在西郊，很多个早晨，小胖父子都要搭那趟车到城里来。他们站在站牌底下，看着车子远远地开过来，卖票的女人从窗户里探出半个身子对底下的人招手，笑容在阳光里，显得格外动人。公车有一站在医科大学的门口，到我奶奶家就从那里下来。渐渐地，他们不再从那一站下来。不从任何一站下来。那辆车成了他们的目的地。寡妇送给小胖一个塑料票夹，上面钉着一沓花花绿绿的票根。小胖抱着那个票夹，腆着肚子，好像很有钱的样子，不时撕下两张赏给别人。他和他爸爸最后一次到我奶奶家来的时候，那个售票员已经成了他妈妈，我奶奶徒劳地抱着他爸爸大哭，拖住他的脚不让他走。直到精疲力竭，才慢慢松开了手。父子二人连忙告辞，我姑姑默默把他们送出了门。小胖扭过头来看了看她，然后咬咬牙，从票夹子上撕下一厚叠票根给了她。

从那以后，我奶奶认命了。她不想让我爷爷死了。因为就算他死了，她也没有别的地方可去。自由对她来说，已经毫无用处。爱也不会再有了，剩下的只有恨。后来的几十年，我奶奶主要是靠她的恨活着。恨比爱更坚定，更强烈。只不过有时候，它也比爱更盲目。她也不知道该去恨谁，索性就谁都恨起来。恨那个售票员，所以从来不坐1路公共汽车，恨钢厂的男人，连带着也恨小胖，总是咒他吃东西撑死，恨所有的邻居，觉得他们都在看她的笑话，就往人家后院扔石头，砸玻璃，恨惹是生非的儿子，还有胆小怯懦的女儿。当然她最恨的还是我爷爷。隔三岔五地大骂他，诅咒他快点死，把遇上的不顺心的事都归咎于他，有时候躁狂起来，也会跺着脚抄起刀，说是要把我爷爷杀了，最后自然都被我姑姑拦下了。那好像成了她每隔一段时间就要做一遍的游戏，一场谋杀的演习。她借此来把心里蓄满的恨意倒掉一些。恨来恨去，她却忘了要恨凶手。不只是她，随着时间的推移，大家好像都忘了还有一个没有抓到的凶手。

"另外那个凶手呢？"我在床上翻了个身，小声问姑姑，"他还住在南院，对吗？"

没有回答。她睡着了。留下我一个人，躺在黑暗和一大堆问题里。

他一定还住在南院。住在这里的人我应该都见过，所以肯定也见过他，没准常常能碰到。在食堂排队买馒头，去小卖铺还酸奶瓶子，到废品站卖纸箱，在那些时候，他可能就站在不远的地方，冷冷地看着我。看着我背着一只破书包，用脏兮兮的校服袖子抹鼻涕。看着我飞快从地上拣起一枚别人掉的钢镚，揣进裤子口袋里。他一定知道我没有爸爸也没有妈妈，知道我在学校里被老师刁难被同学奚落，知道我十一岁了还和姑姑睡在一张床上。他看着我，心里会不会很有成就感，这一切都是拜他所赐。是他让我们把生活过成了这样，像蚂蚁一般卑贱，随便什么人都可以踩上一脚，像堆垃圾一样让人厌恶，谁都希望离我们远一点。

我掀起被子跳下床，光着脚走到窗边。窗户袒露在夜色中，月光肆无忌惮地在那些破旧的木箱上走来走去，如同拾荒者在一片废墟里扒翻着，想要找到一点值钱的东西，最终也只能失望而归。这里没有它想要的东西。自从夏天的一场暴风雨把窗帘撕烂以后，这扇窗户上就没有窗帘了。我们不需要窗帘，因为我们没有任何秘密。也没有人会对我们好奇，想从窗户外面朝里面张望，看一看我们的生活。秘密只属于那些过得好的人，他们才配拥有秘密，才配调动和支配别人的好奇心。就像害我们的那个凶手，他一定躲在密实的窗帘后面，过着谜一样的生活。

我靠墙坐下来。坐在两排垒高的箱子之间。那一小块地方被墙壁和箱子围着，月光照不进来，像一口很深的井。从前难过的时候，我也会坐在那里。但这是第一次，我意识到自己的境遇，我正是生活在一口狭小的井里。我一无所有。即便拥有你们那么几个朋友，拥有一些快乐时光，那也只是暂时的。总有一天，你们会离我而去，到更好的生活里去。只有我还留在这堆破箱子和没有窗帘的屋子里，然后或许就像我爸爸一样，开始酗酒和打人，以此来宣泄旺盛而无用的精力。在被自怜的情绪打倒之前，我振作起来，变得无比愤怒。

我从来没有真正恨过谁。弃我而去的妈妈，暴戾的爸爸，凶悍的奶奶，刁难我的老师，奚落我的同学……回头望去，虽然一路都是伤害，我却没有恨过他们。对于那些伤害似乎总能接受下来，并且变得适应，甚至会产生一切本应如此的想法。好像从很小的时候开始，我就放弃了对于不幸的深究，懂得要认命。既然上帝将一把烂牌塞给了你，你也只有握着它们玩下去。

可是我忽然明白过来，这把烂牌并不是上帝给我们的。"要是你爷爷没有被害，说不定现在已经是医科大学的校长了。"姑姑的话不断在耳边响起。我抱着这个永远无法印证的假设不放，想象着它所兑现的另一种生活：显赫的身世，幸福的家庭，宽裕而自由的生活……我相信那才是原本属于我们的牌，只是后来被别人调换了。所有的不幸都指向同一个源头。那枚钉子，那个凶手。是他改变了我们全家人的生命轨迹。

我坐在那个冷寂的角落，仇恨像越烧越旺的篝火。我守着它，浑身被烤得炙烫。血管在震颤，如同一根被人拧紧的绳子。一些古老的、沉睡的血醒过来。它们翻滚着，一下下涌向头顶。我听着身体里的海浪，感觉到一股巨大的力量冲撞着胸腔。幽蓝的火苗上下蹿跳。在摇曳的视线里，我看到很多人围坐在篝火的四周。那些人是一些苍白、单薄、近乎透明的影子。我从来没有见过，可是不知道为什么却认得。他们是我爷爷家族里的先人，用一种炽烈的目光注视着我。他们离开的时候，把目光留了下来。那目光一直都在，如同长明灯。在离开之前，他们纷纷走过来，像是要与我道别，但仍是什么也不说，只是把手放在我的肩膀上，似乎要把一些力量传递给我。我觉得肩膀被压得很疼。那种疼痛感在身体里一点点扩散开，我忽然悲伤地意识到，自己长大了，不再是个孩子。清晨时我醒过来，发现自己蜷曲着身体躺在那个箱子之间的角落里。似乎睡了很久。但身上依稀能闻到灰烬的气味，肩膀上仍有沉重的力道。这一切令我相信他们的确来过。

家族。在接下来那个漫长的白天里，这个词一直盘旋在我的脑际。对我而言，它是一个陌生、遥远、近乎煽情的书面用语。我只知道我有一个家，由两间小屋子和奶奶、姑姑组成的破破烂烂的家，却从来没有想过我还有什么家族。

我姑姑说，我爷爷有两个哥哥，一个三岁时夭折，另一个十二岁那年死于瘟疫。爷爷是家里唯一一个活着长大的孩子。村子里闹饥荒的时候，为了有口饭吃，他参加了革命，从此离开家乡。后来他被分配到医科大学，留在了城市。再回到家乡的时候，他的父母已经都死了，家里再没有什么人。他逗留了几日，请人重修了祖坟。我爷爷的家族观念很重，一直希望多生几个孩子，让程家人丁兴旺。打仗的时候我奶奶怀过两次孕，都流产了，后来落下容易滑胎的毛病，艰难地生下我爸爸之后，接连又掉了两个孩子。在打算做节育的时候，又有了我姑姑，决定冒着生命危险生下来。她躺了好几个月，不知道喝了多少安胎药才把孩子保住。我爷爷一直盼着再有个儿子，结果确是个女孩。他只能把全部希望寄托在唯一的儿子身上。据说他一直想从部队的老战友那里借一把枪，把百发百中的绝技传授给我爸爸，坚信总有一天能派上用场。他希望我爸爸长大以后去当兵，做警察，那样就能配枪了。要是他知道我爸爸不仅没有配上枪，还被配枪的人关了起来，他会怎么想？我猜他一定知道，他那被困在身体里的灵魂肯定气得跳脚。他失望透顶，彻底放弃了这个不成器的儿子，然后，他将目光投向了我。

他一直都在看着我。不是吗？

我想起上小学之前的夏天，在 317 病房睡着的下午，我爬过长长的管道，在椭圆形的梦里练习打枪。荧绿色太阳底下，一场旷日持久的拉练，直到汗流浃背，筋疲力尽，感觉自己好像长成了一个强壮的男人。梦里爷爷那张严厉的脸浮现在眼前，不说话，紧绷着脸，冷不丁抬起手给我一个耳光。还有最后一次见面，当我说以后不能再每天去找他的时候，他脸上流露出的悲伤。我答应周末去看他，还和他钩了小指头，他这才变得高兴了一点。我走出去好远，他还站在那里看着我，太阳把地上的影子拉得很长，好像要追着我走过来。我忽然意识到自己是他的全部希望，也是这个家里唯一的希望。这让我觉得很沉重，同时又有一种莫名的兴奋。

"小恭和别的孩子不一样。"我想起妈妈的话，她总是用一种不容置疑的口吻那么说。

现在我好像终于找到了她所说的不一样：我身上肩负着某种家族使命。这个落魄的、破败的家族正等着我去拯救。我一定要把那另一个凶手找出来。我对自己说，我要报仇。虽然究竟应该怎么报仇，我也不知道，可是想到报仇两个字，就感到一阵快意。

没有人知道另外那个凶手是谁。除了我爷爷。就算当时他无法动弹，不能反抗，一定也清楚地知道是谁把钉子摁进去的。那一幕牢牢地印刻在他的头脑中。可是他无法告诉我们。因为他的灵魂被囚禁了，关在没有知觉的身体里。如果可以和他的灵魂通话，不就知道凶手是谁了吗？一个伟大的计划逐渐浮现出来，我要发明一台可以和爷爷的灵魂通话的机器。

灵魂对讲机。我为它取了一个绝妙的名字。

就算那个记录着灵魂对讲机进程的日记本丢失，我也能清楚地记得它开始的时间。一九九三年十一月。但我更喜欢另一种表述方式：九三年雾月。这样听起来就气派多了，好像我的命运航线与拿破仑·波拿巴曾有过交集。事实上，那时候我对这位伟大的矮人知之甚少，不过是在报纸上读到一篇文章，从此将他奉为偶像。小时候的拿破仑矮小贫穷，讲一口乡音很重的法语，受尽同学的耻笑，可是上天赋予了他伟大的使命，他凭借勃勃的野心征服了整个欧洲。那篇文章就讲了那么一个庸俗的故事，可是我却看得血液沸腾。贫穷、同学的耻笑、伟大的使命，以及勃勃的野心。这些都是多么振奋人心的共同点。现在你听着一定觉得很可笑，不过对于那个时候的我来说，发明灵魂对讲机的伟大程度并不亚于拿破仑征服欧洲。

我陷入一种狂热的发明热情中。每天中午回家匆匆吃完饭，就跑到图书馆去借书。人体解剖学、机械原理、佛教、古代炼金术……所涉猎的领域令图书管理员惊叹不已。管理员是个三十多岁的男人，长着一个显著的大鼻头，喜气洋洋的，但他脸上也只有那个鼻子是高兴的，其他地方都很哀愁。他手边永远放着一本《新概念英语（第一册）》，没有人借书的时候就坐在那里翻看，偷偷把舌头夹在牙齿之间念出单词。他对我借那么多古怪的书感到好奇，问了好几回，我却一个字也不肯说。

"多读些书总是好的，"他鼓励道，"将来想办法出国，在国外肯定能派上用场。"

"为什么要出国？"我问。

"出了国就能过上好日子了。"他狠狠地揉了几下红彤彤的鼻子，喷出一口气。他说他有慢性鼻炎的毛病，对粉尘过敏，天天待在旧书堆里，对他来说真是够受的。

我摇了摇头："我只想在这里过得好一点。"

"在这里是过不好的。你还太小，长大了就会明白的。"他垂下眼睛，轻轻地摩挲着那本《新概念英语》破损的封面。

我原本有些可怜他，可他却说了我最讨厌的话——"你还太小，长大了就会明白的"。要是我问的问题姑姑不想回答，她准会用这句话来搪塞。一个小孩的世界里，到处都是"不得入内"的禁区，年龄就是最好的理由，不需要任何解释。

我把那些深奥的书都翻了一遍，几乎一无所获。关于灵魂，在少数提及的时候，讲的总是一些虚无的幻象，对于如何拯救一个受困的灵魂却只字未提。有本书提到"元神"，我不确定它和灵魂是不是一回事。按照那本书里的说法，用某种符咒和口诀就能让元神出窍。但我对此表示怀疑，总觉得不够科学。在我的想象里，灵魂对讲机必须是一个看得见摸得着的机器，精密无比。绕了一大圈之后，我又回到起点。开始重新琢磨那句"灵魂是一种电磁波"。我不懂电磁波是什么，不过根据能看懂的一点资料来看，它应该和声波差不多。317病房里那只总是跳台的收音机给了我重要的启示。不过我更愿意相信，灵魂是一种有形的存在，像一个果核状炽热的小星球，它说话的时候，不断向外发射声波，空气会振动。我们听不到，因为我们无法接收到那种波，它的振动频率不是我们的耳朵所能捕捉到的。在一本关于电磁波的书上，我了解到在我们周围的空气里，存在着很多无法感知的波。也就是说，我所要做的就是造一台机器，能够接收到这种波。

我开始在本子上画草图。灵魂对讲机一号。灵魂对讲机二号。灵魂对讲机三号……画坏了就把纸扔掉，撕光了一个本子又换一本。最后终于确定了灵魂对讲机的构造：一个装着电磁波接收器的黑匣子，侧壁凿有很多小孔，伸出来的电线连通对讲机和那种贴在身上的电极片。

草图画得非常完美，实现起来总归会有一些落差。比如黑匣子，最终由一只从收废品的人那里要来的盛曲奇饼干的铁桶充当。饼干应该是从国外带回来的，桶身上都是英文字，图书馆管理员有点得意地认出那个单词，告诉我产地是丹麦。丹麦，多么遥远啊，我只知道它是小美人鱼的故乡。这只铁桶漂洋过海从一个那么遥远的地方到这里来，一定被赋予了什么重要的使命。没错。它就是为了灵魂对讲机而来。鞋匠勉为其难地比照着草图，帮我在铁皮桶上凿了很多小孔。

对讲机也是从收废品的人那里找到的。他那里什么都有，简直是个百宝箱。那个对讲机好像是一个警察遗失的，上面还有编号。我问干吗不把它交到警局，收废品的人说这种公家的东西，丢了单位还会再发。不过据说丢失对讲机这种事，还是很罕见的，这么多年收废品的人也只见过那么一个。它流落到这里，肯定也是为了成全灵魂对讲机的伟大计划。我对此深信不疑。所以当收废品的人表示不能白送，必须花钱去买的时候，我毫不犹豫地把攒了很多年的存钱罐砸碎了。

不过在付款之前，我必须先确认它还能用。一个特别冷的晚上，我和收废品的人一直等到大学的晚自习课下了，学生都离开以后，我们一个站在阶梯教室最前排，一个站在最后排，小声冲着对讲机说话。讲话的声音有些听不清，噪音倒是很丰富，嗡嗡嘈嘈的一片，像掉了一地的锯末屑。收废品的人有点丧气，喂喂喂地呼叫着。他怎么会知道这正是我想要的呢？没错，每一颗噪音都是我要收集的。灵魂的声音就掩藏在这些噪音里。

还需要电极片，就是做心电图检查时贴在身上的那种。这个不难，可以问姑姑要。她虽然在医院里不管器械，可是要拿到这种寻常检查用的东西很容易。我骗她说生物课上要用来听兔子的心跳。她有些怀疑，但没有追问，反正那玩意也伤不了人。过了两天，她就带回来一副，但嘱咐我用完要归还。

至于匣子里接收电磁波的机器，当然就是317病房里的那台收音机了。

一切都在秘密中进行。即便是对你，我也一个字都没有说。关于灵魂的事，你不是已经思考很久了，却从未对我说起吗？既然你有你的秘密，我也应该有我的。一个更大的秘密。何况就算告诉你，也不过是被你取笑，泼冷水。这一次我决定等计划成功了再告诉你。啊，多么伟大的计划。想象着你惊诧得合不拢嘴的表情，我就感到一阵快意。这是一个绝好的机会，摘掉你的骄傲，让你从此对我佩服不已。

两个星期后的一天，等到天黑下来，我拎着一只巨大的塑料编织袋走出家门，快步朝医院跑去。

医院的楼道里很静。我走进 317 病房，轻轻把门带上，从编织袋里小心翼翼地拿出那台伟大的仪器。我密切地关注着爷爷脸上的表情变化。他好像在看着我，小圆眼睛很快地眨了一下。这个微小的动作在那一刻非同小可。

"你知道我来救你了，对吧？"我眼睛一酸，有点想哭。

那只机器立在床头柜上。灰蓝色的圆头圆脑的铁盒上，伸出许多条触须状的电线，像深海里的乌贼一样神秘。我从口袋里掏出一张从书上撕下来的人体穴位图，摊放在旁边，依照纸上圈画出来的位置，将电极片贴在爷爷的身上，然后打开手中的对讲机。一切就绪，我把手伸进饼干桶里，郑重地按下收音机的开关。

收音机沙沙作响。对讲机里传来嗡嗡的声音。房间里充斥着噪音，却又静得可怕。我转过身去，笔直地站立在床前，对床上的人说："爷爷，我们开始吧。"

我紧紧地握着对讲机，屏住呼吸仔细辨听。仿佛能听到房间里每一粒灰尘的声音。

仁心仁术——走近李冀生院士

28'40"

一张"文革"期间的大字报渐渐淡出。画面转换。一个满头白发的老年男人，穿着白色圆领汗衫。字幕显示："江宏森"。他凝视着前方，若有所思，然后开口说话。屏幕下方字幕显示："当时医院有个叫苏新桥的老干部，不承认'反党'，工作组采取高压政策，大会批，小会批，一连批了三个多月，苏新桥被整得心力交瘁，在一次批斗会后大口吐血，当时李冀生端着痰盂给那些批斗的人看，结果就被扣上了'同情反党分子，立场不稳'的帽子，也挨了批斗。他过去参加过远征军，这也是把柄，有些人揪着不放，好在那时他只是齐鲁大学的学生，不算军人，否则麻烦就大了。不过李冀生心态很好，批斗完了，一个人到饭馆里坐下来，点了盘熘鱼片慢悠悠地吃。"

李佳栖

　　一九九三年的那个冬天，对我来说最重要的事，是我爸爸回来了，就在我妈结婚前的那个星期。十二月的一个下午，他到学校来找我。我一路飞奔向大门口，隔着铁栏杆远远地看到他站在外面抽烟。身上穿着一件黑色长风衣，竖起的领子遮住了半张脸。不知道为什么，连他的样子也没有看清，就觉得他过得不好。我的心一酸，眼泪掉了出来。

　　他看出我哭了，就立刻低下了头，捻灭扔在地上的烟蒂。我的眼泪可能令他感到为难了。在我们的关系中，任何感情强烈的表达都是一种禁忌。他瘦了许多，变黑了，头发长了，脸上有一些胡楂。看上去很疲倦，抽烟抽得很凶，刚熄灭了又掏出一支，然后浑身上下找打火机。点烟的时候，我注意到他的手在发抖。

　　"今天下午都是自习课。"我撒了谎，意思是我可以跟他出去。

"好。"他真的带我走了。

但我们其实没有什么地方可以去。漫无目的地走了几条街，看到一个有湖的公园，就买了票进去。冬天的公园非常萧索，湖边的柳树像素描本上凌乱的铅笔线条。湖对岸有个亭子，低着檐角，像是在寻找自己在水中的倒影。可它找不到，湖水已经结成了厚冰。多么孤独啊，连影子都不能陪伴它。

我爸爸去小卖店买烟，回来的时候给我带了一块烤红薯。我用它烘着冻僵的手，慢慢地吃。风很大，我们在一个回廊里坐下来。身旁的方形柱子上缠着干枯的藤，我想象着夏天那上面爬满绿色叶子，想象着那个时候我们来这里划船。

"你记得我们以前来过这里吗？"他问我。

"我们没有来过。"

"来过，你很小的时候。"他说。

我想问他那时是不是夏天，可他完全沉浸在回忆里，让人不忍心唤他回来。他的眼神变得很温柔，我简直觉得他有一点怀念我们从前的生活。可能吗？我对这一切毫无把握。事实上我仍旧不敢相信，他竟然真的来学校找我了。要知道，这曾是我做过的一个梦。先前他站在大门口的样子，和梦里如出一辙。但梦里他穿的是一件咖啡色毛衣，头发很短。他将脸贴在铁栏杆上，对我招手，走吧，他说，我们要走了。他当然不会带我走。如果说以前我还对此抱有幻想的话，此时那些火种早就熄灭了。可是他来学校找我，至少意味着他想念我。这已经是一种很强烈的情感表达了，足以令我受宠若惊。和他一起走在公园的路上，我很想说一点什么，又担心流露出内心的欢喜，会让他觉得很蠢。在他面前我总是担心自己表现得很蠢。所有孩子气的东西都是蠢的，得努力藏起来才行。我不断提醒自己，在他面前一定要表现得成熟一些，像个大人一样。

我以为爸爸回来是因为奶奶受伤，可当我提起来的时候，才发现他完全不知道。没有人告诉过他，他原本也没有打算去爷爷家。

"我应该去看看她，对吧？"他喃喃地说，像是想从我这里得到一些鼓励。我提议傍晚的时候他跟我一起回去，他同意了。然后我问他什么时候回北京。

"过几天。"他回答得很含糊，好像还没有买票。有一瞬间我的头脑中闪过一个很糟糕的念头：要是奶奶伤得更重一些，他或许可以待得久一点。

"我妈妈下个星期要结婚了。"我装作漫不经心地提起，偷偷观察他脸上的表情，想知道他是否早就知道了。

"是吗？"我爸爸点点头，"那个男的怎么样？"

"普普通通。"

"你不喜欢他？"

我摇摇头，撕掉一块红薯皮："他们打算把我从爷爷那里接走，下学期就转学了。"我急于把这个消息告诉爸爸，担心他以后再到学校来就找不到我了。

"新学校找好了吗？"

"嗯，就在林叔叔家的旁边。"我想我不必解释林叔叔是谁。

"挺好。"隔了一会儿他说。他看起来有点恍惚，对我妈妈的婚礼和这位林叔叔似乎都缺乏兴趣。

"你呢，"我问他，"你结婚了吗？"

"嗯。"他弹掉一截烟灰。火星跌落到地上，奄奄一息地挣扎着。

"你在北京过得开心吗？"我问。

"还好。"他嘴角轻微撇了一下，好像喝了一匙很苦的药。

微微发青的眼袋使他的侧脸看起来有点古怪。我盯着他看，想把这个新加入的特征印在脑海中。他过得不快乐，我很确定这一点，并因此多少感到有些欣慰。我们没办法让爸爸快乐，那个叫汪露寒的女人也不能。也许谁都不能，他天生就是一个无法得到快乐的人。而我很有可能遗传了他，这一想法令我感到很悲凉。

冷风吹过来，像一双枯瘦的手插入他的头发，把它们揪起来。我看着他一直连到耳朵下面的胡髯，像旷野里顽韧的草，有一种亡命天涯的味道。他看起来就像一个逃亡中的罪犯。我甚至有一种奇怪的感觉，现在坐在身边的这个人，不是我爸爸，而是一个陌生的男人，他挟持了我，要把我从这里带走。随便去哪里都好，我发现自己竟然在心里说，只要离开这里。

"坐摩天轮吗？"我爸爸问，"就在那边，我可以在这里等你。"

我说不要，低下头摆弄着那块皱巴巴的红薯皮。吃掉的红薯在胃里烧着，像一个火球。过了一会儿，他似乎忽然意识到自己对眼前这沉默的局面负有不可推卸的责任，开口说："你冷吗？我们绕着湖走一走怎么样？"

我很冷，但我说不冷。我们开始沿着湖边向前走，我悄悄地把手缩进了袖口。天空阴得发青，像受了伤的膝盖。公园里没有别的人。整个下午，我不记得看到过任何人。那好像是一个专门为我们两个人准备的下午。天开始渐渐变黑，我爸爸越走越快，到后来我必须小跑着才能跟上他。我意识到他好像有一个目标，他很想到达那个地方。我能感觉到那种愿望很迫切，他似乎急于用这个证明一点什么。他在和自己角力。

我们从湖的西面一直走到湖的北面。最后一缕天光也被收走了。我爸爸忽然停下了脚步。

"算了，我们到不了了。"他向我宣布，"从前划船过去，没觉得那个亭子有那么远。"他气喘吁吁地掏出烟，眺望着远方。我心里非常难过，他就这样被打败了，认输了。

"我们继续走吧，很快就能到了。"我说。

"不去了。"他摇了摇头。

"我们肯定能到那里，走吧。"我哀求道，忽然哭了起来。

不是不快乐那么简单。他身上充满颓败的气息。有什么东西已经死了。激情、信心、斗志。不可逆转地死了。他自己对此似乎也很清楚，可是先前那会儿还是又燃起了一点希望。我不知道到达了那座亭子会有什么不同，但我知道这对他很重要。这一点点，微不足道的成功就足以安慰他，使他好受一点。

　　我对他说，现在想要去那个亭子的人是我，我求他陪我过去看看。可是他一动也不动地站着。

　　"好了，不要任性了好吗？"最终他烦躁地说，"你现在长大了，应该懂事一些。"

　　这是我多么害怕听到的话啊。我希望他看到的我是成熟懂事的，那才是他喜欢的样子。可是我把一切都搞砸了。我哭着跟随爸爸走出了公园。他看到马路对面有个亮着灯的餐馆，就朝那边走去。我问他我们不回爷爷家了吗，要是不回就得给他们打个电话。可是他好像根本没听见，急匆匆地走进那家餐馆。

　　餐馆很小，只有四张桌子，没有隔开的厨房，一个中年女人正站在门口择菜。年轻的伙计从水缸里捞出一条活鱼，摔在板子上，用菜刀狠命地拍了几下它的头，鱼尾巴猛烈地跳动，把水滴甩得到处都是。一坐下来，我爸爸就迫不及待地要了一小瓶白酒。点菜的伙计忙着收拾那条鱼，没工夫招呼我们。我爸爸如坐针毡地环顾四周，手里不停地翻转着打火机。等到伙计把酒端上来，他连喝了几口，才终于坐得安稳。眼睛也亮了，整个白天蒙在上面的雾气消散了。他渐渐变得高兴起来，身体轻微地摇晃着。

"你也来一点吗？"他摇晃着杯子，"会觉得暖和一点。"

他没等我回答，就让伙计去拿杯子。倒酒的时候，他很小心，但还是洒到了外面。我再次意识到他的手在发抖。

"这些够吗？嗯，应该够了。"他看着杯子自问自答，然后把它递给我。

我喝了一小口，舌头上淬起了火星。爸爸点的菜陆续端上来，满满的一桌子，可是我们却吃得很少。他显然对食物缺乏兴趣。至于我，那只红薯好像还在胃里不断变大。况且我不愿意看到盘子变空，那意味着晚餐结束，我们要分别了。相比我的忧心忡忡，他显得很放松，面颊绯红，眼神非常温柔。

"高兴一点好吗？"他对我说，"你应该相信你妈妈随便找个什么男人都比我强。"说完他好像有点伤感，匆匆地笑了一下。

"我不在乎她找什么男人，我不在乎。"我拿起杯子，又喝了一小口酒，"也不在乎那个男人喜不喜欢我。就算不喜欢也没所谓。"

他走神了，眼睛一眨不眨地盯着面前的酒杯，好像根本没有听见我说什么。

"可是我不想转学。"我喃喃地说，"我不想和我的朋友分开。"

"朋友！"他忽然回过神来，"那不重要，真的不重要。"他连连摇头。

那瓶酒快喝完的时候，他又开始坐不住了。

"我是不是应该再要一瓶？嗯，再要一瓶。"他变得很喜欢自问自答。似乎担心我会阻挠，他立即说，"这些酒不算多吧？嗯，没错，今天中午我一点都没喝。"

我看着伙计又拿来一瓶酒。我知道这对他不好，可他看起来至少是高兴的。虽然这种好情绪如同一块薄薄的冰，一碰就会碎了。他身上的传呼机响了起来。他把它按掉，然后喝了一大口酒。还没放下杯子，传呼机又响了。他"啪"的一下把它扣在桌上。可它还在响，一遍又一遍。他不再理会，专心喝他的酒。不过我看得出他已经很烦躁，好情绪完全被破坏了。

"刚才我们说什么来着？"他抬起头看着我，"哦对，转学，没事的，不用担心，你以后会发现，在哪里都是一样的，没有区别。那时候，你才算是真的活明白了。"

传呼机还在嗡嗡振动，像只濒死的动物，用尽全力在桌面上滑出一小段距离。

"真是没完没了！"他重重地吐出一口气，摇摆着站起来，说要去回个电话。走出几步他又折回来，拿走了桌上刚打开的那瓶酒。

他走后，我坐在那里看店里的伙计杀一只鸡。那是第一次我那么近地看人杀鸡。又长又硬的脖子瞬时软下去，血汩汩地涌出来。鸡比鱼聪明，我想，它知道在死的时候闭上眼睛。我看着那只鸡被拔掉毛，剁了头，剜去屁股，斩成小块丢进锅里。水很快滚了起来，伙计走到锅边，撇掉浮上来的血水。

我爸爸酗酒，这是再明白不过的事了。虽然对于酗酒知之甚少，可是我模模糊糊地意识到，这是一件能把一个人彻底摧毁的事。我爸爸已经被它毁掉了。从前那个清醒、睿智、充满野心的男人不在了。现在的他麻木、昏聩、颓废……我第一次清晰地意识到，人所拥有的一切都是脆弱的，不稳定的，那些与生俱来的天性并不像岩石一样坚固，所有的天赋都可能被收走，所有的美德都可能被污损。人是会改变的，完全变成另外一个人。一个熟悉的人忽然变得陌生起来，这令我感到很恐惧，然而让我觉得奇妙而温暖的是，我发现自己并没有因此而停止爱他。纵使他已经不再是我所爱的样子，面目全非，爱却没有消失，甚至没有丝毫的减损。爱像岩石一样坚固的东西，它令我觉得很骄傲。那么恒久的爱，一定不会是毫无用处的。所以我相信我总能为爸爸做点什么。

在我爸爸离开的时间里，我想了很多事，好像忽然长大了许多。要是这长大早一点发生就好了。我或许就会知道该如何和他相处。那么这个下午可能就会过得不一样。

天气冷，小餐馆急着打烊。我爸爸却一直没有回来，伙计过来问了好几遍。我有些不安，害怕他已经走了，把我一个人丢在了这里。我鼓起勇气问伙计，能不能让我出去找找我爸爸。伙计一脸狐疑地看着我，最终决定和我一起去。

刚跨出大门，我们就看到我爸爸坐在一旁的地上，背靠着冰冷的墙。他把头埋在膝盖上，身边的酒瓶已经空了。我摇了很多下，他才终于抬起头来。

"我睡着了。"他说。

他掏出钱给那个伙计，然后跟跟跄跄地站起来。我想扶他，被他推开了。我们沿着来时的路慢慢向回走。到了爷爷家楼下，他说还是不上去了，改天再来。我说好，我也不愿意让爷爷奶奶看到他醉醺醺的样子。

我一个人走进黑漆漆的门洞，又转过身去看他。他还站在原地，摇摇晃晃的，黑色风衣被吹得哗啦哗啦响。

"过两天再来看你，好吗？"他说，语气温柔得好像是在恳求我。

我多么想把这句话写在一张小纸条上，塞进他的口袋里，因为生怕他一觉醒来就会忘记。

程恭

"喂，喂，爷爷。"

"喂喂，是我，我是小恭。"

"要是你能听到我说话，就回答一声……"

那天晚上，我在病房待到午夜时分，耗尽了对讲机里的电池。没有回应。不，有回应，一定有，只是我无法听到。实验失败了。我不得不承认这个事实。可是这很正常，不是吗，仅仅是第一次。世界上那些伟大的发明，都要经历成千上万次的实验。我这样安慰自己，但还是有点沮丧。

问题出在收音机上。我认定是因为它不够好，才无法接收到爷爷的回答。它太老了，只能勉强听几个本地电台，连邻近城市的都收不到，更何况是灵魂的声音呢？我需要一台更先进、更灵敏的收音机，能够收到非常微弱的电磁波。

消沉了几日，我重新打起精神，出门去找收音机。收废品的人说，现在都用音响了，谁还用那玩意，很多人家里原来有，但早就卖的卖，扔的扔。他建议我去旧货市场找一找。

星期天的早晨，我坐上11路公共汽车，在终点站下车。那里是城市的最西边，有一座巨大的农贸市场。旧货市场蜷缩在东北角，很小的一个。我把所有摊位仔仔细细地逛了一遍，的确找到了几台收音机。可它们都和317病房里的那台差不多。简陋、破旧，并且弥漫着一股老东西所特有的气味。受潮的时间的气味。我感到一阵恶心。因为它们让我想起妈妈，想起那些美丽的脏衣服。

可是，当我拿起那台德国产的二手收音机的时候，完全没有闻到那股恼人的气味。远远地看到它的第一眼，就觉得非同一般。我朝着那个拐角里的摊位走过去，眼睛紧紧地盯着它，一刻也不肯移开，生怕它会忽然从视线里消失。它也很旧了。可是旧得很尊严。像一个穿着熨帖西装的年老绅士，精神奕奕的。略微扁长的外形，在细小的螺丝孔和声罩网上找不到一丝灰尘，接收信号的伸缩铁杆一点也没有生锈，茶色的塑料壳上，氲着一层柔和的光釉。上方和两侧有许多不知道什么用处的按键和旋钮，右下角是一行细小的白色英文字母，已经磨损得无法看清，就算懂德语的人恐怕也念不出来。不过这反倒增添它的神秘感。说不定是什么人留下的秘密暗号。就是它！

摊主向我保证，除了电路有一点问题之外，机器整体状态非常棒，等到修好以后，连朝鲜的电台都能听到。这台收音机是二十多年前从某个资本家家里抄来的，在他的摊位上算是最值钱的东西，一直都没舍得卖。我在市场里转悠了一圈，回到他的摊位上，又拿起那台收音机仔细地端详。他叼着蔫黄的烟蒂，眯起眼睛看着我。

"四百块，要是你出四百块，它就归你了。"

我咧嘴笑了笑，转身走了。在商场里，我看到新的收音机也才卖两百多。都是国产的，功能还要更先进，但它们实在无法和那台德国收音机相比。主要的问题是太普通了，随处可见，毫不费力就能得到。那么伟大的灵魂对讲机，它的内部怎么可能是一台随随便便就能买到的收音机呢？

那台德国产的收音机成了我的心魔。每天早晨一睁眼，它就浮现在面前。从小到大，我还没有对哪件东西有那么强烈的渴望。可是到哪里去找四百块钱呢？指望积攒零用钱，凑够这个数目得等好几年。问别人借？我的朋友都和我一样穷。你可能是最富有的一个，虽然平时看起来和我们差不多，不过大家都知道，你爸爸在北京赚了好多外汇，据说能装满满一卡车。既然你说他那么爱你，一定也会给你很多吧。不过我是不会向你开口的。要是问你借了钱，等到发明成功了，你就会把荣誉归到你的名下。

还能问谁借呢？我想到了那个红鼻子的图书管理员。

"这么说，你是在搞发明？"午后寂静的图书馆里，他大声喊道。我慌张地环顾左右，好在周围并没有什么人。他看起来很激动，眼睛里充斥着血丝，那只硕大的鼻子显得更红了。

"嗯……"我点头。

"我很想帮你，可是为了出国，我已经欠下一屁股的债。"他想到伤心事，有些委顿，隔了一会儿才振作起来："国家专利局！啊对，你写一封信讲讲你的计划，没准他们会感兴趣。"

"我等不了那么久。"

"那就真的没有办法了，小朋友。"他说，"要是你真能听进去我的话——就把手头的发明放一放，先想办法出国吧。在这里你发明什么都没有用，因为它已经没有希望了。"

"我不想出国。"我说，"我哪儿都不去。"

从图书馆走出来，已经接近黄昏。起风了，天空中翻卷着枯黄的叶子。太阳还赖在地平线不走，像一个苟延残喘的独裁者，指挥着已经溃不成军的阳光。操场上都是人，好像有一场比赛，远处传来篮球击打地面的声响。砰。砰。砰。几秒钟之后，涌起一片欢呼声。他们多么高兴啊，为了一场比赛的胜利，或者仅仅是个漂亮的三分球。我很羡慕他们，能活在一种简单的快乐里。就像大斌和子峰可能正对着电视屏幕，紧握游戏手柄，驱动着那个大鼻子的小人顶蘑菇吃金币。自从大斌家买了一台"小霸王"游戏机，他们两个人就沉浸在"超级玛丽"里无法自拔。我多次拒绝了他们的邀请，觉得那么浪费时间很可耻。恐怕再也回不到大斌子峰当中去了，我们的人生已经分道扬镳。这种感觉很苦涩，可也令我觉得很骄傲。当然啦，你和他们本来就不一样，心里有个声音说。

借不到钱，难道去偷吗？我确实认真考虑了一下。从前在菜市场，亲眼见到过一个偷钱包的男孩给抓住了，被人反绞住手臂，头上的毛线帽子也扯下来了。旁边围了好多人，冲着他指指点点。有个老太太说，丢人嗦，叫你爸妈怎么抬起头做人。她那种厌恶的眼神烙刻在我的脑海中。我要做的是拯救我的家族，不能使它蒙受耻辱。

连最后一条路也堵上了。我内心十分幻灭。看来，除非奇迹发生，上帝显灵，不然那个伟大的发明只能沦为一场空想了……上帝？我蓦地从床上坐起来：南院旁边的教堂，我怎么把它给忘了？

在漏着天光的彩色玻璃窗户底下，牧师温柔地看着我："你有什么需要，都可以来找我，知道吗？无论什么时候。"这几年，他一直兑现着自己的诺言，每年生日都会送一件我想要的东西。今年的生日已经过了，礼物是一套飞机模型。不过，我可以透支明年的礼物。

我去教堂的时候，牧师正站在台子上，动情地诵读《圣经》里的段落。然后他让大家闭上眼睛，祈祷的时间到了。有人在哭，有人在发抖，有人蹲下身子紧紧地抱住了自己。他们开始喃喃地和上帝讲话。大家看起来似乎都很着急，语速飞快，不喘气，不停歇，生怕再晚一点，降临的上帝就要飞走了，他的耳朵将会像机舱门一样关闭。我也赶紧闭上眼睛，默念了一遍我的愿望。

弥撒完毕，信徒陆续从圆拱门里走出来，眼角带着未干的眼泪。牧师来到院子中间，立刻被他们围住了。几个女人争先恐后地诉说着自己的烦恼，"我一连十几天都失眠""最近我总是梦见死去的母亲""我儿子明年夏天高考，我现在一天祈祷几次合适"。我站在不远的地方，看着牧师耐心地向她们讲解。得到满意的答复之后，她们逐个离去。牧师舒了一口气，正要往教堂走的时候，发现了站在墙根底下的我。

"你好啊，小兄弟。"他说。他们管所有的人都叫兄弟或者姐妹。

"那套飞机模型很棒，我拿它去参加航模比赛，还得了一个奖。"我撒起谎来毫不费力。

"是吗？你可有阵子没来了。"

"功课很忙……"我心虚地说。上次他把模型交给我的时候，我曾答应他会好好学习，每周都到教堂来。两件事我哪一件也没有做到。

"以后有空要多过来。知道吗？"他微笑着对我挥了挥手，迈开脚向礼堂里面走。

"等一下——"我说。

他站住了，又露出训练有素的微笑。

"您能给我四百块吗？"我故作轻松地说，"就当是明年的生日礼物了。"

他眯起眼睛看着我："你要那么多钱干什么？"

我抿着嘴唇不说话。

"告诉我。"他严肃地说。

"去干一件很重要的事。"

"是什么呢？"

"我不想撒个谎来骗您。您说过上帝教导我们要诚实，对吗？"我很庆幸自己及时搬出了上帝。

"是的。我们要诚实，无论什么时候，"他点点头，"可是坦诚也很重要。你告诉我到底要拿那些钱去干什么。"

"那是个秘密。每个人都有秘密。"

"没错。不过你可以放心讲出来。很多孩子都这么做，来这里把藏在心里的秘密告诉我，他们很信任我，知道我不会跟别人说。孩子，告诉我。你是不是犯了什么错？"他摸摸我的头。

"我没有犯错。"

"把别人打伤了？还是——毁坏了什么贵重物品？"他试探着问，"要不就是偷了东西？没关系的，讲出来吧。"他的眼睛闪着贪婪的光，好像我的罪是一箱必须攫出来的金子。

"我不能说，"我摇了摇头，"不过我向您保证，我拿这些钱是要去做一件好事。"

"一件好事？"

"没错。我可以发誓，我绝对没有犯错误。"我说。

256

他盯着我的脸，终于相信我说的是真的。一时间他好像有点失望，眼睛里的光都消失了。我忽然意识到牧师是一个和医生差不多的职业，要是所有病人都死光，医生就失业了；要是找不到罪人，牧师也会感到很恐慌。为了缓解失业的压力，他们才会不断地强调，世人都有罪。每一个人。就像你要是去医院看病，他们总能找到点问题，开出一张药方。不过，上帝到底是怎么想的？他造了人，声称每个人都有罪，难道只是为了给牧师提供工作？

"那好吧。"他迈开一只脚，做出马上要离开的样子。我以为没戏了，可是他说，"我现在不能答复你，得考虑一下。"

"谢谢。"我连忙说，"那我过几天再过来？"

"不用。等我考虑好了会去找你。我知道你在几年级几班。"

我望着他微驼的背影消失在礼堂的大门里。牧师可真厉害，连我在哪个班级都知道。会不会是敷衍我？似乎又不像。他看起来有些沉重，好像有一道棘手的难题要解决。可是这点钱对他根本不算什么啊，每个礼拜教堂都会有一场募捐。那只蓝丝绒的口袋在信徒的手中传递，过一会儿就变得鼓鼓囊囊。他随便从里面拿一些就够了，在我看来这没有什么不妥。与其用那些钱给教堂的门多刷一遍油漆，为清扫院子的人换几把新扫帚，还不如让我去买回那只收音机。灵魂对讲机的计划难道不够伟大吗？难道不值得人们为之付出一点什么吗？

我满怀期待地等了一个星期。他没有来。我开始担心他忘了我的班级，后悔当时没有再说一遍。可是只要来学校问问，老师也会告诉他吧。礼拜天的早晨，我又去了教堂。唱诗的时候，牧师的目光不安地扫过座位，来到最后一排，发现了坐在角落里的我。停顿了一下，目光弹开了。弥撒结束之后，他照旧被很多人围住。我就又在一旁等着。一只站在院墙上的喜鹊吸引了我的注意力。看到喜鹊会交好运，于是我增加了几分信心。一回头发现牧师不见了。确切地说，溜走了。因为很多人站在院子当中，都在找他。

　　很显然，他是在躲我。没想到他那么懦弱。我决定留下来等。他不出来见我，我绝对不会走。其他的人显然没有那么执着，在寒风中等了一会儿，就陆续离开了。院子里变得很静，喜鹊早就飞走了，围墙看起来更高了。一个肥胖的女人从礼堂里摇摇摆摆走出来，让我快点走，说教堂要锁门了。我说我不走，除非牧师出来见我。她想把我拎起来丢出去，可是被我躲开了。我跑得飞快，她抓不住。追着我在院子里绕了三圈之后，她终于停下来，气喘吁吁地说：

　　"我不管了，你就待在这里饿死吧。"

　　她走出了大门，外面传来锁头的响声。

　　我拣起地上的树叶，自己和自己玩了一会儿"拔老根"的游戏。又把碎砖头搬到一块儿，一层层垒得很高，然后猛然出掌把它们推倒，假装自己有绝世武功。过了一会儿玩累了，我靠着墙坐下来，叠着两只手，让墙上的影子做出飞鸟和鸭嘴的造型。

"你好啊，程恭。"鸭嘴瓮声瓮气地说。

"你好。"我回答。

"我们还要在这里待多久？"鸭嘴说。

"不知道。"

"我饿了。"鸭嘴说。

"我也是。"我有气无力地响应。

"我真想去河里捉几条胖鱼吃。"

"最好煎一煎，抹点儿盐。"我在不停地咽吐沫。

"要是一直没人来，我们会在这里饿死吗？"鸭嘴问。

"不会的，他们都是信上帝的，害怕受惩罚……"

我停住了，自己和自己说话实在有些无聊。我躺下来，想让自己睡一会儿。可是金灿灿的煎鱼不断在眼前晃，肚子咕噜噜直叫。会不会真的饿死在这里啊？我有些害怕起来。也许他们把我忘了，整整一个星期都没有人来。我悲壮地想象着下个星期天人们来做礼拜的时候，在墙角发现了我的尸体。已经开始发臭。几只蛆虫忙忙碌碌地钻进我塌陷的眼眶。另外几只则从没有合拢的嘴巴里爬出来。他们会怎么处置我？扔到死人塔？也好，等你们再去那里的时候，我们就能见面了。

再见啦，李佳栖。我在心里演练了一下与你道别。讲出这句话的时候，竟然觉得很熟悉，好像它早就悬在心里的某个地方，像块掀起来的墙皮，轻轻一触就掉下来。那种感觉很古怪，有些不祥。我打了个寒战，从地上坐了起来，甩了甩头，让自己抛开那些可怕的念头。这个时候才发觉头顶的太阳早就移走了。转眼到了傍晚，天光正在迅速暗下来，风变得很大，激烈地摇动着树枝。我穿着满是网眼的校服，缩在墙根底下瑟瑟发抖。

再见啦，佳栖。这句话盘旋在脑际，怎么也挥赶不去。会是在怎样的情景下讲出这样一句话来的呢？我无法想象。除了死亡，还有什么能把我们分开呢。你是否也这样想呢，对此我好像有点没把握了。似乎已经很久没有见到你了。自从开始研究灵魂对讲机之后，就和你疏远了。也不单是你，我和整个世界都疏远了。那个庞大的秘密将我隔绝起来。我背负着重振家族的责任，在一条漆黑的隧道里独自前行。不知道要这样走多远。这条隧道有没有尽头？我好像被永远留在黑暗里了。我害怕起来，也许你是对的，这个世界上有些事是我们不应该知道的。比如灵魂。想到这两个字，后背一阵发冷。我站在暮色四合的院子当中，忽然非常想你。想马上见到你，确定你没有任何改变。这样想着，就把志气全都丢掉了，只想快点离开这鬼地方。

几面临街的墙都太高了。就算能垒起石头爬到上面，跳到外面恐怕也要摔伤。借着残余的一点晖光，我沿教堂旁边一条狭细的、布满枯草的过道绕到它的背后。那里有一座矮墙。不过另一边到底是什么地方，完全不知道。但是依稀能闻到一点飘过来的炊烟，夹带着葱蒜的香气。空空的胃袋一阵收缩，我饿得简直要发抖。另一边肯定有人住，我决定先翻墙过去再说。我摇摇晃晃地踩着垒高的石头，爬到墙沿上。那边是个四合院。几扇窗户都拉上了窗帘，看不到里面，只是知道点了灯，应该有人在。我踩着豁残的砖瓦，小心翼翼地移动到屋檐的边沿纵身一跃，跳到院子里。脚崴了一下，不是太严重。但是落地的动静很大，屋子里的人肯定能听到。我蹲在原地等了一会儿，竟然没有人出来。我靠近东侧那扇亮着灯的窗户，从没有拉严的窗帘缝朝屋子里张望。先前在院子里追我的那个胖女人伏在桌上睡着了。旁边放着硬壳笔记本和一本摊开的《圣经》。从她嘴巴里呼出的热气掀动着书页。那个房间极小，角落里摆着一张单人床，大概只有她一个人住。我挪到门边，试着推了推。门没有锁，吱嘎一声打开了。我踮着脚走近胖女人。她打着呼噜，庞大的身体一起一伏，散发出滚滚热量，周围的空气都变得暖烘烘的。我拿起放在笔记本上的钢笔，在打开的《圣经》那一页上，用力画了一个大大的叉号。

回到院子里，我沿着墙根走了半圈，在角落里找到一扇对开的木头门。从那儿就能出去了。我托着又粗又沉的门闩，一点点向外拉，当心不发出任何声响。这时，身后有间屋子里传来一个女人的叫嚷声。

"你疯了吗！"她说，"我看你是脑子有病了！"

是南边的屋子。我走过去。窗帘拉得很严实，什么也看不见。

"我只是先帮绘云垫上，现在她在家里养病，我上门去要钱合适吗？"我听出那是牧师的声音。

"那就等她病好了，让那小孩过些时候再来。"

"你不懂，我要是不快点给他，他可能就会去偷去抢……"牧师说，"那孩子离犯罪只差一步了。"

"那就趁早跟他说实话。告诉他礼物都是徐绘云买的。现在她病了，没法再给。"

"不行。我答应过绘云，绝对不让那孩子知道。"

"你们搞得那么神神秘秘的，到底是什么事？"

"以前不是说过吗，她和那孩子家有一些瓜葛，好多年了一直放不下，看见那孩子过得不好，老觉得和自己有关。她为这事专门来忏悔过，"牧师把声音压低了一点，"据说是把一个人弄成植物人了……唉，'文革'当中的事，谁说得清楚啊，何况那也是她丈夫……"

"李冀生？"女人问。

听到你爷爷的名字，我打了个寒噤。

"那你就去找李冀生，让他出这笔钱。"

"不行。他不知道徐绘云给那孩子买东西的事。"

"为什么呢，不是他犯下的错吗？"

"那人才不认罪呢。自己不相信主，也不让绘云信……"

我一路跑回家，来不及放下书包，就冲进厨房，将一碗剩下的冷炒饭扒进嘴里。然后又吃了两根香肠、几块变硬的鸡蛋糕，还有一小袋不知道多久以前别人送给姑姑的喜糖。冰箱里能吃的东西都被我吃完了。我一直吃，吃得很快，好让自己没法想事情。然后我躺下来，用枕头蒙着脸，直到睡着了也不拿下来。我必须紧紧地压住头，才能让自己什么也不想。

那个冬天的雾总是很大。清晨推开窗户，眼前灰蒙蒙一片，世界像一台出了故障的电视机。雾把一切都变成了灰色。屋顶、街道、电线，还有飞来飞去的鸽子，好像都在为谁服丧。我一直觉得雾和其他天气不一样，不像雨和雪那样是从天上降下来的，带着一种遥远的香气，很洁净。雾是一种城市分泌物，一种人间尘垢。一九九三年，这座工业城市似乎已经病入膏肓。泉水全都干涸，护城河臭不可闻，发电厂的大肚子烟囱喷着浓烟，到处都在建造高楼，吊车把沙石运到天上，烟尘纷纷落下。末日可能就要到了吧，我总是忍不住想。

从教堂回来的第二天，牧师就到学校来找我了。他把我拉到楼梯拐角，神情严肃地将一只信封交到我手上。里面是四百块钱。不知道他是怎么说服他老婆的，又或者是从别处借来的。这些已经不重要了。

"抱歉，那么晚才来。"他说。

应该说是太早了。真相来得太早了，来得如此轻易，我甚至不必为了得到它而做任何努力。它的到来终结了我所有激情澎湃的构想。如同一个穿上铠甲、拿起兵器打算打一场恶仗的士兵，在走上战场的前一刻被告知战争结束了。这是一种多么残忍的幸运啊。我宁可做一个"战死"的人。经历千百次实验，为了灵魂对讲机耗尽心力，最终一无所获，永远都没法知道真相。

"以后每个星期都要来教堂做礼拜，知不知道？"牧师提出条件。

他那张满怀慈悲的脸有点滑稽。难道他真的以为自己能够拯救我吗？我看着他，很想说点让他感到害怕的话，冒犯他，或者冒犯一下他的上帝，然后拂手打落他手上的信封，转身离去。可是我什么也没有说，接过了那只信封。这不是恩惠，而是一种罪证。哪怕无法用来指证他们，我也想把它握在手中。他走了之后，我在走廊里又站了一会儿，直到上课铃响完第二遍才进了教室。我走回座位，看了你一眼。一个惊天的秘密。你却毫不知情，还在百无聊赖地翻看一本漫画书。

那个下午，我的手一次次滑下去，按住那只信封。有东西突突突地撞击着我的手心。秘密如一头困兽在里面乱窜，寻找出口。只有我知道它在那里。只有我知道它的杀伤力。我的心跳得很厉害，好像马上就要按不住了，下一秒，下一秒它就会从里面冲出来。手开始发抖，有一种大难临头的感觉。我遏抑住惊慌，偷偷望着坐在斜前方的你。你看书，打瞌睡，解开松了的辫子重新绑，把毛衣袖子上的毛球一粒粒摘掉。我坐在你的身旁，忽然感到非常孤独。世界好像翻转了。从前只要你在，我就不会感到孤独。而现在你却令我感到前所未有的孤独。这种孤独和从前被同学们奚落的、被妈妈丢下时所体会到的不同。从前的那些应该叫作孤单吧。现在是一种深不见底、致密得让人透不过气来的孤独。在心里嘶喊着却无法发出声音，所有的表达都在空气中消失。如同被封冻在一个巨大的冰块里，一种彻底的隔绝。可是我没有挣扎，也没有试图逃离。我必须待在这孤独里，哪儿也不能去。因为如果想要摆脱它，就必须和你分开。我应该开始恨你了吗？

你爷爷。我的头脑里不断浮现出他的样子，走起路来僵直的上半身，瘦窄的脸布满深奥的皱纹，深潭一般寒冷、从来没有笑意的眼睛。这些年那双眼睛一直在暗处注视着我们一家人。看我们多么投入地过着这拜他所赐的卑贱的、狼狈不堪的生活。他肯定躲在那张严肃的脸后面大笑不止。我不明白他为什么不把我爷爷直接杀死而要往他的脑壳里揳一根钉子？是觉得那样结束得太快不够尽兴，所以别出心裁地设计了一种方式来延长这场戏耍的时间吗？这场滑稽的大戏看了近三十年，还没有看够吗？是什么让他能够那么心安理得，一点也不感到愧疚？我怎么想也想不明白。而你奶奶知道一切，她表现出的善良只是为了掩饰丈夫的罪过。没错，她感到愧疚，还去牧师那里忏悔。可这些不过是做给上帝看的罢了。她看到我的时候，并没有丝毫的愧疚，也没有一丁点怜悯，只是像遇到瘟疫似的飞快躲闪。我一直都记得她看着我的那种嫌恶的眼神。她说我的心里有脏东西，禁止你和我一起玩，生怕我会把你带坏。这些年，她悄悄送给我礼物，只是为了让我过得不至于太惨，这样我就不会去偷去抢，去犯罪。她害怕上帝会把我犯的罪算在她丈夫头上。当然，她更害怕我有一天会报复。

那个浓汤似的梦我还记得。蓝色的篝火。透明的人。叠放在我肩膀上的手。我不可能忘记。只是先前的仇恨很抽象，是一股没有具体方向的蛮力。随后它化作了发明灵魂对讲机的热情，变得浪漫飞扬，成了一个让孩子全情投入的游戏。我甚至有些喜欢这仇恨了，它让我的生活不再无聊和缺乏意义。要是能一直那样该多好。可是从知道凶手是谁的那一刻起，一切都不同了。仇恨开始散发出鲜血的气味，露出尖利的牙齿。它不断揪扯我的神经：

"现在，你已经知道凶手是谁，可以去报仇了。"

一连好几个晚上我无法入睡。躺在床上翻来覆去，感觉浑身燥热，只好贴在墙上，盯着一抹夏天时拍死的蚊子留下的血迹。姑姑在下铺翻身、磨牙和打鼾，那些细碎安宁的声音折磨着我。我很想叫醒她问一问，要是你知道另一个凶手是谁会怎么做。可是我没法问。她一定会怀疑我知道了什么。我不能把秘密告诉她。虽然我已经被折磨得精疲力尽，却还是紧紧地把它攥在掌心里，不肯松开手。占有这个秘密究竟意味着什么？我也不知道。但我隐约意识到，这仇恨是我一个人的事，有些事等着我去完成。我应该有所行动。可是到底怎么行动却毫无头绪。不管怎样，我必须做点什么。这个念头不停地折磨着我。然而我很快发现自己其实又在竭力维系着某种表面上的安宁，对你说话总是小心翼翼，生怕流露出一丝异样的情绪。每天傍晚和你分别之后，我一个人往家走，想到这一天终于又在平淡中落下了帷幕，心里就会感到松了一口气。什么都没有发生，我对自己说，贪婪地享受着那一刻的静谧。因为不用多久，"我必须做点什么"的声音就会再次冒出来。事实上，就算是我流露出异样，你大概也不会发觉。因为你正沉浸在你自己的心事里，整日锁着眉头，咬着嘴唇，一句话也不肯说。连一向迟钝的大斌也察觉了，他很有把握地说，一定是你妈妈要结婚了的缘故。自从上次你跟她还有那个她要嫁的男人出去玩回来，就变得心事重重，他猜你肯定不喜欢那个男人。你当然不会喜欢他，在你心里怎么可能有人能够取代你爸爸？可你必须接受这个事实，婚礼就安排在下个月。你会被精心打扮一番，推到前面去和新郎新娘合影，或许还要在他们的强迫下，屈辱地喊那个男人一声"爸爸"。你是在为这件事而烦心吗？如果是的话，为什么不能告诉我们呢？也许你还有别的秘密。很早就有了，早到你开始谈起灵魂的时候。或许还要更早，我不记得了，总之等我意识到的时候，你已经和从前不大一样了，不再是那个无忧无虑的小女孩。困扰你的事情究竟是什么，我没有精力去探究了。我完全浸没在我的秘密里，已经听不到四周的声音了。

表面上，一切的确都像从前一样。那些灰蒙蒙的早晨，我照旧站在路口等你。你出现了，默默走到我身边，然后我们一起朝学校走去。雾很大，世界就像一个苍白的结核病人。我们连自己的脚也看不到，都变成了无脚的鬼，吊在半空中。视野里只有一块白色大幕，离得很近，房屋和树木才幽灵一般跳出来。空气里弥漫着焚烧叶子的气味，清扫街道的女人正把干枯的树叶聚拢到一起，能听到哗啦哗啦的声响。我们肩并肩静静地走着，谁都不说话，好像就算说出来，对方也听不到。那么大的雾阻隔在中间，每个人都像是扣在一只玻璃罩子里。我们就在玻璃罩子底下各自想着心事，思绪如同余残的火苗，在稀薄的氧气里嗞嗞燃烧。

是秘密，先于我们存在的秘密离间着我们的感情。如同某种兽类，我们靠捕获秘密而生。终有那么一天，我们会因为一件猎物而反目成仇，分道扬镳。这个时刻终于来临了。很多年以后，每当回忆起那个冬天，眼前就会出现我们并排走在大雾里的画面。沉厚的、灰丧的雾，没有尽头。或许那就是最真实的童年写照。我们走在秘密织成的大雾里，驱着双脚茫然前行，完全看不清前面的路，也不知道要去哪里。多年以后我们长大了，好像终于走出了那场大雾，看清了眼前的世界。其实没有。我们不过是把雾穿在了身上，结成了一个个茧。

星期天的早晨，我又去了旧货市场。拐角的摊位搬空了，连陈列东西的桌子也不见了。我向旁边的摊主打听，他说那人不干了，欠了好多租金还不上，躲起来了。我问，你知道他去哪儿了吗？摊主翻了个白眼，要是能找着，还叫躲起来吗？

我揣着四百块钱离开了市场。看来灵魂对讲机注定无法被发明出来。也许这场狂想存在的全部意义，就是为了让我知道另外那个凶手是谁。要是真的能跟爷爷通话，他最想告诉我的肯定也是这个真相。回想一下，很多年前在那些炎热梦境里，他一遍又一遍教给我打枪，就是想让我替他报仇吧。可惜我一直不明白他的用意，蹉跎了那么多年。但是明白了，就有用吗？一想到复仇，我又变得沉重起来。

到了星期一，下午上课之前，传达室的老伯来班里找你。你匆匆忙忙地跟着他走了，直到放学都没有再回来。这样的事从未有过。在学校里我们总是形影不离，你没有从我的视线里消失过那么久。上课时我把头转向另外一侧，努力让自己忘掉你的座位是空的。整个下午我都心神不宁，用钢尺把两块橡皮切成了碎末。放学后，我在座位上等到天黑，帮你把你桌上的文具盒和课本收进书包，然后离开了教室。经过传达室的时候，我想找看门的老伯问一问，发现值班的已经换了别人。

你爸爸回来了，第二天你告诉我，那个在你的描述里神秘而充满魅力的男人，领着你去了公园，还在湖边的餐馆吃了晚饭。

"你不知道我们玩得有多开心。"你那副得意扬扬的模样一下把我激怒了。在这样一个我倍受煎熬的艰难时刻，你有什么资格如此开心？我背负着那么多，你却过得轻松自在，多么不公平啊。发现那个秘密的人应该是你才对。为之惴惴不安，辗转难眠的人也应该是你。你应该感到羞耻，觉得无法面对我。你应该郑重地走到我的面前，向我说一声对不起。而你看上去与这一切都无关。好像有什么神明冥冥保护着你，将你和这些污秽的事隔开。"我们点了满满一桌子菜，还一起喝了酒……"你一脸沉醉地回忆着和你爸爸度过的夜晚，用一种不加掩饰的炫耀口吻，像是在告诉我那从未得到过的宠爱究竟是什么滋味。你在提醒我，你可不像我，是没有人疼的野小孩。我不记得你从前这样做过。你竟然可以如此随意地、漫不经心地伤害我。是谁给了你这样高高在上的权利？难道我们家的人永远都要被你们一家人凌辱吗？当你讲到你爸爸走之前要再带你出去玩的时候，我终于打断了你：

"你干吗不跟他一起走呢？"

"他要去莫斯科做生意啊，等过段时间他不那么忙了，就会接我过去。"

"不可能。"我摇了摇头。

"你说什么？"

"你在撒谎，"我抬起头，看着你，"他根本不会把你接走。"

你那双欢喜的眼睛暗了下去。

"他不要你了。"我鼓励自己讲出了这句话，"你别骗自己了。"

你的脸抽搐了一下，表情变得扭曲。

"他们说得没错，"你一字一顿地说，"程恭，你心里确实有脏东西。"

我咧开嘴笑了起来，越笑越厉害，捂住肚子弯下了腰。直到你走远，我都没有让自己停下来。

李佳栖

一九九三年十二月十六日，我是下午五点半离开家的，穿一件深绿色外套，戴一顶白色毛线帽，背着往常上学的书包。四十八小时之后，沛萱坐在派出所的椅子上，情绪激动地向警察描述最后见到我的情形。她一再强调，当晚我未曾与家人发生口角，也没有表现出任何反常。谁也不知道我去了哪里，除了一个在家属院门外卖报纸的人，声称七点半左右的时候看到过我从报摊经过。可他一定是看错了。因为那个时候，我已经坐在开往北京的火车上，正透过九号包厢濡满雾气的窗户，打量着外面飞逝的夜色。

我至今仍旧说不清究竟是什么驱使我当晚离开家，踏上那列火车的。我妈妈将一切归结于先前她打我的那个耳光，认定我的出走是对她和林叔叔结婚的抗议。虽然我没有试图改变她的看法，将她从强烈的懊悔中解救出来，不过心里却很清楚，我的出走与她不相干。离家的那个晚上，我一次都没有想到过她，甚至也忘了三天之后会有一场婚礼——他们已经把给我买的新衣服送来了，花呢格外套和一条荷叶边裙摆上缀着小珠子的连衣裙。如果说我对婚礼有那么一丁点期待的话，也不过是想穿穿那条裙子而已。可是要走的时候，我把对它的那一丝眷恋完全抛在了脑后。当然，不能说和转学的事毫无关系。自从被沛萱拒绝之后，我感到万念俱灰，前路一片漆黑。不过即便如此，我也从未想过逃走。因为我没有地方可以去。我总是说很快我爸爸会把我接走，可那是根本不会发生的事，你说得没错。但我并不是在撒谎，我只是一直避免让自己看到这个事实。我永远也不会对自己承认，嘿，你爸爸不要你了。所以你那两句话是多么残忍。像一把匕首直插过来。当我怀着再也不想看到你的愿望转身走掉的时候，头脑中第一次闪过要去北京找我爸爸的念头。要是先前有这种念头，我肯定立刻会想，那程恭呢，程恭怎么办。而在那个时刻，你对我的伤害足以使我将对你的这份牵挂抛得远远的。

不过当时我并没有想过要和我爸爸一起走。那样肯定行不通，没有人会答应。我的计划是试着说服我爸爸，让他同意我寒假去北京找他。这场短暂的相聚在我看来已经足够美好了，同时也能让你明白，先前你说的那番话错得有多离谱。不过，说服我爸爸的概率非常低，所以我还设想了一个备用方案，那就是想办法把他在北京的住址拿到，这样到时候就能去找他。怎么才能要到住址呢？说要给他写信或者寄贺卡吗？在他面前，我好像讲不出这样亲昵的要求。

然而，比这个更需要担心的是我爸爸根本不会遵守承诺，在走之前再来看我了。我在魂不守舍的等待中度过了艰难的几日，他没有来学校，也没有来看奶奶，我给他留下的 call 机号码打了电话，站在公用电话旁边等了一个小时，他没有打过来。就在我开始相信他已经回北京去了的时候，他竟然来了。

他手上拎着一只编织口袋，还是穿着那件黑色风衣，胡子也没有刮，习惯性地掏烟。这次换了一个牌子的烟，盒子里只剩下两支了。

"我打过去电话的时候，小卖店的人说你已经走了。"他说。我闻到他身上有淡淡的酒气。

"你这几天怎么样？"我用大人说话的口吻问他。

"不错，见了几个老朋友。"

"以前的同事？"

"不是，是从前一起下乡的。"他丢了烟，把手插进口袋里，"我得走了，还要跟那两个朋友再见一面。给你奶奶买了一些营养品，你带回去给她吧。"

"不去看她了吗？"

"下次吧，今晚就走了。"

"几点的火车？"我问。

"八点二十五。"他说，"听你妈妈的话，转学以后多花点力气，别把功课落下，"他说，"你有我 call 机号，有事就给我打电话。"他说完就要走了。

我从他手里接过袋子，没有说话，没有让他多留一会儿，甚至连告别的话都没有讲，就只是一动不动地站在原地。头脑已经完全被八点二十五这个数字占据了。我一遍遍在心里默念这个数字，以至于它变得越来越陌生，到后来我甚至怀疑他说的时间到底是不是这个。从那时起，我忘了和你赌气的事，也忘了转学之类的烦恼。我被身体里的一股强烈的感情控制了。高亢、狂热，如同异教徒一般的感情。是它驱使我放学后一路跑回家，丢下那袋营养品，然后一刻也不停地朝火车站奔去。

总有一天，我会让他明白我对他的感情的，我曾这样告诉自己。现在，这一天到来了。毫无征兆，没有准备，可是我知道它来了。他那异乎寻常的憔悴给了我一点信心，使我相信他需要我，现在，他比任何时候都更需要我。或者，从比较自私的角度来说，现在是最有可能走近他的时候，也是最有可能让他明白我的感情的时候。我怎么能错过这样一个时刻呢？至于后果我没有时间去想。我的头脑被一些更重要的东西占据着，比如爸爸看到我的反应是怎样的，我们如何度过这个旅途中的夜晚，他在北京的家是什么样，我见到他现在的妻子该说点什么。

出了南院，我穿过马路，来到对面的公共汽车站，在那里坐上 8 路公共汽车，前往终点站。出了汽车站，拐个弯就是火车站了。一切顺利得不可思议，简直像是我早就演练过怎么到那里似的。空旷的月台上，寒风猎猎，拎着箱子的人弓身向前走。我跳上火车，躲进一个没有人的包厢。窗户上结满了白雾，我伸手抹掉一角向外张望。很多人朝这边走过来，可是没有爸爸。包厢里非常闷热，我的脸颊滚烫，手心湿漉漉的。两个男人拖着箱子走进来，诧异地望着我。

"你的家人呢？"一个谢顶的男人问。

"你确定你是在这个包厢里的吗？"他的同伴问。我抿着嘴，眼睛盯着自己的鞋子。

"再不说话我叫乘务员了。"谢顶的男人说。

我从他们两个中间钻过，拉开门，逃了出去。乘务员正从走廊的另一端走来，我闪身躲进旁边的厕所，反锁上了门。灯的开关在外面，我待在黑暗里，盯着便池下水口泛起的一丝光亮。有人在外面拉把手，拉了几下打不开，就走掉了。火车终于鸣笛，缓缓开动起来。有两个人一直在门外说话。我等了很久，直到他们走开了，外面变得静悄悄的，我才把门打开。

我逐个拉开包厢的门，在人们惊讶的目光里，上上下下飞快地把四张卧铺都看一遍。那条走廊在变短，剩下的门不断变少。咚咚的心跳如同疾奔的马蹄，眼前的世界摇晃得越来越厉害。我一定已经头晕眼花，什么都看不清了，不然怎么会把倒数第二扇门合上了呢？合上之后，我怔怔地站在门外，足足有十几秒，直到里面的人哗啦一下又把门拉开。

我抬头看着开门的人。"爸爸。"

浓郁的烟味扑面袭来，好闻得让人想哭。于是，我哭了起来。

"你有没有想过要是我改了票，没坐这趟火车怎么办？"等到我爸爸的怒气消得差不多，看着我问。

"我只能赌一下。"

"赌一下？"我爸爸好像有点赞赏这个说法。

"对。不过我觉得——"我说，"你一定会在的。"

"人不能太乐观，凡事要往最坏的地方想。"他说。

"哎呀，跟她说这个干吗，你没看到她已经吓坏了吗？"对面下铺的女人笑道，她从身边的塑料袋里拿出一个苹果递给我。

这个穿着酒红色呢子外套的女人，是除了我和爸爸之外包厢里唯一的乘客。她不仅在听我们讲话，还不断地参与进来。早在我还没来的时候，她已经和我爸爸攀谈上了，并且很快发现他们是校友——她比他低两级，声称当时就知道他的大名，好像还读过他的诗。她表现出仰慕之情让我爸爸动容，他打开买来的啤酒请她一起喝。而她也顺理成章地从上铺搬到了暂时没有人的下铺来。她是那种热情得让人烦躁的女人，我起先有些感激她，因为有这样一个崇拜者，我爸爸对自己的言行有所顾忌，才没有发更大的火。况且，她还在不停地为我说情，说我这样做一定有自己的理由。可是很快我就意识到，她的存在将会毁了这个夜晚——这个只属于我和爸爸的夜晚，我们唯一的独处的时间。我有很多话要告诉他，可是现在它们变得多么不合时宜啊。

当那个女人弄清楚眼下我爸爸最大的愿望是我能快点回济南之后，自告奋勇地说，她是去北京出差的，三天之后就会回济南，到时候可以带我一起走。我爸爸显然觉得这个主意很不错，只是再三和她确认会不会太麻烦。女人说一点也不，她住的旅馆离我爸爸家只有一站地铁的路程。

"好啦，这事就这么定啦。"女人说。她问我爸爸要了地址，约好三天之后的晚上七点去家里接我。

自始至终，没有人问过我的意见。我就像一件货物，从一个人手里交到另一个人的手里。更令我心碎的是爸爸那副如释重负的样子。问题虽然解决了，但他没打算原谅我，仍旧黑沉着脸，出去给我补了票，回来的时候拿着一盒方便面。我的胃很难受，勉强吃了一点。他也不劝，幽幽抽完手里那支烟："吃完了就到上铺睡觉去。"

我带着书包和女人给的苹果爬到上铺。从那一刻开始，我就好像变得不存在了一样。他们坐在小桌边，一边喝酒一边聊天。起初还有所顾忌地把声音压低，但很快恢复了正常，之后酒精开始发挥作用，音量变得越来越高。两人回忆起当时的大学食堂和公共浴室，缅怀了中文系几位睿智又刻薄的老先生，当我爸爸又说起辉煌一时的诗社时，那个女人适时地再一次表达了她的崇拜之情。我从床铺与护栏之间的空隙往下看，看到爸爸闭着眼睛，笑眯眯地摇晃着身体。他已经醉了，沉入那些让他愉悦的往事里。一个忽然冒出来的女人和他的交集都比我和他多。他宁可和她讲那些老掉牙的故事，也不想抚慰一下千辛万苦来找他的女儿。现在我明白，很多东西能使他变高兴，酒精、回忆、一点可笑的崇拜之情，可是我不能。先前的信心彻底瓦解了——他并不需要我。我把自己蒙在散发着霉味的被子里，小声哭了一会儿，然后蒙蒙眬眬睡着了。但很快又醒过来，发觉自己浑身发烫，后背酸痛，就蜷缩起身体，把脸颊贴在包厢的墙壁上。我意识到自己可能发烧了。这可真好，但愿烧得厉害一些，爸爸发现了也许会心疼，懊悔先前对我的忽视。最好能一连烧上三天，烧到不省人事，那样就没法把我送回济南了。我沉浸在悲情的想象里，感觉他们说话的声音越来越远。

　　快天亮的时候，我听到哗啦哗啦的声响，是他们在把桌上的瓜子和花生壳倒进垃圾桶。我爸爸把窗户拉开一条缝，让包厢里的烟味跑出去。清晨的风撩卷着窗帘，轻轻掠过我的额头。我抬起手摸了摸，一点也不热。发烧好像只是我做的一个梦。可是身上的疼痛又是真的。快要到北京了，心里莫名紧张起来，甚至希望晚一点再到达北京。然而火车开得飞快，窗外每一秒都在变亮的天色，显得有些咄咄逼人。我翻了个身,闭上眼睛,想让自己退回到睡眠里去。迷迷蒙蒙之中,我听到我爸爸说:"很奇怪,最近总是遇到老朋友,把从前的事挨个回忆了一个遍。"

我们走出车站,坐进一辆出租车。我把脸贴在玻璃上,打量着这座在梦里出现过很多次的城市。灰蓝色的雾气中,它显得安静而空旷。所有建筑的个头都比济南大一倍,街道如此宽阔,望不到另一边。我爸爸坐在我的旁边,打开车窗抽烟。面对健谈的司机,我爸爸只是敷衍地回应了几句。他皱着眉头,不断抬起手去磕烟灰。

车子停在一座深红色的楼房前面。我爸爸带着我朝最后面的楼洞走去。他走得很慢,到了楼洞跟前,停了下来,又掏出一支烟点上。

"上楼以后给你奶奶和妈妈打个电话,"他摇摇头,"你太任性了,只顾自己高兴,一点也不为别人着想。"

"对不起,"我说,"可你说过要带我到北京来的。"

"不是现在,我的生活已经一团糟了。"他苦笑了一下,丢掉烟,钻进了门洞。

站在三楼的门前,他花了很长时间找钥匙。终于在旅行箱的隔层里找到了。

屋子里拉着窗帘,很黑。地上堆满了东西,一蓬一蓬的,像绵延的小山丘。我不敢乱走,站在原地等着爸爸开灯,可是他没有。他跨过那些口袋,朝窗边走去。我这才发现,靠窗的沙发上坐着一个人。一个女人,伏着身体,把头埋在膝盖上。

"睡觉去。"我爸爸走过去拉起她。她站在那里摇摆了几下，用力地推开我爸爸，跌回沙发上。我爸爸双手捏住她的肩膀，将她像棵树似连根拔起。她抖动着身体，手臂挣脱出来，在半空中挥舞。他们在黑暗中对抗，激烈而无声。她用力捶打，抬起腿踢踹，我爸爸任凭她施着蛮力，仍是死死地箍着她。她喉咙里发出阵阵呜咽，然后渐渐地，停息了下来。我爸爸紧紧地抱着她，两个人一动不动地站在那里。

我应该把头转到一边，或是闭上眼睛。可是我一眨也不眨地望着他们，如同观测一场稍纵即逝的日食。我没见过我爸爸拥抱什么人，还是这样激烈的拥抱。我被震撼着，整个屋子里唯一的声音是我的心跳。他们也许都听到了，但这不足以让他们注意到我的存在。

"你为什么还要回来？"女人从我爸爸怀里挣脱出来，"不是说再也不回来了吗？"她的嗓音嘶哑，好像很久没有说过话。

我爸爸没有回答，只是问："她还在睡觉吗？"

我意识到这房子里还有第四个人。

"为什么你还要回来呢？"她重复着她的问题，"都结束了，你说的。"

"那都是气话，你也没少说，是吧，好了，我这不是回来了吗？"

"太迟了，"她哭了起来，"我吃了药，把孩子打掉了。"

"好了，不要再闹了！"

"哈，你以为我在吓唬你？"她冲过去，摇着我爸爸的肩膀，"你给我好好听着，我们的孩子没了！它从我身上掉下来，冲进了下水道！"

我爸爸盯着她的脸："你就是个疯子，和你妈一样。"

"是你不要它了，是你说一切都结束了！"她大喊起来，"要是你和我一样，一个星期不出门，每天守着电话，就知道万念俱灰是一种什么滋味了！"

"够了，永远都在指责，永远都是我的错。"我爸爸说，"你不知道我回来要鼓起多么大的勇气，可是又怎么样呢，还是没完没了的哭闹。这样的日子我真是过够了。"他转过头来看着我。好像在说，现在你看到了，这就是我的生活。

那个女人的目光也落在我的身上。

"她是谁啊？"她问。

"我女儿。"我爸爸说，"她来住两天。先让我把她安顿下，行吗？"他的语气很疲倦，近乎是一种哀求。

"是啊，你还有你的孩子，所以你根本不在乎。"女人喃喃地说。

我爸爸拉着我走进里面的一间屋子。那是个储藏间，地上堆满了圆鼓鼓的塑料编织袋，有的撑得连拉锁也拉不上，耷拉出来一只羽绒服的袖子。靠在墙边的编织袋里，探出一个玩具熊猫的脑袋。我爸爸把那只编织袋拖到一边，它歪倒了，很多只熊猫翻着跟头滚落到地上。它们长得一模一样，抬着胳膊，做出要跟人拥抱的姿势。我爸爸一只一只把编织袋拖开，从门后搬出折叠钢丝床，在空出来的地方勉强支开。他从柜子里翻出一套被褥，铺在床上。

"我等会儿去看看能不能买到晚上的票。"我爸爸说，"你今天就走，我跟列车员说一声，让她照顾一下。到了济南，你就坐来的那趟公交车回家。"

我没吱声。

"下次吧，等我把货都卖掉，还上了钱，换个大房子，就接你来住一段，我答应你。"他说。

"你欠了钱？"

"做生意嘛，一时周转不过来很正常，"他有点不耐烦，"别操心大人的事，懂吗？"

"你说的下次是什么时候，明年暑假行吗？"

"应该可以。春天一到，我就能再去莫斯科了，那里的冬天没法待。"他说。

"那我们说定了？"

"好。那些货卖起来很快的，嗯，很快。"他好像在说服自己，点了点头。

"再睡一会儿吧，"他说，"我可能晚点才能回来，你照顾好自己。"

他走出去，关上了门。我在床上坐下来。褥子很薄，钢丝床透着森森凉气。不过我也根本不想睡。我竖起耳朵听着外面的动静，隐约听到那个女人在哭，还有爸爸低沉的声音。然后是哐当一声门响。爸爸走了，我心里一沉，赶紧跑过去，反锁上了门。外面变得很静，什么声音也没有。我几次想打开门出去看看，还是忍住了。想到刚才那个女人，心里就很害怕。她就是汪露寒，和我想象的完全不一样。她不年轻，也没有妈妈漂亮，而且一点都不温柔，歇斯底里的样子很吓人。爸爸究竟是爱她什么呢，我真的有些糊涂了。他可能已经后悔了，根本不愿意再回来。

但是想到后来他和她抱在一起的样子，我又有些不确定了。那个拥抱充斥着强烈的感情，好像有一股力量将他们捆绑在一起，没办法分开。所以爸爸才会那么痛苦。我该怎么做才能帮他呢？一想到我就要从这里离开了，我爸爸的生活以及北京的一切，都不再和我有关，心里顿时很伤感。我走到一个编织袋跟前，蹲下来看着从里面露出脑袋的熊猫。这个熊猫曾经很有名，在亚运会举办的那一年。当时有个同学带了一个来班里，课间的时候在大家当中传来传去。出于奇怪的自尊，我表现得很不屑，其实心里也希望能有一只。要是同学们知道我面前现在有上百个，肯定会很羡慕。我把熊猫一个个从口袋里拿出来，在地上摆成一排。然后逐个盯着看，辨别它们脸上的细微不同。眼睛离得近一点，又或是嘴巴小一点。其中有一个不知道为什么，看起来有点忧伤，我把它抱在手里，并迅速取了个名字，叫塔塔。一直以来，我并没有那种搂着睡觉的毛绒玩具，但是这时和塔塔患难中相逢，当即决定要把它带回济南去。

我抱着塔塔站在窗台边往下看。这就是北京，我对自己说，想要记下它一丝一毫的不同。可是我所看到的不过是一座平淡无奇的北方城市。灰蒙蒙的天空，被天线分割成一小块一小块的。规规矩矩的旧砖楼，几只鸽子肃穆地站在楼顶的天台上。如果说有什么不同，那就是马路好像更空阔，没有什么人经过，看起来很荒凉。我不知道菜市场在哪里，也没有看到邮局和小饭馆，这里的人好像过着一种不食人间烟火的日子。想到小饭馆，我的胃紧了一下。我很饿，也很渴，屋子里连个暖水瓶都没有。角落里有一摞书，躲在巨大的编织袋后面。白色软精装的封面有点反光，我在不经意间看到了。我拿起最上面的一本，封面上落满了灰，在墙上拍打了几下，书名浮现出来：《中国现代小说大系》（第二卷）。它的下面是第五卷，再下面是第七卷。那是一套丛书，足足有十三卷。我打开书，立刻在扉页上的编委姓名中看到了"李牧原"。这是爸爸主编的书，我顿时来了兴致。是爸爸从济南带来的吗，但我以前从来没见过，看了看出版日期，是去年。他应该曾为这套书做过很多工作，但来不及等它问世就辞职了。我把它们按照从卷一到卷十三的顺序重新摆好，然后拿起第一卷。看了一遍目录，我翻到名字最好听的那一篇，叫《倾城之恋》。听上去应该是个动人的爱情故事。没想到一上来女主人公已经离婚了，原来讲的是一个离了婚的女人重新恋爱的故事——这让我想到我妈妈，而且充满了算计和钩心斗角。勉强读完，我一点都不喜欢这个故事，看了看作者的名字，在心里暗暗发誓，以后再也不读这个人写的东西了。

外面的天空始终阴沉。屋子里没有钟表，不知道是不是已经中午了。我实在憋得受不了了，只好打开门，跑进洗手间，别上插销。里面漆黑一片，在墙上摸索了很久，也没有找到灯的开关。我分开腿跨在便池两边，正要蹲下去，忽然看到了它。那朵血泊中的肉。

便池泛着瓷白的寒光，像一张冰冷的手术台。它被留在那里，一个从身体里取出的异物。

我完全可以装作不认识它。它没有任何能让人辨识的东西。没有身体，没有名字。它尚未得到这些。它还在来这个世界的路上，然后他们向它宣布，它不用来了。它不明白为什么。它紧紧地扒住便池下水口的边沿，把自己攥成一个血淋淋的拳头，抓着这个绝情的世界的一角，不肯松手。

它抬起头，以一张没有五官的脸，逼迫我与它相认。在它那尚未形成的血管里，流着和我同质的血，那份血缘已经无法缔结，却永远不能否认。它要我记得。

它正看着我。我仿佛看到有一双葡萄籽似的小眼睛，浸在那汪血水里，怨恨地看着我。

我跳起来，躲到墙角，后背抵住墙。黑暗里有什么东西敲击着我的头。我险些叫出声来。定神看去，是冲水的拉绳。绿幽幽的塑料把手在空中轻微摇荡。我鼓足勇气，抓住它，用力地拉下去。水流轰然涌上来，从四面八方汇合成一片，漫过了它的头顶。扒开它的指头，让它松开了手。

它是一个妹妹，直觉告诉我。

水流舔去挂在白瓷池壁上的最后一丝血，打着旋沉下去。激荡的水面渐渐平复，剩下一个黑邃的洞口，泛着几丝光，好像那团肉忽然会从里面蹿上来。我不敢蹲下小便，飞快地奔出洗手间。

我来到客厅，在通向阳台的门前徘徊了很久，终于拉开它，走出去。我移动到护栏边，蹲下来，那里有个下水口。在寒厉的大风里，我听着自己响亮的尿声，看着热气从脚边升起，感觉到一种悲壮的生命气息。我站起身，把沾湿的鞋底在地上蹭干。再走进屋子的时候，只见半掩的门里，立着一个苍白的人影，定定地看着我。我"啊"地叫了一声。

"别怕。"那个人对我说，可她自己却好像在害怕，身体抖得厉害。我躲在门后面，探出头来。那是一个女人，很老，被时间拧成了一簇脱水的紫菜。

"别怕，你别怕。不会有事的。"她念咒语似的重复着，后退了几步。

"别怕，别怕。"她一面向后倒退，一面拼命地摇头。别在她头上的发卡一个个被甩落，丁丁零零地落在地上。

她被那声音吓到了，低下头在地板上寻找，然后开始狠命地跺脚，仿佛在踩一些看不见的虫子。踩了一阵，她停下来，猛然抬起头看到我，吓了一跳，掉头跑出了客厅。"砰"的一声，我听到一扇门关上了。

很多年以后，我跟唐晖讲起这件事，他表示不相信，说汪露寒不可能把它留在那里，这一切都是我的臆想。可是如果没有看到它，我为什么会吓得跑到阳台上小便呢？如果没有去阳台上小便，又怎么会在阳台的门边看到那个疯女人呢？这些记忆紧密地咬合成一条锁链。还有，该怎么解释我后来那么害怕便池的下水口呢？哪怕开着灯也不敢去看。连盥洗池的下水口都怕，洗脸的时候从来不低头，所以总把袖子洗湿。

可是唐晖说，虚假的记忆一旦在头脑中扎根，就会和其他记忆盘根错节地缠绕在一起，也像真实的记忆那样，衍生出各种习惯和禁忌。

"在你的潜意识里，有一种与生俱来的负罪感。"和我在一起之后，唐晖变得很擅长精神分析，"你相信你参与过他们大人所犯的错，所以记忆慢慢被篡改，你让自己以为看到了那团东西，并且处置了它。"

负罪感。是的，我有。可它是与生俱来的吗？还是随着一遍又一遍的回忆而产生的？我不知道。不过我的确有一种强烈的渴望，想要走到他们当中去，分担他们的罪。也许是因为生活太空虚了，非得挤进一个不属于我的世界里，才能找寻到存在的意义。

那天我爸爸迟迟没有回来。我受了惊吓，回到那间小屋子，抱着熊猫塔塔躺下来。虽然很饿，钢丝床很凉，枕着一个鼓鼓囊囊的编织袋，还是睡着了。迷蒙中，听到有人在唱歌。还以为是在某个梦里，但是睁开眼睛，那歌声仍在。嘤嘤切切，一个女人甜稠的嗓音，暖烘烘地灌入耳。我很想枕着歌声再睡一会儿，却越来越清醒。

"天上布满星，月牙亮晶晶……"来回只有这两句，一遍又一遍地重复着，隐隐让人感到不安。

我从床上爬起来，挣扎了一会儿，终于鼓起勇气，打开门走出去。来到客厅，就看到汪露寒正在给先前吓到我的那个疯老太婆梳头。老太婆端坐在窗边的木头方凳上，擎着一只手，掌心里是一把黑色发卡。她紧紧盯着那些发卡，好像担心什么人会把它们抢走。随即，我才看到她的嘴巴一张一合在动，唱歌的人原来是她。那么柔媚的声音，从两片干瘪的嘴唇之间发出，如果不是亲眼看到，真的很难相信。

歌声汩汩地冒出来，从她身体的深处，那里好像囚着另外一个她，没有老，也没有疯。汪露寒站在她的身后，手里的那把弯月形的牛角梳，是近乎剔透的蜂糖色，蜜一样的阳光从上面淌下来，滴进柴槁的白发里。

"天上布满星，月牙亮晶晶……"不知唱了多少遍之后，老太婆好像忽然想起了后面的词，"生产队里开大会，诉苦把冤伸，万恶的旧社会，穷人的血泪恨。千头万绪千头万绪涌上了我的心，止不住的辛酸泪挂在胸……"

我打了个寒战，多么可怕的歌。好在她唱着唱着又忘了词，声音越来越小，很快再次回到"天上布满星，月牙亮晶晶"上，又开始不断重复这两句。汪露寒只是失神地握着梳子，一下下从头顶梳下来。

老太婆是汪露寒的母亲，姓秦。很多年以后，我听谢天成讲起她的事。据说最初汪露寒发现她精神失常，是因为她开始整夜不睡觉。傍晚天还没黑，她就坐在窗口，盯着天空唱这首歌。

不知过了多久，歌声终于停止。汪露寒放下手中的梳子，从秦婆婆的掌心里拿起发卡，别在她的鬓角上。她那头乱发被收拢进一个个发卡里，露出当中那张布满皱纹的脸，像一口光秃秃的枯井。汪露寒拿起窗台上的手镜给她。秦婆婆捧着镜子，仔细地朝里面张望，用小拇指从左耳边挑起一撮头发，对汪露寒说："落下了一绺。"

汪露寒从她头上拆下两根卡子，重新别上去。

"行了。"汪露寒说。

"行了。"秦婆婆重复了一遍，像是在把汪露寒的话转告给自己，却仍是抱着镜子左右上下地照。

汪露寒丢下梳子，走到沙发边坐下来。她穿了一件莲藕色薄绒睡袍，领子直插到胸口，露出平直的锁骨，擎着两个深凹的锁骨窝，像一架空荡荡的天平。她太瘦了，看起来像一架冰冷的仪器。生锈了，太阳穴上浮出几块褐斑。下午时分，房间里的阳光还很强，她被密匝匝的光线照得有些辛苦，挪了挪身体，移到沙发最里端，却依然无法躲避那片光。她放弃了，疲倦地倚靠在沙发背上，仰面闭上双眼，任凭阳光像放浪的鸽子啄着她的脸。

秦婆婆还在摆弄那面镜子。她在脸上揩了半天才发觉，原来那几个小污点是在镜子上的，于是抻起一角袖子，认真擦起来。

过了一会儿，汪露寒睁开眼睛，伸手摸起茶几上的烟盒，抽出一支衔在嘴里。她"嚓"地划亮一根火柴，将脸凑向拢着的光焰，深深地吸了一口，略微抬起下颌，扁着嘴唇吐出一片薄薄的白烟。那是我第一次看到女人抽烟，电视里的不算。

汪露寒转过脸来望着我。她看了很久，一截烟灰歪倒，掉在地上。

"你长得一点儿也不像你爸爸。"她说。

我感觉被冒犯了，立即说："你没看过我爸爸像我这么大时候的照片，和我很像。"

"是吗？"她笑起来。

"嗯，你看到照片就知道了。"

"我可不觉得。"她盯着我，脸上的笑容忽然消失了，"他像你这么大的时候，我已经认识他了。"

我惊讶得合不拢嘴。他们很小的时候就认识了，没准那时他们就相爱了。想到有一个人，那么早已经在我爸爸的心里了，我又嫉妒起来。

秦婆婆"砰"地一下把镜子丢到窗台上，指着我："她是谁啊？"

"妈，没事，亲戚家的小孩。"汪露寒说。

"她的头发怎么这么乱，"秦婆婆惊恐地盯着我，对汪露寒说，"你快给她梳一梳。"

"好了，妈，别闹了。"汪露寒掐灭烟蒂，冷冷地说。

秦婆婆朝我冲过来："这么乱，不行，不行的，"她拉着我的胳膊把我拖到窗边，哀求道，"快，快给她梳一梳……"她身体颤抖着，凸出来的眼球好像就要从眼眶里迸出来。我拼命想要挣脱，可她的手却牢牢地捏住我的肩膀。

"别再闹了行吗？"汪露寒厉声说，"你要把所有人都逼疯了才满意是吗？"

秦婆婆好像听不到她的话，只是喃喃地说不行，不行。然后她松开一只手，从桌上拿起梳子，扳过我的肩膀，撸掉我发梢上的皮筋，一节一节地拆开毛梭梭的麻花辫，把梳子插进头发里。我摇晃着头，不让她梳。

"听话，"她说，"头发这么乱，他们会把你当成疯子，把你抓走……"我扭过头去瞪她，将指甲深深嵌入她那只抓着我的手上。她却一点反应也没有，好像完全没有痛觉。"多好的头发啊，梳一梳就好了……"她梳着我的头发，喃喃地说。

我的头发被扯得生疼，蜷起手指，狠命地在秦婆婆的手上抓了几下。她手背上很快出现四道红印子，渗出细小的血珠子。可那只手还是一动不动地吸在我的胳膊上，像一只死鸟。

汪露寒坐在沙发上，静静地看着我们，脸上掠过一丝厌倦。她似乎厌倦了母亲的发疯，所以任凭我以自己的方式惩罚着她。多年以来，母亲的疯癫磨损着她们之间的亲缘，磨去了最柔软、最敏感的部分，她对她的爱曝露在恶劣的空气里不断氧化，变得又冷又硬。这些当然是我后来才明了的，然而那时候，我似乎也有一点混沌的领悟，说不清是什么，只是瞬时间感到一阵悲伤，于是哭了起来。

"别怕，咱们把头梳好就没事了……"秦婆婆从我后脑勺上划下一道笔直的线，把头发分拨到两边，编成麻花辫。绑好以后，她从裤子口袋里掏出一板黑卡子，一枚枚取下，送到嘴边，用牙齿把它分开，别在我的前额和两鬓。用光了整板卡子，又从另外一边的口袋里摸出一板。最终她把我的头发弄得和她自己的一样光溜，一根乱发也没有。

头发梳好的时候，一个下午好像都要过去了。太阳已经偏斜，阳光退到了窗边。我靠在椅子上，那些发卡紧紧地抓着头皮，脑袋变得又大又沉。秦婆婆也累了，坐在了汪露寒的旁边。一时间房间里非常安静。

"小寒，饿了。"秦婆婆有点幽怨地看着汪露寒。汪露寒站起来，走进了卧室。再出来的时候，她套了一件墨绿和柿红的花格大衣，下面是一条黑毛呢裙。最惊异的是，她涂了口红。只是去楼下买点吃的，却画上了口红。她好像从那抹红色里吸取了能量，整个人获得了一股力气。

我对化妆的最初认识，就来自那个时刻。它更像一个仪式，让人得到一点生趣。就像梳头对于秦婆婆来说，是一个确认自己没有疯的仪式。汪露寒换上矮跟皮靴，拿了一个保温桶下楼去了。我一直都相信，那个冬天的下午在镜子前面画上口红，披起外套走到街口买食物的汪露寒，对生活仍抱有希望。约莫十五分钟，她回来了。身上带着外面的寒气，鼻子冻红了。我得承认，她穿着那身衣服还是很美的。和妈妈天真无辜的美不同，那是一种疲惫、厌倦的美。

她把保温桶放在桌子上，去厨房拿了三只碗。

"过来吃吧，"她对我说，"要是等你爸爸回来，非得饿死不可。"

我还在犹豫，但实在太饿了，双脚已经朝着桌边走去。

方桌一边靠墙，我们三人坐在其余三边。装在敞口大碗里的馄饨，上面撒着翠绿的芫荽叶。在饿了一整天之后，闻到那股热腾腾的香气，心里一阵酸楚。我吃得最快，把碗里的汤也喝光了。秦婆婆小口咬着馄饨皮，一个馄饨分好几口，她吃东西的样子挺优雅的，一点也不像个疯子。汪露寒的碗里没有馄饨，她说只想喝一点热汤。但等热汤变成冷汤，她也没有喝，只是用双手捧着那只碗，好像在取暖。吃饱以后，秦婆婆神情变得柔和了，甚至露出一点慈祥的模样。

"你长得挺俊的，像一个人，"她盯着我看了一会儿，不好意思地笑了笑，"想不起来了。"

她伸过手来，摸了摸我的腮帮，好像我是什么特殊材料制成的。我竟然没躲，很温顺地让她摸了。一碗馄饨就把自己收买了，也太没骨气了。但她已经把手收回去了，我只好狠狠地瞪着她。她却笑嘻嘻地看着我，似乎根本不记得刚才发生过什么。

"妈，你该去躺一会儿了。"汪露寒沉下脸，"听话，你怎么答应我的来着？"

秦婆婆哆嗦了一下，身体往后缩。"我去，我去，"她说，"求求你，别给我吃药。"

"快去吧。"汪露寒说。

秦婆婆慢吞吞地站起来，走进了房间。

客厅里已经完全黑了。汪露寒点了一支烟。她的脸深陷在暗影里。只有那两片薄薄的鲜艳嘴唇，像一朵失真的绢花。她望着我。那簇火光在脸边一明一暗，黑暗中的第三只眼睛。

"你真的很幸运，"她说，"你叫什么名字？"

"李佳栖。"

"李佳栖，你真的很幸运。"她看着我，"你可以被生下

第三章　　295

来。我的孩子就不能。"她神秘地笑了笑，"知道为什么吗？因为它是个孽种。"

我想到那血污的一团，背后一阵凉。

"孽种，你爸爸就是这么说的。"她把烟蒂狠狠地按在烟缸里。烟蒂上凹嵌着一颗心的形状，濡在湿漉漉的口红里。

"是他不想要那个孩子，从头到尾都是他，是他要我打掉它的，等我这么做了，他又来怪我，骂我是疯子。"她摇头，"我是疯了，被他逼疯了。"

"你很幸运，真的，"她说，"不用和他生活在一起。他是个内心阴暗的人，和你爷爷一个样。"

"那你为什么不离开他呢？"我问。

她转过脸来看着我。漫长的沉默。我等待着她爆发。她却点了点头："你说得对，我早该离开他了。"她抿起嘴唇，眼睛定定地望着前方。

我在那里站了一会儿，转身跑回了小屋。

屋子里一片漆黑，我摸到铁丝床，躺下来。想起头上的辫子，要是乱了，秦婆婆恐怕还要给我梳，只好脸朝下趴着。那种发烧的感觉再次袭来，脸颊发烫，心跳得很厉害。但是想到汪露寒终于想通了，还是有些欣慰。爸爸可以解脱了，虽然他大概也不会回到我身边。他会去哪里呢？他一个人该怎么生活呢？我感觉头越来越沉，伴随着纷乱的思绪，就那么不太舒服地睡了过去。

在灰浅的睡眠里，我依稀看到一个穿黑袍子的人，曳着长长的衣袂走到床边，俯下身注视着我。他伸过手来，好像是要让我跟他走。那只手很白，褪过几百层皮似的那样白，像只盘旋的鸟，慢慢降下来，落在我的额头上。然后沿着我的脖子和肩膀一路摸下去，好像在确认着什么。再抬起手的时候，指头变红了。黑袍人拿到面前看了一会儿，转身离开了房间。

我醒过来。门外传来争吵的声音。爸爸回来了。我坐起来，背和肩膀很疼，身体快散架了似的。我驱着沉重的双腿，轻手轻脚来到客厅边。

"我没那么说！"我爸爸嚷起来，"我只是说现在不适合养孩子。这不是事实吗？"他应该已经喝了不少酒，脸通红，手里的玻璃杯在抖，酒险些洒出来。

"事实就是你不想要这个孩子。你觉得它是个累赘。"汪露寒坐在沙发上，叼着烟冷冷地说。

"你让孩子一生下来，就跟一个不知道什么时候会发作的疯子待在一起吗？"

"疯子，哈哈，你现在嫌弃她了，把她接过来的时候是怎么说的？要补偿她，让她过点好日子。结果呢，你能躲多远算多远，连看都不看她一眼，她一犯病就让我把她带走！哈，你嫌她是疯子，我倒是要问问你，她是怎么疯的！"

"又来了，真是没完没了！是不是我每天都向你低头认罪，你就满意了？"他快步走到柜子边，拿起瓶子咕咚咕咚向杯子里倒，一边倒一边摇头，"真是一点意思都没有。"

这句话很耳熟，从前也听他讲过。

他开始大口往嘴里灌酒。汪露寒面无表情地看着他。我探着身，犹豫着要不要跑进去，夺下他手中的杯子。

汪露寒振作了一下，坐直身体，用很低的声音说："我们还是分开吧。"

"想通了？"

"嗯。"

"很好。"

"明知道不该在一起，偏要试，弄得个两败俱伤。每次吵完，你一摔门就走了，我待在这屋子里，觉得自己就快死了……"她哽咽了，停顿了几秒，"再这样下去真的会出人命。还是分开吧，我们两个人都解脱了。"

"嗯，你今天很清醒。"我爸爸摇着玻璃杯，里面还剩下一点酒。

"我一直很清醒，每天喝醉的人是你。"

"你忽然想通了，很好，嗯——有什么别的原因吗？"

汪露寒抬起头："什么别的原因？"

"不是吗，我看是有人在等着你吧？"我爸爸笑起来。

"你在说什么啊？"

我爸爸身体晃了几下，靠在柜子上："怎么一下子就想通了呢，还背着我把孩子打掉了，嗯，这是等不及要去投奔人家了吧？"

汪露寒拿起桌上的烟灰缸丢过去，砸在了我爸爸身后的柜子上，碎了一地。柜子也凹进去一大块。

"李牧原，你真是个混账。"她一字一顿地说。

"你跟我在一块儿，就是为了把我毁了。现在你满意了？"

"到底是谁把谁毁了？谁毁了我们一家！"

这时背后一声门响，是秦婆婆，从我旁边跑过去，冲进了客厅，抱住汪露寒："怎么了，小寒，别怕，没事的……"

"汪露寒，你以为你是什么，你不一样也是罪犯的女儿！"

汪露寒揪住我爸爸的衣服："老天看着呢，别那么无耻！这么说不怕有报应吗？"

秦婆婆哭起来，捂住耳朵不停地说："没事，别怕……"

"跟你在一起就是最大的报应。没有比这个更坏的了！"我爸爸甩开她，踉跄了几下朝外面走。看到我站在门边，他愣了一下："佳栖，我们走！"

我奔回小屋拿我的外套。秦婆婆跟了进来，一把抓住我，"好孩子，别怕，没事了，那些坏人就找不到咱们了！"

"你才是坏人，你这个疯老太婆！"我用力掰开那只手。她后退几步，挡住了门。我扯住她的胳膊想要把她拉开。

"危险，有危险，好孩子，听话……"她死死地抵住那扇门，任凭我抡起拳头打她，抬起腿踢她。

"让我出去，求你了，我爸爸在等我！"我哭着说。

"危险，有危险……"秦婆婆机械地重复着，身体剧烈地抖颤，肩胛骨撞击着背后的门板，着了魔一般，目光死死钉在半空中的某个地方。我被那副样子吓坏了，怔怔地看着她，直到听到"砰"的一声门响，才回过神来。

"爸爸走了，让我出去，让我出去！"我拖她的腿，捶她的肚子，跳起来去抓她的脸，一次又一次地发起进攻。然而她似乎失去了知觉，一动不动地屹立在那里，如同变成了一尊雕像。脸上一道道的抓痕渗出血珠，看起来很恐怖。

我精疲力竭地坐在了地上，大哭起来。不知过了多久，她终于离开了门，俯下身抚摸我的头。我推开她，冲了出去。我拉开门，跑到外面的走廊上。"爸爸，爸爸！"

没有人应声。他早就走远了。廊道里一片死寂。楼梯拐弯处悬着一面残破的窗户，窗框上竖着尖利的玻璃碴，深深地戳进天空。一阵风涌来，冲开了我身后的门。我拖着僵木的双腿走回客厅。落地灯好像更暗了，炙烤的灯丝发出微弱的呻吟。汪露寒躺靠在沙发上，仰脸闭着眼睛，双手压住心口，用力地呼吸。在那两片一开一合的嘴唇上，最后一抹口红正在褪去。

十五分钟以后，在四条街之外，我爸爸驾驶的桑塔纳与一辆大卡车迎面相撞。桑塔纳被甩出很远，四轮朝上。我爸爸的颅骨被撞碎，挡风玻璃把他的额头刺了一个窟窿，血汩汩地涌出来。载着高浓度酒精的血，淌过他的脸，仿佛要让他再醉一次。当摇着寒紫色灯的救护车驶出医院大门的时候，天空中有零星的小雪飘下来。他停止了呼吸。在他的身旁，是空空的副驾驶座。那原本是死神为我预留的席位。

卡车司机只是额头有一点擦伤。据他回忆，当时并没察觉我爸爸是醉酒驾驶。在路口等红灯的时候，他看到那辆桑塔纳也在马路对面的白线前停下来。变灯之后，他们一起开动，对向而行，速度不快，且中间隔着一个车道。就在两车将要交错驶过时，桑塔纳甩头朝向大卡车，加速撞过来。

多年以后想起这场事故，我总会有一种亲历的幻觉。仿佛那时我就在翻倒的桑塔纳里面，头朝下，卡在副驾驶座上，一点也不能动。只能看到一小块乌亮的柏油路，在破碎的挡风玻璃外晃动。四周的气温在降低，我闻到下雪之后湿润的空气，混着血的腥味。我不知道我的手指在哪里，但是指头上触到的应该是血。血在变凉，不再那么黏了。然后我看到有一双脚，踏进那一小块柏油马路。是朝这边走来的，却始终没有在视野里变大，反倒越来越小。我心中也没觉得诧异，就好像做梦的时候那样，可以接受所有反常的事。

这些当然是幻觉，但并非出自想象。想象出来的事，在多次想象之间必然有出入，细节的松动之处，总有修改或添染。可是无论我多少次想起那场事故，眼前出现的画面都是恒固的。我于是相信，自己可能真的死过一次——在那辆车里。

我追赶着爸爸的脚步，千里迢迢来到北京，大概就是为了与他一起赴死的吧。多年以来，我一直揣测着那次出走的意义。不是你的怂恿，也不是我的一时任性，而是冥冥中有一个声音在召唤，让我一个人跑到火车站，踏上离开济南的火车。这段即兴的旅途的终点，就是那辆桑塔纳汽车。

秦婆婆救了我。在她拼死抵住门的时候，那双直勾勾的眼睛到底看见了什么？

但我日后想起那场事故，总会有一种独自偷生的负疚感。是这种负疚感，唐晖说，让我总想把自己放进那场事故里，所以才会生出身临其境的幻觉。或许吧。这些年，我一直不能、也不想从爸爸的事故里走出来，总觉得自己应该是那场死亡里的一部分。它曾离我那样近，擦着我的袖子呼啸而过。

第二天中午，我待在小屋里，听到外面有敲门声。但我没出去，甚至没有靠近那扇屋门。我就坐在床边，听着来的人和汪露寒讲话。我爸爸的名字，后面连缀着马路、医院、太平间……就好像他是流水线的货物，正在经过一条传送带。隔了一会儿，门震了一下，汪露寒应该和那人一起出去了，屋子里变得很静。

我躺在床上，一动也不敢动。噩耗就如同新降的雪，落在我的周围，还很蓬松，还没有渗出森森的寒气。我生怕一动就会碰到它，将它压实。

我紧闭着眼睛。黑暗中渐渐有画面显影。是就要升入小学的那年夏天，一个傍晚，我爸爸领我去认以后上学的路。我们走过一座牌坊，迈上高台阶，转弯，来到两旁都是梧桐树的大街，穿过一个十字路口，再转弯，学校就在右手边了。我们站在门口朝里面看，学生们正在大扫除，一个女生拿着扫把追打一个男生，他们笑着叫着，满校园地跑。向回走的时候，我爸爸说，还有一条近路，不用过马路，来，跟我走。他带着我在曲折的巷子里绕，经过巷口就停住，让我抬头看看墙上的街名，记下来。刚下班的女人骑着自行车从我们身边经过，车筐里斜插着一把碧绿的芹菜。两个老头坐在墙根底下下象棋。空气中飘来一阵炝锅的蒜香。

后来，我们拐进一条没有名字的小巷。那条巷子夹在一面高墙和一排砖色平房之间，长长的平房一直延伸到巷子另一端，一个窗户也没有，只有一扇木门，靠近巷子的尽头。除了我和爸爸，那里再没有别的人。我们并排向前走，好像因为巷子窄而离得更近了一些，但也可能只是我的错觉。太阳已经落尽，灰橙色的天空中，浮着几朵云。巷子里格外凉，异常静，一道风像低飞的燕子从头顶掠过，心中空落落的，有一种夏天都要过去了的怅惘。临近那道木门，看到它深嵌在墙里，紧紧关闭着。黯绿的油漆大块剥落。应该是仓库吧，我猜测着，我有一条自己总结出来的常识，住人的地方，门都是有门框和门槛的，储放货物的地方的门则是没有的。等走过去之后，我爸爸说，那是太平间，放死人的，你怕吗？我摇头，心想人死了大概就变成了一件货物，一个摞一个地堆放在仓库里。我们走出巷子，转个弯，见到岔路又转弯，就看到了我家门前那条熟悉的马路。我爸爸停下来。我跟着他转过身去，看着先前走过的路。然后他对我说："路都认识了吧，以后你就要自己走了。"

程恭

在你离家出走的那段时间里，我完成了一次小规模的复仇。从它导致的后果来说，特别是很多年以后再回头去看，其实一点都不小。可是对当时的我来说，它并不足以抵消一切，让我就此放下这件事。事实上恰恰相反，那更像一个开始。有一扇门，正在看不见的角落里悄悄打开。

你失踪后的第二天中午，放学之后，李沛萱在学校门口拦住了我。她说你一夜没回家，问我知不知道你去了哪里。那是沛萱第一次跟我说话。她不看我的眼睛，语气冰冷，生怕沾染上什么脏东西的嫌恶神情，与你奶奶一般无异。我立刻被激怒了。

"我知道，"我说，"可是不会告诉你。"

她追了几步，拦住我，说全家人都很着急，现在正在到处找你，问我你到底在哪里。我理也不理，绕过她大步向前走了。

我走到小树林的深处，在石桌边坐了一会儿。好几天没有阳光了，灰色的树冷得像石碑。你的出走和你爸爸有关，我几乎可以肯定这一点。你说过他过两天会来看你的，但我没想过他会把你带走。我不知道你是怎么说服他的，但我隐隐觉得你这样做是为了向我示威。你仍在孜孜不倦地向我证明，我们之间所存在着的巨大差别，为此甚至可以毫不犹豫地丢下我。我有一种深深的被抛弃的感觉，就像很多年前我妈妈离开的时候一样。那个早晨我置身于空荡荡的房间里大声呼唤她的记忆还如此清晰。如同一个永远都醒不过来的梦，现在我发觉自己还在当中。对你的感情当然和对妈妈不同，有仇恨，有永远无法消除的竞争性，可是恐怕只有你，会让我像妈妈离开时那样，如此强烈地意识到在这个世界上我是孤身一人。

　　午饭的时间已经过了，我还坐在那里，屁股下面的石凳不断渗出丝丝寒气。我捡起一根树枝，在坚硬的泥土上用力地划，用力地割，想象那是一张满是伤口的脸，在流血。对，需要流点血。就在几天前，我还在为复仇的事烦恼，想不好该如何处置你。可是现在，这些都没有意义了。你先于我有了行动，让我再做什么都没有用了。从开始寻找害爷爷的凶手起，我一次又一次鼓足力气想要做点什么，可是一次又一次，我发现自己什么都不能做，除了被动地接受这一切。现在我举着一个蓄满力气的拳头，不知道该砸向哪里。

我在地上乱划了一阵，直到那根树枝断了。我发觉自己在哭，仰起脸，狠狠地吸鼻子，可是眼泪还是止不住地往外淌。这时候，陈莎莎正好经过小树林，发现了我，就朝这边走来。在三米之外，她停下脚步，眼睛一眨不眨地看着我。

"滚开！"我大声说。

她还站在那里，以一种充满求知欲的目光盯着我的脸，好像想弄明白那上面的表情是什么意思。

"滚开，听到没有！"

"你哭了。"她谨慎地说出自己的观察结果。

"我让你给我滚开！"我从石凳上跳起来，一把抓住她的手臂反扭到背后。她大概还以为是在玩从前的那种捉迷藏，竟然咯咯笑起来。我加大力气，直到笑容从她脸上消失。她痛苦地哼哼了两声，表情变得扭曲。我松开她，拎起地上的书包走了。

第三天中午放学，李沛萱又来找我，说警察要见我，让我去一趟派出所。你现在就去，她说。

我一跨进派出所的门，就看到了你爷爷。那是我第一次如此近地看到他。我回过身去带上门，借机调整了一下呼吸。那里刚煮过醋，空气里弥漫着浓烈的气味，又掺杂了烟味，难闻得令人想吐。我把手插进口袋里，眼睛却不知道该看哪里，地上的花生壳、墙上的锦旗，还是警察手里的茶杯。最终，目光在转了一大圈之后，还是落在了你爷爷的身上。他坐在墙边的椅子上，摘掉了眼镜，正低着头揉眼睛。

那只捏着眼镜腿的手很白，相对于身材而言，有一种不太相称的小，像女人的手，给人留下很灵巧的印象，觉得体力劳动与他毫不相干。他忽然抬起了头。我的心一紧，眼睛连忙看向别处。虽然只是一瞬，目光还是触到了他的脸。除下眼镜之后，他的脸看上去有些古怪。那双眼睛好像不应该毫无遮挡地呈现，如同泄露了什么秘密似的，让人感到不安。

他戴上眼镜，恢复了在我脑海中的样子。"我实在想不起有什么仇人。"他疲倦地说。

坐在办公桌前的胖警察点了点头："绑架的可能性很小。不过咱们也不能掉以轻心。你要是想到可疑的人，随时来找我。"

那个警察冲我做了个手势，叫我过去。他打开手里的文件夹，正准备问话，外面忽然有人喊他。他让我等一下，然后掐掉烟走了出去。

屋子里只剩下我和你爷爷两个人。我的手脚僵冷，唯有头顶那一圈的血液在翻涌，如同沸腾的火山口。房间里静得可怕，只能指望门外呜呜的北风和墙上那只康巴丝钟来掩盖我们的呼吸声。可我依然能听到那一起一伏的发自你爷爷身体里的声音，让我寒毛耸立，特别是他在我的背后，我完全看不到他的脸。

然后，毫无征兆地，你爷爷腾地站了起来。我的血液瞬时凝固了——他想干什么？那双插在口袋里的手已经攥成了拳头，随时准备掏出来。可是他绕过我，走到警察的办公桌前，拿起那根还在燃烧的烟，往烟灰缸里按了两下。他盯着烟灰缸看了一会儿，直到确信烟蒂完全熄灭了。这个时候，他就站在我的面前，并且我知道他正看着我。而我应该做的就是也看着他。用最锋利的目光，用让他辗转反侧睡不着觉、日后一想起来就胆战心惊的目光。可是不知道为什么，我就是做不到，眼皮好像被什么东西按住了，怎么也抬不起来。所以我只有继续看着桌子上的红色的烟盒，看着上面因为看了太久而变得怪异、就快要不认识的"牡丹"二字，直到你爷爷回到先前坐的那把椅子上，警察从外面走了进来。我松了一口气，发觉自己还紧紧地握着拳，手心已经都是汗。可是难道不应该是他不敢正视我吗？而我竟然连看都不敢看他，那副眼神躲躲闪闪的样子一定让他很得意吧。

　　我的心里很沮丧，打定主意不把你的行踪告诉他们。要是我讲了，他们很快会找到你，没准就能把你带回来，可是那时候，我还在遭遇背叛的气头上，一点都不想那么快见到你。我不告诉他们不是为了帮你掩护，我可没有那么高尚，我只是觉得自己绝不能做顺应你爷爷心意的事。他想知道你去了哪里，我就偏不说。让他着急，担忧，吃不下睡不着才好呢。我不能放过任何带给他痛苦的机会，特别是在有过刚才那么软弱的表现之后。不过，据我观察，你的失踪给你爷爷带来的痛苦极其有限，至少表面上是这样，他一点也不慌张，耐心地喝着警察给他倒的茶，慢悠悠地吹开浮在水面的茶叶。

"他就是知道李佳栖去了哪儿的那个男同学吗？"你爷爷问警察。

他竟然不知道我是程恭？我感到非常震惊。这么多年住在同一个大院里，遇到过很多次，他也见过我和你一起去上学，不止一回，他怎么可能不知道我是谁呢？你奶奶和李沛萱还一直阻挠我们来往，难道他都不知道吗？不可能。他一定是假装的，因为不敢面对我。

警察说对，还告诉了他我的名字。

我稍稍向后转头，用眼睛的余光去捕捉他听到我名字的那一刻脸上的表情——就算他真的认不出我，也绝不可能不知道程恭是谁。这应该是几个令他感到不安的名字中的一个。可是他那副泰定自若的样子让我又一次失望了。

"程恭，"他甚至重复了一遍我的名字，"你也是医大职工子弟吗？"他和气地看着我。

要么是他假装得太像，要么是他真的不知道。我的确有点迷惑了，可这也不能成为我表现得那么差劲的理由——竟然只是点点头，说了声是的。我难道不是应该盯着他的眼睛，告诉他我的爷爷就是程守义吗？我为什么没有那么做？我究竟在害怕什么？

"程恭！"警察敲了敲桌子，"我在问你话呢。"

我搓着黏糊糊的手心，迷茫地看向他。在他们眼里，我一定是个特别怯懦的男孩吧。我对自己简直失望透了。

我告诉警察，放学后你肯定是去了南院外面那条街上的小书店，因为好几天前你就嚷着要去买新出的一辑《机器猫》。以前每个月的月底，我们的确都会凑钱去那个书店买新出的《机器猫》。警察问我是看到你去那了，还是仅仅是猜测。我说是猜测。警察问我为什么先前不告诉李沛萱，我回答因为我也拿不准，毕竟没有看到。

"还有一个问题，"警察说，"听说你和李佳栖是好朋友，她最近情绪有什么异常吗？"

我说没发现。警察问你爷爷还有什么想问的，看到他说没有，就合上了文件夹。在说了"你可以走了"之后，他又叫住了我："要是给我知道你小子没说实话，就把你抓起来。什么事都别想瞒过我们，懂吗？"

当一个警察站在一个逍遥法外二十多年的罪犯跟前讲出这句话的时候，我第一次对"荒诞"二字有了认识。

"懂。"我说。

我刚走出来，一个女人迎面而来，擦着我的衣服走进去。她的动作太快，我连她的脸也没有看清。

"找到佳栖了吗？"我从半掩着的门外面朝里望，看到她的情绪很激动，冲到你爷爷面前，一把揪住他的毛衣："我的女儿呢？她到哪里去了？"

你爷爷板着脸，甩掉她的手，拽了拽身上的毛衣。警察告诉她，已经派人四处去找了，让她别着急。当你妈妈听说你已经失踪两天的时候，又变得激动起来，跑上前去扯你爷爷的袖子。"你们成心瞒着我是吧？昨天晚上我打电话来的时候为什么不说呢，还骗我说她去同学家了，你究竟安的是什么心啊？"

你爷爷气得脸通红："告诉你有用吗？昨天那么晚了，你再跑过来，能解决什么问题？你看看你成什么样子！别在这里丢人了，要闹也回家去闹！"

你妈妈好像被震慑住了，安静了几秒，然后冷笑了一声："我早不是你家的人了，丢的又不是你家的人。你怕什么？"

你爷爷摇了摇头，抓起椅背上的外套往外走。你妈妈还要追上去，被警察拦住了："等等，我们把你叫来是要录口供的。"

警察把你爷爷送出来，看到我还没走，瞪了一下眼睛："快回家吃饭去！"

他关上了门。但我还站在那里，看着你爷爷跨上一辆破旧的二八自行车，朝南院的方向驶去了。在先前看似你妈妈占了上风的争执中，我能隐隐感觉到你爷爷的威严。其实她也是怕他的吧，至少是怕过的，她表现出的厉害更像是被压制后的一种反弹。你爷爷身上似乎有一种高高在上的东西，令人感到自卑。不管怎么说，我对自己失望透了。刚才怯懦的表现将会变成人生中一个揩不掉的污点，日后一想起来，就会感到羞耻。

门里面传来你妈妈的哭声。她哭得那么伤心，以至于有一刹那，我在犹豫是否应该把你的行踪告诉她。然而也正是因为她哭得那么伤心，下一秒钟我就打消了那个念头。她是多么爱你啊，你以前从未说起过，好像这对你一点都不重要。可是对我来说，这是多么奢侈啊。还记得我跟你为了谁的妈妈更美而争吵不休吗，多可笑的虚荣心啊，我那个美丽的妈妈现在又在哪里呢？我从来没有得到过这样的爱，也情愿自己从未看到过。所以我掉转身，头也不回地走了。

你失踪的第四天。下午放学以后，我看到李沛萱站在学校的门口。从她身边经过的时候，她一直盯着我。走出几百米，我发觉她在后面跟着我。我加快脚步走了一阵，假装蹲下系鞋带，不经意地回了一下头，她还在。我绕着小树林兜了半圈，朝着死人塔的方向走去。

天阴着。早晨的大雾到现在还没有散尽，然而天已经开始黑了。大家都在等着下雪，天气预报再一次食言了。

大路渐渐变窄，树木越来越稀，那座铅灰色的塔楼就矗立在尽头。失去血色的红砖围墙，倚墙而建的低矮平房，竖着玻璃碴的黑洞洞大窗，一切都和夏天我们离开时一般无异。在这个校园最深处的角落里，没有一株植物生长，季节的更迭与它无关，时间好像被挡在了外面，进不来。

但它绝不是为了储藏起我们往日的欢乐而存在的，虽然那些在围墙上玩耍嬉闹的声音还在空中回响，然而这里对我而言已经不可能再有别的意义，除了一个被永远封锁起来的犯罪现场。

我把书包往旁边一丢，倚靠在围墙上，看着李沛萱走来。白色外套、一丝不苟的马尾，她的美丽真是天下最乏味的东西。

"你没说实话。"她在离我五米远的地方停住了。

"那又怎么样？"

"传达室的老大爷说有个男的来学校找过她。那个人你见了吗，长什么样，是她爸爸吗？"

"你干吗不去问她爸爸？"

"联系不上，call 了很多遍都不回电话，没有人知道他在北京住哪里。"她看了我一眼，"佳栖是跟他走了是吗？"

我不理她，走到墙角，把那里的砖头搬到平房的窗户底下。

"万一他们遇到什么危险呢？你想过吗？"她谨慎地向前走了两步，"你是她的好朋友，就一点都不担心吗？快把你知道的都说出来啊。"

我踩着垒好的砖头爬上窗台，然后双手一扒翻到了围墙上。

"你上来，我就告诉你。"我荡着脚朝下面看，那种感觉真是好极了。

她的脸白了。"你不觉得这样很幼稚吗？"

"死人又不会从里面爬出来，你害怕什么？"

她打了个寒战。"大家都急成什么样了？她妈妈已经快疯了！你还有时间玩这种幼稚的游戏，真是一点同情心都没有！"她说完转身就走。

"没错，我的心里都是脏东西。"我哈哈笑起来。

这时的天光已经散尽。淡淡的新月浮现在半空中，像一颗狡黠的虎牙。围墙里的那池福尔马林溶液泛着乌亮的光，一层层寒意从粼粼的水面升起。李沛萱，洁白得如同谎言一般的李沛萱正向远处走去。我冲着她的背影喊："我知道一个秘密，关于——"我顿了顿，提高声音说，"你爷爷以前做过的一件见不得人的事……"

李沛萱站住了。她扭过脸来："程恭，我警告你，你可不要乱讲！"

"你以为你奶奶干吗整天去教堂啊？她是去忏悔的，就是为了那件事，过了好多年，还是觉得良心不安呀。"

李沛萱完全转过身来。

"唉，那么大的秘密，就你一个人不知道。"我说。

她迟疑了一下，朝这边走过来。"是佳栖告诉你的？她是因为这个离家出走的吗？"

"这么仰着脖子不累吗？上来吧，我们好好聊聊。"我说，"我没什么恶意，就是觉得你太高傲。"

她慢慢走到墙根底下，一副很为难的样子。

"别怕，你真以为里面有什么死人吗？我们都是骗你的。"

"到底佳栖跟你说了什么？"她问。

"你可以把书包放在我的书包上面。来吧，我拉你一把。"我将一条腿绕到另一边，骑在围墙上，向下伸出手。

她盯着我的眼睛，想通过它们来判断我有没有说谎。然后她沉了沉肩膀，踏上那叠砖头，小心翼翼地避开玻璃碴，抓住窗户上的把手爬上窗台。在要不要抓住我伸下的手的问题上，她似乎经历了一番思想斗争——那是一只黑乎乎的，指甲缝里塞满了泥的手，手背上还有一些圆珠笔写的字。在别的任何一个时刻，她大概都不可能想象自己和这只手发生什么关联。可是在这个时刻，好像除了抓住它之外，她也没有别的什么办法。她深吸了一口气，把那只来自医生世家，几乎没有细菌能在上面生存的手交给了我。当她坐上围墙的时候，我听到因为害怕，她的喉咙里发出嘶嘶的声音。她把头别过去，不让自己朝围墙里面看。

"好了，你说吧。"她闪着那双与她的智慧不太相称的天真的大眼睛。

"嗯？"

"你刚才说的都是我大伯告诉佳栖的吧？是他把佳栖带走了。"

"你不想知道你爷爷做了什么吗？"

"不想，"她说，"你说了我也不信。我大伯跟爷爷关系不好，他们俩有很多误会。"但她望着我，似乎在等待着我说出答案。

"他们说你爷爷——"我压低声音。

她绷着嘴唇，看起来非常紧张。

"他——杀过人。"我缓缓吐出这几个字。

她的脸抽搐了一下，瞬时变得惨白。

"哼，"她发出轻蔑的一声，"可笑。"

"我爷爷每周至少三台手术，都是人命关天的大手术，这样差不多五十年了，你能算得出他救过多少人的命吗？没有人比他把人命看得更重。我不知道大伯为什么那么说，可那肯定不是真的。佳栖在爷爷家住了那么久，应该很了解他，她怎么还会相信，我真的不明白。你随便去问一个医科大学的职工，他们都会告诉你我爷爷是什么样的人，他一心扑在工作上，把全部时间都给了他的病人。他是我见过最了不起的人。请你以后不要再传播那些鬼话了。"她面朝着前方一口气讲完这些，扭过脸来，凛然地看着我。

围墙上风大，她的头发有一点乱了，袖子也在爬墙的时候蹭脏了，这让她好像有了一点人间的气味，却完全没有减损她的高贵，以至于虽然坐在一样高的地方，我却总觉得她是在俯看着我。那种压抑的感觉让我想到前一天下午和你爷爷见面时的表现，一股强烈的羞耻感涌了上来。

此刻，她那微微振动的胸腔里，充斥着对你爷爷的狂热感情。这使她看起来很暖和，也很安全。那是多么盲目、愚蠢的感情啊。我不明白，怀揣着这样一份感情为什么还能看起来那么高高在上。我真的很希望自己能去可怜她，那样我会好受一点，可是她身上那种莫名其妙的骄傲妨碍着我，让我没法那么做。所以，我真的再也找不到让自己退让的理由了。

"你的演讲很精彩，不愧是代表学校去参加演讲比赛的。"我说，"我得回家了，这些话你留着和墙里边的死人慢慢说。"我翻身一跃，扒着围墙滑到窗台上，踩上砖跳到了地面。然后我把那叠垒起的砖一块块搬开，丢到离墙根很远的地方。

"你干什么？"等她明白的时候已经晚了。"快把那些砖头放回去，听到没有？"她的声音因为恐慌而变得很尖。要是她用这样的声音去读星期一升旗时的"国旗下的讲话"该有多好笑。

"据说就是在这里——"我压低声音，"你爷爷杀死了一个人。尸体到现在还泡在墙里面的那个池子里。不信，你自己可以去看看。"

她尖叫了一声，捂住耳朵，整个身体蜷缩成了一团。我拍了拍身上的土，从她的书包下面抽出我的书包，拎起来就走。

"别走！"她对我大喊，"回来！你快回来，把我放下去，听到没有！"

我吹起了口哨，驱着自己的影子朝有路灯的地方走去。身后她的呼喊声渐渐变小，令人感到失望的是，在那声音消失之前，我没有听到任何一句求饶的话。先前还在想要是她求饶，我是不是应该把她放下来。显然我是多虑了，高贵的李沛萱怎么可能轻易低头呢。

回到家不久，就下雪了。我趴在窗台上看着外面，大片雪花漫天飞舞，教人心里发慌。在我的身后，姑姑正在翻箱倒柜找靴子——一双人造革靴子，鞋头上的皮子早就磨掉了，靴筒边沿的一圈毛也掉光了，可是一到下雪天她就发了疯似的找它们。她相信只有穿着这双靴子出去才不会摔跤。以前她摔过一次，在买那双靴子之前，把两颗门牙都磕掉了，从那之后每次下雪她都如临大敌。

"还好今天不上夜班。"她咕哝着，把最里面的箱子拖出来。腾起的灰尘呛得她咳嗽了几声。她拍着胸口问："你奶奶睡了吗？"

"没有吧。"

"要是她等会儿发神经，让你去买糖炒栗子，你就说刚才回来看到人家已经收摊了，听到没？"

"噢。"

只在很少的时候，我奶奶会罕见地流露出一种和年龄、性情不符的少女情怀，比如下雪，她会想要坐在窗前剥热腾腾的糖炒栗子。

"地还湿着呢，不摔跤才怪。"姑姑说，"现在谁在外面走可就倒霉了。"

我没应声，推开窗户把头伸了出去。瞬间，很多冰凉的小针戳向耳背和脖子，钻进了毛衣领子。地上已经完全白了，被路灯照着的雪花亮得耀眼，像是被点燃了一般。它们飞快地旋转、坠落，像发疯的白蛾。

沛萱还在围墙上吗？我一直在阻止自己去想这个问题，因为仁慈是懦弱的一种表现。可是在最初的兴奋和得意退去之后，一丝隐隐的担忧还是涌了上来。我当然不可能没想过她该如何下来。最幸运的一种方式是有人刚好从附近经过，把她救下来。可是那么冷的晚上谁会去那里呢？下雪无疑将这种可能性变得更微小了。扒着房顶蹬住窗台，再从上面跳下来，其实也不算很高。只是她恐怕不敢。但到最后又冷又饿，实在受不了一咬牙一闭眼也就跳了。总归不会傻到一直坐在上面冻死吧。

"你干什么呢？冷死了！"姑姑在身后喊道，"快帮我把你奶奶床底下的箱子搬过来。"

我欣然接受了任务。在我的心里，有一种隐秘的期待，盼望着奶奶提出想吃炒栗子。那样我就有理由出门了。我跟自己说，我只是去看看她还在不在，绝对不会把她救下来。可是我遗憾地发现，奶奶已经早早上床睡了。

"奶奶，奶奶，你看外面下雪了。"我拉拉她的被子。

她哼哼了两声，抬起腿踹了我一脚，翻了个身继续睡了。

我姑姑不仅找出了靴子，还拿出很多冬天的衣服。她把它们一件件叠好，摞在椅子上。我爬到上铺睡的时候，她还在从箱子里往外拿，衣服已经多得占了半个床。我本来打算半夜爬起来，看看雪是否还在下，谁知一觉睡到了天亮。撩开窗帘，已经不下了，但地上的积雪足有一尺多厚。我套上衣服，拿了一个花卷就出门了。一路踩着厚雪来到死人塔。李沛萱早就不在了，当然。地上是完好的雪，没有任何脚印。我用树枝戳着那片雪，被我丢远的砖头还在原来的地方，窗台底下一块砖头也没有。这说明没有人救她下来。我不愿意再去想了，反正她已经顺利离开了。

但我还是有点不放心，课间又去了李沛萱的教室门口，想看看她来了没有。装作若无其事的样子，来来回回走了很多遍，都没有看到她，直到上课铃响起来，她的班主任赶我去上课。我隐隐感到不安，上课时眼睛一直盯着教室前面的门，好像下一刻它就会被推开，有人喊着我的名字，让我出去。也许是那个胖警察。指着我说，你小子，闯了大祸了。可是一节节课过去，那扇门一直没有被推开。

那天是星期六，下午学校不上课。吃过午饭，大斌和子峰喊我去打雪仗。我们玩了一会儿，我提议堆个雪人。他们很赞成，但就在哪里堆发生了分歧，子峰推荐小树林，我说那块空地不够大，大斌说操场很空旷，我却认为那里人来人往，雪人容易被破坏。最后我说就在车棚后面的空地上吧，离我们几个的家不远，只要雪不融化，每天都能看到。大斌笑着说，我也想说去那里呢。我们就朝那边走，路上子峰说，程恭，我知道你怎么想的，你是想让李佳栖回来的时候能看到。我说你别胡说。大斌露出悲伤的表情，唉，你们说她们两姐妹怎么都不见了呢？我问，李沛萱也不见了？是呀，他说，她上午没来上课，我帮她的班主任搬书去教室，发现她的座位空着。

我们堆了一个跟我们差不多高的雪人。大斌咬咬牙，把他那两只蓝色弹力球贡献出来当眼睛。

"夜光的，晚上会发亮，"他说，"这样她们姐妹俩晚上经过也能看到。"

"咱们把雪拍实一点吧，"子峰说，"不然风一吹就散架了，李佳栖要是晚几天才回来就看不到了。"

星期一早上升旗的时候，大家惊讶地发现升旗手换了人——一个又矮又瘦的女孩，由于紧张或是太笨，旗绳被扭了好几圈，把国旗缠在了里面，所以不得不重新升一遍。国歌又一次奏响了，我机械地动着嘴巴。嗯，出事了，我告诉自己。奇怪的是，心里忽然很静，关在里面的那只疯狂老鼠好像终于停了下来。

我再一次见到李沛萱，已经是第二年三月的事了。她其实只有一个星期没来学校，之后就照常上课了，照常担任升旗手，照常在期末考试中拿了全校第一。只不过这期间除了升旗时远远看见，我没有碰到过她。这大概是我们共同努力的结果，我不想遇到她，她恐怕也不想再看到我，两人都在努力避开对方。事实上，我们再次碰到，正是在一条有意绕远的去学校的路上。那天有寒流，我发现毛衣脱得太早了，想到下午还有体育课，决定回家去穿。刚掉头不久，就看到她迎面走来。

我还记得李沛萱回到学校的那天，大斌跑到她的教室门口去看。此前关于她的脸受伤的消息已经传开了。大斌很快就回来了，说她戴着一个大口罩，只露着两只眼睛，什么也看不到。到了下午她上体育课，大斌以拉肚子为名，跑出去看了一次，她还是戴着口罩，问了她班里的同学，据说一整天没有摘过。子峰问，她打算一直不摘吗，星期一升旗的时候戴着口罩多奇怪。大斌摇摇头，她肯定不会再当升旗手了。

可是到了星期一升旗的时候，她出现在了原来的位置上，并且没有戴口罩。像以往一样，她举着国旗从容地走到旗杆底下，以挺拔的姿势仰视着它升到旗杆的顶端。大家都踮起脚尖去看她的脸，可是离得太远了，根本看不清。于是我产生了一种侥幸心理，觉得她根本没事。解散后大斌又跑去她的教室，据说门口围了好多别的班的同学，都想知道她好不好，有人还带了水果软糖和玩具小熊送给她。后来李沛萱大大方方地走了出来，感谢了大家的关心，并且收下了那些礼物。大斌说，当时看着她的脸，他们每个人都呆住了。他比画着告诉我们那道疤有多长，而且又红又肿，就像一只吸了血的壁虎。她将他们每个人来不及掩饰的惊恐都看在眼里，却依然笑盈盈的，就像什么都没有发生。大斌说，她为什么要那么快摘掉口罩呢，难道就是为了能继续当升旗手吗，升旗手有那么重要吗，就不能等血痂掉光，伤口不那么吓人了吗？你们知道吗，有那么长一条……他说着说着哭了起来。子峰叹了口气，说原来你真的喜欢她。大斌说我是喜欢她，怎么了？子峰说，可她是个优等生。大斌说，那又怎么样，我从今天开始就好好学习。子峰说，没事，现在她脸上有疤了，想和她结婚的人少了，你的名次往前提了。大斌说，我也不想和她结婚了，每天看着那道疤我会很难过。

"她是怎么受伤的？"我问。

"说是从墙上摔下来，脸划在了玻璃上。"大斌说，"可谁信啊，李沛萱怎么会爬墙呢？"他沉默了一会儿，"肯定是一个人走在路上遇到坏人了，给那人划伤了脸，要是让我知道是谁，一定把他的脸划个稀巴烂！"

在过去的一个星期里，我的心一直悬着，时刻准备迎接一场恶战。我不确定来找我的会是老师还是警察，大概是警察吧，因为事情看起来很严重。最初几天，由于全然没有李沛萱的消息，我甚至怀疑她是不是死了。所以当我听说她只是摔伤了脸时，甚至松了一口气。但事情还是严重到我一定会再被带到派出所审问的地步——"说，你为什么要那么做？"你爷爷也会再次出现在那里，为了他的另外一个孙女。难道这一次他还会那么有涵养地问我，你就是弄伤沛萱的那个男同学吗？他还会有耐心继续假装不认识我吗？我盼望着看到他气急败坏的样子，好像只要那样，他就会乱了分寸，露出邪恶的真面目。我在等他帮我说出我这么做的原因，说出我们之间的仇怨。这样的想法是不是很可笑？可是我好像必须等到他那张尊贵的面具撕开一个小角之后才能出击。

当然，我也做好了和大斌反目成仇的准备。我们的友谊将经受一次巨大的考验。我几乎可以肯定，他会站在他的女神那一边。对于我们之间的感情，我倒也谈不上珍惜，只是这些年已经习惯了他傻呵呵的存在。不过我还真有点期待全世界都与我为敌的局面，那种悲壮正符合我对英雄的幻想。

老师和警察一直没有出现，我的心悬得越来越高。也许你们家的人正在酝酿一场报复行动。想到你爷爷对我爷爷做下的事，头皮就一阵阵发紧。我在口袋里装上了一把削铅笔的小刀，以备不时之需。可是一天天过去了，没有任何人来找我。之后李沛萱回到了学校，一切都照旧。就像什么也没有发生，我简直不敢相信，那件事竟然就这样过去了。我还以为自己把这个世界捅了一个大洞，可实际上却如同将一颗小石子投入大海，一点声响也没有。

我永远都不知道为什么李沛萱选择隐瞒那天晚上的事。我究竟应该把她的沉默当作是赎罪还是宽容？关于我们两家的恩怨，她到底知不知道，又究竟知道多少。这些都是谜。李沛萱就是一个谜，没有人知道她怎么想。那具黑匣子一般的身体里似乎蕴藏着巨大的能量，足以粉碎所有施与她的痛苦。没有什么可以摧毁她，在三月的那个下午，看着她迎面走来的时候，我强烈意识到这一点。

那是一个很冷的下午，天阴着。草还没有变绿，空气里也没有花香，一切都好像那个冬天仍在继续。除了她身上那件浅黄色的毛衣外套，洋溢着迎春花般甜媚的气息。起初我没看出来那是李沛萱，因为她从未穿过这样亮的颜色。而且她好像长高了，身体也发育了，看起来已经完全是个少女了。随后，我认出了她，因为她那升旗手所特有的端庄步伐，身姿跟从前一样挺拔，如同一株春天里的小树。她也看到了我，但没有躲闪，甚至连一丝迟疑都没有。她径直向前走，目光坦然地望着我。

因为离得太远，看不清她的脸，我又开始产生什么都没发生的幻觉。可是随着一点点走近，她的脸急剧变形。我盯着那道疤——我的杰作，无论从什么角度去看，它都显得太大了，那只小小的下巴几乎无法容纳。而且因为它的凸起，感觉脸的下半部都塌陷了，像被陨石砸了一个大坑。我承认在看到伤疤的一瞬间，心里确实想过无论有多么大的仇恨都可以抵消了。可是那种内疚感随即就消失了，因为我发现到了这个时候，自己仍旧无法可怜她。她的神情安和，被伤疤撑得满满当当的小下巴微微翘着，高高在上的目光一如从前，那副模样既令人悲伤又觉得可恶。和我擦身而过的时候，她似笑非笑地看着我。然后，那条疤动了起来。有那么一两秒钟的滞后，声音才从她的嘴巴里传出来，仿佛她需要花一点气力才能拉动那条疤，把声音放出来。

你瞧，没有什么能打败我。我以为她会这样说，以此来总结整件事。可是我却听到她用很轻却坚定无比的声音说：

"我爷爷没杀过人，请你以后不要再乱说了。"

仁心仁术——走近李冀生院士

53'18"

　　画面出现一个中年男人。谢顶。戴着小圆眼镜。左边字幕显示："顾镇海"。底下字幕显示：

　　"我给李院士当过六年助手，每台手术我都在旁边。有一回，我记得是冬天，下着大雪，他早上不到七点就来了，一个人在那儿准备手术。我看他眼睛里都是红血丝，就问是不是没休息好。他说不要紧，还叮嘱我这台手术难度很大，可能超时，让我跟后面那台手术的麻醉师和病人家属打个招呼。八点钟，手术开始了。他动作敏捷，每个步骤衔接得特别流畅，一点停顿也没有，到最后做完，还比预期早了几分钟。我说，恭喜您，又破纪录了。他摘下手套，转身走了。

　　"休息的时间，我去找他商量第二天手术的安排，看到他站在办公室的窗前，看着外面的雪发呆。他说要去一趟北京，让我把后天急着要做的手术提到明天。我问，是去开会吗？他说，不是，私事。我笑着说，您也有私事啊。然后我看了看第二天的手术记录，说不然还是等您回来吧，要是把后天的提上来，恐怕得做到晚上九十点钟。他说，没事，就明天吧。后来我们才知道，前一天他的儿子车祸去世了。他去北京是参加追悼会。我们都很震惊。他实在太了不起了，一般人真的没有这个心理素质……"

李佳栖

爸爸出车祸的第二天，到了下午，我真的发起烧来。浸没在回忆里的意识像烧断的灯丝，一根根熄灭。

我昏沉地睡着，不停地出汗，一个接一个地做梦。薄薄的梦，像破棉袄里吐出的棉絮。身体越来越烫，终于烫醒了。恍惚地爬起来，看到亮晶晶的窗户，以为是冰，就光脚跑过去，把脸贴在上面。不知道这样过了多久，脸不再那么灼烫了，神志也清醒了一些。外面已经是夜晚，天空又开始飘雪了。

黑漆漆的小屋里，地上堆满的塑料编织袋，如同连绵的坟冢。从里面伸出的衣服袖子，像一只只从土里爬出来的手。我拉开门跑了出去，外面也是漆黑一片。摸着墙走到客厅，打开灯。红沙发上有几条浅浅的皱褶。茶几上的玻璃烟缸里，立满了烟蒂，像一群穿白袍的小人，秘密举行着一个仪式。我又跑到爸爸和汪露寒的卧室。也黑着灯，一条惨白的被子，蜷缩在双人床的一边。我退回到走道上，看到秦婆婆那间屋子的门底下，有一条亮光，想也没想就推门跑进去。

秦婆婆正一个人坐在床边，絮絮不止地说话。我走进去她也没有察觉，仍旧专心地说着，忽然偏过头朝地上啐了一口唾沫，然后身子一缩，惊恐地瞪大眼睛，好像唾沫是别人啐的，反倒把她吓到了。

"老汪看着老实，出手够狠的……"

"再胡说八道小心我撕烂你的嘴！"

"做了还怕别人说呀？事先你就知道吧？"

"出去，都给我滚出去！"她起身迈开腿，做出抄起扫把打人的动作。

她一人分饰两角，自己和自己吵架。要是先前，我肯定已经掉头跑了。可是那会儿我却站在那里，定定地望着她。她脸上的表情迅速地变化，一会儿怒，一会儿怨，一会儿得意，一会儿失落，非常生动。她好像是在用那些失常、夸张的举动来证明自己活着。我感觉到一种旺盛的生命意志，慢慢走过去，坐在她的脚边。

她又坐下，嘴里还在嘟哝，嘴巴里呼出的热气喷在我的脸上，让我觉得很暖和。我把头靠在了她的腿上。她的身体也是热烘烘的。

"我真的很害怕……"我哭了起来。

"别怕，没事的。"秦婆婆把手放在我的头上，不太专心地摸了摸我的头发。

"我很难受，可是不敢睡觉，"我说，"一闭上眼都是那些吓人的事，死人的手从土里伸出来。"

"警察要是问你，你就说什么都不知道。"她说。

"我还梦见妈妈的婚礼，有人塞给我一个金纸包的巧克力球，我拆开金纸，看到里面是个死麻雀的头。"

"就算你去过那里，又能说明什么！"她抓住我的手，"你什么都没做，怕什么啊？"

"我还梦见了鬼，没有脚的鬼。"

"让他们查去吧，"她说，"钉子是你的又怎样？你什么都没做！"

"世界上到底有没有灵魂这回事？"我问，"你知道吗，我爸爸死了……"

秦婆婆身体一震。"你爸爸死了，你爸爸死了……"

"不会的，不会的……你爸爸不会死……"她一把推开我，指着前面的天花板，"快，快！剪刀呢，快找剪刀来，剪断他脖子上的管子！"她仰着头大喊，"凳子！凳子呢，快去搬个凳子来，没事的，你爸爸不会有事的……"

她向后退了两步，抓住我："小寒，别怕，好孩子，别怕，咱们把你爸爸抱下来，他不会死，不会死……"

我一连听到那么多个"死"字，哭得更伤心了。

"别哭，你爸爸没事……"她俯下身，粗暴地抹去我脸上的泪，然后怔怔地看着我。那张布满皱纹的脸像一只元宵节灯会上被人踩烂的纸灯笼。她身体一歪坐到地上，揽住我也哭起来。

我们两个人，就这样在屋子当中抱着彼此痛哭。我闻到她毛衣网眼里陈年的樟脑味道，还有她身上散发出的一股朽坏的气息。像个被烧毁的废墟，剩下的残垣断壁尚未冷却，星微的火星仍在蹿跳。有那么一刻，循着她痛切的哭声，我似乎触到了她的心底。明镜一般的心底。好像什么都记得，什么都明白。我几乎觉得她其实没有疯。"疯"是外人加诸于她的。她头上别的那些黑发卡，仍旧一丝不苟地箍着头发，像一副锁着她的枷。我渐渐忘记了我们在哭的是不同的人，不同的"爸爸"。他们的"死"，跨过相隔的时间，汇集到同一片哭声里。

一九九三年十二月的那个傍晚，当我和秦婆婆抱在一起痛哭的时候，我爸爸的死和汪露寒父亲的死奇妙地重叠在了一起。我在哀悼刚死去的爸爸的现场，也在更久远的，一九六七年那场死亡的现场。

一九六七年那个审讯的前夜，外面下着大雨，闪电擦着窗户划过。汪良成睡不着，在屋子里走来走去。妻子一直陪着，不停地安慰他。天快亮的时候，雨变小了，他终于听妻子的话，到床上去睡一会儿。没过多久，他腾地坐了起来。妻子迷迷糊糊地问怎么了，他说想起抽屉里还有两颗钉子，怕警察来家里搜，得找个地方藏起来。他走到外屋，把所有的抽屉都翻遍了，没有找到那两颗钉子。他将抽屉里的东西全部倒出来，趴在地上仔细地找。汗水沿着脸颊往下淌。他焦躁地拨拉着那些东西，呼吸越来越急促，直到一只手在杂物堆里触到那一捆橡皮管。褐色的橡皮管，像富有弹性的肉皮，带着人身上的体温，突突地敲打着掌心。窗外的雨声消失了，他心里变得很静。

厕所里有扇小窗户，与天花板齐高，他把橡皮管绑在当中的窗框上，套住脖子，踢掉了脚下的凳子。

是他的女儿先发现了他。她起来上厕所，推开门看到他吊在窗户上，青灰色的脸上蒙着一层雨水。她尖叫着跑了出去。

这些是谢天成告诉我的，在许多年以后。他说得很简陋，毕竟是听来的故事，几经转手，加上时间的推移，只剩下一具骨骼。可是我听他讲着，历历在眼前，故事的每一点血肉都被还原。一切好像都如同是亲眼目睹。

谢天成是那天深夜赶来的。很多年以后他仍旧记得打开灯，看到我们的那一刻有多么惊讶。他以为这房子里已经乱作一团，秦婆婆在发疯，叫骂、砸东西，而我则因为害怕和饥饿哇哇大哭……可他看到的却是我们躺在秦婆婆的床上，紧紧地抱在一起，秦婆婆蜷曲着腿，让我的脚抵在她的脚背上。他站在门口望着我们，一时忘了要做什么。

我没有睡着，可是我不敢动。秦婆婆隔一会儿会冷不丁唤一声，小寒。我连忙应她，生怕她发现我不是汪露寒，会把我赶回房间。我怀疑所有人都把我们忘了。房门反锁，我和她被困在这冰冷的房子里，最终悄无声息地死掉。一点一点，死掉眼睛，死掉牙齿，死掉脚趾……我渐渐感觉不到她那只硌在我身下的胳膊，我只能感觉到她身上最柔软的部分，那只垂瘪的乳房，隔着一层薄薄的衣服，贴在我的脸上，像墓穴里蓬松的泥土。

灯"啪"的一下被打开了，房间豁然大亮。一个高大的男人站在门口。

"别怕，我是你爸爸的朋友。"他对我说。

"你来啦。"秦婆婆坐了起来，好像和他很熟，"外面冷吧？"

"我去给你们弄点吃的，"他说，"露寒等下就回来了。"

我走到厨房，靠在门边，看着他把白菜切成条。他扭过头来对我说："咱们吃炝锅面，好吗？"

一捧葱花倒进锅里，热油淬起一团白烟。他身上的大衣没脱，额头上冒出汗珠。

他把一碗面放在桌上，拉我过去坐下，又端着一碗进了秦婆婆的屋子。我隐约听到他说正月十五带她去看灯会。吃完面，又哄她吃药，秦婆婆似乎很听他的话，没有抗拒。我听到药片从瓶子里倒出来的声音——他知道药放在哪里，也知道服用的剂量。

他走出来的时候，我正对着空碗发呆。

"再吃一点？锅里还有。"他说。

我摇了摇头。他把碗拿走了。过了一会儿，他端着两碗面从厨房走出来，把少一些的那碗递给我："我自己也来一碗。"

他挑起一绺面，呼噜呼噜吸进嘴里。响亮而畅快的声音，这时听来令人感动。平庸的面条似乎也变得更好吃了，我很快吃光了剩下的面条。

"汪露寒呢？"我问。

他把筷子横在碗上，坐直身体看着我："来，你听我跟你说。"

"我爸爸死了。"我说。

他怔了一下，艰难地点了点头。

沉默了一会儿，他开口说："露寒晕倒了，好几天没吃东西，有个朋友在医院陪她，我就先赶过来了。"他把我拉到身前，撩起我前额上的头发，"你叫什么名字？"

"李佳栖。"

"佳栖，听我说，都会过去的，相信我，这世上没有过不去的事……"他的手停在我的额头上，"你发烧了？"他走到五斗柜前，拉开第二个抽屉拿出温度计。他看着我把它塞进腋窝，然后走到厨房去烧水。我从来没有一个时刻，这样盼着自己发烧。好像必须生一点病来表达哀痛，那样才算和汪露寒的晕倒扯平。比她更痛苦，似乎就意味着比她更爱爸爸。可惜我并不发烧，三十六度八，他说，给我倒了一杯水，让我喝完去睡觉。

"你要走了？"我问。

"不走，放心去睡吧。"他说。

"我能睡这儿吗？"我在沙发上坐下。

他从小屋子里拿出被褥和枕头，示意我站起来。刚把褥子展开，他的手停住了。

"你来例假了？"他的声音很轻。

顺着他的目光看过去，沙发上有一块棕色的印迹。

他观察着我的表情，"第一回？"

我报着嘴唇不说话。

"小卖部应该关了。"他沉吟了一下，去卧室找了一条浴巾，叠成双层铺在褥子上。等我躺下，他把被子向下翻折了一下，盖住我的肚子。

他关掉了灯，只留走廊里的一盏，然后搬了把椅子，在沙发旁边坐下："睡吧，我就在这儿。"

他见我还睁着眼睛："这么大的人了，总不会还要人讲故事才睡吧。"

"人真的有灵魂吗？"我问，"我能见到我爸爸的灵魂吗？"

他点起一支烟，吸了一口："我记得我小时候，每年到了我爷爷忌日那一天，奶奶就会站到凳子上，把墙上的钉子都拔掉。"

"钉子？"

"对，不拔也用红纸包起来。她说等我们睡了以后，小鬼会牵着爷爷回来，让爷爷在家里待一会儿，看到钉子，就把铁链子拴在上面了，要是没钉子，爷爷就不会给勒着脖子，能在屋子里到处走走。桌上还得摆些吃的犒劳一下小鬼，奶奶会煮一盘小鱼，那玩意儿刺多，吃得慢，爷爷能多待一会儿。"他夹着烟，白雾在我们之间升起，"有一年半夜我偷偷爬起来，藏在了门后面。"

"那你看到你爷爷了吗？"

"我没待一会儿，就坐在地上睡着了。"

"我不会睡着的。"

"没事，睡着了也能见着，他们可以到梦里来。不用非得那天，随时都能来。你快点睡，没准等会儿就见到了。"

我闭上了眼睛。但是没有做梦。在黑暗中，我能清晰地听到旁边这个男人的呼吸，一起一伏震动着空气。那微热的气浪包围着我，让我觉得自己很安全。一直以来，我都希望有一个晚上，爸爸像这样陪我入睡。可他只是一个陌生的男人，连名字都不知道，想到这个，我感到一阵羞愧，觉得自己背叛了爸爸。小腹有一阵热流涌动，身下的裤子已经黏湿。我当然不可能不知道月经是怎么一回事，但总觉得还很遥远。应该等我再长大一些，开始和一个男孩谈恋爱。可是现在它来了，在这样一个夜晚。好像从一开始，它就和恐惧、悲伤连在一起。血正从一个很深的地方流出来，带着一种忽远忽近的疼痛，让我想到爸爸，以及那团肉。我想象它不断地往外流，无休无止，直到流光，也就可以和他相见了。在这个夜晚，流血是一种接近他的方式。

门锁响了。男人立即从椅子上弹起来。我也坐了起来。汪露寒从外面走进来，还穿着那件红绿格的呢子外套。没有系扣子，胸前的毛衣上挂着一层亮晶晶的雪花。她站在那里，环视着整个房间，酒柜、窗户、沙发、沙发上的我，她看我的目光好像我是这屋子里的一件家具。

"惠玲没有陪你回来？"男人迎过去。

汪露寒摇摇头，脱掉外套搭在椅背上。他扶她坐下，给她倒了一杯热水。

"帮我个忙。"汪露寒说，她将手伸到外套口袋里去掏什么，外套滑下去了却毫无察觉，手还悬在半空中摸索。男人把外套捡起来，递给她。她找到口袋，从里面摸出两张小纸片：

"惠玲找人弄到了两张票，明早你帮我把这孩子送回济南。"

"可是这里……"

"我能行。"她说。

男人蹲下，把手放在她的膝盖上："我明天晚上就往回赶，后面的事我陪着你。"

在能见度很低的光里，看不清他的脸，却能感觉到他眼底漾着的温柔。我心里一凛，想到先前爸爸和汪露寒争吵时说的话：有个人在等着她。这个男人来照顾我和秦婆婆，并不是为了爸爸。而是为了取代爸爸，成为这里的男主人。我怒气冲冲地盯着他放在汪露寒腿上的手，很想冲过去把它打掉。

"不早了，你回去吧。"汪露寒自己把那只手推开了。

男人穿起外套，却还立在那里不动。我跑过去，不由分说地把他推出客厅，推到门口。他默默走了出去。

再回到客厅，所有的灯都打开了，让人晕眩的强光照着房间里的每个角落。汪露寒站在酒柜边，正拿着伏特加的瓶子往玻璃杯里倒酒。谁都不会忘记那瓶酒，瓶颈上还留着爸爸最后的体温。她双手捧着玻璃杯，酒柜上方的射灯吐出的那一簇刺亮的光，蛇信子似的舔着杯子里的酒。酒在发抖，映在墙上的影子也在抖，像只受惊的大鸟扑腾着翅膀。她喝了一大口，把我叫到跟前，然后对我说了车祸的事，以最简略的方式，就好像在播报一条当日新闻。你爸爸走了，她蹙着眉头，语气严肃，好像和我约定好了谁都不能哭。她又跟我说，明天你就回济南，追悼会不要参加。这样对你好，以后你会明白。

我没抗争，她的语气里有一种真诚的东西，使我愿意相信她的话。也没哭，只是静静地望着她。我还没有那么近地看过她。凸起的颧骨和鼻峰，使她看起来有点陌生。也许和角度无关，她是真的变得陌生了。先前她是爸爸的妻子。现在我们已经没关系了，如同两颗太阳系的行星，没有了太阳，就脱离了原来的轨道。

我打量着眼前这个不幸的女人："你会自杀吗？"

汪露寒看着我："为什么这么问？"

"电视里都是这么演的，"我说，"两个相爱的人，一个死了，另一个就会自杀。"

她笑了一下，摇晃着手中的杯子。

"你希望我死吗？"

"我希望你活着。"

"我会活着。"她说。

我犹豫了一下："这是因为你没有那么爱我爸爸吗？"

"我爱他。"她说。

"可你们总吵架。"

"我们不该在一起。"

"为什么？"我问。

她没有回答。

"因为他和我妈妈结婚了？"我问。

"不是。"

"因为我爷爷奶奶不同意？"

她摇头。

"那是因为什么呢？"

"不要再问了！"她仰头喝光了里面的酒，又拿起酒瓶，把剩下的都倒在杯子里。也不过只有小半杯，她用力摇着空瓶子，"死鬼，不给我多留一点。"她咕哝着，忽然变得很温柔，好像回想着什么，眼睛一点点变亮。然后那明亮的东西离开眼眶，沿着脸颊滑下去。

"可能就是明知道走不通，才会那么爱吧。"她被酒呛到，咳了起来，脸通红，用力按住胸口，好容易才平息下来，声音变得很哑，如同在泄露一个巨大的秘密："我和你爸爸是同一种人。扭曲了的人，只能有扭曲的爱。"她微微兜起嘴角，好像在为自己拥有常人无法体会的感情而骄傲。

"你会跟刚才那个人在一块吗？"我问。

"谁？谢天成？"

"他喜欢你，我知道。"我说。

"我不会和他在一块，你放心了吗？"她把手放在我的肩膀上，"小姑娘，你担心的可真多。怕我死，又怕我跟别的男人。那你告诉我，往后我该怎么过呢？"

"一个人，孤零零地活着，是吧？"她笑了一下，一行眼泪淌下来，"那有多难啊。"

她的身体慢慢滑下去，坐在地上，头靠着酒柜。旁边就是昨天她用烟灰缸砸的那个凹洞，她用手指轻轻掠过它的边缘。

天快亮的时候，我支撑不住了，从沙发上躺下，侧过身来，脸朝向她。眼皮变得越来越重，我拼命驱赶睡意，睁开眼睛看着她。我只是想知道她还在那里，也让她知道我在这里。或许这对她并不重要。但是我一厢情愿地相信，我们在一起的时候有一股强大的力量，能让爸爸来到我们中间。但他没来，而我还是睡着了。迷蒙中听到秦婆婆的歌声才猛然惊醒。

"天上布满星……"歌声还是那么甜媚动人。秦婆婆的世界里，什么也没有发生。

她从房间里走出来，看见我愣了一下，然后好像记起了我是谁，就对着我笑。她又把我拉到窗前的椅子上给我梳头。这次我没有挣扎。这一头辫子大概是我唯一从北京带回去的东西。她编得比昨天还认真。别卡子的时候，很当心不扯到头皮，这一次一点都没把我弄疼。

汪露寒关掉亮了一整夜的灯，走进了卧室。再出来的时候，她换了一身黑色。黑色高领毛衣，外面套着黑色大衣。

"你穿黑色好看。"秦婆婆走过去，掸了掸她的大衣领子。

汪露寒穿上靴子，走出门去。没多久就回来了，拎了一袋小笼包，往桌上一放，让我和秦婆婆过来吃。我打开塑料袋，一包热水汽升起来，带着肉糜的香味。可是嘴巴里没有味道，只感觉到喉咙里都是肥腻的猪油，差点没吐出来。我吃了一个就没再吃。汪露寒也没吃，倒了杯热水捧在手里。昨晚的悲伤已经在她的脸上凝固，变成了一种永久的神态。就像秦婆婆一样，高兴的时候也带着那种神态。这对长得不像的母女，开始变得有些像了。外面阴着天，灰色光线像一层黑纱，罩在两个寡妇的脸上。我想着我走了之后她们的生活。每天秦婆婆会在后半夜醒来，一边给自己梳头一边唱歌。到了早晨，汪露寒努力振作起来，下楼去买早点。下午她坐在沙发上一支接一支地抽烟。直到烟灰缸里挤满了红心，天光开始变暗。然后是漫长的夜晚。对于哀痛中的人来说，度过长夜如同穿过一条长长的地下隧道。等天空发白，才终于爬上地面。然后是另一个清晨，歌声会再次响起。周而复始，毫无希望的日子，这昏暗的、充斥着沤烂的鸡毛和油漆气味的房子不过是一座有人走动的坟墓。虽然我知道回去之后，自己仍旧会一直待在悲伤里，但想到马上要离开这房子了，心里还是掠过一丝欣慰。我当然会很怀念这里。我环视着四周，让自己记住这屋子里的所有细节。墙上每颗钉子的位置，门框上剥落的油漆。一切都和爸爸有关。以后想起爸爸，就会想起这里，那些想念好像有了一个容器。

"我真的想不起来了，"秦婆婆放下手里的包子，盯着我，"你很像一个人。"

谢天成来了。秦婆婆让他坐下吃包子。他说吃过了，还扬了扬手上的塑料袋，说买了豆沙包给我路上吃。

"小孩都爱吃甜的。"他说。

"对，"秦婆婆说，"小寒也爱吃。"

我站起来穿外套。秦婆婆走过来，又帮我别了别两边的发卡。她忽然停住手，好像想起一件很重要的事：

"你叫什么名字？"

"李佳栖。"

"佳栖，早点回来，"她说，"晚上咱们吃饺子。"她转过头去问汪露寒：

"咱们晚上吃饺子行吗？"

汪露寒没有回答。她跟着我们走到门口，把一个黑色塑料袋塞到我怀里。里面是一包卫生巾。

走出大门以后，我又折回来，跑进小屋，从角落里那一摞书中拿了最上面的一本，揣进大衣。离开前我匆匆瞥了一眼睡过的钢丝床，那只叫塔塔的熊猫，脸朝下趴在墙边。

回程的火车上，谢天成察觉了我的冷漠，好几次问我要不要吃豆沙包，还帮我冲了一碗黑芝麻糊。我不懂他为什么要那么殷勤，送我回去不过是完成一项任务，下了这趟火车，我们就再也不会见到彼此了。他还指着窗外的风景，告诉我火车现在开到哪里了，这一带有什么特产。他说如果我想吃，他就下去买。我一直摇头，但他仍是在中途停靠的几分钟里，跑下去买了一盒天津麻花，还有两块冒着热气的烤红薯。

我拗不过他的热情，接过一块烤红薯，原本只打算捧着暖暖手，后来还是忍不住吃了两口。但是从头至尾，整个旅途中，我都没有跟他讲过一句话。他送我到爷爷家楼下，目送我走进门洞。

再见，佳栖，他在背后说，但我没有回头。我想我们不会再见了。

程恭

一九九三年的那个冬天确实发生了很多事。除了你不辞而别之外，还有一个人也在谋划着出走。

那天晚上，姑姑破天荒做了四个菜，都是我爱吃的，还专门买了一箱啤酒，和我奶奶一起喝。我也想倒一杯，被她用筷子打了手。她不断给我奶奶倒酒，劝她多喝一点。我奶奶酒量好得很，没几个人能喝得过她，可她喝了酒爱犯困，屋子里的暖气又特别热，所以几瓶下去以后，她就开始打瞌睡了。

我奶奶睡下以后，我姑姑收拾好桌子，对我说，咱们也早点睡吧。我爬到上铺，刚躺下，就听到她的声音从床和墙壁之间的缝隙里钻上来，小恭，我有事要跟你说。

她说，小唐要走了，让我跟他一块儿。我问谁是小唐。她说，我不是跟你说过吗，那个实习大夫。哦，我花了点时间才想起来。夏天那会儿，有一天下很大的雨，特别晚了，我姑姑一个人在药房值班，看到有个年轻男人在外面的屋檐下避雨。她其实有一把伞，但不想借给他。从前发过几回善心，每次都得买把新伞。可是那个男人不知不觉踱到药房门口，跟我姑姑讲起话来。我姑姑的脸顿时红了，仿佛包里有一把伞的事已经被他发现了。他没话找话地问她值夜班吗，是不是早上才下班，又说自己还有个实验报告没交，看样子也要通宵了。我姑姑抿着嘴不说话，忽然拿起旁边的拎包，从里面掏出了伞。目送那个男人撑着伞走进雨中，她心里很懊恼，觉得他就是大概来骗伞的。可是第二天一早，她刚要下班，那个男人来了，还了伞，还把被伞骨戳穿了的一个角用胶布固定了。他们一起去食堂吃了早饭，那个男人请的。回来以后姑姑跟我说，这个小唐挺不容易，家是农村的，小时候有只耳朵打庆大霉素打聋了，上课只能听懂三成，但立志要当医生，复读了三年才考上大学。为了不让功课落下，每天都在图书馆待到十二点，好不容易快毕业了，但是找工作很难，附属医院不会留他。后来她又提起过一回，说小唐人真挺好，还把湖南老家寄来的白辣椒带给她。打那以后，我姑姑做什么菜都爱放一把白辣椒，但再没提过小唐。我也没在意，最多觉得姑姑对小唐有点好感。这些年我姑姑有过好感的人也不少，从男医生到传达室看门的，但凡人家对她有一点好，哪怕只是对她笑了笑，说了一句谢谢，她都会念叨很久。

所以我真是不敢相信，觉得她是不是一厢情愿，把别人的客气当真了。我说，你到了南方干吗呢？她说，小唐说开个诊所，让我管着。我说，挺好，什么时候走啊。她说，下个星期，票都买好了。这下我不说话了。她说，我一直没跟你说，是怕让你奶奶知道了，她还不得打断我的腿吗。我说，你现在告诉我，就不怕我告诉奶奶吗？她说，本来是想走的那天给你留一封信的，可是我写不出来……我说，哦，要是能写出来，你就不说了是吧。她没说话，隔了一会儿，我听到她在哭。我真的不知道怎么办，她说。什么怎么办，我说，你不都决定了吗？她又哭了一会儿，才说，我真是想带你一块走，可是你奶奶年纪大了，身边总得有个人。我说，嗯，所以我得留下。她说，到了那边，我们每个月都会寄钱来的。家里活多，你就辛苦一点。等过一段我们就把你接过去。我真是不喜欢这个"我们"，连我姑姑都有她的"我们"了。我用指头揩着墙壁上的一条圆珠笔印，思忖着她所说的这个以后，到底指什么时候，是等奶奶死了以后吗。她停了一会儿，又哭起来，说我真的不知道该怎么办。我说，睡吧，我困了。她又哭了很久，直到我快要睡着的时候，听到她说，别怨我，小恭。

第二天天没亮我就醒了，躺在床上想着自己的处境。姑姑也要走了，真是有点不敢相信。我一直以为谁都会走，但她不会走，因为她和我一样没地方可去。可是现在连她也要离开我了。她一直像影子，像空气，我很少能感觉到她的存在，现在想想以后没有她的生活，我要一个人应对奶奶，才意识到有多么可怕。可我又能做什么呢？告诉奶奶吗？那种事我做不来。事实上，我在思考另一种可能，就是说服姑姑带我一起走。因为奶奶完全可以照顾她自己。但我又想到爷爷，立即打消了这个念头。大仇未报，事情还没有个了结，我哪儿都不能去。

接下来的几天，晚饭都很丰盛。炸藕盒、韭菜炒乌贼、糖醋排骨，还有西葫芦馅的包子，姑姑把我爱吃的东西都做了一遍。我吃糖醋排骨的时候，姑姑没忍住，眼泪掉了下来。她立刻跑进卫生间。那时我奶奶正忙着啃排骨，她吮了一下指头上的糖汁说，肉不够烂。临睡前，我看到姑姑悄悄地从床底下拖出一只皮箱，把一叠衣服放了进去。我们没讲过话，她也一直都不敢看我。隔天下午，路过食堂旁边的公告栏，看到晚上社会礼堂放《小花》，还想要不要告诉她，那是她最喜欢的电影，一直想再看一遍。但我想了一下还是算了，反正她马上要走了，也没有时间看。

到了第五天晚上，临睡前她和我说，我明天早晨就走了，到了那边我就给你写信，寄到学校，你看完撕了，别让奶奶看到，知不知道？我不说话。她说，你下来，让我看看你。不要，我说。下来，她踮起脚，伸手去够我。我蜷起腿向后缩。她跳起来够，抓住被子的一角，还以为是我的衣服，扯着拽了下去，盖在自己的头上。我们两个都笑了。从前每次吵了架，我都会爬到上铺去，她也是这样跳起来抓我，抓到了就挠我的脚心，闹着闹着就和好了。

她一边笑，一边爬到上铺，在我旁边坐下来。屋子里忽然变得很静。她叹了口气，嘴角耷下来，说从小到大我都没有自己做过什么决定，所以我很想做一回。她伸手撩了一下我额前的头发说，该铰头发了，以后我不在，你就去门口理发店剃吧。她眼泪涌了出来，说，暂时的，程恭，你奶奶没法子，最后只能接受现实，到时候就可以把你们接过去了。我问，那爷爷呢？爷爷？她愣了一下。她显然把爷爷给忘了。我不走，我说，有些事还没有完。她问我什么事，我就不说话了。她拉过我的手，拍了两下，爷爷有护士照顾呢，我们不可能把他搬走，况且那么做也没用……我抿着嘴，摇了摇头。屋子里很黑，窗棂的影子在墙上晃动。白墙看久了就发蓝，那些篝火边跳舞的透明人又出现了，正无声地朝我聚拢过来。

既然你要走了，我看着姑姑，有件事我得告诉你。我知道另一个害爷爷的人是谁了。我姑姑吓了一跳，张大嘴巴望着我。我问，你想知道是谁吗？谁？她瞪着我。李冀生。我说出这个名字的同时，感觉到她放在我手背上的手抖了一下。你可不要乱说……她看了我一眼，立刻垂下眼睛问，你怎么知道就是他呢？你别管，我说，我就是知道。她说，不是，肯定不是，这种事不能乱讲……你没跟什么人说吧？我说，这事不能就那么算了，我要为爷爷报仇。她说，报什么仇啊，别吓我，你想干什么，快告诉我。我看着她问，你是不是早就知道是他？我怎么会知道啊，她说，我什么也不知道，你快别乱猜了，这事早都过去了，可别胡来，听到没有，我明天就走了，你还让我安心走吗？她哭起来。你走你的，别管我的事，我说。别胡来，答应我，她想揽住我，但我把她推开了。去睡觉吧，我冷冷地说。

那天晚上，我很久都睡不着。她也是，在下铺窸窸窣窣地翻身。我反复回忆着她当时的反应，颤抖的手指，躲闪的眼神。她一定早就知道那个同伙是谁。我忽然觉得你们可能都知道，你、李沛萱、我姑姑……所有的人，我是唯一蒙在鼓里的那个人，一直被一个巨大的谎言笼罩着。

清晨姑姑走的时候我醒着，但没有起来。我听到她穿上靴子，拉着皮箱走了出去。两个动作相隔一会儿，那时候房间里静悄悄的。她在做什么？环顾这间屋子吗，悄无声息地流泪吗，不管她在做什么，我都当作她在向我道别。我也在向她道别，虽然心里还是有些怨恨她。但是我想，也许再也见不到她了，因为我是不会走的，而她再也不会回来了。她用最轻的声音把门带上，但我的心还是被撞了一下。等我爬起来去上学的时候，发现桌上还有她做好的早餐，一切仿佛还像从前一样。

那天我没去上课。现在完全没有逃课的障碍了，无非是请家长，而我已经没有家长可请了。我奶奶是绝对不会专程去学校听老师教训的，要是老师到家里来，没准还会被她用扫帚打出去。如果学校要开除我，她会说不读就不读吧。所以这么一想，我大概离退学回家也不是很远了。

反正你走了以后，学校已经没有什么可留恋的了。

我出了南院，漫无目的地沿着马路往东走。不知不觉走到了文汇中学。那一带我们很少去，以菜市场为界，另外一边就是文汇中学的地盘了。文汇中学的大名，我搬到奶奶家没几天就听说了。勒索敲诈，堕胎自杀，应有尽有。从学校门口经过心都得提到嗓子口，附近的电影院和台球厅更不是一般人敢去的。我在学校门口站了一会儿，看到操场上有个班在上体育课，队伍站得稀稀拉拉的，旁边的台阶上坐着几个女生，指着队列里的某个男生吃吃地笑，她们当中还有一个在吃香蕉。看到他们过得那么自由，我对文汇中学顿时生出几分好感。有个很漂亮的女生看到我站在外面，还朝我挥手，吹了两声口哨。其他的女生也冲着这边喊，小孩，过来。我吓得赶快走了。

电影院门口的喇叭播报着二楼录像厅即将放映的影片。那个录像厅一直很神秘，据说经常放三级片。可是我不知道到底哪部才是三级片，名字里带个"女"字的嫌疑都很大，让人想入非非，所以我掏钱买了票，爬上幽暗的楼梯，在录像厅看了一部叫《倩女幽魂》的电影。里面的人都好好地穿着衣服，只不过有的已经成了鬼。我倒是挺喜欢里面那个女鬼的，鼻子底下有一层薄薄的茸毛。看完电影出来，我还没有适应外面明亮的光线，一个戴着黑色棒球帽的男孩拦住了我。他满脸青春痘，眼睛有点斜视，虽然和我差不多高，但是肯定已经上中学了。他搂住我带到角落里，让我把身上的钱都拿出来。我什么废话都没说，直接把口袋里的钱给了他。他走出去几米，折回来看着我问，会打台球吗？我摇头，但他还是叫我跟他一起走。

我们在台球室泡了一个下午，他教会了我怎么玩。但多数时候都是他在打，我在旁边看着。我有点可怜他，他肯定没什么朋友，劫了钱连个一块分享的人都没有。他似乎没什么恶意，就是想让我陪着他。临走之前，他问了我的学校和班级，说有空来找我玩。

往回走的时候天已经快黑了。这一天过得很充实，让我看到了另一种生活的可能。菜市场那一边的世界被打开了，而且好像很欢迎我。我在犹豫明天要不要再去那边玩，看看别的电影。快到家的时候，我变得不安起来。奶奶很快就会发现姑姑不见了，开始暴怒和发疯，还会审问我。可是我身上没钱了，不能买吃的，也只好回家了。我硬着头皮推开家门，一股炸酱面的香味扑面而来。我愣了一下，就看到姑姑从厨房里跑出来。我还在想自己是不是在做梦，她已经走上来，飞快地抱了我一下，然后给了我一个大大的微笑。回来得正好，她说，开饭了。

姑姑说幸亏他们到得早，上了火车她又改变主意，都来得及跑下来，还在窗口和小唐道了别。也没讲什么，就只顾着哭，费好大劲才说了一句完整的话，我……我真的不能跟你走……小唐倒是淡定，惨然一笑说，我早知道你是走不掉的，可就是不死心，还想试一试。他也哭了，从窗户里探出身来抱了抱她。她没想到他这么平静，还以为他会破口大骂，一时有点无措，不知道该说什么。日后回忆起来，她总是说，世界上再也不会有比小唐更好的人了，可我连句道歉的话都没跟他说。她后悔的仅仅是这个吗？我没有问过。

晚上，我们又挤在那间小屋子里了。两个人坐在下铺的床上，像好久没见似的，一时说不出话来。我问她，你为什么没走？她说，我放心不下你啊，要是你真做出什么吓人的事来怎么办，我不能就这么把你丢下不管。她伸过手来，摸了摸我的耳朵。以前每次发烧她也总是这样安抚我。我眼睛一酸，眼泪掉了下来。在可以走的时候选择了留下来，她是第一个那么做的人，为了我。我说，还记得吗，你以前跟我说有个算命的告诉过你，你这辈子走不远的，哪里都去不了。她点点头，今天从火车站回来的路上，我也想起这件事来了，大概是真的，不然为什么一看到火车就心慌，腿也发软，像是要上刑场似的。决定不走了之后，难过是难过，可是心里轻松了好多。坐公共汽车回来的路上，从车窗里看到南院的大门，我就大哭起来，把车上的人都吓着了。眼泪哗哗的，止都止不住，去市场的时候还在擦呢，卖菜的陈伯很惊奇，问我这是怎么了。他们怎么会知道我这个早晨的经历呢？我好像已经去了一趟南方又回来了。她感伤地笑了笑，我真没用，怎么也该等火车到徐州再回来，好歹也算出了一回济南啊。

等到她的情绪平复，我说，你要是不想让我做可怕的事，就把你知道的都告诉我。她不说话了，低头搓着手。我说，你不告诉我，我迟早也会知道。她叹了口气，不是不告诉你，我真的不知道……我说，你早就知道另一个人是李冀生对吗？她摇摇头，我真的不知道。我只是猜有可能是吧。我问她怎么猜到的。她又犹豫了一会儿，才终于开口。

汪良成刚自杀那阵子，李牧原总是出现在汪露寒家楼下，一般都是天黑以后，在窗户底下站一会儿就离开了。有一回我姑姑假装从那里路过，他一看到她就很慌张，转头走掉了。后来，我姑姑还发现汪露寒出门的时候，李牧原会跟在后面。不是那种偷偷摸摸的跟踪，汪露寒显然是知道的。他们就那么一前一后地走着，去菜场，去副食品商店，去药房，整个过程中两个人没有任何交流。只有一次去煤球站，汪露寒用底盘车拉了一车煤回来。路上车子翻了，煤球撒了一地，李牧原就跑过去一起捡，她用力把他推开了。他摔了个趔趄，爬起来又去捡，她再把他推开。这样好多次，最后她终于不再推了，站在一旁看着他捡，还让他帮她推车，把煤拉回了家。

姑姑说，后来你爸爸开始不断找汪露寒的麻烦，李牧原冲出来帮她解围，还被你爸爸打伤了。人们就开始传李牧原喜欢汪露寒，姑姑摇了摇头，可是我知道没有那么简单。我问她怎么不简单。那是一种见不得光的感情，她一字一顿地说，目光很严厉，像个发现学生作弊的女教师。这显然超出过了我的理解能力，我不太明白他们之间微妙的感情，也想不通为什么仅凭这个，就能猜出和李冀生有关。我想了想又问，你是不是早就怀疑什么了，所以才跟踪他们？我姑姑脸色骤变，说谁跟踪他们了，我只不过碰巧看到了……我没说话。根据以往的经验，姑姑这种紧张的表现意味着她在说谎。可她为什么要说谎呢？我一时想不出，只能先搁在那里了。然后我问了最重要的一个问题：既然你猜出是他，为什么不告诉奶奶和我爸爸呢？姑姑说，我吓都吓死了，能拿钉子捅脑仁的人，什么事做不出来？我把他揪出来，谁知道他怎么对付我们，万一他被抓进牢里，供出来更多人怎么办？我说什么怎么办，都抓起来啊。她摇摇头，事情越闹越大，到最后就不可收拾了。我问，什么叫不可收拾？她说，你没见过当时是什么样，动不动游街批斗，今天斗这个，明天斗那个，不知道什么时候就把矛头指向你。你爷爷不也是因为挨斗，才变成那样吗？谁都不知道事情会发展成什么样，没人能控制，你懂吗？别看你有理，最后倒霉的还是你。最好就是什么都不说，什么都别管。我问，你就不恨他们吗，他们把爷爷弄成这样，奶奶说爷爷本来能当院长的。姑姑叹了口气，当不了的。我问为什么。她说你爷爷命里就没有这个，他就是个普通人，打日本鬼子的时候没送了命，已经是万幸。我问谁不是普通人？李冀生，她说，他的面相看着就不一般，是个人物。我问，是算命的说的吗？她说，不是，我自己的感觉。我的感觉很准的，刚闹"文化大革命"的时候，我就觉得我们家要倒霉了，果然吧。你妈刚嫁过来的时候，我就觉得长不了的……她停住了，看了我一眼。她一直都很小心翼翼，从来不提我妈妈。她突然抱住了我，说反正现在我回来了，再也不走了，你要记住你答应我了，别再想什么报仇的事。相信我，我们根本是斗不过他的。你要是真想报仇，就好好学习，将来混出一点样子来给他们看看。我迷惘地看着她问，姑姑，我是普通人吗？不是，她斩钉截铁地说，我以后可就全都指望你了。快去睡吧，她拍拍我，谢天谢地，我又回到这张床上，能睡个好觉了。

我爬上上铺，钻进凉森森的被窝。明天要回学校上课了。想到我那菜市场以东的美好生活才刚刚开始，就这样落幕了，心里不免有一点难过。可是又想到姑姑说我不是普通人，就生出一股要混出点样子的斗志。

过了一会儿，我才想起来问姑姑，那个汪露寒后来怎么了？隔了很久姑姑才回答，好像睡了一觉醒过来了，又或者是在回忆汪露寒到底去了哪里。她被她哥哥带走了，姑姑说，再也没有回过南院。

临睡前，我还在想姑姑为什么要说谎，明明是在跟踪李牧原和汪露寒却不承认。没过几天，这个问题的答案就浮出了水面。那天下午我回到家，看到奶奶正在吃泡面。姑姑说自己胃疼，饭也没做就去躺着了。我回到小屋，她倏地一下从床上坐起来，对我说李牧原死了，撞上了一辆大卡车。我问她怎么知道的，她说教会给他母亲组织了一个祷告会，有一个去了的人告诉她的。她搓着手背，看起来很焦虑，好像她应该去做点什么。等到我睡下之后，她悄悄起身，走出屋子。过了一会儿，我听到锁的响声，她出门了。我爬下床，光脚跑到窗台边。外面很冷，路上一个人都没有。她蹲在路灯底下，划了一根火柴点起火来。

风很大，把火苗吹灭了，她又划了一根，拢起手来护着。她从怀里拿出一个红色的日记本，一页一页地撕下来，投进那团火里。其间她停下来好几次，像是在读纸上的字。最后，她把红色外壳也扔了进去，火苗忽然蹿得很高。她一直蹲在那里，看着它平息下去，渐渐变小，完全熄灭。然后她站起身，抹了一下脸，抱着双肩走进了楼洞。

我忽然意识到，她对你爸爸也怀有一种"见不得光"的感情。那时候是因为喜欢他，才会偷偷跟踪吧。大家都忙着找出凶手，她却沉浸在自己的心事里。本以为抓住这份感情，就可以躲开外界的纷扰，随后却发现了你爸爸和汪露寒的隐秘交往。那些纷扰就像天罗地网，根本无处可躲。她是因为喜欢你爸爸，才没有告密的吗？有可能。那样做会拆散他的家庭，也会毁了他的前途。但肯定也还因为恐惧，怕事情越闹越大。所以是恐惧和爱，使她保持了沉默。你爸爸可能既不知道她的爱，也不知道她的恐惧，他什么都不知道。而他死了，也再不可能知道了。不，也许她不这么想——既然他死了，他什么都可以知道了。所以她才急着去烧那个本子。我好像见过那只红色本子，在某个箱子里。可是为什么没有打开它呢？也许我根本不相信姑姑会有什么秘密吧。

我还有很多问题想问姑姑。她发现真相以后是如何面对李牧原的呢？她还能继续喜欢他吗？当看到他仍旧过着和从前一样的日子，自己的生活却完全被毁了的时候，她真的没有怨恨过他吗？她没有告诉他真相的冲动吗？我意识到自己的处境和当年的她何其相似。我们被困在同一个故事里，就像仓鼠在轮形的笼子里一圈一圈地奔跑。如果仓鼠知道自己一直都在原地，它会怎么样？

没过几天，你回来了。那是一个星期一，早晨就开始下雪。下午语文课之前，大斌急匆匆跑到我面前，说李佳栖回来了，她要转学了，她妈妈带她来办手续。我的心震了一下，但并不吃惊。你终归是要以某种方式离开，就好像你和这里发生的所有事都没有关系一样。是的，你就是拥有这样的自由。大斌揉了揉发红的眼睛说，她先回去收拾东西了，让你放学后去她爷爷家找她。

那天下午雪越下越大。大风把教室最后面的窗户刮开了，玻璃被震碎了。老师取消了班会，宣布提前放学。同学们背起书包，三三两两离开教室。我仍旧坐在自己的位子上。上星期刚换过座位，现在是在最里面一排，挨着暖气。风从背后那扇没有玻璃的窗户刮进来，冷热两股空气在身体里拔河。我打开作业本，撕下最后一页纸，写了一封信。只有一句话，但我管它叫作信。

　　李佳栖，你爷爷是害我爷爷的另外一个凶手。但我不会恨你的，我们还是朋友。

　　我把信折成小方块攥在手里，穿上外套走出了教室。小操场被雪填满，显得无比空旷。雪花在空中翻卷，大片大片地撞在脸上，让人无法呼吸。我拉上帽子，捏住外套敞开的领子，迈着大步向前走。也许这是最后一次见你，我有很多话想跟你说，但可能没有机会了。你妈妈会催促你快点走，你奶奶在旁边冷冷地盯着我们。我们能有多少时间呢？十分钟，半个小时？我该如何分配它们，用多少时间安慰你，用多少时间来告别？我想拥抱你一下，在离开的时候，然后把那封信塞在你的手里，迅速转身跑掉。没有多少时间了，耳边有个声音在说，快点，快点，可是我走得越来越慢。到了康康小卖部门口，我停了下来。

　　我听到一阵呜呜的哀叫声。好像是一条狗，但不知道在什么地方。小卖店黑着灯，门上挂着锁，天气不好，店主提早关门了。我走到门前的棚子底下，那里有张木头桌子，以前有只流浪狗喜欢待在底下，特别瘦小，一条腿是瘸的，你还喂过它好几次。我拉开桌子下面放酸奶罐和汽水瓶的塑料筐，它不在那里。哀叫声又响了起来。我仔细辨别着方向，在棚子的右边，那里是一条排水沟。我走过去，看到里面有一团黑乎乎的东西，在轻轻地颤抖。

"你在这儿啊。"我轻轻地说。

那条流浪狗哀叫了几声，仰起头。

那张脸我永远也无法忘记。眼睛和上半截鼻子都被裹在一层硬邦邦的壳子里，如同戴着一个铁皮面具。那是眼睛里流出来的脓，混着泥巴，结成了一层很厚的痂，已经冻住了，糊住了半个脸。是因为完全看不见路，才会跌进排水沟的吧，腿又是瘸的，跳不上来。

我蹲下来看着它。它感觉到我的靠近，变得很激动，发出一串叫声，努力想支撑起身体，试了一次又一次，还是站不起来。它只好拼命向上伸长脖子，看着我。它看不到我，它只是想让我知道它在看着我，那张硬壳面具后面，有一双充满期待的眼睛。

"别害怕。"我抚摸着它，拂去落在毛上的碎雪。它的身体比想象的暖和。它乖乖地伏在那里，喉咙里发出呜呜的声音。

我猛然抽回了手。它好像感觉到了什么，惊恐地抬起头，支着脖子寻找我。我把双手插进排水沟旁边的积雪里，然后把它们推进沟里。雪哗啦哗啦地砸在狗背上，狗慌乱地摇晃着身体。我跨到排水沟的另一边，把边沿的雪全都推下去。雪没到了狗的脖子，只剩下竭力仰着的脸。它在看着我，它让我知道它在看着我，喉咙深处断断续续地发出几丝叫声，已经被寒冷勒得很细的声音。我盯着那张漆黑的面具，想象着在它后面的充满恐惧的眼睛。多么微不足道的生命啊。我走到康康小卖部的棚子底下，拿出那只脸盆，用它铲起积雪倒在排水沟里。松雪里混着沉沉的泥土砸下去，狗奋力甩着头，拨开雪，把它的脸露出来。我又铲来雪，盖住它。那个脓浆结成的硬壳在白雪中不断缩小，抖颤，缩小，抖颤，消失，静止。我把攥在手里的那封信也丢了下去，然后倒了几盆雪，用脸盆底把它们压实。

时间究竟过去了多久？我站起身来的时候，脚已经麻了，双手冻得又红又肿。天完全黑了，雪还在下，雪片从空中迅疾地落下来，像落在沙漏底部的一粒粒时间。那些已经失去了的、不再属于我的时间。路灯忽然亮了起来，光线照在地上，让积雪显得很脏。我把脸盆放回去，手揣进口袋，朝着回家的方向走去。

推开家门，奶奶和姑姑正要吃饭。

"外面冷吧？"姑姑问。

"嗯。"我应了一声，没有洗手就坐下来。姑姑掰开一个馒头，把一半递给我。我紧紧地抓住它，把指甲嵌到暄白的面里，像是捧着一团热腾腾的雪。我仿佛感觉到手指渐渐融化，那些很深的掌纹都消失了。

那么多年以来，我几乎没想起过这件事。我只是记得那天走到康康小卖部门口就掉头回家了。不知道因为什么，是天气原因，还是不想去你爷爷家。当中的一小段记忆被抹掉了，我没有遇到那只狗，不，它根本没有在这个世界上存在过。现在我想起来了，二十多年来第一次，如此清晰，那张戴着面具的狗脸。它那么卑微，那么悄无声息地活着。这样的生命毫无意义，不是吗，我觉得自己有责任帮它做个了结。这个过程给了我满足感吗，还是令我更加空虚？我忽然不想去见你了，就像有一个离心的力，把我甩了出去。我冲出原来的轨道，从写好的故事脚本中逃脱。我不知道属于我的新故事是怎样的，唯一确定的是，那个故事里没有你。

李佳栖

　　再次见到谢天成，是去年的事，在火车站旁边的一个咖啡馆。从角落里的窗户望出去，外面是下过雪洇着黑色泥水的过街天桥。戴着鸭舌帽的男人在那里卖一些廉价的玩具，眼珠子会亮的愤怒小鸟，扑棱着翅膀在空中飞了一阵子，一头栽到地上。过街天桥的另一边，能看到车站尖楼上的钟，还有"北京站"那三个红色大字。在等他来的时间里，我一直望着对面的车站，依稀看见黑压压的人群中，他带着十二岁的我，快步走向候车大厅。进门的地方人多，他本能拉住了我的手，但立即被我甩开。他回过头来对我笑了一下。一个有点尴尬的笑容，像是在说没关系的，不要紧。不知道为什么，我一直记得那个笑容，也许因为它所流露出的宽容的善意。我所凭借的不过是陌生人的那一点善意，可怜的白兰琪说。

　　他出现了。我看着他朝这边走过来，很欣慰他和我从十二岁的眼睛里看出去的一样高大。不过如果不是凭靠一种直觉，我其实没办法认出那个人就是他。他看上去很老，眼眶深深地凹陷下去，鬓角的旁边是大块的暗斑。手背上也有很多，他坐下来掏出烟的时候我就注意到了。

"有二十年没见了吗，我们？"他问。

"十八年。"我说。

"我女儿都十六了，"他说，"已经交男朋友了。"

他那件宽大的褐色线衣，在身上晃晃荡荡的，里面没穿衬衫，露出一截黝黑的脖子。他递给我一支云烟，我说抽不惯，从包里拿出自己的烟。

"你也抽这个烟？"他拿起"520"的烟盒看了看，"真是好多年没见着了。"

谢天成当年也是在莫斯科做生意的。和玲姨一样，后来没做过别的工作，总想干笔大买卖，试了很多回都失败了，最近这几年终于死了心。好在早年用当时在俄罗斯赚的钱买了几套房子，每个月都能收些房租。以前还买了好几台车，现在车牌值钱了，也租掉，这些钱加起来，养活一家人不成问题。日子过得很清闲，平日里炒炒股票，打打麻将，晚上跟当年一起去俄罗斯的老朋友喝喝酒，主要是不想早回家，老婆到了更年期，变得越发啰唆。

天很快就黑了，窗外的车站已经看不见。但"北京站"三个字依然清晰，空悬于夜色中央。从那里离开后，我们去了一家生意很好的火锅店。他问起我的情况，对时尚编辑这个职业很感兴趣，觉得那挺光鲜的，得知我已经辞职，觉得有些惋惜。我说仍然会帮那些杂志做些采访。他问会采访谁，我就随便列举了几个。

"我喜欢舒淇！"他说，"大厚嘴，她本人也那么性感吗？"

面前的火锅煮沸了，九宫格里放着不同的食材，咕嘟咕嘟翻滚着，就像不同的人活在不同的人生里，却有一种殊途同归的意味。他夹着烟，捞起很烫的羊肉放进嘴里，再就一口冰啤酒。很奇怪，这个对面的男人，虽然已经完全不是当年的样子，身上却充斥着九十年代的气息。火车、莫斯科、迷人的淘金梦。那是他的黄金时代。和玲姨一样，他会不断说，好时候已经过去了，现在一切都乱糟糟的，越来越看不懂了。当那个时代的气息弥漫开来的时候，我觉得爸爸好像就在附近的什么地方。但我始终没有提起他。

火锅店在商场里面，打烊很早，我们又去了一间酒吧。地方是他选的，在河边，一间有台球桌能看足球赛的爱尔兰酒吧。

"我以前常来。"他喝了一口啤酒，"你们年轻人现在都玩什么，还泡吧吗？"

"有时候吧，"我说，"我也不知道年轻人都玩什么。"

他哈哈笑起来："你们就爱把自己弄得一副沧桑的样子。"

"你结婚了吗？"他问。

"没有。"

"还是得找个人一起过啊，别逞能，觉得自己什么都干得了。"他说。

那个时候，我和唐晖又住在了一起。分手后他一直很牵挂我，经常会给我打电话，说说他的近况。写了篇满意的论文，见了个有趣的人，吃了道没吃过的菜，他都会跟我讲一讲。离开许亚琛一年的时候，他说，你种的花开了，要不要回来看看。我们站在窗前，他看着外面，说我可能有点固执，也有点自大，但我还是觉得只有我能让你过得幸福。他攥住我的手，把它拉向他心口的位置。两个星期后，我搬回了那套房子。我们养了一只泰迪犬。它有时睡在客厅，有时睡在储藏室，就是不肯睡给它准备的那个窝。

"前两天碰上一个以前一块儿去莫斯科的朋友，还说起你爸爸。"谢天成说。

"说他什么？"

"说你爸爸还欠他好多钱。"

"多少钱？"

"挺多的吧，从九三年到现在，算上利息。这些年他到处找汪露寒，想让她还钱。要是让他找到你，肯定缠着不放。"

"没找到汪露寒？"

"找不到。"他看了我一眼，"怎么了，不相信？我都十几年没见过这个人了。"

"后来我还经常想，你们到底有没有在一起。"

"没有——如你所愿。"他笑起来。

谢天成说，他喜欢的也许只是有一段时间里，在某种状态中的汪露寒。搽着漫到唇线之外的鲜艳口红，眯着眼睛一支接一支地抽烟，扭过头来看你的时候，把满口的烟喷到你的脸上，然后忽然大笑起来。他爱她身上那一点点的疯癫和恰到好处的神经质。可是后来她真的疯了。

　　我爸爸刚去世那两年，谢天成和汪露寒还有一些来往。他承认他确实对她抱有幻想。她搬了家，剪了短发，在王府井百货大楼找了份卖化妆品的工作。没客人的时候，她就把香水喷到纸片上，用力在空中抖动。他有两回去看她，她问他，你能闻到我身上的香味吗？能，他说。什么香味，她问。他说，甜甜的，还有点檀木的味。她说，嗯，我自己什么都闻不到。上班的时候，她就把秦婆婆反锁在家里。他每个周末都去家里看她，希望能从她的态度中找到一丝变化。她却总是那副冷冷的样子，毫无起色，不过也没有糟到让他彻底放弃的地步。到了一九九五年，秦婆婆得了严重的肺炎——大冬天她一个人在家里，打开了所有的窗户。没过半年，她就去世了。他又陪汪露寒办了一场丧事。秦婆婆走了也许是好事，他当时想，汪露寒可以彻底抛开从前的阴影，开始新生活。她确实开始了她的新生活，不知道从哪里结识了一帮信教的人，跟着他们信上了耶稣。不是那种睡前读读《圣经》、礼拜天去去教堂的信徒，而是要有行动，每时每刻都想着如何赎罪，如何取悦上帝。她参加他们组织的各种活动，去医院、福利院、残疾人协会，风雨无阻，一次都不落下。谢天成说他从来没有见过那么偏执的教徒，像记工分似的做好事。后来她就失踪了，他去家里找过几回，都不在，一个邻居说，看见她拖着箱子和一个中年女人一起走了。他把所有认识她的人都问了一遍，谁也不知道她去了哪里。有那么一段时间，他很消沉，每天晚上到酒吧喝酒，看身上都是亮晶晶鳞片的女人在台上扭着屁股唱歌。喝醉了倒头睡过去，清晨四五点才离开，推开酒吧的门，外面的天空已经发白，街上一个人也没有。他慢慢向回走，心里很幻灭，觉得再也不会好起来了。可事实上，这样的日子只持续了不到一个月。有一天晚上又去酒吧喝酒，台上唱歌的女孩换了一个，这次他没喝醉，一直听她唱完最后一首歌，等她下台后还请她喝了一杯。从那以后他每天都等她唱完给她买一杯酒，两个星期后的一个晚上，他把她从那里带走了。随后，他密集地谈了一些恋爱。后来认识了现在的太太，很快就结婚了。

"我可能哪方面都比不上你爸爸，但汪露寒要是跟了我，现在应该过得不差。"他说，"她自己其实也很清楚。人吧，真是很奇怪，越是走不通，越是硬要往那边走。撞得头破血流，还跟自己说，这都是命。"谢天成摇摇头，把酒瓶放在桌上。

那天深夜我才回家。卧室亮着灯，唐晖正坐在床上看书。他抬起头看了我一眼：

"一身酒气。"

狗站起来，四下望了望，从床边走到浴室门口，趴下了。

一个星期以后，我和谢天成又见面了。他带我到一家老字号的餐厅吃北京菜。

"我陪汪露寒来过几回，每次她都点糟溜鱼片。"

糟溜鱼片上来了，很快变冷了。上面的芡粉像一层厚厚的胶水。

谢天成告诉我，他后来又见过一次汪露寒。那时他太太怀孕两个月，她从别的朋友那里打听到他现在的住处，来找他的时候已经是晚上。恰好他太太嫌家里热，住到娘家去了。汪露寒没吃晚饭，他就带她去了附近的一个小饭馆。大热天，她穿着长袖高领的线衣，袖肘上结满了小球。面容很憔悴，眼皮浮肿，苍白的嘴唇上掀起一块块皮，让人想伸手去把它们撕下来。她说她跟那些教徒闹翻了，他们都很坏，对她好不过是想拉拢她，利用她，她已经把他们都看透了。汗水从她的鼻尖滴下来，他从桌上拿起纸巾递给她，说你想通了就好。她说，那些人太可笑了，想要霸占上帝，好像非得通过他们才能得救一样。他把菜夹到她的碟子里，提醒她吃点东西。她吃得很快，好像根本不知道自己在吃什么。你借我一点钱，她说，我原先跟一个女教徒一块住，现在她扣住行李不让走，非要我付给她房租。这种人不能得罪，他们会在上帝面前讲你的坏话……他问她打算去哪里。她说不知道，但我很快就能知道了，上帝在沿途都会留下记号，让我走到我应该去的地方，他不会丢下我不管，他一定会帮我赎掉我的罪。她拿起手里的烟深吸了一下，吐出一口白烟，喷到他的脸上。他看着她，那曾是最让他着迷的动作，可是她并不知道，这对她不重要。随着时间的推移，这对他也将不再重要，他有些悲哀地想。听我说，露寒，他说，你并没有罪……我当然有，她打断他，显得有点激动，上帝把我留下来，就是为了让我去赎罪的。他没有再说什么。吃完饭，她跟着他走回他家。他们坐在凉席上，他拿出两罐啤酒喝。她脱掉线衣，支棱着手臂躺下来。他对她的渴望已经消失了，但他还是和她做了爱，好像非得如此，才有一个了结。一个男人和女人之间最庸俗的了结。他意识到一直以来，他都高估了自己对她的感情。他把她当作是女神，可是最后他发现，他的女神失魂落魄地到处寻找着她的神。她比他，比任何一个人都更需要一个神。

她的身体僵硬，眼睛一直盯着天花板上旋转的吊扇。就和之前吃东西的时候她不知道自己在吃什么一样，她也根本不知道自己在做什么。他起先还有点愧疚，担心是在勉强她，随后就释然了。因为他知道，自己根本不会伤害到她。谁也无法伤害到她了，除了她的上帝。结束后她摸过烟盒，坐在床上抽起来，烟灰落得枕头上都是。她说，你喜欢我，这我知道，但我们不可能，刚才的事不代表什么，你知道吧？她好像很担心他以为她爱上了自己。但她不知道，她已经没有让人那样以为的能力了。当然，那什么也代表不了，他回答。快天亮的时候，他带她去附近的银行取钱。他给的钱远远不够她支付房租，没办法，他还要养家。再过几个月，他的孩子就要出生了。那个女教徒又不是黑社会，总归可以通融吧。从那之后，汪露寒再也没有找过他。

"我梦见过她一回，"谢天成说，"在一个医院门口，她说她生了个男孩。好像赶着办什么事，匆匆忙忙走了。醒来以后我想，要是真的就好了，她能有个伴。我希望她别一个人过……"

那时我们已经又坐在那家爱尔兰酒吧。电视里在播放球赛，屏幕上一片绿，像竖过来的台球桌。我意识到自己醉了，好像来到一个很空旷的地方。记忆像一阵阵大风从面前刮过。

离开北京的前一晚，汪露寒答应我，她会一个人活下去。也许从那一刻起，她已经做好了准备，从此关闭人生，不让任何人再走进来。除了她的上帝。这些年，我时常会想起她，作为对我爸爸的思念中的一部分。我想找到她，因为想弄清楚她跟我爸爸的故事。但我从未认真想过，她后来过着怎样的生活。在我的头脑中，她的一生在爸爸去世的那一刻就停止了。要是那样就好了，但是人生很长，万念俱灰了也要继续往下活。那该有多难啊，她靠在酒柜上，幽幽地说。一行眼泪在我的脸颊上滑落。"要是现在，我会希望你们能在一起。"我对谢天成说。

那是当晚我记得的最后一句话。醒来的时候，我躺在一张沙发上，酒吧里很昏暗，全部椅子反扣，有个服务生趴在吧台上睡觉。听到声响抬起头来，说你总算醒了，你朋友也不知道你住哪里，让你醒了给他打个电话。我拿出手机，发现没电了。外面天已经亮了。路边有个早集，卖各种鲜花。我蹲下来，挑了一捧石竹梅。太阳照着花瓣上的露水，闪着绯红色的光。我抱着那捧花在河边坐了很久，才坐上早班地铁。我在逃避回家，我害怕的不是唐晖的愤怒，而是他的失望。那种痛心疾首的眼神。

我没有做很多解释，唐晖也没有追问。他只是说，能不能不要再跟你爸爸的那些老朋友见面了，答应我好吗？我没有说话。我该怎么回答呢，告诉他我又开始做那个俄罗斯套娃的梦吗，告诉他我感觉自己正在靠近秘密的核心吗？他一定会问，那个秘密到底有什么意义？他永远都不可能理解它对我有多么重要。

他很快发现，我还在和那个叫谢天成的男人见面。即便是白天，即便没有喝醉，他仍旧无法接受。我只是告诉他，再给我一点时间。他不再跟我争吵，我们陷入了冷战。他或许在考虑分手，但仍旧一天天地忍耐着。好像在等那个漫长的冬天过完。他的宽容令人感激，同时也是一种折磨。每天我都觉得亏欠他更多一点，而这种感觉不断把我推得更远。

与此同时，我抵达了秘密的核心。从谢天成那里，我知道了汪露寒和我爸爸的故事，还有在那个故事背后的更大的故事。俄罗斯套娃的梦停止了。我开始失眠。在黑暗中等着窗外变白，听着狗在屋子里走来走去，站起来又趴下。那些时候，我很想马上回南院，把这个秘密告诉你。但是你真的需要它吗？也许你根本不在意。事情已经过去那么久了，没有人还会在意。

这些故事都是汪露寒讲给谢天成的。在我爸爸刚去世的时候，大概就是我离开北京之后不久。那几天她的感情很脆弱，说了不少从前的事。她说，我知道你可能不想听，但我还是想讲一下。我应该可以讲了，是吗，人都已经死了。谢天成确实不想听，他已经预感到这个故事不会令他觉得舒服。听完就忘掉吧，好吗，汪露寒说，但也许她心里知道，他是个很好的听众，记得她说的每个字，并且会把这个故事带到它应该去的地方。

世界上一半以上的故事的发生都和天气有关。而这个故事始于一场暴雨。那天的雨下得太大，我爷爷和汪良成虽然带了雨具，但还是寸步难行。那条路上没有能躲雨的地方，所以他们跑到了死人塔。当时，批斗的人已经散了，你爷爷被他们打昏了，躺在塔楼里的地上。没有人知道后来发生了什么。你爷爷脑中被搠入一枚钉子，很快变成植物人。汪良成自杀了。到底是因为恐惧，还是畏罪自杀，谁也无法弄清楚。但是汪露寒愿意相信父亲跟母亲说的话，他什么也没有做。

　　她后来时常会想，要是那天没下雨，她和我爸爸也许一辈子都只是邻居。在楼下碰到时点点头，打一声招呼。而后各自下乡，返城之后分配到不同的工作，结婚生子，偶尔回来过年在南院碰到寒暄几句，问问对方的爱人在哪里工作，孩子是男是女。就是那种一生中多得数不清的不值一提的交情。

　　但那件事发生了。他们被那枚钉子牢牢地钉在了一起。在短短几个月里，汪露寒经历了一连串的家庭变故。父亲用橡皮管勒死了自己，母亲躲进了衣柜里。哥哥远在北京回不来，她一个人撑起破碎的家，照顾精神失常的母亲，洗菜烧饭，做所有的家务。有一天弄丢了粮票，在街上一直找到天黑，第二天只好厚着脸皮去问亲戚借。还有一天下着大雪，她借了一辆底盘车，到煤站拉一车煤球回家。半路上经过一个大下坡，被两个少年拦住了去路。其中一个是你爸爸。你爸爸一直以报仇为名纠缠她。他们冲上去把底盘车掀翻了。煤球沿着坡道滚下去，埋进积雪里。他们在上面踩踩了一番，才满意地离开。汪露寒把碎掉的煤球从雪里拣出来，放回车里。我爸爸走过来，蹲下帮她一起拣。他一直远远地跟着她，像一个影子，忠诚而无用。在她被欺负的时候，他也只能远远地看着，什么都不能做。汪露寒低着头说，走吧，不用你管，你不是得跟我划清界限吗？

划清界限，他确实应该这么做，可是界限究竟在哪里？表面上看，他们的处境如此不同：她的父亲畏罪自杀，母亲疯了，整个家都毁了，他家却一切如常，过着平静的生活。可是事实上，她是罪犯的子女，他也是。他父亲什么也不肯说，但是他知道他也脱不了干系。不同的是，他必须假装自己是正常人。他告诉她，那种滋味并不好受，和其他同学在一起的时候，他总是觉得很沉重，他们狂热的情绪让他不安，他害怕他们有一天会把他揪出来。他总是做同一个噩梦：他们给他的胸前挂上牌子，押着他在南院走，然后让他站到操场上的高台子上去。他也不想回家，家里压抑得让他喘不过气。父亲蹙着眉头，一言不发。而母亲只是偷偷地哭，然后把手放在《圣经》上祷告，主耶稣啊，请求您的宽恕。他觉得她对上帝似乎也不是很有信心，才非要讲那么大声，说那么多遍。而弟弟好像什么都听不到，专心地坐在灯下读书。他不过比他小两岁，却好像完全懵懂无知，当然这也可能是一种成熟的表现。全家人坐在方桌边吃晚饭的时候，各自低头扒饭，谁都不说一句话，屋子里静得可怕，只能听到一片响亮的咀嚼声，仿佛每个人都在啃噬着其他人的骨头。

他对汪露寒说，我知道我帮不上什么忙。但是跟你在一块，我就能安心一点。

汪露寒每次从楼洞里走出来，都会朝二楼的那扇窗户望一眼。她知道我爸爸很可能正坐在窗前看着楼下，等着她出现在这条路上。她继续慢慢向前走，用不了多久，他就会出现在她的身后，陪着她一起去菜场、粮油站、旧货调剂商店，在路上，他们总是相隔一段距离，看起来不相干地各自走路。她有时会故意加快脚步，猛然转弯躲起来，把他甩掉。他一开始很着急，后来习惯了，就抄一条近路跑到前面去等她。她见到他也不惊讶，像没有看到一样径直走过去。于是又恢复了老样子，他远远地跟在后面，直到她走进楼洞，消失在视线里。

他们一直保持着这种隐秘的友谊。直到有一天，她去护城河旁边的自由市场，你爸爸和两个男孩迎面而来。他们揪住她，用绳子把她的手绑在背后，给她头上套了一顶破旧的毛线帽。她的整个脸被蒙住，什么也看不见。然后他们拽着她的辫子让她原地转圈。不知道转了多久，辫子被松开了，周围静悄悄的，他们好像都消失了。她头晕得厉害，踉踉跄跄往前走，想找棵树靠一靠，可是一脚踩下去是空的，身体失重，迅速下滑。头顶没入水中的时候，她听到我爸爸在喊她的名字。

那条河不深，但汪露寒不会游泳。她的手被绑着，只能靠脚用力蹬踏。十二月的河水寒冷刺骨。身体里的热量很快耗尽，她开始往下沉。触到河底的那一刻，她看到了她父亲，他用那双浅褐色的眼睛静静望着她。她停止了挣扎，也不再觉得寒冷。她等着他过来，把自己领走。但是父亲转过身去，然后消失了。随即有一双手托起了她的身体。再睁开眼睛的时候，她发觉自己正被拖着朝岸边游去。明明是傍晚，天光就要散尽，她却觉得是黎明，好像有轮太阳，正挣脱了云层冲出来。

很多年以后，汪露寒和我爸爸在使馆的派对上再次遇到，旁边有人说起去北戴河冬泳的事。我爸爸转过头来问她：

"你学会游泳了吗？"

她摇了摇头："可是我的腿很有力气，能一直蹬水。"

他们都笑了。隔了一会儿，汪露寒说：

"其实我知道前面是河。"

"我就是想让你跑出来，让他们都看到你。"她说。

他苦涩地笑了一下："嗯，我也知道。"

"你知道什么？"

"沾上你就别想脱身了。"

那个很像黎明的黄昏，他浑身湿淋淋地跟在她后面，来到她家。她给他拿了一件她哥哥的衣服，脱下自己的棉衣，搭在炉子旁边的椅背上。她母亲从大衣柜里探出头来唤她，问是谁来了。没谁，她说，解开湿答答的辫子，拿起窗台上断了齿的梳子梳起来。头发枯得厉害，打了结，扯得头皮生疼。她有点享受那种疼，一下下梳得很用力，断掉的头发簌簌落了一地。屋子里很暗，窗户上遮着深蓝的布，用图钉钉得严严实实。他想帮她换掉不亮的灯泡，但她说不用，她母亲怕光。去厕所的时候，他看到了那扇窗户，也用布遮挡上了。但有稀落的光从右上角漏进来，那块布钉得一边低一边高。可能是插销坏了，窗户关不紧，风不断钻进来，把那块布吹得鼓鼓的，又忽然塌瘪下去，露出一道道窗棂，黑淋淋的影子在布上颤动，仿佛那后面是一只五指张开的骷髅的大手。他跑了出去。

他回到炉子边，端起布满茶碱的缸子咕咚咕咚喝水。她又给他倒了一些，在旁边坐下，抱起自己的缸子，但没有喝，只是捧着暖手。外面天也许已经完全黑了，但是没有人知道。屋子里只是开着一盏台灯，拧到极暗，几缕光线耷拉在他们的脚上。她母亲从衣柜里探出头来，鬼鬼祟祟地看着他们。过了一会儿，里面传来细细的流水声。水注顺着衣柜边沿淌下来。她母亲尿了。她从晾条上摘了条毛巾跑进去。

"我知道你是故意的。"她说。

"我憋不住啦。"她母亲说。

"我知道你是故意的。"她冲着母亲大声说，把毛巾丢到盆里。

她走进厕所，用力搓洗毛巾。她不愿意对母亲发火，可是总会忍不住。她觉得母亲分明可以好起来，只是她自己不想那么做。所以不管过去多久，她们的生活都不会有起色。她扶着水池边沿，眼泪不断往外涌。他在门边站了很久，才走过去，拉起她那只湿漉漉的手。一阵风涌入，小窗户鼓起来，像一轮寒冷的太阳，在头顶照耀着他们。

那天以后，你爸爸也开始找我爸爸的麻烦，逼问他为什么总是跟着汪露寒，让他承认他父亲参与了汪良成的阴谋。我爸爸任凭他们辱骂，什么话都不说。你爸爸就带着人到我爷爷家去。家里只有我奶奶，他们就让她说和罪犯汪良成到底是什么关系。后来我爷爷回来，把他们赶走了。我奶奶吓坏了，好几天没下床。她把我爸爸叫到身边，求他以后不要再和汪露寒来往。离她远一点吧，她说，别把我们这个家给毁了。而我爸爸回答，这个家早就毁了。

为了摆脱你爸爸的纠缠和我奶奶的干涉，在外面的时候，他不再跟着她了。但是每天他都会去她家看她。他担心她一个人上街被你爸爸欺负，就让她待在家里，自己替她去买东西、拉煤和运粮食。每次去看她，他都想办法从家里偷出来一点东西。有时候是一个馒头，有时候是两个包子，运气特别好的话，能有一窄条五花肉或者一小包炼好的油渣，她会高兴地拍手。后来他开始偷家里的粮票和钱，折成细卷，塞进棉袄的边缝里。有一次他从里屋柜子里拿钱，我奶奶刚好走进来，看到他连忙转开头，从屋子里退了出去。原来她早就发现了，只是假装不知道。后来他就固定到那里去拿钱。他和母亲之间似乎达成了某种默契：她给他钱，替他瞒着父亲，他则不要让别人看到自己和汪露寒来往。

他在汪露寒家里待的时间越来越长，常常带去一些书，跟她在外屋那盏幽暗的台灯底下读。有个同学的哥哥是"红卫兵"头子，从别人家里抄回来好多外国小说，他就偷偷借出来。她很喜欢看，虽然有很多都读不懂，但书里总有另外一个世界能让她躲一会儿，暂时逃离眼前这个破败的家。《安娜·卡列尼娜》是她最钟情的一本。火车和莫斯科都很令人向往，她还无端喜欢"渥伦斯基"那个名字，念起来朗朗上口，有一种冬天的韵律。这本书他还了又借好几回，最终以一把口琴作为交换，被永远地留下来，并在一个黄昏交到她的手上。此后她一直把它带在身边，还去了法国和非洲，直到多年以后他们再次遇见。她背着丈夫跟他一起去了莫斯科。在摇摇晃晃的火车车厢里，他看到那本书静静地躺在她的皮箱里。她凄凉地笑着说，安娜也许就是我的宿命。那本书最终毁于他们之间一次很平常的吵架。她把它撕得粉碎，从窗口扔了出去。

我爸爸通常会在汪露寒家逗留到吃晚饭的时候。她父亲菜烧得很好，把她母亲的嘴养得很刁。他很快掌握了那种江南做法，每次都多放一勺糖，再倒一点酒。后来他开始自创一些做法，重新搭配那几种菜，大多数时候都很成功，有几回她母亲吃得很高兴，让他明天再做一样的。很奇怪，她母亲好像完全不记得他是谁，对他表现出很信赖的样子。后来就总是他做饭，她负责择菜和洗碗。他们穿着她爸妈的围裙，像模像样地在狭小的厨房里忙活着，如同这个家里的男主人和女主人。她母亲反倒像他们的小孩，挑食任性，喜怒无常。

一旦她母亲犯起病来，这种短暂的安宁立即会被打破。他必须留到傍晚，更重要的原因是，她母亲总是在这个时间发作。傍晚一到，楼下变得很热闹，人们陆续从外面回来，叮叮咣咣的自行车铃铛、小孩们的奔跑叫嚷、厨房里浒起的油烟。那些声音招引着她母亲，使她忍不住扒开钉住的窗帘往下张望。看着天光渐暗，一盏盏窗户点起灯来，她坐在黑暗里，开始发抖，对着墙壁呼喊丈夫的名字，哀求他不要丢下她。

　　"不要怕，又不是你干的，你怕什么，是你的钉子又怎么样，你什么都没做啊……"她不断重复着，好像再多说几遍就能让丈夫改变心意。她一次又一次回到那个夜晚，回到命悬一线的时刻，试图用徒劳的劝解把丈夫从死神那里夺回来。

　　这些话对我爸爸来说，充满了控诉的意味。虽然她母亲目光涣散，眼睛里完全没有他，他却觉得她正逼视着自己。他们必须把她按住，尽快喂她吃药，让她平息下来，否则就会愈演愈烈，她很快开始撕扯自己的头发，用头去撞门，或是冲到厕所里要爬上那扇窗户。每次等到她吃了药，慢慢停歇下来，他们已经累得精疲力尽。这时他才能放心回家。离开的时候，汪露寒垂着眼皮也不看他。

　　"好了，妈，没事了。"她轻轻拍着母亲的背。

　　他知道她心里又在怨他。每次母亲犯病，都会提醒她一遍，是谁把她家弄成现在这样的，让她重新认清他们的

"关系"。她母亲的病一直离间着他们的感情。如果她几天没有犯病，他们就会亲密很多，第二天一场大闹，又立即疏远起来。她心里刚刚融化的地方又结起了冰。

后来，汪露寒尽量不让母亲午睡，下午晚些给她吃一片安定，让她一觉睡过黄昏。这样她晚上会变得很精神，折腾到清晨才入睡。汪露寒情愿一夜不眠，也想过一个安宁的下午。那是她和我爸爸两个人的下午。她一边洗衣服一边听他念小说，听到优美的段落，她会让他再读一遍，慢一点。有时候故事很滑稽，他干脆表演起来，逗得她哈哈笑。他们分吃一个苹果，比谁削下来的果皮更长。后来她练得削完整个苹果，果皮一次也不断。阳光好的时候，她忍不住撬掉图钉，打开窗帘，一边擦地抹窗台，一边哼起歌来。雀跃的光斑在她脸上跳来跳去，好像在和她做游戏。在短暂忘记了她母亲存在的时刻，她恢复了活泼的天性，变得很爱笑。很多年以后，他告诉她那时候她的每个笑容都像夜空中划过的流星，他很想找个罐子把它们都收集起来。

有一天，他送给她一只毽子。她想在屋子里试几下，却停不下来了。正踢得忘情，忽然发现她母亲不知什么时候醒了，正站在门边看着她。她慌忙抓住空中的毽子，把手背在身后。

"看把你高兴成什么样。"她母亲说。

"妈，没有。"她说。

"嗯，一个毽子就能让你那么高兴。"她母亲说。

她咬着嘴唇，抬起手擦掉额头上的几滴汗，把那一点快乐的痕迹抹去了。

天黑了吗？她母亲喃喃地说，走到窗边，拉开一道缝看出去。就要黑了，就要黑了，她自己回答。她正在酝酿情绪，要好好发一次病。她母亲不想从痛苦里走出来，那好像就意味着背叛。她也不允许汪露寒走出来。所有的快乐都是不敬的，应该被禁止。她母亲是一只从往事里伸出来的手，非要把她拉入那个记忆的黑洞。那时候，她就意识到一个残忍的事实，只有离开她母亲，她才有可能快乐。成年后她远走他乡，除了因为机缘，或许也是一种求生的本能。很多年后，在得知哥哥查出癌症晚期的那一刻，她立即想到，这是一种召唤，它终于来了，她要回到母亲身边了。

那几年，她哥哥汪光毅一直在北京。大学毕业后，他被分配到外交部。父亲刚出事那两年，他没怎么回家，有一次跟同事去泰安，经过济南也没下车。他不想让别人知道家里的事，害怕自己受牵连。因为这个，他一直很愧疚，到了一九七二年，部里分给他一套房子，虽然条件简陋，但他决定把母亲和妹妹接过去。先前他回济南探亲，正好你爸爸刚带着人到家里闹过一场，炉子被踢翻了，点着了窗帘，把一面墙都熏黑了。母亲受了惊，又躲进大衣柜。他看得触目惊心，汪露寒却早就习以为常。令汪光毅更吃惊的是，他撞见了我爸爸，正踩在凳子上换窗帘。他站在屋子当中，显得碍手碍脚，倒像是个外人。他当然记得我爸爸是谁，这更坚定了他要把妹妹带走的决心。

汪露寒自然不肯去。但是她哥哥说，这是为了母亲，换个新环境，她的病也许能好。你可以先办借读，过几年再回来，到那时程家也不闹了。汪露寒找了很多借口，想说服她哥哥先带母亲过去，自己随后再走。但是汪光毅不答应，还立刻给她们买好了票。几天之后就动身。你到底有什么舍不得的呢，汪光毅盯着她的眼睛问。她把目光躲开，摇了摇头。

之后的几天都在收拾行李，她哥哥守在旁边，她连通知我爸爸的时间也没有。直到临走的前一天，她才借着去图书馆还书的理由逃出来，跑去敲我爷爷家的门。开门的是我奶奶，看到汪露寒吓了一跳，还没等她反应过来，我爸爸已经紧随汪露寒的脚步跑下楼去。他们像从前一样，一前一后相隔一段距离地走着，来到了图书馆的后面。那里有一片荒地，草长得很高，能没住人的腿。她说完这几天发生的事，我爸爸沉默了好一会儿，说其实你早就想走了，对吧，待在这里要受那么多的罪。她很生气，争辩了几句，但我爸爸好像根本没再听，脸上露出一种苦涩的、好像什么都知晓的微笑。我知道会有这一天的，他说，背过身去，弯腰捡起一块小石头，在楼后的墙上胡乱涂画。她站在他身后，想告诉他自己对他的感情，这些年她从来没有说过，然而这时好像也无法再说了。他说早知道会有这一天，意味着他并没有想过以后要和她在一起。那当然不可能，她是罪犯的女儿。她总是忘了他们是不一样的。

她忍住眼泪，问你会去看我吗？不知道，他说，继续闷头写字。好，她点点头，我走了。她走得很慢，等着他追上来。一直到快走到家楼下，她都觉得他肯定会抄近路到前面截住她。上楼梯的时候，她仍抱着一丝希望身后会有个声音叫住她。就算是回到家，她也觉得他会来找她，整个晚上都没睡，每隔一会儿就走到窗前，拨开帘子往下看。第二天一早出发前，在楼下站了好一会儿，到了火车站，放好行李又跑下来，在"济南站"的牌子底下站着，直到火车鸣笛，乘务员喊她。火车开动的那一刻，她终于死了心，伏在前座的靠背上哭起来。

"你是个绝情的人，临走连一句话都不跟我说。"很多年以后讲起这件事的时候，她还在怨他。

"说了，在图书馆后边的墙上。"

"你说什么了？"

"不告诉你。"

谢天成说，汪露寒讲到这里的时候停了一下，抬起眼睛问他，你说那些字还在吗，我是不是应该回去看看？ 然后她说，李牧原不是绝情。他是太悲观，不相信美好的事物能长久，当他要失去一件东西的时候，已经被沮丧和自尊打败了，根本不知道应该伸手去挽留。

但她还在挽留。离开济南的第三个月，她给他寄了一封信。信应该是被他母亲扣住了。后来又写了一封，也没有到他手里。第三封信寄出去的时候，他已经下乡了。一九七九年，她回过一次济南，听说他考上了大学，也结了婚。她并没有感到意外，只是觉得等到了一个一直在等的消息。离开济南的前一天，她去了他的学校。那天下着雨，到他寝室的时候，她的衣服都淋湿了。室友告诉她，周末他回家了，听说她是他的老朋友，还拿出一本诗社的杂志送给她。临走时，她带走了一把他的伞。她撑着伞穿过校园里的草坪和林荫道，经过食堂和操场。在公教楼的屋檐下站了一会儿，翻开杂志，读了几首他写的诗。雨停了，她收拢伞，朝着学校大门的方向走去。

第二年，她嫁给了她哥哥的一个同学。学法语的，也在外交部工作，比她大八岁。一年以后，她跟着丈夫去了非洲。先是在阿尔及利亚，后来去了塞内加尔。在那些外国人眼里，她是使馆工作人员的妻子，一个矜持的中国女人。没有人知道她是罪犯的女儿。在使馆后面的花园里，她看着黑皮肤的女人爬到树上摘芒果，阳光透过叶片的缝隙漏下来，她仰起脸，对着太阳。想到那段黑暗又甜蜜的日子，觉得它们如此遥远，像一只驶出了地平线的小船。她知道自己已经走出了往事的阴影。

虽然一直没能有个孩子，汪露寒觉得有些遗憾，但是两个人的生活也挺自在。有时候，她觉得丈夫更像是自己的一个旅伴。他们不断迁徙，在陌生的国家住下来，等到把那幢异乡的房子住出一点自己的气味来，也就该跟它说再见了。他们拉起行李箱，和那些照顾过他们的人挥手作别。每年圣诞节寄明信片的时候，那些老朋友的脸会再次浮现在他们的面前。一年一度，他们谈论起那些人，想象着他们现在的生活会有什么改变。总是在旅途中的人，经历了太多的离别，会渐渐变得无情。他们很清楚感情就是一段一段的，所以更懂得好聚好散，善始善终。这种冷酷的理智是丈夫身上的一种可贵品质。汪露寒一直很希望把自己变成和他一样的人。

在静谧的生活中，时间失去刻度，就这样，无知无觉地过去了十二年。那些年留下了很多照片，要是没有右下角的日期，她根本没办法把它们排列起来。在那些四季炎热的国度里，她穿着连衣裙，戴着珍珠项链，微笑着坐在或者站在丈夫旁边。

如果没有再见到我爸爸，汪露寒说，她想象不出有什么理由会和丈夫分开。但是重逢的那个夜晚，她隔着酒会上晃动的人影，一眼认出这位二十年没见的故人，脑袋一阵晕眩，有股电流经过身体，把她从一个很长的梦里惊醒了。当她朝着他走过去的时候，先前十几年的静谧生活，在身后轰然坍塌。那种过去令她信赖的幸福，忽然变得很虚假。她再也回不去了。

第二个星期，她没有跟随丈夫出访，而是和我爸爸一起去了莫斯科。在那辆火车上，他们紧紧地靠着彼此。窗外是萧索的山坡和落满雪的大湖。他看着她说，是你让我的生活又有了意义。她的心紧了一下。面前这个男人比起少年时落拓了不少，从前明亮的眼睛里落满了灰。她攥紧他的手，说我会一直陪着你，往后的每天都会很开心。他点点头，当然，我们一定会很快乐。

从莫斯科回来，汪露寒就提出了离婚。面对这个突如其来的消息，她丈夫依然表现得很有风度。他透过金丝边的小圆眼镜静静地看着她，然后问，你觉得你还需要多一点时间再好好想想吗？不用，她回答。好，他说，我月底要去法国，最好能在那之前把手续都办完。后来，她只是在电视上看到过他。那时他已经是某个非洲国家的大使，身旁站着一个戴珍珠项链的女人，矜持地微笑着。

几乎是同时，我爸爸也提出了离婚。虽然我妈妈没有答应，但那不过是个时间的问题。随后，我爸爸就和汪露寒搬到了一起住。他们有过一段很愉快的时光。生活在一起的感觉如此熟悉和亲切，就像回到了从前，在她家那两间幽暗的屋子里。他们甚至有意模仿少年时的情景，从早到晚待在窗帘紧闭的房间里。他给她读小说，他们一起做饭，站在窗前分吃一只苹果。这些事随时会被突然涌起的情欲打断。做爱取代了言语，成为最重要的交流方式。但是在那种疯狂的欢乐里，她总是能感觉到一丝难以驱逐的恐惧。好像有什么东西会忽然把他们分开。她从来没有跟我爸爸讲起过，很多话说出来会变成石头，永远横亘在那里。而且她情愿相信，那种感觉不过是时间没有代谢干净的一点残余阴影，渐渐就会消失。

所以当哥哥得了癌症，她必须把母亲接过来的时候，心里不可能没想过，这会对他们的关系构成危险。虽然时间带走了不少痛苦，但她还记得面对发病的母亲时的那种无助。坦白说，这些年在国外，她对母亲的牵挂并不是很多。她知道母亲有人照顾，过得挺好，这就足够了，有时候一个月也不会通一次电话。每次听到母亲的声音，她都会很紧张，觉得下一刻那个声音就会撕裂、爆发。她逃避了十几年，现在没办法继续逃避下去了。

不过我爸爸的反应倒是挺淡然，很支持她把母亲接来。他说，多年前的那个临时家庭，是由他们三个人组成的，她母亲也是其中的一员。他常常会想起她，感到很亲切。那时他们还是孩子，才会那么无助。而现在他是一个有能力的成年男人，能带给她母亲很好的生活。但他讲这些话的时候，已经喝得半醉了。酒鬼总是比较乐观。他没有像之前所说的那样，把酒戒掉，在她母亲住过来以后，喝得越来越凶了。他们开始争吵，互相怨恨。

谢天成问她，如果你母亲没有跟你们一起住，你觉得你和李牧原能过得好吗？

没有如果。汪露寒说，李牧原说得对，我们从一开始就是三个人。我母亲一直在我们中间。她熄灭了最后一支烟，把烟蒂插入布满红心的烟缸。一个黄昏又开始了，歌声从紧闭的房门里传来：

"天上布满星，天上布满星……"

另外一次见面的时候，我们谈起钉子的事。我问谢天成，汪露寒有没有说我爷爷和她爸爸为什么要害程守义。他说，没说，程守义是领导，平时总压着他们，他们都挺恨他。但是按照汪露寒的说法，她爸爸很宽厚，不会这样去报复一个人，所以应该主要是李冀生的意思。谁知道呢，那个年代坏人作恶，好人也作恶，根本说不清。只是汪良成死了，所有的罪责就转移到了他的身上。我说，也许他以为自杀了就能一个人扛下所有罪责。谢天成笑起来，佳栖，你把人想得太好了。我说，我听了很多事，也看到过很多事，汪良成的形象一点点清晰起来，我觉得他就是那样一个人。谢天成说，那你爷爷呢，在你心里他是什么样的？我沉默了，说我不知道，他变得越来越模糊了。

谢天成说，我见过他，在你爸爸的追悼会上。他表情很严肃，一直皱着眉头，自始至终没掉泪。告别仪式结束之后，很多人过来跟汪露寒说话，他一个人走到门外。我过去给他递了一支烟。他说他不抽。我点上烟，问他还会在北京待两天吗。他说，我今晚就走了。我安慰了几句，他很客气地道谢，眼睛一直注视着前方。不知道为什么，我感觉他身上有一股正气，让人不自觉地产生敬意，和汪露寒口中那个阴险、奸诈的人有极大反差。等所有人都离开了，他走过去跟汪露寒说，牧原的母亲腿骨折，下不了床，她让我跟你说，你有什么需要可以告诉我们。汪露寒一直低着头，什么话也不说。他把一个很鼓的信封交给她，然后戴起鸭舌帽走了。

我问，你觉得汪露寒原谅我爷爷了吗？谢天成说，这不重要了。重要的是，她觉得自己也有罪。好像总得有一个人担着那些罪。你爸爸死了，她就承担起来了。

我跟谢天成坐在露天咖啡馆的遮阳伞底下。已经是春天，下着小雨，空气中有青草的气味。我说，谢谢你告诉我这么多。他说，我挺喜欢见你的，总想把故事讲得再长一点，但是我知道的只有这些了。我说，你讲的故事我都记得。每年我爸爸的忌日，我都会把墙上的钉子用红纸包起来，坐在屋子里等他回来。他说，喝点咖啡，别打瞌睡。我说，嗯，我不会让自己睡着的。

仁心仁术——走近李冀生院士

一个五十岁左右的男人，脱下手术服走出手术室，摄像机跟随他穿过走廊，坐上电梯，来到他的办公室。靠窗的桌子，窗台上摆着一盆绿萝。字幕显示："在所有学生中，吴天宇或许是李冀生最得意的弟子之一，目前他已经是北京一座医院的心脏科主任。他继承了李冀生严谨的学术态度，在掌握了丰富的临床经验的基础上，勇于创新，不断改进手术方案，提高成功率。在生活中，他也像他的老师一样，过着简单朴素的日子，对物质生活几乎没有追求。"吴天宇在写字台前坐下，拿出一摞稿纸，逐页翻看。字幕显示："这是我博士论文的初稿，上面全都是老师的批注，他把他认为有问题的地方都标出来了，甚至包括语法上不准确的地方。论文成书之后，我给他送过去。没过两天，他又把那本书还给我，说又发现了几处问题，都标出来了，再版的时候可以改一下。"

镜头切换。吴天宇面对镜头。字幕显示："李老师跟我们再三强调，手术的时候一定不能大意，要把最坏的可能都想到。他自己亲身经历过一起医疗事故。大概是'文革'开始的那一年吧，他受到打压，被剥夺了手术的资格，给一个不懂手术的医生做助手。那个医生在没有充分估计到手术难度的情况下，贸然给病人动手术，造成病人失血过多。虽然李冀生接管了手术，奋力抢救，但是已经太晚了，病人还是停止了呼吸。这场悲剧的发生，对李老师触动很大，他痛恨那些不作为，甚至起反作用的庸医，但是也不肯原谅自己。他总觉得自己有责任，好几回跟我说，天宇啊，这恐怕是我一生中最懊悔的事……"

第四章

程恭

如果我说后来我见过汪露寒，你会觉得很意外吗？你肯定猜不到，我是在哪里见到她的。是在 317 病房里。那间病房就像一个小小的剧场，每隔一段时间就会有一出戏上演。我和你的，姑姑和小唐的……我爷爷身上好像有一种磁力，总有办法把我们招引过去，让故事在他的眼皮底下发生。

你转学后不久，我去过一次 317 病房。站在床边看了一会儿爷爷，然后把那台永远都无法完成的灵魂对讲机放进一个纸箱里，封上胶条，塞在了床底下。我走出去，关上了房门。我把与你有关的记忆，都关在了那扇门里。此后的一年，我再也没有去过那里。

有一次在医院门口等姑姑下班，仰起头看着最东边的窗户。窗台上站着两只灰色的鸽子，腾地飞了起来。

我依稀看到窗户里面站着一个人，正隔着灰蒙蒙的玻璃向外看。是幻觉吧，除了喂饭的护士每天会在那里逗留十分钟，再没有别的什么人了。

姑姑走出来，我就指着窗户问她能不能看到那里站着一个人。她看了一眼说没有，就拉着我走了。走出半条马路，我发现她满脸眼泪。追问之下才知道，317病房曾是她和小唐约会的地方。当时已经是秋天，天气很冷，他们两个每天还往小树林里钻，忽然有一天，在去小树林的路上，我姑姑灵光一闪，想到了317房间，就带着小唐朝那边奔过去。从那以后，他们每天都去317病房。我真的无法想象他们两个在我爷爷眼前亲热的情景。爷爷用那双骨碌乱转的小圆眼睛，见证了他们之间真挚的爱情。

你离开后的第二年，附属医院建起一座新的住院楼。就在原来北面的空地上，还记得吗，当年挖地基的时候，传说挖出过一窝小白蛇，我们都跑去看，虽然什么也没见到，但我们还是继续散播这则谣言。新的住院楼八层高，里面有充足的床位，从那以后，317病房所在的老住院楼就用来安置长年住院的病人——瘫痪的，半身不遂的，老年痴呆的，交了钱托了关系住进来、赖住一个床位不走。那些病人大多已经不用治疗，需要的只是维持生命。医院养着他们，也是为了让一些闲杂人员有事可做。医院无法把他们遣退，就都发配到旧楼，做些简单的看护工作。有段时间我姑姑很怕自己被发配，整天在家里哭，没想到最终他们让她留在了西药房。

发配到旧楼工作的都是五十多岁的女人，个个凶悍不讲理。喂饭吃药不及时，床单被褥拖好久才换，态度非常恶劣，经常大声呵斥大小便失禁的病人。也有家属向医院投诉，结果不过是象征性地整顿，收效甚微。院长更愿意把心思花在建造分院以及申报医学成果奖上，他知道就算把这个破住院楼管得再好，对他的升迁也没有帮助，倒不如睁一只眼闭一只眼。

大家都管那里叫"魔鬼住院楼"。我和姑姑知道她们肯定会把爷爷"照顾"得很糟。反正无论多么糟，他都不会告状。她们不会有耐心定时给他翻身、擦身换尿片。他可能会因此生褥疮，然后浑身溃烂，肌肉萎缩，直至心脏衰竭……但是我们谁都没有去病房看，也不敢跟我奶奶说，生怕她会跑去和那些凶悍的护士闹。不过我奶奶也在南院住，身边还有几个喜欢嚼舌头的老婆子，她真的会不知道吗？她大概也和我们一样，只是假装不知道。一旦"知道"了，就非得去大闹一场，才能捍卫她那绝不受人欺负的高大形象。可是随着年岁渐长，她闹起来有些吃力了。全家人似乎达成了默契，谁也没有提起过爷爷和317病房。我们好像都在等着有一天，医院来通知他死亡的消息。

可是这个消息一直没有来。一九九五年的秋天，我又一次来到317病房。当时我和奶奶大吵了一架。我已经快十四岁了，还和姑姑睡一个房间，实在很烦恼，就想让姑姑搬到客厅跟她一起住。把她那些破箱子挪开腾出一点地方，再买张大床就行了。可是她不想动箱子，也心疼买床的钱。姑姑则态度暧昧，好像在生闷气。她把我的正当要求当成对她的嫌弃。

一怒之下，我决定离家出走。第二天是星期六，一大早我就拎着背包出门了。在长途汽车站，我望着站牌上的陌生地名发呆，那些大巴车一辆辆消失在扬起的尘土中。一直待到中午，还是没能下定决心。有个混在饥饿和疲倦里的声音召唤着我，让我回家。可是就这样回去未免太没有面子，至少要在外面过一夜，才算离家出走。去哪里呢？我爷爷的脸在脑海中浮现，像一个显灵的菩萨。

傍晚时分，我爬上三楼，走向尽头的那个房间。317病房的门虚掩着，投在走廊地板上的光影，像一张没有画完的女人像。我踩着它的边缘，向屋里张望。真有一个女人，坐在床边，正在给我爷爷擦身。她把他的线衣撩起来，用湿毛巾擦着他的胸脯、肚子，又撑起他的身体，给他擦后背。她把线衣放下来，拽平整。然后抬起他的腰，将松垮的白色秋裤脱去，从双腿上褪下去，堆到脚踝上。她取下搭在床尾栏杆上的毛巾，沿着小腿向上擦。她的手，隔着毛巾，在他的腿上滑动。那条死了很多年的腿，我几乎看到它在颤动。她停住了，走过去把窗台上的热水瓶拿过来，蹲下身，白色的蒸汽腾起。她应该是把热水倒进了一个脸盆里，淘洗着毛巾。我看不见，床把她挡住了。撩拨着的哗哗水声，以及她从视野里短暂的消失，令我感到很焦躁。她终于站了起来，把热腾腾的毛巾打开。暮晚的光从她背后的窗户里漫进来，越过她的肩膀，照在那条白毛巾上，篡改了它的颜色。它是绯红的，氲在一团毛茸茸的水汽里。她把它折叠成长方块，从左手掂到右手，又从右手掂到左手，如此交替，直到温度降到令她满意。然后她继续。俯下身，推着毛巾，掠过他的腹股沟、大腿内侧。她扶起他的垂耷的生殖器，轻柔地擦拭，湿润的手指触碰着紫褐色皮肤，在那些饥饿的皱褶上划过。她慢慢把它放下，让它重新躺在那丛苍白的毛发里。我快要淹没在自己激烈的呼吸里，心却好像在身体之外的什么地方跳着。在她的手上。她从枕头底下拿出一管药膏，搽在他的屁股上。她一直托着他的身体，直到药膏晾干，才放下。

　　我并不是第一次看到女人给爷爷擦身。从前照看他的几个护士都做过。可是完全不同。她们仓促、潦草，只想快点完成这项任务。眼前这个女人却无比耐心，好像希望更慢一些，让自己在这件事里多待一会儿。她一直面对着门，却始终没有发现我。她太专注了，完全沉浸其中，仿佛为我爷爷擦身，是这个世界上最重要的事。

　　做完所有的事，她抱着暖水瓶走到窗边，放回原来的位置，顺手推开半扇窗户。我这才注意到，大概是担心擦身的时候着凉，她把窗户关了。她倚在窗台上，从裤子口袋里摸出烟盒，点起一支烟。有鸽子扑棱着翅膀飞起来，她扭过头去看着窗外。

直到她抽烟的时候，我才让自己平静下来，开始仔细打量她。她也许和我姑姑差不多年纪，不是个年轻女人了，但长着那种适合年轻女人的娃娃脸。在那样一张脸上，她涣散的目光，松垂的腮颊以及耷拉的嘴角都显得不合时宜，让人特别想见见年轻时候的她。她的头发胡乱在脑后束了一下，耳边还留着几绺，发梢荡到了肩膀上。身上套着一件藏蓝色卡其布的衬衫，又长又大，袖子挽得一个高一个低。

她没穿白大褂，不像是医院里的护士。我也不相信那幢楼里有这么温柔的护士。所以她是谁呢？义务帮忙的好心人？附近那座教堂里的善良修女？我猜测着，却并不是很想知道答案。我好像还留在先前她为爷爷擦身的场景里面，回想着每一个动作，以及那些动作所带来的触觉。

在她熄灭那支烟的时候，我转身走了。因为她可能要离开病房了，我不想让她撞见我，那样我就不得不解释，床上躺着的人是我爷爷。她看到这个病人的家属还来看他，会觉得他有人照顾，没准以后就不来了。我必须离开，是为了能再见到她。但我没有走远，就躲在医院门口的水果摊旁，看着她走出来，一个人，慢慢地穿过马路，走到对面的公车站牌底下。一辆11路汽车开过来把她带走了。站牌底下又来了很多人，有人站在了她先前的位置上。我等了一会儿，才朝着家的方向走去。到底还能再见到她吗？那种不确定的感觉折磨着我。走到家楼下，我才忽然想起去317病房的目的，想起自己正在离家出走，想起我需要一个属于自己的房间。可是这些烦恼忽然都变得很渺小。

她每天都来。下午四点。大概会逗留一个半小时。除了为爷爷擦身，还给他鼻饲，更换衣服和尿片，她做护士做的所有事。我躲在门口看一会儿就离开，去楼下的水果摊等着，直到那辆 11 路公车从眼前开走。差不多两个星期之后，有一天我去得有些早，她正提着暖壶往外走，碰巧迎面撞上。我很慌张，连忙说床上躺着的那个人是我爷爷。她说，程守义挺好的，你回去吧。我说，我再待一会儿，好长时间没见他了。她说，你不是昨天才来吗？我不吭声了。帮个忙，小孩，她说，去打壶水来。我接过暖壶，说我叫程恭。她点点头说知道了，可是等我打了热水回来，她说，搁脸盆旁边吧，小孩。我抢着倒热水又拿毛巾，生怕她哄我走。她给我爷爷擦身的时候，我就在一旁看着。这次离得特别近，视野里只有她那双手，看得心里一热一热的。我说，我爷爷是被坏人害成这样的，他以前是解放军，神枪手，要是明枪明刀地打，他不可能输。我还梦见过他教我打枪呢，天上飞的鸟都能打下来。我又讲了一些爷爷以前的英雄事迹，如何单枪匹马打鬼子之类的，有些是没影的事，但说得挺像真的。我总觉得把爷爷说得伟大一点，她会更愿意一直来照顾他。不过她没什么反应，一直低头干活，也不知道在不在听。临走的时候，她说，别跟别人说我在这里。我点点头，知道，做好事不留名。

从那之后，我每天下午都到 317 来找她。后来发展到连最后两节自习课也不上了，把作业拿到病房里来写。做完所有的工作之后，她会再多待一小会儿，站在窗台边往下看。我挺珍惜那一小会儿，总是悄悄走过去，站在她的旁边。其实挺想跟她多说点话的，但是不说也行。有时候她会拿出一个苹果削起来。她握着小刀，拇指推着刀背向前，果皮宽窄均匀，薄得透明，一圈一圈垂下去，削完也没有断。她一直看着自己的手，好像很享受这个过程。然后她从中间切开，分给我一半。甜吗，她每次都问，好像自己不知道嘴巴里的东西是什么滋味。甜，我说，从那个时候开始，我喜欢上了吃苹果。

有一天傍晚我陪她走到公车站，忍不住问，你住在哪里。她说很远。我说你家里的人在等你回去吃饭吧，她摇了摇头。我还想再问点什么，车开来了。那天她穿了一件红绿格子的呢大衣，看起来挺美，背影却显得格外落寞。

第二年刚进春天，我爷爷生了一场病，不知道什么原因，就是一直发高烧，用了好几种退烧药都没用。他陷入了昏迷，身体一阵阵抽搐，脸是紫的，还吐白沫子。她说，我晚上留下来，这是个坎，过了就好了，你别跟家里人说。我说好。就算她不说，我也没打算告诉奶奶和姑姑。我不想让她们到病房里来。而且她们可能会去找院长，把爷爷转到新楼治疗。那里护士很多，就不会让这个女人插手了。而且不知道为什么，我很信任她，觉得她能把爷爷救过来。虽然她所做的，不过是一遍遍用冰块冷敷，拿蘸着酒精的棉球给他擦身。夜里温度升高很快，她每隔半小时擦一次，一连好几晚都没睡。我都是待到很晚才回家，下午的课也不上了，除了打热水，我还去给她送饭，经过水果摊的时候，也没忘捎上一个苹果。过了一个星期，烧彻底退了，我爷爷神奇地好了。她自己病倒了，有两天没有来。那真是两个漫长的下午，我在病房里走来走去，发现自己连她的电话号码都不知道。要是她从此消失，我都没有地方可以去找。第三天下午，她出现在病房门口的时候，我眼睛一热，差点跑上去抱住她，但她只是冷淡地说，快去打热水，不然一会儿又要排长队了。

到了三月末，医科大学宣布了一则重大喜讯，你爷爷荣获了医学院士的称号。校园的剪报栏里贴满了喜报。你爷爷在照片上严肃地抿着嘴，目光坚定地看着前方。我把一块口香糖按在了他的额头上。学校为他举行了一个隆重的庆祝典礼。附属小学放假半天，组织同学们一起去观摩典礼。所有的人都去了，除了我。我很早就去了317，等着她来。她一到病房就说，今天这幢楼好像特别安静，刚才我去找她们要根新的橡皮管，值班室的门是锁着的。我说她们都去科学会堂了。她问什么活动那么隆重。有个教授——我不愿意念出他的名字，当了院士，学校给他举行一个庆祝典礼。哦，她应了一声，继续帮爷爷掖被子。掖着掖着，她停下来问，那个教授，叫什么名字？李冀生，我回答。她站在那里没有动，过了一会儿说，院士，真好。

那天下午余下的时间里，她一句话也没有说，照旧做着每天做的事，但不像往常那样专注。我打了热水回来，鼻饲已经结束，但是管子还插在上面没取。她看着我爷爷发呆，好像忘了接下来该做什么。往脸盆里倒热水的时候，一下倒了太多，也没听到我提醒，把手伸进去试温度，结果把自己烫到了。我想帮忙，她用手臂把我挡开了。

做完所有的事，她走过去，疲倦地靠在窗台上，但没有像往常那样点起一支烟。她看着窗外，眺望着远处的某个地方。我问她在看什么。她说，典礼是不是结束了？我看到好多人往外走。我朝校园的方向望，根本看不到科学会堂，远处只有一片被夜色粘连在一起的灰色楼群。天已经黑了，往常的这个时候，她已经在马路对面的站牌底下等车了。她始终盯着那个地方，肩膀好像在发抖。我几乎以为她要哭了。

直到天完全黑了，外面什么也看不见，她才离开那个窗台，穿起外套。走到门口，她停住脚，小孩，帮我个忙好吗？我连忙点头。但她又沉默了，等了一会儿才说，你去找李冀生，说汪露寒想见他，让他到这里来一趟。明天，或者后天，下午我都在。

把她送走以后，我到小树林坐了一会儿。连成一片的树影像朵黑色的云，被风咬碎了，挂在辽阔的夜幕中。好像有一块一直蒙在眼睛上的布，正轻轻滑落下来。她究竟是谁，为什么会在这里？这些从见到她那一刻就产生的问题，我其实一直在逃避。号称对秘密嗅觉灵敏的我，怎么可能没有在这个女人身上闻到可疑的气味？但我立即关掉了嗅觉，不让自己去探究。那个答案可能会毁掉很多东西。我小心地保护着自己对她的感情，不让它受到伤害。这些是在你那里学到的。你的离开使我长大了很多。

秘密之所以成为秘密，被人们封藏起来，是因为它们对世界具有破坏性。而我们这两个孩子那么热爱挖掘秘密，正是因为喜欢它的破坏性。说不清楚究竟是什么压制着我们童年里的创造力。既然无法创造，那么就去破坏吧。或者说在这个国度，破坏总是被视作一种至高的创造。对我们来说，点燃秘密的导火索，将世界炸开一个窟窿，是多么令人兴奋的事。看着它轰鸣爆破的那一刻，会有一种奇妙的快感。那种快感令我着迷，所以就算它离我们这么近，是埋在我们两个人之间的，我还是不管不顾地引爆了它。瞬刹的快意，好像在报复着谁。然后发现自己站在一片轰炸后的废墟上。你被从我的生活里带走了，看似是一场意外，可是只有我知道，一切都与我有关。是我没有看护好我们的感情。

在图书馆后面的毛茛花丛里，你曾问我，秘密闻起来是什么味的。我说是甜的，像熟透裂开的甜瓜。

在这个春天的晚上，我好像真的闻到了秘密的气味。危险而古老，令我联想到岩浆和陨石之类的东西。反正不是甜的。我很想马上跑去告诉你，随即意识到，这永远都不可能了。

　　第二天，我去了你爷爷的办公室。他有了一间新办公室，在刚盖好不久的高层办公楼上，同一层的都是校长。我去的时候他恰好在，但很多人围在门口，几台摄像机正架在那里拍摄。两家电视台，一家正在做采访，另外一家要拍摄名为"院士的一天"的短片。我捏着那张"明天下午到老住院楼317病房来，汪露寒想见你"的纸条离开了。

　　最终，还是只能去他家里找他。我很担心开门的是你的奶奶。虽然汪露寒并没有强调这一点，但我领会到的意思是应该对其他人保密。那天晚上，我去敲你爷爷家的门的时候，附近的一扇窗户里正传出新闻联播开始的音乐。此前我坐在对面的楼洞里一辆自行车后车架上，玩车把上的铃铛。远远地看着他回来了，还骑着从前那辆破车子。我算着他差不多刚进屋，就上去敲开门，把那张纸条往里面一丢，转身跑掉了。我想他连我是谁都没看清，而我也没看到他脸上的表情。

　　第二天是个阴天。早晨的大雾到了下午才散，天已经开始黑了。天空和鸽子的翅膀一样灰，就好像被漆成了它们的保护色。从三楼的窗户望出去，铁色的楼群又大又扁，好像一张画坏了的素描画。我和汪露寒原本晒被子的计划只能搁浅。屋子里的暖气还没停，热气烘着脸，让人昏昏欲睡。我把门窗都打开一条缝，让热空气跑掉一些。汪露寒无声无息地忙碌着。她穿了一件我没有看到过的苔绿色毛衣，干活的时候手臂蹭到身上，冒出哔哔剥剥的火星。一阵风钻进窗户，穿过房间。门吱呀地响了两声。我倏然站起来，汪露寒猛地扭过身去。我们盯着那扇门。仿佛下一秒它就会被推开，那个人从外面走进来。

但他没有来。第二天也没有。

接连一个星期的阴霾过去以后，终于迎来了一个晴朗的日子。我和汪露寒爬上平台，撑开晾衣架，把被子搭上去。忘了拿木夹子，趁她回去取的时候，我钻到折叠的被子中间，伸直胳膊，只有两只手露在被子的外面，听到她走近了，就上下挥动起来，像一个笨拙的机器人。外面传来她的笑声，我蒙在暖烘烘的被子里，想象着她嘴边那些被笑容揪起的细小皱纹。她踩了一下我的脚，像是在说别闹了。我仍旧在里面挥摆着手。然后我感觉到，有个东西触到了右手。木头夹子。它夹住了食指，但不是真的夹，她捏着另一端没有松手。她小心翼翼地施着力，一张一翕，指头上小小而温柔的压迫，一下一下传遍全身。在黑暗中，我想象着太阳底下我们被晒得蓬松的影子连在一起，交叠的那一小部分，轻微地震颤着。是我在出汗吗，木头夹子好像在变软，如同是两片嘴唇。忽然两片嘴唇合拢，重重地咬住了我。我尖叫着撩起被子，看到一个夹子夹在我的指头上。

好啦，游戏时间结束了，她说，将手里的一半木夹子分给我，快点干活吧。

明晃晃的阳光让人晕眩。我眯起眼睛对她咧嘴笑。

我们用夹子夹住被子，这样风就不会把它们吹走了，那个春天的风有点吓人。多出来一个夹子，汪露寒随手把它夹在鬓角上，别住了那几绺干活时总是跑到前面去的头发。她的一只耳朵露出来。那只瘦小的耳朵，一直埋在头发里，看起来有些苍白。细窄的耳垂微微发青，中间有个耳洞。我见过奶奶的耳洞，更长更深一些，有点发黑。虽然她们同样没有戴耳环，但是奶奶的看起来很正常，她的却让人觉得心里空落落的，像一口干涸的井。

走吧，汪露寒拍拍被子，今天要做的事情还多着呢，赶快去换床单，趁着天气好都洗掉。一切好像回到了一个星期以前，她流露出那种专注的、有些神经质的样子，眼下这些琐碎的活计又变成了最重要的事。我跟着她走过去，翻上窗台，心里涌动着一种幸福。那些关于她的疑惑像一朵被赶跑的乌云，但愿它们再也不要回来。我忽然很害怕爷爷死掉。是他连接着我和汪露寒，维系着我们的朝夕相处，如果他不在了，我们将变成两个毫无关系的人，再也没有见面的理由。我站在床边，抬起爷爷的屁股，让汪露寒把下面的床单抽掉。爷爷的肿眼泡里包着一双晶亮的眼仁，嘴角挂着一丝不易察觉的微笑。我很久没有仔细看过他了，但他总能再次引起我的注意，让我重新发现他的存在。我忽然觉得这具上了锁的身体里关着神秘莫测的能量。这能量穿透沉厚的皮肉，发挥出它的威力。仔细回想，在不同的时期，我们家总有一个成员希望爷爷不要死。我爸爸为了不断勒索医院的赔偿，曾希望我爷爷不要死。我奶奶为了换个大房子，希望爷爷不要死。我姑姑为了留在医院工作，希望爷爷不要死。而我是为了见到汪露寒。他好像总能吸引来我们想要的东西，让我们为了得到它们，祈祷他继续活下去。我们的祈祷真的有什么用吗。他似乎并不需要这些祝福。他摆脱了一切世俗牵绊，非常纯粹地活着，而且好像会永远活下去，变成一块活化石。

那一年过得特别快。转眼到了圣诞节，这个舶来的节日在那一两年里，以圣诞卡、缀着白球的红帽子以及摇一摇会下雪的水晶球的形式向孩子们发动进攻。班里有些人会买三十多张圣诞卡，写上一模一样的祝福语，像扑克牌似的发给同学。大斌就是其中的一个，那三十多个人里，有二十多个从来没有和他说过话。他喜欢送礼物，以此取悦别人，不管效果如何，他都会感到很满足。圣诞节前的一个星期六，他拉我去东门市场买礼物。市场挤满了人，大家十张或一打地抢购着贺卡，原来这个世界上有那么多像大斌一样善良的小孩。在喧闹的人声中，大斌打开立体卡片，放在耳边聆听里面传出的圣诞乐。我站在他身后，被旁边一个摊位上亮晶晶的东西吸引。我走过去，拿起一个狭长树叶形状的浅紫色发卡，叶脉上镶着很多细小的宝石，现在我当然知道那不过是塑料贴片，可是在童年，所有亮晶晶的东西都是宝石。我想象了一下汪露寒戴上的样子，又开始打量挂在架子上的耳环。掠过那些明晃晃的大圆环和缀下来的珠片，我的目光落在最边上那一对上：两颗小拇指甲盖大小的珍珠，饱满的圆形，淌着乳白色的光。

我在树叶发卡和珍珠耳环之间拿不定主意。汪露寒也许更需要一个发卡。她可能不想戴耳环。可是，我想到她耳朵上那两个干涸的小洞，仿佛透露着她死灰般的心境。耳环或许更能给她带来某种改变。我付了钱，卖主把那对耳环取下来，装进一个粉红色玻璃纸小袋子里。我走回大斌身旁，他还在摆弄圣诞卡。一张一张打开，关上，耐心地测试着纽扣电池是否有电。我忽然替他感到悲哀，那么仔细地挑选礼物，心里却没有装着一个真心想送的人。

我把小袋子放在了裤子口袋里。第二天早上，裤子不见了。

"哦，我洗了。"姑姑耸耸眉毛。难得她那么勤快。我不得不开口向她要耳环，她有翻口袋的习惯。

"耳环？什么耳环？"她眨眨眼睛，忽然想起来似的，"噢，在窗台上。"

我走过去，打开那个粉红袋子，珍珠耳环完好地躺在里面。

姑姑走到我的身后，"送给谁的呀？"

"班里一个女生过生日。"我紧紧捏住袋子。

"谁啊，我认识吗？"她戳戳我的胳肢窝。

"你不认识，新转来的。"

"哦，你猜怎么着，让我想起你妈妈来了。我跟你说过吗，当时她拿自己的一点私房钱去买国库券，正好有个抽奖活动，得了个三等奖。奖品就是这么一对耳环。她那个不用打耳朵眼儿，是夹在耳垂上的。她老怕掉了，不舍得戴。"

我把小袋子放进书包里面的暗层，拉上了拉锁。

"那个女生有耳洞了？才多大啊，她家里人也不管吗？"她微笑地看着我。我抓起书包转身走了。

送耳环显然是个错误。错在它是一份显而易见的送给成年女人的礼物，更错在让姑姑想到了我妈妈。那么多年过去了，纵使我妈妈早已从我们的生活中消失，我姑姑却未曾更换过这个假想敌，可见她对感情多么忠诚。后来她告诉我，当天晚上她一夜没睡着。那对耳环太像我妈妈的东西了，如果不是送给她的，又是送给谁的呢？她实在无法想象我的生活里还有另外一个她不认识的成年女人。于是她得出结论，我和我妈妈仍旧保持着联系。这个结论在辗转反侧的长夜里不断修正，天快亮的时候，我姑姑已经坚定地相信：我妈妈回来了，她常常和我见面，很可能会把我带走。

平安夜那天傍晚，当我和汪露寒在车站呼着哈气说完"明天见"之后，我掏出那个粉红袋子塞到她的手里，转身就逃，和一个迎面而来的中年男人撞了个满怀，他还没有回过神，我已经跑远了。

第二天下午再见到汪露寒，她两侧的头发照旧密实地遮挡着耳朵。我看不到那对耳环有没有戴上。我开始后悔没有把发卡也买下来，至少能让她露出一只耳朵。帮我爷爷擦身的时候，她拿着湿毛巾站起来，右侧那片头发晃动了几下，终于分开了，露出半只耳朵。耳垂上光秃秃的，什么也没有。她一定察觉到我的失望，但并没有解释。快去打热水吧，她说，回来的时候再到值班室去一趟，告诉护士插销坏了。我说，她们才不管呢，那上面不是别了电线吗？她点点头，又走到窗边，扭了两下插销上的电线，说今晚要倒北风了，可能会刮开。她反复搓着自己的手背，那副曾经让我着迷的神经质的样子，简直要把我激怒了。她眼里除了这些，难道就看不到别的东西了吗？我气呼呼地拎起热水瓶走了。

站在打热水的队列里，我还在生气。这不是一对耳环的问题，而是她眼睛里根本没有我。我做什么她都看不见。这么想着就很灰心，甚至不打算再去病房了。反正有没有我都一样。我想象着她一个人在那间屋子里劳作，每个下午，像一台机器似的无声地运转。我想着她从肥大的袖管里伸出一只枯瘦的手，拂去床头柜上的尘土，拎起暖瓶慢慢下楼；想着她靠在窗台上，拿起皱巴巴的苹果，削下长长的蛇形果皮。如果我不在，就没人告诉她苹果是甜的了。不过那不重要，就算告诉了，她也不会感觉到甜。我想着她每次开窗户的时候扭开插销上的电线，关窗户的时候，再把它别上去扭紧，一圈一圈，好像那是她身上的发条。电线上的白色塑料皮磨损，一块块掉落，直到金属丝裸露。然后再换一截新的。黄昏时分，她把手抄进外套口袋走出医院，穿过马路，来到对面的车站，跳上11路公车。她好像活在这个世界的缝隙里，没有任何人注意到她的存在，除了我。我有一种强烈的直觉，她是孤零零的一个人。没有家，没有朋友。我可能是这个世界上唯一与她有些关联的人。唯一，你不会明白，这个词对于我有致命的诱惑。当我把我妈妈当作唯一的时候，在很多夜晚她是属于我爸爸的，后来，在那些阳光明媚的下午，她是属于蜜糖叔叔的。再后来她离开了我，完全变成了他一个人的。当我把你当作唯一的时候，你却总在喋喋不休地讲着你爸爸，那该死的莫斯科和西伯利亚。最后你终于追随他去了北京。就连我姑姑，她也差一点因为小唐离开我。除了我，你们在这个世界上还有别的寄托。它们最终打败了我，把你们带走了。我讨厌竞争，讨厌处在失去的恐慌里。可是汪露寒不同。她心里没有我，但也没有别的人。没有人会把她带走。我觉得把心放在她那里很安全。

拎着热水瓶往回走的时候，我已经不再生气了，心里暗暗决定，明天想办法把插销修好。

第二天上学的时候，我带上了家里的工具箱。一放学就跑到最近的五金店。那些插销长得都很像，忘了把旧的拆下来比照，只好买了两只，一大一小，揣在口袋里，跑起来哐啷啷地响。

走上三楼，我看到病房的门敞着，一摊影子在门口的地上晃。里面传来尖声叫嚷。混杂在当中的是熟悉的鹧鸪嗓子。我打了个寒噤。

来到门前，就看到我姑姑和奶奶站在屋子当中。她们背对着我，面朝窗户。汪露寒就站在窗前。

"你别再装了，汪露寒，我早把你认出来了！"我奶奶说。

"你在这里鬼鬼祟祟的，到底想干什么！"我姑姑的声音很亢奋，好像换了一个人。

汪露寒不说话。

"你到底有什么阴谋？"我姑姑走上前推了她一下。

"怎么着，我家老头还活着，你看着不乐意了？觉得你爸那条命抵得冤是吧？非要把他也弄死才满意吗？我告诉你，作下那么大的孽，把你们一家的命都抵上也不够……"我奶奶嘶号起来。

我姑姑又推了汪露寒两下，"说，是谁指使你来的！"

汪露寒趔趄了一下，双手撑住窗台。

"是神让我来的。"她越过她们，目光坚定地看着前方。

"谁，你说谁？"我奶奶追问。

"上帝。"她说。

我姑姑和我奶奶对望了一眼。

"是上帝指引我来到这里，给了我一个赎罪的机会。"

"赎罪？为什么不学你爹，找根绳子把自己吊死？"我

416

奶奶嚷道。

汪露寒摇摇头："自杀并不能赎罪，只会加深我们的罪孽。"

"呸，死上一百次都不够。"我奶奶一口吐沫啐到她的脸上，"我看你脑子有问题，八成是遗传你妈，病得还不轻！快给我滚出去！"

"你们不能赶我走，上帝把他交托给我，让我看顾好他。"汪露寒说。

"别废话，现在就给我滚。"

"听到没有，别让我们再看见你！"我姑姑跑上去扭住汪露寒的手，把她向外拖。她看上去就像童话里凶狠的矮人。汪露寒挣开我姑姑，抓住床栏不松手。

"你们没权利这么做，是上帝让我留下来的……"

"狗屁上帝，我看你是想让自己心里舒坦点，"我奶奶冷笑了一声，"你想舒坦是吧，我就偏不让你舒坦，只要我活着一天，绝不让你再进这间屋！"

"你们为什么不问问他的意愿，"汪露寒指了指我爷爷，"他什么都知道，他的灵魂还在里面，跟我说让我留在这里……"

"别给我在这里装神弄鬼！"我奶奶扑上去扯她的头发。我姑姑也拧住她的胳膊把她向门口拖。汪露寒死死地抓着床栏不放。那张铁床被猛烈地摇动着，吱嘎作响，好像就要散架了。而躺在上面的爷爷却仍旧安详。他插着管子，如同水族缸里的金鱼一样，活在一个隐形的玻璃瓶罩里。他真的在看着眼前发生的一切，并且心里什么都清楚吗？我疑惑地望着他，他的眼珠还在转来转去，嘴角挂着一丝深奥的笑意。

他的灵魂还在里面。汪露寒的话让我想起了你。在这间病房里，你几乎就站在汪露寒现在所站的位置，说出了同样的话。于是才有了后来的灵魂对讲机。多么荒唐的发明啊。我想起那时候拯救家族的宏伟壮志，心中一凛。

我意识到汪露寒和你很像。你们都是我仇人的后裔，身上散发着神秘而危险的气息。你们接近我，令我着迷，让我交出我自己。然后你们把梦敲碎了，让我看清自己的处境。卑微，无能为力。

看着三个女人在屋子当中撕扯，我忽然感到一阵厌恶，转过身，头也不回地跑下楼去。金属插销在口袋里碰撞，发出叮叮咣咣的声响。经过大门口的时候，我把它们掏出来，扔进垃圾桶。

第二天一早，我奶奶就跑去找那幢老楼的护士长，质问她是谁同意汪露寒照顾我爷爷的。护士长是个四十多岁的女人，大家都管她叫芸姨。我看到过她在走廊里训斥那些比她年纪还大的护士，嗓门很大。她的脸很长，鼻子底下的人中更长，看起来至少要活一百年。面对我奶奶的斥责，她丝毫没有表示出歉意。她说伺候我爷爷的活没人爱干，既然汪露寒愿意干，而且干得很好，那让她留下有什么问题，医院没说不能用义工。你们有什么恩怨我管不着，反正你家老头在这里，一根头发也没少。我奶奶提出要给317病房换一把锁，也被她拒绝了。她说，你不如把他接回家，多装上几道防盗门，连只苍蝇都飞不进去。我奶奶气得跳脚，但也没办法。下午她一直守在病房里，汪露寒来了，她就抄起准备好的扫帚打。回来扒拉了几口晚饭，她立刻返回病房，这次带了一根破木条，上面还有钉子。果然不出所料，汪露寒又来了。然后又是一番撕打。据说汪露寒的额头破了，流了不少血。

那天我没去病房。我姑姑在家里守着我。她说，你奶奶说了，要是你再敢偷偷去见汪露寒，就把你的腿打断。她叹了口气，把我拉到身前，说知道你这叫什么吗，叫认贼作父。看着她伺候你爷爷，就把她当好人，小孩还是太单纯了，这世界上哪有白做好人的事？你还对她那么好……我姑姑低下头，咬了咬嘴唇，你都没给我买过耳环。我甩开她的手，跑回房间，爬到上铺的床上。

第二天，我奶奶带了锁匠去，在317的门上加了一道锁，钥匙只有她和我姑姑有。她又去找医院的院长，说汪露寒这个所谓的义工其实有阴谋，要害死我爷爷，让医院把她赶走，派别的护士照顾我爷爷。院长经不住她的纠缠，就让芸姨换个护士。新换的护士黑着脸，从我奶奶手里接过钥匙。我奶奶再三叮嘱，绝对不能把钥匙给别人。但她还是不放心，每天都要跑去病房看，又看到过一回汪露寒，在住院楼底下徘徊，远远看见我奶奶，立刻转身走了。

那几天我放学就回家，吃完饭早早上床睡觉。睡不着就躺在床上听音乐，把随身听里的磁带都听得变调了。我努力让自己什么也不想，只要开始想，立刻调大随身听的声音，震得耳膜刺痛，头皮发麻，真的挺管用，很多年后大斌失恋，我还向他推荐了这个办法。他险些把自己的耳朵震聋。这样过了一个多星期，有天早晨我从床上坐起来，脑袋里一片空白，只有一个光秃秃的念头：我大概永远也见不到汪露寒了。这时候再塞耳机已经来不及了。一年多朝夕相处的画面不断涌上来，日复一日，在单调的情景里做着相同的事，如同反复叠加的成像，所有微不足道的细节都被捕捉下来。她那些迟钝的、没有温度的目光，那些机械的、毫无弹性的动作，像冬天湖面上厚厚的冰层。也许是幻觉，但我觉得自己曾离她很近，就要凿开那个厚实的冰层，触碰到底下温暖的水流。也许她还在住院楼底下走来走去。我得去找她，不能任由她走入人群，从此消失。

第二天下午我没去上学，一直在住院楼底下转悠。但她有没出现。接下来正好是星期六，我打算上午就去等她。可是星期六的早上，我还没出发，姑姑就接到电话，说爷爷不见了，让她马上去一趟。

我跟着奶奶和姑姑赶到病房。负责照顾爷爷的护士说，早上她一来就发现锁被撬了，床上的人没了。奶奶气得浑身发抖，抓住床栏定了定神，就冲了出去。姑姑也跟着出去了。我一直站在那里没有动。这屋子看起来相当怪异。从我刚记事，第一次来到这个病房的时候，床上就是躺着一个人的。春夏秋冬，早晨晚上，他都在那里躺着，像一件镶嵌在墙里的家具，是这个房间的一部分。这是和我连接的一部分，让我感到亲切，让我觉得这里像另外一个家。而现在这部分没有了。317病房变成了一个寻常的病房，普通得我已经不认识它了。熟悉的东西变得陌生，我又一次体会到那种毛骨悚然的恐怖。

我看着那张床。床单很多天没洗了，有些黏唧唧的，某些地方还有一点残余的身体形状。我试图想象汪露寒是如何把那具庞大的身躯从这里运出去的，但眼前浮现出来的却只是她脸上坚定的神情。这是一次被引导、被召唤、得到应许的行动。她不仅拥有强大的信仰，还拥有与之匹配的勇气。没有什么能够阻挡住她。

在这个世界上的另外一个房间里，每个下午，她会倒半盆热水，淘洗毛巾，撩开我爷爷的衣服给他擦身。那只专注的手，在热腾腾的白气里穿行。我心里一热，眼泪掉下来。我知道，我永远也见不到她了。

医院花了很长时间调查，警察也来了。主要的疑点在于我爷爷是如何被运出大门的。医院总共只有前后两个门，九点以后就关了，门卫都说没看见什么可疑的人。倒是有另外一条路，经过停尸房，但是那里也有锁。有钥匙的人都审了，没什么发现。还有一种推测是说翻墙出去的，医院朝北的院墙比较矮，就算有内应，也得搭个梯子，可是墙根底下的土地上，没有任何痕迹。当然，作为重要嫌疑人，汪露寒一直都是警察重点寻找的对象。但这个人留下的最后印记，是一九九三年在她丈夫李牧原死亡证明上的家属签名。始终找不到汪露寒，案子毫无进展，最后只能不了了之。

身背两起破不了的奇案，我爷爷确实成了一个传奇。他破的另一项纪录是，这座城市的失踪人口里还从来没有一个是植物人，恐怕再过一百年也不会有。很早之前我奶奶就给我爷爷买好了墓地，但是她死了好多年以后，我爷爷的那块还空着。因为没有在任何地方发现他的尸体，人们只好假定他还活着。要是他真的活着，活到今天，将会是这个世界上最长寿的植物人。

我奶奶又得到了一笔抚恤金，后来她总抱怨要得还是太少了。从前她总是说爷爷怎么还不死，反正他在和不在也没什么区别。后来她意识到还是有区别。他在的时候，看得见摸得着，医院就得对他们一家负责，想赖也赖不掉。现在人不在了，她再也无法像从前一样理直气壮。没多久医院的领导也换了，都是从外地调来的，连我爷爷是谁都不知道。关于他的一页就这样翻过去了。我奶奶想起这些也会骂几句，但是更多的时间，还是都用来诅咒汪露寒。很多年没那么心无旁骛地恨一个人了，她又变得充满斗志。她说，就算把济南翻一个个儿，也要找到那个贱人，把我爷爷要回来。警察说，汪露寒离开济南的可能性很小，他们在公路出境的地方也安排了检查。我奶奶就买了张济南地图，划分了片区，一条街一条街地去找。她到每个街道居委会打听，附近哪些房子出租了，有没有新搬来的住户，不断缩小范围，最后锁定几套房子，然后在楼下等着，或者让邮递员帮她去敲门。这样找了几个月，没有任何收获。而且刚找完的那几条街，旧房子都扒掉了，盖起了一片新楼，好多都租了出去。那一年，济南到处在盖新楼。她搜寻的速度，永远也赶不上盖楼的速度。到了七月，济南下了一场暴雨，在北边地势低洼的一带积成洪水，淹死不少人。原本那天她就要去那一带的，可是早上腿有些疼，偷了一天的懒，结果捡回一条命。她想起来就后怕，十几天都没出门。等到天气好了，她也没有再去。但是每次提起来，还是会咬牙切齿地说，那个贱人，我早晚有一天要找到她。

汪露寒走了之后，我没有再去 317 病房，也没有去过医院。我哪里都没去，除了上学就是在家里。我不想见人，只想自己待着。那阵子奶奶和姑姑都对我挺好，估计是我的样子看起来很吓人，让她们有点害怕。我姑姑好几次提议带我出去玩玩，都被我拒绝了。后来为了让我高兴，姑姑做通了奶奶的工作，主动从小屋搬了出去。但我还是更习惯睡上铺那张床，一伸手就能够到天花板的距离让我觉得安全。在那张床上，我第一次开始手淫。那时已经是夏天，气压很低，热气包裹在周围，我擦掉手上的精液，沉沉地睡过去。醒来梦还有点残留的影子，我好像站在天台上，一长排床单被风吹起，像要启航的帆。也不知道是不是因为阳光的原因，它们看起来白得晃眼。我坐在床边，眼睛刺痛，几滴泪水沿着眼角淌下来。

我第一次意识到一个人可以毫无希望、心如死灰地活着，并且活下去，这样度过一辈子。

放暑假那天，我去学校收拾了一下东西，没到中午就回家了。结果发现忘了带钥匙，也不想找姑姑拿，在楼梯上坐着等了一会儿，决定出去走一走。那天其实不适合出门，因为太热了。那种热像是有把斧头劈下来，插在头中央，人还在走动，但脑已经停止运转。我就那么一直走，不知不觉到了医科大学的校园，绕过图书馆，背后是白色回廊，周围覆盖着爬山虎，密密匝匝的，走到里面一下暗了许多，好像进了山洞。头顶的太阳没有了，脑袋里稍微有了点意识，觉得很渴，想去买瓶汽水，但又不愿意回到阳光底下，就继续那么坐着。汗慢慢退下去，更多的意识涌上来。想起过去在这里捉迷藏，我和你躲在图书馆背后的竹子里。你的雨后蘑菇一般潮湿的手心，还有忽然发出的尖叫。感觉已经很遥远了，中间隔着很多事。那些事使我长大了。我低下头看着手指间的缝隙。想抓的东西抓不住，想留住的东西都漏走了，两手空空，像个废物。我意识到必须快点回到太阳底下，才能止住自己的思绪。回廊尽头传来脚步声。那边有个拱形的门，有人走过很正常。但是脚步停住了。那人好像在看我。我不情愿地抬起头。陈莎莎站在那里，穿着一条肥大白裙子，看起来像个风筝。小学毕业以后，我好像就没见过她。虽然都在附属中学，但我连她在哪个班也搞不清。

"有什么可看的？"我说。

"你怎么了？"她小心地移着步子，朝这边走过来。

"关你什么事，快走！"

她在离我两三米的地方停下来。好久不见，她长高了不少，头发也长了，稀稀拉拉搭在肩膀上，像是拿胶水粘到头皮上去的。裙子像个面口袋，袖口挖得太深，几乎能看到肋骨。她身上所有的东西都不像是自己的，她一无所有，却心安理得地活着。那种无知的表情使我感到气愤。我俯下身不再理她。渴的感觉再次袭来，热气刮着干燥的皮肤，好像就要烧起来了。

"想喝汽水吗？"我抬起头问。

"想。"她回答。

我站起来，走向拱门。她跟在我身后。我们穿过图书馆后面的小花园。我绕过一棵巨大的无花果树，走到墙根边，用手划着那排竹子，竹叶发出哗啦哗啦的响声。

"过来。"我说。她还是站在离我三米远的地方，没有动。我过去拉住她走到竹林边。

"想玩个游戏吗？"

"想。"她回答。

我让她坐在地上，然后掀起她的裙子。她没有动，也没有叫。我蹬掉短裤，将自己撞进去。她窄小而干涩的阴道，像一件刑具。我被她钳住，浑身的血都朝着她涌过去。我无助地握住她的脚踝，一阵强烈的快感冲泻而出。我跪坐在那里，感觉身体一点点瘪下去。

不过如此。我心里想。连这种快乐也不过如此。她睁着那双无知的眼睛看着我。我感到羞耻，拉起裙子盖住了她的脸，从她身上翻下来。

天空中大团脏云翻滚，一道闪电掠过，劈开树丛，照亮了黑暗的角落。女孩岔开的双腿白得耀眼，一只脚踝上挂着淡粉色的内裤。

"起来。"我对她说。

她仍旧坐着，一动不动。

我又说了一遍，她还是没有动。我系紧短裤的腰绳，转身走了。快到家的时候，暴雨倾泻下来。

那场雨下了三天三夜。地势低洼的城市发起洪水，街道被淹没，房屋倒塌，高压电线断落在水中。

新闻里说，洪水涌进一家地下商场，很多人还没有来得及逃出来，积水已经灌满。救援人员赶到的时候，一名男员工正坐着商场售卖的充气床，用手臂当桨，奋力地朝出口划过来。多名失踪人员尚无音信，目前疏导积水的工作仍在紧张进行。

电视画面上，商场外的下沉广场储满了浑浊的水，水上漂浮着一个塑料模特。屏幕上晃动着白亮的裸体，显得格外刺眼。

我和姑姑坐在餐桌旁边，一人捧着半个西瓜吃。幸好前几天买了很多西瓜，家里的冰箱已经完全空了，姑姑被大水吓得不敢出门买菜，也不让我去。

新闻播完了，姑姑放下手中的西瓜，叹了一口气：

"我一下子想起七六年来了，也是七月，没差几天，地震刚完，就开始下暴雨了。没过多久，毛主席就去世了。幸亏今年不是闰八月。"

"闰八月怎么了？"

"闰七不闰八，闰八用刀杀啊。"

姑姑叹了一口气，拿起桌上的西瓜皮走过去扔掉。她又困了，决定去睡一会儿。我关掉电视，坐在那里。不开灯的屋子，墙壁散发着潮霉的气味，窗外响亮的雨声在耳畔回荡。我看着外面漫涨的泥水河，夏日疯长的蒿草被淹没，像水藻一样无助地摇摆。我觉得好像是在船上，一条正在沉没的船。

三天里我一直都在等着，等着陈莎莎的爸爸或是警察来敲门。可是门外静悄悄的。全世界的人好像都被洪水冲走了。

雨在第三天的深夜停止。第二天早晨醒过来，就看到太阳当空，阳光密密麻麻地洒下来，还是那么热烈，没有半点要和人间疏远的意思。七月就这样过去了。

李佳栖

　　这辈子我亏欠最多的人，肯定是我妈妈。我的出走毁了她的婚事。而那场婚事对她意味着找回尊严、爱情和富足的生活。是的，我又让她失去了失而复得的一切。

　　我一直觉得妈妈是个很虚荣的女人，急于和林叔叔结婚是为了证明给爷爷他们看，自己能找到更好的归宿。可是我错了。至少那一点点虚荣和她对我的爱相比，完全不值得一提。我的失踪令她方寸大乱，发了疯似的到处寻找，早就没了结婚的心思。她提出将婚礼延期。林叔叔一家当然很不满，取消在酒店订的二十桌酒席不说，关键不知道该如何跟亲戚朋友们解释，说新娘的女儿失踪了？他们都是很要面子的人，这个理由未免太丢人了。况且结婚这等大事，改日子是很不吉利的。

　　后来我被谢天成送回了济南，可是那副失魂落魄的样子非常吓人。我不肯说话，也不吃东西，每天关在屋子里，

428

一动不动地看着某个地方发呆。我妈妈一直守着我，不敢离开半步。当时我们住的不是林叔叔和妈妈结婚的房子，而是住在姨妈家，大概是因为我妈妈知道我不喜欢林叔叔那里吧。起初林叔叔常来看我，迫于家里的压力，他好几次提起婚礼的事。但每次都被我妈妈拒绝。她认定我离家出走正是因为反对他们结婚，这时候不能再给我新的刺激了。所以她说等我好了再说。林叔叔显然已经意识到，就算我好了，也永远是一个大麻烦。他们可能激烈地争吵过，但没在我的面前，后来有几天我妈妈哭得很伤心，而林叔叔从此再也没来过。

我妈妈守了三个月，我终于渐渐好起来。虽然仍旧不怎么说话，但是已经开始自己吃东西了，精神也好了一些，每天下午会去楼下的花园走一走。又过了一阵子，我恢复得差不多了，妈妈才带着我去新学校报了到。

关于这段时间，我的记忆是空白的。后来妈妈说起当时的情形，我一点印象也没有。根本不记得那几个月是怎么过来的。我开始有记忆，已经是五月，妈妈带我去了林叔叔家。

那年春天来得特别晚，总是在下雨，到了五月才转暖，人们终于脱下了毛衣。妈妈穿了一条新做的裙子。灰湖绿的底子上布满褐色的水玉点，细柔的乔其纱质地，式样是从书上找的，海螺宽袖，到手腕处收紧，领口垂下两根飘带，系成一个很大的蝴蝶结。出门前，我妈妈花了很多时间绾那个蝴蝶结，嫌它总是耷拉下来，胸前像是挂了一朵蔫了的花。她用两根别针将它固定，这下倒是挺括了，却不飘逸。她又拿掉别针重新系，系了又解，终于叹了一口气，算了，就这样吧。头发也不够理想，刚烫好总是有些僵，一个个卷硬邦邦地竖在头皮上，威风凛凛的，一点也不温柔。可是即便如此，妈妈竟然还是很美。

我也穿了新裙子，旧的都小了。从前他们都说，来了月经个子就不再长了，可是过了一个冬天，我长高了一大截。新裙子是红黑格子的，硬挺的呢料撑起一个大蓬的裙摆，这种假模假式的小礼服，必然是穿给别人看的，一点也不舒服，混纺的料子隔着丝袜也还觉得扎人。头发披散开，戴了一只深红色的发箍，看起来很乖巧。我们就像是要去演出似的，太隆重了，有点孤注一掷的味道。

我们拎着果篮和营养品礼盒去了林叔叔父母家。开门的是林叔叔的母亲，因为事先打过电话，她明知道我们会来，却露出一副很惊讶的样子："都说叫你不要跑了，你还非要来一趟。"

"没吵着您午睡吧？"妈妈笑着说，"我们吃完午饭就出门了，害怕您还没起来，就在附近转了转。"

林叔叔的母亲没有再客套，让开身子，引我们进去。

林叔叔从里面的屋子走出来，点头示意，随即脸上才补了一点笑。他父亲在阳台上喂鸟，回身看了一眼，又转过头继续了。妈妈把手里的礼盒交给林叔叔的母亲，她也没有推让，随手放在地上："我们家什么都有，干吗花这份儿冤枉钱呢？"

林叔叔给我们倒了两杯水，搬来一把椅子，隔着很远坐下。他母亲坐得比他靠前，像是要代他发言。我和妈妈陷在一只低矮长条沙发上，觉得对面的人高高在上。

妈妈仰起头，笑着说："我是带佳栖来道歉的。这孩子从小被我惯坏了，太任性了，一个人就这么跑出去连句话也不留，害得大人满世界找，闯了那么大的祸，真是不懂事。"妈妈停顿了一下，看到对面的人无动于衷地坐着，又说，"当时我太着急了，就乱了分寸，抛下那么一摊子事情都不管了，害得你们受累。"

林叔叔的母亲蹙着眉头，好像沉浸在那些不愉快的经历里，想要开口斥责，但又忍住了。到底是有教养的人。可惜教养不会令心肠变软。她那张冰冷的脸孔在一副好教养之下，显得愈加残酷。

妈妈鼓起勇气说："婚礼的事弄成那样，我实在是过意不去，现在佳栖也好了……"

林叔叔的母亲摆摆手，淡淡地说："算了吧，都过去那么久了，还提它干什么？"

妈妈惊恐地看向林叔叔。他一直看着脚上的拖鞋，或是地板上的某一处，好像她们的谈话与自己并不相干。

"对不起！"我听到自己大声说，"是我错了！"这一声太突兀，把所有人都吓了一跳。连林叔叔的父亲也转过身来。

　　林叔叔的母亲叹了一口气，"这事啊，也没有谁对谁错，主要是没有那个缘分，谁也都别再勉强了。"她讲出这句话，屋子里顿时安静了很多。

　　妈妈知道大势已去，瘫软地靠在沙发背上。我低着头，看到妈妈裙子上的水玉点子剧烈地抖颤起来，好像就要噼噼啪啪滚落到地上。

　　不多时我们就起身告辞了。林叔叔送了出来。我走到前面去等妈妈。她和林叔叔站在楼檐底下，小声说着道别的话。只是几句话的工夫，天色就暗了下来，像是不耐烦地落下大幕，急着结束一场已成定局的戏。待我回头看去，妈妈正朝这边走过来，那件湖绿的裙子浸着沉沉的暮色，没有了轮廓，分明是在走近的，身影却越来越小，像是就要溶化在天光里。天光因此也变得有些苦涩。

　　更远处的林叔叔却能看得清楚。他站在原地，向我挥挥手。我也对他挥挥手，虽然对这个人没有多少感情，但想到以后恐怕再也见不到他了，也有一点感伤。林叔叔目送妈妈走到我身边，就转身进入门洞。

　　"我们走吧。"妈妈说，眼泪"唰"的一下掉下来。

　　我们默默地走向公车站。起风了，妈妈裙子上的那团蝴蝶结忽然振作起来，飘带像火苗一样乱窜，扬到她的脸上。走到站牌底下，等车的人们奇怪地打量着我们，这个季节穿裙子，的确是太早了。我冻得一直在发抖。妈妈身上那条裙子还要薄，她应该更冷，自己却全然不知道。我悄悄拉起她垂落的手。那只手里空空的，什么也没有，什么也抓不住了。

我的心咯噔沉了一下，忽然意识到，妈妈一生的爱情就这样结束了。

我害怕起来，丢开妈妈的手，像一个肇事者急于逃离现场那样，只想转身就跑，离她越远越好。那只什么也抓不住的手却倏地伸过来，用最后一点力气扣住我的手腕。我险些叫起来。

"车来了。"妈妈木然地看着前方，喃喃地对自己说，然后拉着我钻进了人群。

我果然再也没有见过林叔叔，有关他的消息倒是听到一些：没过多久就结婚了，对方是小学里的音乐老师，第二年生了一个男孩。正如大家所预料的那样，林叔叔的仕途越走越顺，后来做了教育厅厅长。传递消息的人每次都不免要感慨：假如当初你和他结了婚……妈妈就会说，哎，我和他没有缘分。林叔叔母亲的说法深深地植入她的头脑，成了最合理的解释。

后来我妈妈又见过林叔叔一次，是特意登门拜访，为了外甥女上大学的事。那些年我和妈妈一直寄住在姨妈家。姨妈是我妈妈的二姐，嫁给了一个军人，比我妈妈晚两年来到济南。全家人只有她们两姐妹待在城里，她家就成了我和妈妈唯一的落脚之地。姨妈的女儿大我两岁，满脸青春痘，一无所长，把所有的心思都用在学习上，可还是学不好。姨妈万般无奈才恳求妈妈动用这笔交情。妈妈答应了。

姨妈和她一起去的，带了一卷挺有名的书法家写的字，还有两瓶波尔多红酒。妈妈没有特意打扮，就穿着平日上班的衣服，出门前拢了几下蓬乱的头发。如今的她，已经不愿意为了见林叔叔而穿上一条不合时宜的裙子了。她和姨妈回来之后，好几天里都在议论林叔叔。姨妈嫌他摆官架，妈妈倒觉得还好，只是没料到他胖得那么厉害，腆出一个弥勒的肚腩，和从前完全是两个人了。妈妈说得兴致勃勃，好像因为找到了林叔叔的缺陷而感到些许欣慰。

妈妈很快地老了下去。她自己慌起来，有天跑去文了眉毛和眼线。回来就知道是失败了，反反复复地照镜子，想要找出一点可取的地方，还安慰自己说：

"我又不是年轻小姑娘，早就不在乎什么好看不好看啦，只不过是想显得精神一点。"

她必须化妆才能与浓黑的眉眼匹配。晚上卸去一脸的颜色，面庞晕着乏暗的黄气，像一面污糟的铜镜，只有那几道用钢针刺上去的线条粗悍可见，看起来很惊悚。妈妈难过几天，可是渐渐地，绣上的颜色脱去浮表的一层，吃进了皮肤，好像变成了自己的，她看习惯了，不再化妆。后来还劝说姨妈和几个同事也去文一下，很诚心诚意的，并没有将别人拖下水的意思。姨妈真的去了，自然也很失败，却没有责怪过母亲，再过些日子也变得习惯起来。

当时文眉绣眼线是一股可怕的风潮，在注定失败的尝试中，那些中年女人获得一种踩准了时代的节拍的幻觉。却不知一脚踩空，掉到沟壑里，被时代永远地抛在了后面。那些文线是旧时代盖在脸上的印戳，她们像过期的票据，无法再在这个世界上流通。

但我妈妈仍旧津津有味地生活着，在公车上争抢一个舒适的座位，在菜场挑拣一棵完美的青菜，在电视机前评点电视剧里一个角色的得失……她和姨妈最喜欢收看选秀节目，并以此展开热烈的讨论。

"你看给我说准了吧，我就知道 5 号肯定被淘汰，她跟其他人根本不在一个水平上。"我妈妈灵活地剥着小核桃，她吃小核桃的本事无人能及，连最小凹嵌里的核桃仁也能掏干净，剩下的壳子还很完整。

"这种水平的人也能上去比赛，也真是奇怪了。"姨妈的牙不好，没办法嗑核桃，只能吃蜜饯，也知道吃多了要胖，但妈妈总是不停嗑核桃和瓜子，她的嘴也不好意思闲着。

"肯定有后台呀。"

"后台有什么用，又不能上去替她唱。声音都是颤的，还老眨眼睛。我头一回看到她，就知道肯定不行。"

"下一轮要淘汰 9 号了。"

"也可能是 13 号，跑不出这两个。"

"哎，佳栖，你也坐下看一会儿吧。"

上高中的时候，我选择了寄宿。十六岁，第一次与人做爱，应当是班里女生中最早的一个，但对我而言，已经很晚了。那个男孩年长两岁，是复读生，为了节省时间，在学校附近租了一间屋子住。面北朝向，总是拉着厚实的窗帘，他不要阳光，阳光使他犯困。狭小的房间像一口缸，他被黑暗腌渍着，情欲从身体里泌出来，在皮肤表面结起一层苍白的霜。

我推开掩着的门，将鞋子脱在门口，悄悄地走进去。踮起脚尖跨过散落满地的辅导书和换下来的T恤衫，当心不要踩翻吃完的泡面盒和插着勺子的一半西瓜，还有他仅有的两件玩具：在做不出题的时候随手摆弄的九连环益智玩具，以及一本翻得很旧的日本漫画，折角的几页上是乳房很大的女孩的裸体，可以帮他消耗掉多余的体力。

我轻轻走到他身后，蒙住他的眼睛，抽掉他手中握着的笔。

"走开，我的时间已经不够了！"男孩大吼，一把将我推倒在床上，拉下短裤扑过去。床其实不过是一块铺着薄褥的席梦思床垫。上面的塑料薄膜还没来得及剥掉，床单从中间滑落，我的背就贴在那层薄膜上，它们被汗液黏到一起。

我感到很快乐，那种快乐更多的是意念上的。就是说，我觉得我应该感到快乐，因为做爱是一件很有意义的事。比逛街、看小说和上学有意义得多。只有做这件事的时候，我不会感到是在浪费时间。青春没有虚度。每次从那个幽闷的房间里出来，走到大街上，微风吹动着皱巴巴的裙子，那双变形的腿正在一点点收拢，我心里觉得很充实。

我开始讨厌过周末，不想回家，害怕看到妈妈。妈妈脸上浮出一些褐色的斑，小腹也开始凸露，拎着一只胸罩问我：

"你还要吗？我看你一共也没穿两次，一直搁在柜子里。"

"买小了。"我说。

"没事，我把挂钩往外挪一挪就行了，"妈妈说，"你就说你还穿不穿了？"

"你为什么不去买个合适的呢，又没有多少钱。"

"这个放在那里多浪费啊，再说我穿在里面谁能看见。"妈妈只有出门才穿胸罩，在家里不穿。

一对垂垮的乳房就那么荡着，在劣质的布料上蹭来蹭去，也不觉得难受。

"随便你。"我说。

我妈妈高兴地拿着它走了。

我的身体才刚刚打开，以后还有数不清的爱可以做，妈妈的爱却早就做完了，身体已经完全关闭，成了一座废弃的园子。有时候我想到妈妈从三十六岁开始，再也没有男人，再也没有做过爱，就感到非常可怕。我甚至觉得是自己占据了她作为女人的位置，享有了原本属于她的欢乐。于是我记起小时候为了独占爸爸的爱，我总是希望妈妈消失。

我委婉地劝妈妈找个男人，告诉她我不介意。但她每次听到就很紧张，问我是不是害怕她老了要我照顾。她不会明白我的心思。我只是希望能还给她一个男人。但她好像并不需要男人。她和姨妈组成了一个封闭的小世界。我发现，她们越来越像。夏天最热的中午，两个人并排坐在桌边吃面条，穿着一模一样的无袖棉背心，抬起松垂的手肘，露出一团破棉絮般的腋毛。她们吃得一样快，鼻尖上溢出细细的一层汗珠。一个人拎起汤锅，捞了面条给自己加完再给对方添，默契到根本不用问对方想要多少。吃完面条，她们一起午睡，如果一个人去洗碗，另一个人就在床上等她。因为害怕开空调吹痛了关节，就只用扇子，点上蚊香，说着话在凉席上睡了过去。她们两个人像连体婴一样，一起去买菜，一起去交电费。当然也会吵架，但睡一觉起来就没事了。

姨夫倒是很喜欢有我妈妈陪着姨妈，这样他就自由了，从外面应酬到很晚也没有人管。他在一个国企做厂长，管着上百个人，那几年企业效益好，他的性格越发乖张，喝了酒就会对我们说，要是没有他，我和妈妈早就饿死在大街上了。他在外面养了个女人，后来被姨妈知道，他索性彻底不回家了。姨妈气得跳脚，但也拿他没办法，毕竟这一大家子人都要靠他来养。

就是我姨夫刚搬出去那会儿，我妈妈认识了老齐。老齐并不是姨夫的司机，他给另外一个公司开车，主要是运货，多数时候挺清闲，就从姨夫那里揽点私活。姨夫搬走之后，不想让公司的人知道他的事，就派老齐来家里帮他取一些东西。姨妈将火都发在老齐的身上，把姨夫的东西一件件扔出去，往他身上砸，幸好我妈妈挡着，他才得以脱身。妈妈还帮他把姨夫的东西搬出来，运到他的车上。为了表示感谢，老齐就请她在附近的小餐馆吃了顿饭。他告诉妈妈，他的老婆五年前去世了，儿子念书不行，中学一毕业就出来工作，现在在电器城做导购，赚得不如花得多，每次回家都问他要钱。回来后妈妈把这些讲给姨妈听，感慨他一个人过得不容易。姨妈却说，从前听姨夫讲过，老齐原本是开长途汽车的，后来被辞退了，听说因为手脚不干净。她告诫妈妈，最好少和这人来往。

妈妈一直很听姨妈的话。这次却是例外。姨妈向来自恃嫁得好，喜欢挑剔别人的婚姻，除了自己的丈夫没有哪个男人看着顺眼。可是现在情况不一样了，妈妈私底下抱怨，说她自己看男人都不准，哪来的底气来教导别人。我发现妈妈身上有一种势利的奴性，对于成功和幸福的人，她表现得很驯服，一旦那人倒起霉来，她立刻变了一副样子。不过，妈妈的确也有很现实的担忧。要是姨妈真的离婚了，就算能分到一些财产，也失去了稳定的经济来源，还能不能顾得上我们，就很难说了。所以妈妈瞒着姨妈，和老齐又见过两次。但不知道为什么，此后几个星期，我周末回家，妈妈既没有出门，也没有提及他。我问起来，她只说不再来往了。

"你太小了，不会明白的。"她说。

妈妈又过起了死水一般的日子，并且悄悄恢复了对姨妈的忠诚。

又到星期六时，我决定一个人去找老齐。我只知道他住在那个大院里，具体是哪幢楼不清楚。好在他的白色面包车就停在院子里，我在旁边的台阶上坐下来，阳光太好，没多久我伏在膝盖上睡着了。醒来时看到有个男人正挥着抹布擦那辆面包车，我走过去，站在他身后。他一转身吓了一跳。我也吓了一跳。他身上那股旺盛的男人的气味令我感到莫名恐慌。

我们之前只打过一次照面，那次他给我留下的印象更好，可能是离得远，没有看清楚，他脸上散落着很多颗黑痣，让人感到不安。浮肿的眼皮几乎包住了眼睛，只露一道不安分的目光。他穿着淡黄色的 Polo 汗衫，束在松垮的西装裤里，腰带上的火柴盒大小的别扣闪着金光。

"我和你妈不合适。"老齐从塑料桶里拎起湿抹布，将水淋在玻璃上，拧了两把继续擦。

"为什么？"

"她想找个牢靠的人结婚。"

"你不想？"

"总得先处处看吧，处都还没处呢，谁知道合不合适。"他笑了一下，"我知道她心急，想趁着不算太老，赶紧找个男人，下半辈子就有人养了。"

"我会养她的，等我以后赚了钱。"我说，"你不用担心。"

"我有什么可担心的？担心的人是你妈。"老齐把抹布丢进桶里，双手在裤子上蹭了蹭，从口袋里掏出烟点上，"是她让你来的？"

"她不知道。"

老齐吐出烟圈，眯起眼睛看着我：

"你很想让我和你妈好？"

我没说话。

"你就这么想要一个后爹啊？"老齐笑嘻嘻地凑过来，摸了摸我的头。他笑的时候，脸上的痣移动起来，像显微镜下活跃的细菌。他倒掉水，将塑料桶放回后车斗，"我赶着送货，有什么话车上说吧。"我犹豫了一下，跳上车。

他开得飞快，我坐在副驾驶座上，感觉外面的世界好像就要冲进来。

"你和你妈一点都不像。"他转过脸来看了看我，"长得也不像，性格也不像。"

"你知道我是什么性格？"

"我一看就知道，你性格比她好，是个明白人，她性格太拗，一点也不讨喜。"

"你们吵架了吗？"我问。

他在红灯前停住，向后仰了仰身体，"那天我们吃完饭都很晚了，吃饭的地方又在我家旁边，我就说，干脆别回了，住我那里得了，她说什么也不愿意，又哭又闹的，就跟我要占她多大便宜似的。"他用力拉了一下换挡器，一绺头发垂到前额上，"这么一弄就没劲了，你说是吧？"

"她还真当自己是二十多岁的小姑娘吗，拿这种事降着别人，降得着吗？"他气呼呼地说。过了一会儿他问：

"你谈朋友了吗？"

"没有。"

"没有吗？我看你挺早熟的啊。"他嘿嘿一笑，"你肯定能把男人整个半死，我看女人最准了。"

我把头转向一侧看着窗外。

他下去搬货，让我在车里等他。我打开车上的录音机，里面是杨钰莹的歌，磁带是盗版的，一首歌卡住好几回。过一会儿他回来了，问我要不要去吃冷饮。他说可以去广场那边，有个冷饮店对着滑冰场，能看到好多人在里面滑冰。我说我得去补课，让他把我送到学校。

"我不认识你们学校。"他有点不高兴。

"我给你指路。"我说。

路上经过泉城广场的时候，他又提了一遍冷饮店，我装作没有听见，告诉他前面向左拐。

"到了，就停在这里吧。"我说。

老齐停下车，偏头向窗外看了看："学校大门还关着，连个人影都没有，你补的是什么课啊？"

"来早了，我在这里等一下就好了，"我拉开车门，又回过头来，"我会跟我妈妈说，让她再去找你。"

他摆摆手，"无所谓，我不想勉强。"

等车子走远，我穿过马路，朝学校对面的居民楼走去。

我爬上幽仄的楼梯，推开门，踩着地上的书本走过去，从背后贴住正在做习题的男孩。我紧紧地环住他的脖子。男孩用力推开我，大声咆哮：

"你怎么又来了？"

他把我推倒在床垫上，口中发出野兽般的哀叫：

"我会被你毁了的，你知不知道？"

我在黑暗中摊开自己，让那个锐利的家伙进来。我希望它将我填满，可它却越发强烈地让我感觉到身体里那个深不见底的黑洞。

和妈妈谈起老齐，是两个星期之后的事。那时候已经是七月，复读的男孩正坐在考场上，再度与他的命运较量。有天下午，我忽然说想出去逛街，问妈妈可否陪我。她有点受宠若惊，这么多年我们从来没有一起去商场。

我记得那天的天气很糟，天阴得厉害，空气里充斥着下雨前闷热的水汽。蜻蜓擦着头发飞来飞去。在一家新开的商场里，我们各自买了一件不太满意的衣服。妈妈嫌她买的那件式样太年轻，我却执意要让她买，还让她立即换上。我的那件有点老气，但妈妈却夸好看，说万一我不想要了，她还可以穿。那天妈妈很高兴，穿着新衣服，路过镜子就要朝里面看一看。在我的提议下，我们去了附近的餐馆吃饭。菜上来以后，我假装漫不经心地再次提起老齐。

"你和他到底怎么了？"

"没怎么。"妈妈仓皇地低下头。

"是不是有什么误会？"

"没有。"

"他可能不是你想的那样，你们应该好好谈谈。"

"嗯，我知道了。"妈妈点点头，立刻恢复了平时和我讲话的语气，"你啊，把你自己的事情管好就行了，我一个人过挺好的，等过两年你上了大学，我就彻底解放了，想干什么就干什么。要是找个人，还得替他操一份心，多累啊。"

我起身去洗手间。女服务员告诉我出门了右拐。外面下雨了，雨水很脏，落在身上都是泥点。

我回到座位上，妈妈看着我淋湿的头发，"外面下雨了吗？"

"下得很大。我给老齐打了一个电话，让他来接我们，你正好也可以和他谈一谈。"

"你怎么知道他电话的？"妈妈吃惊地看着我。

"有一天在楼下碰到，他给我的。"我说，"现在外面都是等公共汽车的人，两个小时都坐不上。"

我妈妈有点生气，怪我没有跟她商量。我们买了单走出餐馆。雨的确下得很大，我们站在屋檐底下等待。

妈妈显得有点不安，抿着嘴唇，不停地朝马路边张望。

老齐的车在路边停下了。我拽着妈妈的手冲进雨里。

"先把我送回家，你们两个找个地方好好聊一聊。"我在后视镜中看了一眼老齐。

"下那么大雨，能去哪里啊？"老齐咕哝道，"不然去我那儿？"

"也行，"我说，"聊完你把我妈送回来。"

"这还用说？咱自己有车干吗使的，不就图个方便。"老齐在反光镜里冲我眨了眨眼。

我快要下车的时候，妈妈忽然紧张起来，攥住我的手说："改天再谈吧，我还是和你一块儿下去。"

"你怎么了，我们不是说好了吗？"我说。车子还没停稳，我就站了起来，妈妈也跟着站了起来。

"我走了，你们好好谈。"我甩开妈妈的手跳下车。汽车在身后疾驰而去，扬起一地水花。

然而我很难忘记，我关上车门的那一刻我妈妈的眼神，如同惊慌的处女。我像个冷酷的老鸨，把她推了出去——跨过这道坎就好了，这是必须的。这是必须的吗？我反问自己，吓了一跳。我忽然不知道为什么非要这么做。也许根本不是想还给她什么，而是想把她拉向我的这一边，堕落的这一边，仿佛那是魔鬼派给我的一项使命。

第二天早晨我醒来，走到客厅，看到妈妈坐在沙发上，刚洗过澡，穿着一件我从前的睡裙，被牛仔裤染了色，胸前的加菲猫脸上带着紫色瘀痕。我妈妈的头发没有吹干，湿漉漉的发梢滴下水滴，打在那只猫的眼睛上。在我的印象里，我妈妈很少会在早晨洗澡。

我拉开窗帘，阳光涌进来，照在她的身上。她似乎无法承受那样浓盛的阳光，探身向前，手肘支着膝盖，把脸埋进双手里。

"我昨天一直等着你，后来困得不行了……"我故作轻松地说，"你们谈得还好吗？"

没有回答。眼泪从她的手指之间流下来，啪嗒啪嗒砸到地板上，在这清晨静谧的房间里，如同寺庙里的木鱼声。我手足无措地站在那里，知道自己闯祸了。她的痛苦令我感到迷惑不解。我不明白为什么性会给她造成伤害，好像身体被摧残了一般。可是身体还好端端在那里不是吗？我以为这能带给她欢愉。我只是想把那种快乐还给她。然而她的身体已经关闭，失去了感知的能力。或许从来就没有打开过，也不曾有过感知的能力。性对她来说，始终是一种冒犯，一种受辱。

她病了一场，萎靡了一阵，像是被人取走了要命的东西，但自始至终都没有对姨妈讲起。这件事成了我们两个人之间的秘密。她也没有怪我，明白我是一番好意。我的确是好意。出于毁了她终生幸福的愧疚，总想做点什么补偿。可是我发现我越做越错，只能带给她更多痛苦。也许我唯一能做的，就是不去管她，让她一个人待着。

从那以后，妈妈对男人充满了恐惧。上门修管道的人多逗留了一会儿，讨一杯水喝，她就觉得人家是坏人。小区门口的男保安态度热情一点，她就认为别有居心。有一回姨妈去广州看她女儿，那一个星期我妈妈独自在家，怕得连有人敲门都不应声，晚上也不敢去公园散步。最要命的是，她总有一种幻觉，就是老齐还在纠缠自己。事实上那次不欢而散之后，老齐再也没有找过她。但她只要看到白色面包车，就觉得是老齐的，一口咬定他在跟踪自己，有一次在超市门口看到，就躲在里面不敢出来，直到超市打烊。她也不走老齐家门口那条路，生怕他会忽然跳出来，把自己拖走。

"你不懂，像他这种人，是不会善罢甘休的。"她对我说。

她还会不断教导我，将来一定要找个品行好的男人。什么样的男人算是品行好，我没有问，是不是那种在新婚之夜以前绝对不会剥掉我衣服的男人。

暑假快过完的时候，我和复读的男孩在一座商场门口碰面。他考上了一所二流大学，虽然跟期望相比有一定的落差，但总体还是满意的。他胖了很多，也晒黑了，那是我们第一次在太阳底下见到彼此，都觉得很不自在。

在滑冰场旁边的冷饮店吃了冰淇淋以后，他就拉着我的手奔向小旅馆。这一次，他怀着十足的耐心和诚意，从容不迫地与我做爱。在漫长的爱抚中，我觉得自己就快要睡着了。眼前的男孩完全失去了吸引力。先前那个幽暗的房间里，危险而强烈的情欲已经消失了。一切都太正常了。

但他很高兴，做完爱后久久地抱着我，有一种好日子总算来了的百感交集。他说他要补偿我，好好爱我。那根本不是我想要的，他身上已经没有我想要的东西。

告别的时候他跟我约好过两天再见。可是转过身向前走，心里有个声音向我宣布，这将是最后一次见他了。我决定再仔细看看他，毕竟从某种意义上说，他是最初的那个人。可是当我回过头去，已经找不到他了。我的目光掠过一张张脸孔，却无法将他从人群中分辨出来。

终于到了该谈恋爱的年纪，可是我对所有同龄男孩都丧失了兴趣。他们只懂得约女孩去看电影，滑旱冰，等到天黑以后，在小公园的长椅上用颤抖的双臂抱住女孩，怯生生地咬住她的嘴唇。也没什么不对，可能就是因为太对了，才令我感到失望。我中止了两场类似的交往，不想再把时间浪费在他们的身上。到了高二，我成了班上少数几个没有谈恋爱的女生，每天独来独往。抽烟、听哥特音乐、在耳朵上打了一排耳洞……这些就是我表达颓废的方式，多么肤浅，没有哪一样是真正带劲的。我对什么事都提不起兴致，脑袋里好像有个洞，我能听到汩汩的水声，走到阳光底下，眼底的绿色光斑不断扩大，视野会忽然黑几秒钟，又亮了起来，像重新启动的电脑。

直到我对诗歌产生兴趣，这种症状才有所好转。在市图书馆的旧杂志上，我找到了几首爸爸写的诗，重新和他取得了联系。我试着写诗，试着以这样的方式靠近他。每一首诗都是写给他的一封信，我写得很孤独，永远都不可能收到回信。但我确实收到了一封回信，来自一本诗歌杂志的编辑。我原本没想投稿，但那天是十七岁生日，因为想做点不一样的事，就在回家路上把刚写的诗投进了邮筒。没多久我收到一封回信，确切地说，不是那个诗歌杂志的编辑，而是他们邀请来主持一个栏目的诗人，叫殷正。好像很有名，我听过他的名字。他写道，你很有天赋，诗写得很自由，有些段落非常打动我。这次虽然不能采用，但是希望你能继续投稿。千禧年之夜我们会举办一个诗歌朗诵会，你要是有空就来玩，我们见面再聊。那是一封手写的信，他在末尾附上了时间和地点。我猜大概所有退稿信都是这样写的，把信折起来，放进了抽屉。

朗诵会的事倒是一直没忘。随着时间的临近，对它的期待似乎越来越强烈。一九九九年的最后一天下午，我从抽屉里拿出信，把地址抄在日记本上。吃过晚饭就出门，坐上了公交车。那个地方在城市的西边，有十几站。天已经黑了，但是所有人都在街上，年轻的学生手上拿着荧光棒，戴着发亮的兔耳朵，结伴朝市中心走去。我旁边座位上的老人捧着一个收音机，广播里一个深情的女声说，我们每个人可能都有一个千禧年之约，和爱人、朋友或者家人，总之应该是生命里最重要的人，一起度过这个难忘的夜晚……公交车开过泉城广场，那里已经全是黑压压的人头。人们正往广场最东边的大屏幕涌去，屏幕上有倒计时钟，巨大的数字看起来激动人心。过了广场那一站，车上几乎空了，只剩下我和那个老人。老人好像睡着了，手中的收音机就快要从手中滑落。公车在一个没有人的车站停了一下，又开动起来的时候，我站起来跑向车门。要下车不早说，司机抱怨道。我跳下车，拉起外套后面的帽子，快步向前走。天真冷，猛烈的风声灌满了耳朵，但我还是听到了一点别的声音。

"你相信吗？"

"相信什么？"

"世界末日啊，一九九九年十二月三十一日。"

"要真是世界末日也挺好的，就不用考大学了。"

"有个事我想不明白，地球上那么多人，一下都到另外一个世界去了，能装得下吗？"

"也许只带走一部分，那天我们一定得在一块儿，不管留下还是被带走，都在一起。"

"我得去找我爸爸，我要跟他在一起。"

"我可以跟你一起去北京。不过没准他会回来，都世界末日了，还做什么生意啊？"

"嗯，那我先去找他，带上他跟你会合。去哪里呢？"

"到时候看看什么地方人最多。"

"为什么？"

"那么多人都去一个地方，肯定有原因，那里应该就是世界的出口吧。"

我走到了广场。人群已经漫溢到西边的马路上。看不见的远处，迸发出一阵阵尖叫声。染着黄头发的女孩被高高地举起，挥动着手臂。我被身后的人推着，朝东边挪着步子，来到了广场中央。有个男人爬到了蓝色"泉"字形状的雕塑上，正拿着啤酒往自己头上浇。很多好事的人围在底下看，导致人群停滞不前，过了很久，才又动起来。再回头，雕塑上的男人已经不见了，可能是自己下来了。但是周围比先前更挤了，我的前胸贴着前面的人的后背，必须吸着肚子才能呼吸。要去什么地方也不知道，就这样被拥着往前走，一抬头，大屏幕就在上方了。不断跳动的数字，是新世纪走近的脚步。有人在唱歌，有人在尖叫，广场淹没在一片狂欢的气氛中。

5，4，3，2，1……人们相拥，很多气球飞起来，我仰起脸往上看。黑沉的天空，像一道铸铁屏风。隔在后面的另外一个世界此刻也这样热闹吗？或许很安静。因为那里根本不存在时间这回事。

没有人被带走。什么也没有发生。谁还记得今天是什么末日呢。可我直到最后一刻，都怀有某种期待，轰然一声，眼前黑下来。两个世界在这一天合拢。要是你也这么想，或许你会到这里来，会像我一样，在倒计时的时候飞快地掠过那些陌生的脸，慌张地寻找着。

我们一定得在一起，不管留下还是被带走。

"嗯。"最后一秒，我听到有个声音在心里说。

程恭

　　酒快要没有了，我倒完全醒了。要是不用走的话，真希望能继续喝，醉了又醒，醒了又醉，就那么一直喝下去。

　　"泉"字形雕塑上的那个浇啤酒的男人，不是自己下来的，是一个警察把他拽下来的。我应该就算你所说的好事的人之一吧。是子峰和大斌非得凑过去，觉得这人没准能做出点吓人的事来，能有好戏看。可惜什么都没有，就是个高兴的醉汉，警察抱住他的脚就把他拉下来了。然后他往地上一躺不起来了，好像打算这么睡过去。大斌怕他被踩着，还蹲在一旁劝。直到子峰嚷了一声，快十二点了！我们才朝大屏幕的方向赶去。

　　那天去广场是我的提议。本来计划打完保龄球去酒吧看一个演出，女歌手还挺有名的，在如此重要的日子来到这座破城市实在是难为她了。大斌很早就订好了离舞台最近的位子，还给女歌手买了一束花。那天保龄球我玩得很好，每次都是全中。后来就觉得没意思，坐到旁边喝啤酒去了。啤酒罐的易拉环拉断了，只有一个小孔出酒，剩下不多得仰起脖子。天花板的灯太亮，我闭起了眼睛，感觉着酒嘀嗒嘀嗒砸在舌头上。越来越慢，直至停止。我待在黑暗里，保龄球滚过轨道的声音也消失了，周围特别安静，有一种来到了尽头的感觉。末日，那时候我想到了这个。然后想到了你。我时常会想起你，但都是裹在一些事里，家族的恩怨、背叛和隐瞒。而这一次，是纯粹地想到你。那个一副好像什么都知道，总是跑到我前面去的小女孩。耳边传来一声尖叫，好像在图书馆背后的竹林里，我急着去捂住你的嘴巴。睁开眼睛，是旁边轨道的女孩，正在给她男朋友鼓掌。我又闭上了眼睛。

大斌不同意去广场。花怎么办，他问。在广场上遇到你觉得最漂亮的一个女孩，就送给她，我说。这么多年了，总是你说去哪儿我们就去哪儿，他不高兴地嘟囔。我说，你们可以去听演出，然后我们再找地方会合。大斌和子峰互相看了一眼，叹了口气。

保龄球室离广场不远，走过去十五分钟。大斌抱着花，闷闷不乐地跟在后面。过了一会儿，他气呼呼地说，我打算随便把花给什么人了，这样拿着太傻了。但是又走了很远，那捧花还在他手里。他一直抱着它，直到新的世纪到来。

十二点的时候，我们勉强挤到了大屏幕前面，但是也被人流冲散了，大斌不知去向。子峰和我踮起脚四下环顾。我的目光茫然地扫过一张张脸，越来越快，开始有些晕眩。我到底在找谁？人们开始大声念着数字，不断缩小的数字。

5，4，3，2，1……气球飞了起来。我仰起脸。头顶是沉静、不为所动的天空。连这一天也过去了，什么都没发生。

人群开始疏散。大斌不知道从哪里冒了出来。你们猜我刚才看到谁了？他揉了揉冻红的鼻子。我看到李沛萱了，他说。子峰撇撇嘴，怎么可能，她不是在美国嘛。大斌说，我也觉得不可能，但是长得真的很像。子峰问，脸上也有那么长一条疤？大斌愣了一下，不吭声了。我们离开了广场，因为谁都不想回家，就还是去了那个酒吧。演出已经结束了，女歌手早就走了，屋里没几个客人。女服务生正在摆椅子，大斌说，我们是靠舞台最近的那个桌子，服务生看了他一眼，你们爱坐哪就坐哪。啤酒上来以后，我们碰杯，庆祝新世纪的到来。大斌忽然说，我做了个决定，就在刚才。什么决定？子峰问。等我到了美国那边，一定去找李沛萱，大斌说。那时候，他家里人已经在给他办出国手续了，要是顺利，高三上学期就可以动身。他总说不愿意去，会想办法留下。这还是他第一次承认要去美国了。子峰说，她肯定早就不记得你是谁了。大斌说，没事，我们可以重新认识。谁规定人跟人只能认识一次？然后他看着我，程恭，你主意多，帮我想想，见了她我应该说什么呢？怎么能让她知道，我一点也不在意她那条疤，就算当时她是真的遇到坏人，给欺负了，我也不在意……他的眼神明澈，泛着水光。我烦躁地推倒了面前的空酒瓶，得了，丁文斌，你他妈的以为你是谁，救世主吗？他看着我，眼睛一点点暗了下去，你说得对，我根本配不上人家，他紧握拳头，用力捶了两下桌子，我不能再这样下去了。随后大斌借着酒劲，振作起来，开始重新规划人生。他打算从他爸那里弄一笔钱，去美国以后就开始做生意。但具体做什么，也没有想好，外国人不是都挺信中医吗，他说，开个诊所，卖中药，做针灸。子峰觉得这主意很棒，当即表示自己想加入。两人越谈越起劲，大斌简直打算明天就启程去美国了。他们还不断询问我的意见，好像那真的有什么重要似的。我只是偶尔点头，基本没说话。一来是觉得确实和自己没关系，二来是真的感到很累。其实什么也没有做，却感到深深的疲倦，好像对什么都提不起兴致。虽然我知道，我比他们两个当中的任何一个都更需要成功。但那个愿望是如此沉重，以至于我想暂时把它卸掉一会儿。

大斌晃了晃我，来，为了新的一年，新的开始，干了。

我拿起酒瓶，一饮而尽。嗯，新的开始。刚刚过去的那一天，是最后一个可能和你产生关联的日子。新的世纪里再也没有你留下的记号。这应该是好事，能够彻底摆脱你的阴影了。可是我却很难过。这是最后一次告别。我到广场去，也许就是为了再说一声再见。

再见了，李佳栖。

我忘了你也许还不知道大斌家里发迹的事。你一定仍记得，当时我们常去大斌家玩，在食堂旁边的那个小院里，除了一窝小狗，还有一个总是坐在树下摇着蒲扇乘凉的老头。他喜欢把各种东西磨成粉末，拿到院子里晒。有一回我们看到一个脸上长着瘤子的人来找他，他给了那个人一瓶红色的药水。大斌告诉我们，他爷爷是三代祖传的老中医，什么奇怪的病都能治好。我问，那能治好我爷爷吗？他为难地说，你爷爷是个特例，除了他，都能治好。你摇了摇头说，我奶奶说中医都是骗子。的确，在这座医科大学的家属院里，没有几个人相信中医。更何况大斌的爷爷是个赤脚医生，字都不认识几个。就是这个爷爷，在我们上初中的时候，再加上大斌父亲和叔叔两兄弟，创立了赫赫大名的"五福药业"。他们用八分钱的成本，将三种细菌放在培养皿里发酵，制造出神奇的"五福口服液"，号称有人喝了连癌症都治好了，没病也能增强免疫力。它很快就风靡全国，成了家喻户晓的保健品。你应该还记得那个流行喝口服液的年代，医院对面的商店里都不卖水果了，专卖口服液，来探病的人不拎上两盒都不好意思进病房。

医科大学东门外的空地被围起来，盖起一座座灰色的高楼。工厂、食堂、宿舍、游泳馆和网球场……那里面什么都有，和医大校园里一样，像一座微缩的城市。可是医大校园已经破败不堪，而五福药业是崭新的。大斌带着我们参观了明亮的车间，在三层楼高的大食堂里吃了饭，那些穿着天蓝色工作服的工人脸上洋溢着幸福的神采。临走的时候，大斌还给我们分发了很多游泳票。游泳池里的水太蓝了，阳光从玻璃房顶照下来，就像是在明信片上看到的夏威夷。一个月以后，我家楼上的李伯伯辞掉了医大教授的工作，五福药业高薪聘请他去做部门经理。随后，很多医大的教授和医生纷纷辞职，都去了对面的大灰楼。五福药业不断地扩大地盘，占据了城市的整个东部，它的广告开始在新闻联播之前播出。我记得那是一九九五年，这一年，大斌的爷爷以五福药业集团董事长的身份出现在春节晚会的现场，你爷爷被授予中科院院士的称号，搬进了医科大学赠予他的院士楼。你和大斌是我童年最亲密的朋友，所以这些成功看起来离我特别近，好像一伸手就能碰到。当这些轰动性的新闻炸开平静的校园，每个人都在兴奋地议论的时候，我真的很想完全沉浸在其中，让自己忘了我的爷爷早已下落不明，可是不管他在哪里，此刻一定以二十多年未曾改变过的姿势，躺在一张床上。

高三那年，大斌没去成美国。刚办完手续，"9·11"就来了，几乎所有申请的人都被拒签。这使他要去美国的愿望变得更加强烈，"谁都别想阻止我和李沛萱见面"。他在家晃荡了一年，几乎每天下午都到我读的那所破烂大学来，跟我打篮球，喝啤酒。他经常提起李沛萱，也会提到你。

尽管我一再否认，但他仍旧认定我还在喜欢你，总是鼓励我去找你。他觉得主要是我放不下自尊，不愿意开口向你表白。这点困难，跟他和李沛萱之间的根本没法比。有几回喝多了，他开始胡说八道，幻想着李沛萱接受了他的求爱，而我也去找到了你。我们四个人，他眼睛放光，拿一根筷子敲敲桌子，一块结婚，在美国找个教堂，她姐俩穿着白婚纱，然后一起度蜜月，开着敞篷车，从东边到西边……

第二年冬天，大斌的签证批了下来。他刚走的时候，我还真有点不适应，但也不打算交什么新朋友。学校在南山脚下，很偏僻，有时两三个星期才回家一趟，拿点换洗的衣服，跟奶奶和姑姑吃顿饭。有几回经过附属医院，从远处看到爷爷住过的那幢楼，想起里面发生过的事，感觉好像已经是上辈子。

二〇〇三年春天，SARS四处蔓延，子峰从北京逃了回来，当时还不是那么严重，他没有被隔离。我在南院门口的小饭馆给他接风，他把陈莎莎也叫来了。他一直挺惦记她，还劝她要找个男朋友。我们喝了不少啤酒，凌晨才散。当晚子峰开始发高烧，回医院一查，真是SARS。我和陈莎莎都得隔离起来。我们被带到了那座老住院楼。医院清空了原来的病人，把它专门用来隔离疑似患者。已经关了不少人，一层和二层都满了，护士领我们去了三楼。时隔多年，重新走上那道幽暗的楼梯，有种说不出的感觉。看来和这座楼真是有缘，每隔几年就会回到这里的魔咒，始终没有被打破。

　　我和陈莎莎被关在一个房间里，每隔两小时，护士会送来温度计。本来还能楼上楼下逛逛，到了中午，二楼有个人确诊，送去急救了，整幢楼变得人心惶惶，再也没有人敢离开自己的房间。我们那个病房比317大一些，有四张床位。我打开了电视，拿着遥控器靠在最里面的床上。陈莎莎一开始坐在门口的那张床上，后来挪到第二张。她坐在那里，看一会儿电视，就转过头来看看我，好像想开口说点什么。我的眼睛始终盯着电视，屏幕上播放着矿泉水广告，一个男人在跑步，然后拿起瓶子，咕咚咕咚喝水。明晃晃的阳光照着干燥的地面，一股夏天的热浪涌上来。

　　图书馆背后树丛里的事已经过去六年了。从那以后，我一直努力避免和陈莎莎见面。可她还是不时会出现。我在食堂买馒头的时候，她站到我身后不远的地方排队，去南院门口拿报纸的时候，她正在旁边的水果摊挑西瓜，甚至我从市中心坐公交车回来，看到她就站在站牌底下。她悄无声息地从我的眼前走过去，幽灵一般，出现一下，就又消失了。似乎只想提醒我世界上还有她这么个人存在。

　　初中毕业之后，她上了职专，学的是护理专业。学校很远，要住校，那之后她很少回南院了。有几次和大斌、子峰一起吃饭，他们说好久没看到她了，就打电话喊她来。不管在哪里，她总是会以最快的速度出现，看到我也显得很自然，好像什么都没发生。她变漂亮了，爱打扮了，可是浑身上下没一样对劲。紧绷绷的牛仔背心，鲜艳的百褶短裙，手上的红色指甲油，被啃得参差不齐。她自己没有审美，只是模仿周围的同学。她交了几个朋友，那种很疯的女生，我能想象她们对她呼来喝去的样子，但她并不介意，想要伤害到她是件挺难的事。她总是跟着她们，她们抽烟，她也学着抽，她们打台球，她也学着打。子峰说，她们都有男朋友，你怎么不也找一个？她哧哧地笑，低下头继续吃东西。她还像小时候那么热爱食物，可以一直吃到离开餐馆的那一刻。之后我们各自回家，子峰和大斌先到，后面一段路只剩下我和陈莎莎。我越走越快，希望快点到她家。可是到了她家楼下，她没进去，还跟着我往前走。我只好走得更快，几乎就要跑起来。她也跟着跑，嗤嗤地呼气，到了我家楼前，她停住了，站在那里看着我钻进门洞。每回都是如此，她都会陪我走到我家，然后一个人再走回去。那一段路很短，我们也从来不说话，但我还是感到很压抑。后来有几回聚会，听说有她，我都找借口没参加。再后来，她职专毕业，她爸爸托人给她在精神病院找到一份工作，就是小时候我们总说，某某某脑子有病，应该坐上18路公共汽车到终点站去的那个医院。据说陈莎莎和那里的病人相处得不错，她的迟钝在那种情境下也许是一种美德。唯一的麻烦是，医院规定不能在病人面前吃东西，她只能趁着中午休息躲起来吃。后来一个病人喜欢拆枕头，把鸭绒抖得到处都是，害得她犯了哮喘，送去医院急救。之后她辞了职，又搬回家里住。好在我已经上了大学，而大斌和子峰都离开了济南，也没什么聚会了。我还以为再也不会遇到她了。

我看了一个下午电视，连姿势都没换。维持那副专注的模样，加之精神一直处在紧绷的状态，到了傍晚，我已经疲惫不堪，就打了个电话给姑姑，让她来看我的时候带些啤酒。没多久，一个护士长模样的人来巡房。白口罩上方吊着两只眼，又细又冷。那两只细眼盯着我看了一会儿，摘下了口罩。

"芸姨？"我喊了出来。

她一点也没老，只是最后一点女性特征也消失了，那张长脸看起来更加冷峻了。我问她子峰没事吧，她说不清楚，今天医院死了两个，应该没他。我恳求她把我放走。她说本来观察两天没事就能走，可是前天有个人刚出去就发现感染了，现在上面没命令，谁都不敢随便放人了。你以为我们愿意留你们吗，加上我一共三个护士，根本忙不过来。我跟着她走出房间。走廊里很昏暗，地上泛着消毒水的味道。我看着她说，你要想放我们走，总归会有办法。她疑惑地看着我。不是吗，我笑了一下，你连植物人都能运出去。她摇摇头说，我不懂你在说什么。她正要离开，我姑姑迎面走过来。

"你没休假？"我姑姑问。

"你不也没有吗？昨天路过药房还看到你。"芸姨说。

"我是没办法。那些黄毛丫头动作太慢，连头孢拉定放在哪儿都不知道。"

"我这里还不一样，年轻护士能指望吗，有个突发状况就慌了，早都忘了该做什么。"

两个女人看着对方，无可奈何地笑了。昔日的恩怨好像都放下了。我发觉她们很像。多年来孑然一身，不知道是因为孤独而变得古怪，还是因为古怪而选择了孤独。最后，她们都变得很热爱自己的工作，把无处可施的热情全部投入进去。

"程恭就交给你了。"姑姑说，"你把我们家老头子弄丢了，不能再把他弄丢了。"

"别交给我，交给老天爷。所有人都在他眼皮底下，哪个也丢不了。"芸姨戴上口罩，转身走了。

姑姑把啤酒摆在桌上，又将一只很大的编织袋交给陈莎莎："你爸爸进不来，让我带给你。"

陈莎莎敏捷地从里面掏出巧克力，撕开包装袋吃起来。姑姑带来的饭盒里装着藕盒和红烧排骨。我看了一眼，说真不错，有点像上刑场的前一晚。姑姑的眼圈红了，程恭，你可别吓唬我。我拍拍她的肩膀，你再去跟芸姨说说，让她快点把我放出去行吗，再关下去没得 SARS，我也会发疯。姑姑答应了。临走的时候，她竟然对陈莎莎说，你和程恭要互相照应啊。

我开了一罐啤酒，回到床上。新闻里，一个女人在播报各省 SARS 新增的例数，语速缓慢，像是在一边点人头一边报。我拿着遥控器，很想按快进。要是能把这个晚上都快进过去就好了。我决定早点睡，关掉电视和灯，躺了下来。刚闭上眼睛，窸窸窣窣的纸袋的声响就停了，咀嚼声也停了。周围一片寂静，连喘气的声音都听不见。我感觉到陈莎莎坐在黑暗中，像只猫似的正用发绿的眼睛看着我。我翻了个身，脸朝着墙。屋子里的寂静不断膨胀，像个越来越大的气球，我等着陈莎莎稍微动一下，或者咳嗽一声，发出任何声音都行，好把那个气球戳破。这时候，电话铃响了。我一跃而起。

　　"猜猜我在哪里？"大斌在那边问。

　　"还是你猜猜我在哪里吧。"我说。

　　"我在芝加哥，等下要跟李沛萱一起吃午饭。我真没想到她能答应，我现在紧张死了，不知道该说什么。你觉得我能直接问她有没有男朋友吗？"

　　我走过去，开了一罐啤酒。

　　"我给她准备了一个小礼物，也不知道她会不会喜欢，你说是应该一见面就送，还是走的时候再给？"

　　"说话啊，我现在心跳得厉害。"

　　"那总比心不跳了的好。"

　　"什么意思？"

　　"子峰现在正在隔离室抢救。"

"怎么回事？"

"他感染了 SARS，我们也被隔离了。"我不想提陈莎莎的名字。

"老天！"

"我知道不该现在说，影响你的好心情。可是，谁知道呢，生命真的很脆弱，对吧？"我挂了电话，喝光了手里的啤酒。

陈莎莎端坐在那张床上，脸上没有任何表情。她忽然开口说：

"我们要死了是吗？"

我没回答，又开了一罐啤酒。外面起风了，窗户吱嘎吱嘎响起来。不是这里，而是别的房间。不知道 317 病房的窗闩修好了吗。那个陈列着无数往事的房间，这些年我花了很大力气想摆脱，可是现在我却被困在它的隔壁，能听到那扇熟悉的窗户在响。而且，还是和陈莎莎关在一起。人生还能再有趣一点吗？陈莎莎一直坐在那里看着我，薯片还放在膝盖上，但她没有吃。她为什么不能再吃点呢？除了这个，她还能做什么呢。她可能根本不懂什么叫悲伤，也不明白什么是绝望。她就一直混沌而津津有味地活着。

我灌下最后一点酒，把头蒙进被子里。身上很烫，嘴唇发干，好像发烧了。也许真的感染了吧。挺好，现在发生什么我都不会觉得意外。

我悲壮地睡了过去，还做了梦，梦里有很多人，好像是来看我。而我感觉被什么东西压住了，迷迷糊糊地想，也许是鬼上身了。然后，一个湿漉漉的东西伸进了嘴里，搅动着我的口腔。我一下子清醒过来，睁开眼睛。陈莎莎的脸悬在上方，目光炯炯地看着我。然后她俯下了身，把头埋在我的双腿间。脑袋一起一伏，头后面的马尾像一只疯狂的兔子。我奋力支起手肘，呼吸越来越急促。她一跃跨坐在我的身上，双手卡住我的腰。她一下下蹭跳，皮筋掉了，头发披散下来，嘴里不停地嘟囔着什么，像是在念咒语。我难以自抑，溃泻而出。射精的那一刻我忽然听清了，她说的是，快死了，快死了，我们快要死了。她在我的身边躺下，嘴巴呼出一丛一丛的热气。快回你的床上去，我冲着她低吼。她紧紧地依偎着我。我把她推开，她立刻又靠过来。

　　快死了，快死了，我们快要死了。她梦呓般重复着，紧紧贴住我。那副着了魔的样子如同洪水和地震来临之前动物所表现出的灾难感应。我一时惊骇，也许真的是大难临头了。病菌可能已经在整幢楼里蔓延开来。谁也出不去了。不然怎么过了那么久，护士都没有再来查房呢？她们一定是放弃这里了，任凭我们自生自灭。病菌可能已经侵入了身体，正在吞噬细胞。我似乎感觉到有什么东西箍住了嗓子口，呼吸变得越来越细。如同奄奄一息的烛火，随时可能熄灭。死亡很快就要降临了吧，不用等到一个新的早晨。我用力喘息着，伸出手臂抱住了陈莎莎。她怔了一下，立刻搂住我，双腿盘在我的腿上，闭上眼睛，一动也不动，好像打算就以这个样子死去。黑暗中，她的心跳撞击着我，一下，一下，好像是这个世界留给我的最后一点声音。

我也闭上了眼睛。也许很难理解，那一刻我虽然感到恐惧，又有一种前所未有的轻松。一切都结束了。

我每隔一会儿醒过来一次。但陈莎莎始终保持着同样的姿势。天快亮的时候，我掰开她的手，从床上坐起来。清晨灰蓝色光线笼罩着她，她的脸上有一种类似幸福的表情。我走到外面，站在过道里抽烟。墙上的爬山虎蔓延到窗户上，玻璃的一角是绿色的。两只鸽子在天空中飞过。嗯，我都忘了这里还有鸽子。灰色的，忽然腾起翅膀的鸽子。

消失了很久的护士，从那边走过来，冲我翻了个白眼，谁让你跑出来的？还抽烟，快掐了。看着她很凶的脸庞，我有点感动，世界好像又正常运行了。我转过身想回病房，看到陈莎莎正靠在门边望着我。整个上午，她的目光一直像蜗牛似的吸在我身上。当我不经意看她一眼的时候，她感觉到我的目光，僵木的脸立刻有了神采，像一个提线木偶自己动了起来。她对食物失去了兴趣，薯片没有再碰，午饭也剩了一半，就只是痴痴地看着我。

中午过后，护士又来了，我一把拉住她说，我想换间病房，我习惯一个人住，而且打呼噜很响。护士瞥了我一眼，换什么换，你们能回家了。我问，你是说真的吗？她递给我一支体温计，只要你现在不发烧。我接过体温计。她说下午要从别的医院转过来一批人，得把病房腾出来。反正你俩住南院，就回去隔离吧。尽量别出门，和家里人也少接触，知道吗？

我跟姑姑通了电话。她告诉我子峰已经脱离了危险，再观察几天就能回家。我很高兴，又给当时的女朋友打了电话，说我现在就能回家了。女朋友挺开心，但是听说我下午要去找她，就有点支吾，说不着急，你在家多休息两天。挂了电话，我看到陈莎莎在慢吞吞地收拾东西，旁边的手机响了很多声才接起来。是她爸爸，嗓门很大，问她怎么还不下来，自己在医院门口等半天了。她不情愿地背起书包，走到门口又停下来，扭过头来看着我，好像等着我说什么。我连忙背过身去。

她终于走了。我长舒了一口气，开始收拾自己的东西，想快点离开这里。走到走廊里，我看到了芸姨，她站在窗台边。窗户花了，我意识到外面在下雨。她转过身：

"你有伞吗？"

我摇了摇头。

"我办公室里有。"她说。我跟着她朝靠近楼梯口的那个房间走去。

"我记得你是在这栋楼里出生的。"她说。

"是吗？"

"当时我在妇产科当护士，那天是我给你洗了澡。我记得你妈妈的长相，她很漂亮。"

"她高兴吗，我是说你把我抱回来的时候。"

"她开心坏了。"芸姨说。

"嗯。"

"我还有别的东西要给你。"她说。

她打开门，从被窗帘遮盖的角落里，拖出一只小纸箱。"打扫317的时候从床底下找到的，差点给扔了。一直想把你叫来。这楼可能快拆了，我也要退休了，再不给你恐怕真得扔了。"

我打开纸箱，盯着里面的东西。它和记忆里的样子完全不同，看起来非常简陋，像糊弄三岁小孩的劣质玩具。

"当时护士们都在猜，这个奇怪的玩意到底是干什么用的。"

"灵魂对讲机。"我用手指擦拭着听诊器上的金属片，"这是它的名字。"

"哇，"她耸了耸眉毛，"我在医院干了三十多年，它是我见过的最先进的仪器了。"

"当然，我还指望靠它得诺贝尔奖呢。"我冲着她笑一下。

"对了，还有这个，"她从纸箱的边角拽出一只粉红色的丝绒小袋子，"在317的床头柜里，我猜应该是汪露寒的……"

我接过那个小袋子，解开束绳，把那两颗珍珠耳环倒在手心里。

"不，是我的。"我说。

她略微有点惊讶，"那最好了，物归原主。"

我举起托着耳环的手，打量着它们。珍珠是假的。可它们那么圆，那么亮，如同某种永恒之物。永恒的东西可能都是假的。它们是无法被时间分解的异物。

"汪露寒，"我艰难地说，"她还好吗？"

"我们没有任何联系。"她看看我，"你不相信吗？"

"不，没有。"我收起耳环，"但你们小时候是好朋友，对吗？"

"我小时候没什么朋友。她恐怕也没有。那时候交朋友很危险，搞不好就会被连累。我们只能算是邻居。"她说。

"她那时候什么样？"

"她喜欢唱歌和画画，有点不切实际。有几回我爸妈在外面被批斗，我一个人躲在家里，她来敲门，带我去她家吃饭。她家的书架都清空了，小提琴也卖掉了，可是不知道为什么，还是有一股小资产阶级的气氛。后来我弄明白了，是因为她爸妈太恩爱了。他们俩喜欢一起在厨房做饭，有说有笑，她妈妈还拿出手帕给她爸爸擦汗。她爸爸管她妈妈叫小兔子，因为她爱吃胡萝卜，吃饭的时候，他给她夹菜，帮她剥虾。按理说，一个外人会有点不自在，可是我没觉得，他们很照顾我，好像我是亲戚家的孩子。可是没多久，她爸爸就上吊自杀了。那么好的一个人，怎么会把钉子摁进你爷爷的头里呢？我到现在也不相信。后来家里只剩她和她妈，你爸爸还总是带着人来抄家，吓得她妈妈大哭，躲在壁橱里不敢出来，很快精神就不正常了。那时候我很想去帮她，可是我爸不让，他说沾上他们家的人会很麻烦。别的人可能也这么想，都躲得远远的。那段日子她可真是够难熬的，后来总算被她哥哥接走了。她走的那天，我也没去送她……"

"你一直很内疚，就同意她来照顾我爷爷，最后又让她把他带走，"我问，"是这样吗？"

她把脸转向一边，"没有。"

"别担心，我没有为难你的意思，我知道你不会承认，这事已经不重要了。"

"我们真的没有什么联系。她变得很怪，精神也不大正常了。"

"你说，我爷爷有可能现在还活着吗？"

"不可能。那时候他的身体机能已经开始衰退了。"

"嗯。"

"你很希望他还活着吗？"

"他是汪露寒的精神支柱，我不知道要是他死了汪露寒会怎么样。"

芸姨沉默了一会儿。

"也没准。在医院干久了，就不太相信奇迹了。但是仔细想想，人这一辈子总归会碰到一两回奇迹的，你说对吧？"

我们走出办公室。

"忘记给你拿伞了，我记得有一把，放哪儿了？"芸姨让我等一下，又返回屋子里。

我抱着箱子站在走廊里。廊道幽暗，空气里洇着雨的气味。雨声从走廊的另一端传来，敲打着我的肋骨。绵湿的痛楚在身体里扩散。我慢慢朝那边走过去。闪闪发亮的雨水从尽头的窗户里漫进来，溅在窗台上。窗户没有关吗？也许。不，不是，它被砸碎了。玻璃上有一个巨大的洞，望出去就是天台。我记得那些天气极好的日子，天台的晾绳上搭着被阳光烤得暖烘烘的被子，白床单在干燥的风里飘荡。

那扇门紧闭。317。瘦瘦地立在窗台的一侧。雨水淋湿了门前的地板，就是同一块地板，从前总是盈满阳光，下午的橘色阳光，你说它们像跳跳糖。

我走到门前，站在那片水里。雨声敲击着骨头，可是我能听到屋子里面的动静。睡觉的声音，做梦的声音，孩子咯咯咯的笑声。还有灵魂，在肉体的帐篷里走来走去。

雨滴打在我的鞋上。我听着里面的动静。我在等着什么。等着那扇门"嚯"的一下被拉开，那个小男孩从里面跑出来。像每一个黄昏那样，他背着书包急匆匆离开。

嗨，等一等，我会喊住他。然后把手中的纸箱交给他。

李佳栖

酒喝完了，我却一丝困意也没有。雪还在下吗？也许已经停了。外面天亮了，但光线与以往的早晨不同。也许早晨还没有来，是雪在照明。这浅灰色的光线不是来自太阳，而是来自那些微小的结晶体。

二〇〇〇年的春天，我认识了殷正，就是那个邀请我去朗诵会的诗人。后来我买了一本他的诗集，还在几首诗上折了角。看到报纸上的签售会消息，我就翘了晚自习赶过去。那天下雨，书店里坐着稀稀落落的人。殷正做了个简短的演讲，谈了一些他对诗歌的理解，也讲到对现在文学环境的忧虑。他回忆起读大学时的诗社和诗歌杂志，感慨那真是一个文学的黄金年代。我根本没想到他会是我爸爸的大学同学。他比他小五岁，看起来很年轻。我忘记了恢复高考那年的大学生年龄是参差不齐的。他当然没有提起我爸爸的名字，但说的每个字好像都是围绕着他的。我紧张地扣住十指，仿佛下一秒他的名字就会被喊出来。结束之后，我拿着诗集过去让他签名，他抬起头看了看我，问你在哪个大学念书。我说我是高中生。他说，功课一定很忙吧，谢谢你能来。然后他问我等会儿要不要和他们一起去旁边的酒吧喝酒。他见我没有说话，又说，你可以喝果汁。

我们七八个人撑着伞，朝附近的酒吧走去。另外几个都是他的学生。大家点了啤酒。我也要了一杯。有个学生提议每个人朗诵一首诗。我选了殷正那本诗集里的一首。殷正说，很少有人注意到这一首，但我自己很喜欢。他说这首诗是很多年前他在美国大学当访问学者的时候，写给班上一个女学生的。大家都起哄让他讲那段往事。他说那个女孩是美国人，画着烟熏的黑眼圈，手臂上有很多文身。高中时吸食海洛因在戒毒中心待过一段时间，到了二十四岁又重新回到校园，但仍旧是一副颓废的模样，在课堂上始终很疏离，仿佛身在另外一个地方。殷正说，不知道为什么，讲课的时候他总是不自觉会把目光落在她的身上，那让他觉得很安心。这首诗是在课堂上写的，当时学生在做试卷，他有很多时间可以观察她。他说，为什么危险的事物会让人感到温暖呢，那种感觉真的奇妙。他说完笑了起来。一个男学生问他当时有没有想过向她表白，另一个女学生则问有没有她的照片，说大家都很想看。这是我第一次听到一个和爸爸差不多年龄的男人表达自己的感情。

我爸爸那时候也会和学生说起这些吗？我说，你应该把这首诗寄给她，每首诗都是一封信。这封信是属于她的。他笑着说，早就过去了，要不是因为这首诗，我都想不起有她这么一个人。他看我一脸沮丧，说我知道你们小孩特别不能接受时过境迁，可这是必然的，任何一种强烈的感情都没办法长久存在，就好像你们学的化学里的有些物质，通过激烈的反应产生，但只能短暂存在，很快就会分解，转换成别的物质。我很想告诉他，我对爸爸的感情就不是那样。

学生们好几次提出要走，殷正都说再坐一会儿。他喝了好多酒，眼睛看起来特别亮。我们一直待到了酒吧打烊。当时已经是凌晨三点，外面下着蒙蒙细雨。他住得离我学校不远，就说先把我送回去。街上没有出租车，我们只好步行。我手里拎着一把伞，但没有撑开。空气冷冽，小雨落在脸上，像微弱的电流。殷正走在右边，瘦高，步子很轻。到了学校，他发现大门紧闭，才知道我打算在外面等到天亮。他不同意把我一个人留下，决定陪我一起等。可是气温骤降，我们身上都只穿着单衣，冻得瑟瑟发抖。他坐下没多久，就站了起来，说这样不行，你去我家待一会儿吧。

我们去的不是他家，而是他工作的地方。在一个阁楼上，两间很小的屋子，一间四面都是书柜，另一间摆着书桌和单人床。他倒了杯热水递给我，说一晚上不回去没事吗，老师会给你家里打电话？我说我也不知道。他说你好像一点也不担心。你爸妈不太管你？我说没事，今晚很值得。他说，我今晚也很高兴，能出版这本诗集不容易，现在没有什么人读诗了。他给我的杯子里添了些热水，说你要睡一会儿吗，我经常熬夜没关系，你不睡，早上哪有精力上课？我说我不困，然后问他你可以教我写诗吗？他说，好啊，你写了就拿给我看，我提点意见。我说，对我来说诗就是写给一个人的信，能把说不出来的话都讲出来。要是心里不想着那么一个"你"，我什么都写不出来。他问，你想给谁写信。我说，我爸爸。爸爸？他笑了，我以为你会写给要好的男同学。我说我对和我一样大的男生不感兴趣，觉得他们都很幼稚。他看着我说，早熟未必是件好事。我耸耸肩膀说我才不在意呢。

外面的天空忽然变亮了，阳光从那扇小圆窗户照进来，能看见尘埃在空中缓缓上升和下降。屋子里弥漫着浓郁的旧书的气息，让人想起小时候去过的图书馆，爸爸带我去借合订本的《儿童文学》。当我想起我爸爸的时候，他就在记忆里不断扩大，占据了全部空间。当时屋子里的光线和气味都使我觉得应该让他来到我们中间。于是我说，我爸爸叫李牧原，你可能认识他。殷正惊讶地看着我，当然，当然，他喃喃地重复着。你们很熟是吗，我问。是啊，他说，大学是同班同学，研究生的时候是同门，毕业以后又都留校，在一个教研室。他站起来去倒水，走到一半回过头来说，他要是知道你现在也写诗，一定很高兴。

我问了他很多问题。比如我爸爸上大学的时候什么样，那时候你们常常在一起朗诵诗吗。令我高兴的是，他很敬重我爸爸的才华，觉得他是很好的诗人。然后他说，跟我说说你吧，你和妈妈过得怎么样。我只是说，我们住在姨妈那里，家里人多，我不怎么回去。他说，现在我明白你为什么这么早熟了。

外面的天更亮了，我开始困了。眼皮变得很重，不断合下来。他说，你躺一会儿吧，到了该走的时间我会叫你。我还想硬撑，但是眼睛实在睁不开了。一躺下来，我很快就睡着了，做了一些乱七八糟的梦。醒来时身上盖着被子，他坐在旁边的椅子上看书。我惶惶地坐起来，太阳已经刺眼，逆光中他的脸像一口很深的井。去上学了，他温柔地说。

临走的时候，他递给我一只塑料袋。里面是一袋切片面包和两本书。当早餐吧，他说，我这里只有这个。我拿出那两本书看，都是外国诗选，很旧，书脊上有图书馆的标签。别弄丢了，他说，这些诗集以后不会再版了。

周末我把诗集影印了一遍，跑去阁楼还给他。他说通常下午他都在，我想这是欢迎我去找他的意思。他真的在，正给一个朋友写信，写字台上有一摞稿纸。天冷，穿上了灰色毛坎肩，挽起衬衫袖子，露出汗毛浓密的手臂。他很高兴，从桌子底下拿出一大包零食，好像知道我会来。我把之前写的诗拿给他看，他竟然认出了投过稿的那两首。他说，那次朗诵会你应该来，给大家读一读你的诗。他说新写的有进步，问我为什么没有继续投稿，然后叮嘱我要多写，不要停止。

坐到天光发暗，他接了一个电话，然后对我说，我要和我太太去吃晚饭，你也一起去吧，反正今天周末，你回学校也没吃的。路上他告诉我，他太太孟婧以前是个舞蹈演员，后来摔伤了腿，不能再跳了。所以在她面前不要提跳舞。

孟婧已经到了。她显然知道我也来，殷正大概在电话里告诉她了。他可能什么都跟她说，包括我在他那里待到早晨的事。可她好像一点也不在意，也许他们都觉得那没什么。我走过来的时候，她一直看着我，等我坐下她就说，你有一点含胸，应该练习一下步态，那样看起来会更自信。我说我没有觉得自己不自信，但我其实想说，有什么关系呢，反正我又不想当舞蹈演员。那是一家幽暗的西餐厅，烛台上燃烧着白色的蜡烛，银色餐具闪闪发光。我点了凯撒沙拉和烤鳕鱼。服务员给我们的杯子倒上葡萄酒，殷正提议碰一下杯，为了美好的周末。他说他们几乎每个周末都出来吃饭，孟婧对于选餐厅很在行。那是我第一次喝葡萄酒，觉得很酸。

和他们坐在一起很奇怪，有一种似曾相识的感觉，好像是和我爸爸还有汪露寒坐在一起。太过渴望的事，就会变成一种从未发生过的回忆。在那一重回忆里，一九九三年我去了北京，他们带我到有名的马克西姆西餐厅吃饭，还去了什刹海和故宫，我们玩得很高兴，拍了很多照片。等我回过神来，孟婧已经推开了盘子，她只吃了一丁点牛排，就说自己饱了。可是我饿得想把她剩的牛排都吃掉。孟婧百无聊赖地看着我吃东西，忽然问，你爸爸去世的时候你几岁？十一，我回答。车祸？她问。我说对，喝了酒，跟一辆卡车撞上了。她说，有人说是自杀，你觉得呢？我愣了一下，抬起头来。孟婧，殷正喊了一声。但她仍旧看着我，等着我回答。不是，我说。你是说不是自杀是吗，她说，嗯，我也觉得不是。你爸爸那么争强好胜的一个人……孟婧！殷正说，别再说了好吗？然后他喊来服务员，说我们要点甜品。

我站起来，说要去洗手间，然后走出了大门。一到外面，我就哭了。眼泪不停地往外涌，我走进旁边的一家小卖店，说我要买烟。店主用一副打量失足少女的目光看着我。我叼着烟往回走，手里不停地按着打火机，就是没办法把它点着。快到餐厅门口的时候，迎面和殷正撞了个正着。我怔怔地看着他，然后把头埋进他的怀里。我到处找你呢，他轻轻拍着我的背。那一刻因为孤独或者别的什么原因，我忽然很想赢得这个男人的爱。确切地说是夺走。幽暗餐厅里三人对坐的关系，好像把我拉回到十一岁的战局。我想从汪露寒那里夺回爸爸的爱。但死亡将一切中止了。当年留下的半局棋，现在或许可以走下去。

殷正认识孟婧的时候，她是光鲜夺目的舞蹈演员，周围有很多追求者。殷正成了其中一个，并在这个角色里待了很多年，直到她终于答应嫁给他。结婚之后，殷正仍旧觉得自己像个追求者，需要不断做些事情去取悦她。买花、送礼物、带她出去旅行。她喜欢浪漫、有情调的生活，对食物、服装、家居环境样样都很挑剔，买起东西挥金如土。为了养她，殷正不得不去外地讲学，还给他瞧不上的文化公司做顾问。有个下午他对我讲起这些，表现得很苦闷。他说她总是要我陪她去各种派对，一大堆不认识的人喝得醉醺醺的，在拥挤的屋子里跳舞，她以为这样能带给我灵感，真是可笑。然后殷正问我，你知道有一个叫菲茨杰拉德的美国作家吗。我摇摇头。他说，孟婧就像菲茨杰拉德的那个老婆，非得把丈夫毁了不可。

我问他菲茨杰拉德最后怎么了，他说酗酒死了。我想到了爸爸，有些难过。他说，所以我问我妹妹借了这套小房子，我必须有一点自己的空间。我问，我在这里会打扰你吗？他说，不会，这里随时欢迎你。

我每个星期六下午都去找他，和他一起吃晚饭。没有孟婧。我不知道他是怎么和她讲的，但她没有再在那段时间打来电话。她倒是常常成为我们的话题。他没有别的人可以倾诉，在外面他们一直在扮演模范夫妻。我问你没有想过和她分开吗，他说离开我她没办法生活。我这年纪也没有力气再去谈恋爱了，应该说是没有能力，人随着年龄增长，会失去爱的能力。我说，我觉得我已经失去了。他笑了笑，傻姑娘，你才几岁？我喜欢他管我叫傻姑娘，有一种疼惜的感情。在一首他那时候写的诗里，他把我称作"我最别致的好朋友"。我没有把那首诗抄下来，因为我当时能背诵，以为自己一辈子也忘不掉，可是现在竟然只记得开头的几句。那肯定不是他最好的诗，但重要的是，他又能写了，在此之前他已经一年多一个字都没写了。他开玩笑说，我是他的缪斯。有些下午他坐在桌子前面写东西，我就靠在床上看书，读得累了，就躺下来睡一会儿。在轻浅的睡眠里，我能听到钢笔沙沙划过纸面的声音，能听到翻稿纸的声音，能听到杯子拿起又放回桌子上的声音。那些声音守护着我，令我觉得很安心。醒来的时候，房间笼罩在一种浅蓝色的光线里，无法分辨是傍晚还是清晨。我情愿是清晨。那样我就不用一个人回去，面对漫长的夜晚。

每个星期六都如同一个节日。而其他时间，我就像自己答应他的那样认真学习，把时间都花在功课上。我说，我要考到你的大学去，读中文系，做你的学生。他说，不，你应该去读更好的大学。就这样到了冬天，新世纪的第一年转眼要过完了。十二月三十一号那天不是星期六，但学校没上课，我不想参加晚上的联欢会，就去阁楼找他。他正打算出门，晚上要到孟婧的朋友家一起庆祝新年。我站在门边，看着他收拾起桌上的茶杯，穿起外套。你可以不去吗，我低着头问。他说，今晚早就约好了，我必须得去。他走到门边，拍拍我的肩膀。但我还是站在那里，一动也不动。聚会散了你能再回这里来吗，我问。他说，要看情况。我立刻说，我会在这里等你，多晚都没关系。他叹了口气，要是学校快关门的时候我还没来，你就不要等了，好吗？

那天晚上我一直等他，学校关校门的时间过了，我也没有走。我不确定他会来，但哪里都不想去。他来的时候我在楼梯上睡着了，只觉得有一只手放在我的头上，暖意从头顶降下来。他把我拉起来，亲吻了一下我的额头，轻声说，傻姑娘。我哭了。他领我进屋，给我热水，还拿出路上买的水果和一个奶油蛋糕。

快零点了，外面的烟火不断冲上天空。我们站在小窗户前面看着。我说，再吻我一下好吗，这是我想要的新年礼物。他犹豫了一下，低下头吻我。在玻璃映出的火光里，那个吻是红色的，又变成绿的，再变成白的，分成很多束，碎成小星星。闪烁，然后消失。他和我分开，转过身看着窗外。我说，我想你要我。他没有说话，走到桌边坐下来。可以吗，我问。他说，你过来，坐下。我摇头，固执地站在那里。我想我看起来一定像个巨大的笑话。但此刻尊严和内心的渴望相比，根本不值一提。我问，是因为我是你同学的女儿吗？ 他说，不是，因为你未成年，说的都是傻话。我说我已经满十八岁了。他说，可你还是个孩子。

他走过来牵着我的手到床边，按着我的肩膀让我坐下。

佳栖，他用沙哑的声音说，你是那么的天真和纯洁……令我感到羞愧。我当然喜欢你，当然，你那么可爱，那么早熟，可是我能给你什么呢？我已经开始老了，变得越来越琐碎和无趣，有时候和孟婧吵吵架斗斗嘴，也觉得乐在其中。写的诗都带着一股腐朽的气味，我知道那些年轻诗人怎么想，他们想，嘿，这老家伙早就过时了，可是自己不知道，还在那里孜孜不倦地写，真是可笑……他看着自己的双手，好像在检查它们是否还能握住一点什么。过了一会儿他回过神，抬起头来说，佳栖，我希望你保护好自己，不要折损了你的兵器。虽然我知道，伤害会让你成长，也许能变得更好。我问，就像现在这样吗？没错，他越过我的肩膀，看着背后的墙，没错，是我伤害了你，他喃喃地说。

关于那个夜晚最后的记忆，是清晨时屋子里的光线，一种苍白而透明的光，像变冷的篝火堆上升起来的烟，散发着一股焚烧叶子的气味。有一瞬间，我的头脑中浮现出很多年后他死在这间屋子里的画面。躺在我背后的床上，深陷的青色眼眶，微微张开的嘴唇，一只手放在胸口，好像还在摸着那个叫作心的地方。

我没有再去找过他。夏天来了，下了很多雨。我醒得越来越早，发现即便是下着大雨，清晨时分依然有清脆的鸟叫声。它们好像不在雨里，而是在别的什么地方。我靠在床上，读着菲茨杰拉德的书。最喜欢的一本是《夜色温柔》。

录取通知书寄来的第二天，我和几个同学结伴去了青岛。在沙滩上，大家点起篝火烧烤。我把竹签插进鸽子瘦小的身体，紧实的肉被刺穿的时候，发出噗的一声响，那个声音令我着迷。海风吹起来，他们用录音机放酷玩乐队的歌，然后甩着头跳舞，假装吸食了毒品一样。那种模仿出来的痛苦和疯狂，看起来有点好笑。他们并不迷惘，都很确定自己的方向，知道想要长成什么样的人。这恐怕是我和他们最大的区别。

有天傍晚我一个人到海边游泳。天已经开始黑了，风很大。水里只有寥寥几个人，正往岸边游来。我朝大海深处游去。深处并没有什么，我知道，但就是想去看看。就像几年前，我和爸爸去公园，他想到达湖对岸一样。海浪扑过来，我被推出去很远，勉强找到方向，又继续向前游。海水很冷，骨头咯噔作响，双脚开始有点发木，蹬得越来越慢。我试着闭上眼睛，沉入自己的呼吸里，已经变得急促的呼吸。夜幕正消融在大海里，星星全都熄灭了。我在等着更大的海浪打过来，等着咸腥的海水灌入喉咙。等着恐惧消失，意识消失。

一声轮船启航的汽笛声响起，在远处，看不到的什么地方，好似呢喃的耳语，低沉，如泣如诉，仿佛是一种召唤。它长久持续着，并且不断迫近，像一根从高处伸下来的绳索。我挣扎着顶出水面，抓住了它。我开始调转方向向回游。眼前是黑沉沉的一片，哪里是岸早已看不清，我奋力划动手臂，一次次从水中冲出来。气力很快就耗尽了，身体也没了知觉，好像下一秒就要停下来了，但我仍在向前游。到达岸边的时候已经虚脱，我躺在沙滩上，一动也不能动。

九月，我动身去了北京。它比我去的时候又扩大了很多，马路更宽了。但所有的改变，都不会令我感到陌生。我在心里对自己说，我终于回到了北京。这座城市也许比我生活了十八年的济南更像故乡。

我的一个高中同学后来成了殷正的学生，时常会带来一点关于他的消息。大三那年她告诉我，殷正和班里的一个女生好了。女生的母亲闹到学校来，系里所有人都知道了，随后的一个学期，殷正没有来学校，有传言说他可能会调走。那个女生好看吗？我还是问了这个最庸俗的问题。普通，我的高中同学回答。接下来的一个月，我几乎没去上课，总是一个人待在寝室里，听着音乐发呆，泪水慢慢从眼眶漾出来。我从来没有这样讨厌自己，我觉得自己是不值得被爱的，没有让人意乱情迷的能力。有天晚上，我从旅行箱最底下拿出这两年写的诗，厚厚一叠稿纸，穿起衣服走下楼。在宿舍楼背后的一块空地上，划着了火柴。我一页页翻看，想把那些写给爸爸的留下来，但我发现根本分不清哪些是写给爸爸的。殷正和我爸爸好像合为了一人，所有的诗都是写给那个人的。我把它们全部投进火里，稿纸迅速蜷缩，字变得扭曲，在消失的前一刻，好像离开了纸面，浮在半空中。隔着蹿跳的火苗，我看到对面有个人。他站在那里，直到那团火熄灭才走过来，对我说，同学，这里不能点火。我没说话，转身走了。

这个人就是唐晖。此前我们见过面，我室友在和他的室友谈恋爱，有一回我们寝室洗手间的水管坏了，他的室友叫他送钳子来。他在我们寝室待了一会儿，坐在我的位子上，还读了几页我扣在桌上的小说。

烧稿纸那天之后，唐晖开始约我出去看电影，叫上我的室友和他的室友。每天晚上还喊我一起去跑步。我承认在那个当口，他的追求挽救了一点被摧毁的自尊，但是等到我稍稍振作，立刻意识到应该跟他说清楚。我讲了我和殷正的故事，请他放弃我。他说，傻丫头，那不是爱。他握着我的手放在他的心口，这才是，感觉到了吗？你现在可能对我没有这样的感情，但是总有一天会有的。

直到唐晖离开我的时候，我好像才终于感觉到了。那个傍晚，我站在门边看着他收拾行李，想起爸爸离开家时的情景，以及在他走后轰然坍塌的世界，我听到了撕裂的声响，意识到我是在和自己的一部分分别。

在我和谢天成中止往来的时候，唐晖对我说，现在你把你爸爸的事都弄清楚了，以后不要再和那些从前的人纠缠不清。这是我最后一遍说，希望你能尊重我，如果还有下一次，我一定会离开。或许在他那颗已经乐观不起来的心里，的确想过还有下一次。但他无论如何也没有想到，这个人会是殷正。用他的话说，原来绕了一大圈，我们又回到了原点。

那场对话的名字叫"错失与重逢"，是去年夏天诗歌周活动的最后一场。黑色海报上印着两个嘉宾的照片。我站在书店门口，盯着右边的那张脸。凸出的眼袋微微发青，嘴角带着一丝有点自嘲的微笑。嗯，他老了。我到这里来，也许只是为了确认这一点。可我忽然很难过。好像是我抛下了他，让他独自经受这个残忍的过程。一瞬间，那些怨恨和委屈都消散了，只剩下疼惜。我走进书店，在最后一排坐下来。我对自己说，我只是想见他一面。

整个谈话过程中他显得很亢奋，而且咄咄逼人，好几次打断另一位嘉宾的话。他有很多观点急于表达，握着话筒说个不停。直到他的目光不经意地略过观众，戛然停住了。他又继续说下去，但很快结束了发言，把话筒递给另一位嘉宾。此后他几乎没开口，一直神色凝重地看着地面，回答观众的提问，也只是寥寥几句。主持人察觉了他的情绪变化，很快宣布活动结束了。一些观众围上去签名，我拿起包朝门口走。佳栖，有人在后面叫我。我又走了几步，停住了，转过身去。他望着我，然后笑了，佳栖，我们又见面了。他拿出一本新出版的诗集，上面写着送给佳栖，还有他的名字和日期。

他带我去参加晚上的"诗歌之夜"。我们站在最角落里的高脚桌旁边，透过玻璃窗看着外面的草坪。中午好像才举行过一场婚礼，鲜花扎成的拱廊还没有拆掉，暮色中两个孩子正绕着它追跑。不断有人过来和殷正说话，碰杯。在没有人来的间隙，我们就沉默地站着，看着对方。殷正说，我说了你可能不信，我一直有种感觉，你会在北京。所以每次来出差，都盼着能碰到你。他笑了笑，看着我，还好吗，佳栖，你还好吗？时间过得真快啊，在我的记忆里你还是个穿着校服的小姑娘呢。有个男人走过来，说想介绍两个朋友给他认识。殷正跟着他走了，又折回来对我说，不要走，等我回来好吗？他一直等到我点头才离开。

大厅里变得很挤，人们都在热烈地交谈着。有个大学生模样的男孩盯着我看了很久，怯生生地走过来问，你也是诗人吗？我摇了摇头。他走后，我推开玻璃门，想出去透口气。天几乎完全黑了，草坪才喷过水，闪着幽暗的光。有人在拆花形拱廊，玫瑰花被摘掉了，光秃秃的铁丝骨架矗立在夜色中。这个时候，唐晖应该正在家里制定下个月去京都的旅行计划。可那些美丽的寺庙和街道跟我有什么关系呢？用不了多久，我就会忘记它们，可我会记得这个夜晚，即便我和殷正什么话也没有说，我也会记得，我站在这里，闻到了青草上水珠的味道，闻到了玫瑰花的香气，看到夏夜高阔的天空里云层在翻涌。我非常难过，几乎跟十八岁的时候一样难过。但这种悲伤再次降临，如同一种恩赐。我意识到自己也许只在很少的时候，那些感情被触动的时刻，才真正感觉到自己是在活着。对于无聊和空虚的长久忍耐，只是为了等待这样的时刻再次降临。像一束光从头顶降落，把我从包裹着我的影子中剥离出来。

殷正走出来，站在我的旁边。我们注视着面前的草坪。夏天的北京真好啊，他感慨道，我一直不喜欢这座城市，每次都是办完事就走。为什么，我问。他说，可能因为太大了，到处闹哄哄的。十多年前我想换个大学，差一点就调到北京，最后还是没来。他看了看手表，佳栖，我们走吧，你急着回家？如果不急，我们找个地方坐会儿好吗？他提议去他住的酒店楼下的酒吧，那里有露天的座位。离这里也不远。我们沿着使馆区空荡荡的街道往前走。两旁是高大的梧桐树，树荫浓密，路灯的光线很柔和，和月光完全交融在一起。他问，你还写诗吗？不了，我说。他说，嗯，我也不写了。我问，因为要写回忆录？你怎么知道？他惊讶地看着我，然后点点头，对，我刚才在活动上说过。年纪大了，体力真的不行了，写一点就累。本来打算今年完成，看起来得到明年了。我问，都回忆了什么？他说，小时候、"文革"、大学时代，一直到现在，写得啰里啰唆的，可能没人想看，不过对我自己很重要。他意味深长地看了看我，等它出版了，我送给你。我们走到一个空旷的十字路口，站在人行道前等红灯。他转过头看着我说，我想起第一次见你的那个晚上，我们在你学校门口坐着。刚下过雨，特别冷，当时是秋天吧。是春天，但我没有纠正。也许在他脑海中那个夜晚就是秋天的画面，已经在记忆中凝固了。

酒吧的露天座位几乎全满，我们得到了最后一张桌子。殷正又看了一次手表，站起来说，我去打个电话。他握着听筒站在吧台边，脸上带着微笑。我喝了几口白葡萄酒，给唐晖发了个短信，说遇到一个朋友，要晚些回去，让他先睡。隔了几分钟，他回过来一个字，好。殷正回到座位上。我们碰了杯，各自喝着酒。他说，刚才是给我女儿打电话，她一定要听到我的声音才去睡觉。我有点吃惊。他说，前几年，孟婧忽然改变主意，很想要个孩子。做了几次试管，终于成功了。女孩？我问。女孩，他说，五岁了。真好，我说，孟婧可以教她跳舞。他点点头，她竟然是个好妈妈，我没想到。

夜风吹着墙边的竹子，沙沙作响。他说，佳栖，你还怪我吗？嗯？我看着他。他说，没什么。我又倒了一些酒。慢点喝，他说。发现劝不住我，自己也喝了起来。我希望没有伤害到你，他说，你知道我有很多顾虑。我点点头，继续喝酒。他喊来服务生，又要了一瓶酒。服务生用开瓶器拔掉塞子，把酒倒进杯子里，转身走了。我盯着他的背影，摇了摇头，喃喃地说，我不懂，和别的女孩就不会有顾虑是吗？他看着我，脸上慢慢浮出怪异的微笑。我终于还是发出攻击，问了这个耿耿于怀的问题。它的威力丝毫未减，在被说出来的那一刻，又一次把我震伤了。我在等着他开口说话，随便说什么，都是一种解救。但他没有说话，只是望着墙边的竹子，拿起杯子喝酒。

过了很久，就在我以为这个夜晚将在沉默中结束的时候，他坐直身体，把双手放在桌上，佳栖，有些事我没有跟你讲过。我跟你爸爸不是朋友，说是敌人也不为过。那时候办诗社，我和他是社长候选人，两人都是年轻气盛，自命不凡，谁也不让谁。有人支持他，有人支持我，两派打得不可开交。到后来我实在厌倦了那种争斗，决定退出。你爸爸当上了社长，他的领导欲很强，有自己的一套思想，希望所有的人都去拥护。诗歌好像成了一种权力，一种宗教似的东西。他深吸了一口气，我不该去讲你爸爸的是非，他是你最尊敬的人。我也曾很尊敬他，所以才会感到失望。他后来不再写诗了，我竟然有点难过。不仅仅因为失去了一个很好的对手，还因为我能想象像他这么好胜的一个人，该有多痛苦。谁也不知道那到底是怎么回事，天赋本来就是上帝赐予的，随时可以被收回。当然，你爸爸不会承认这个，他说是他自己不想写了，觉得没有意义。留校工作之后，他把精力放在教书和做学问上，我得承认他确实是个天才，学问也做得好，我们的导师孙先生很偏爱他，把他当作是自己的接班人。可是孙老师后来很失望，因为他最得意的弟子又改走仕途了。当时你爸爸出版了一本学术著作，他认为没有得到应有的重视，又失去了一个去美国做访问学者的机会，就很沮丧，开始帮系主任处理一些事务性的工作，系主任有心提拔他做副主任。你爸爸似乎很容易产生挫败感，然后就会放弃所追求的目标，从头再来。他后来放弃仕途，是因为和系主任闹翻了。那个时候他的态度很激进，甚至有怂恿学生闹事的嫌疑。后来系主任知道了，他只想平稳度过那段时间，对你爸爸的做法很有意见，自然不会再重用了。没过多久你爸爸辞职了。就这样，他这么一个性格鲜明、锋芒毕露的人从我们的视野里消失了。后来听说是去北京做生意，发了大财。我一点也不意外，真的，我觉得他做什么都会做得很好。再后来，就听到了他车祸的消息……我非常震惊，很长时间我都不敢相信这件事。他离开济南的时候，我总觉得我和他的恩怨不会就这么结束了，不知道在什么场合还会遇见，还会有瓜葛。所以当我碰到你的时候，心里就想，哦，原来是这样。我没有要刻意隐瞒你的意思，我只是觉得不应该让你看到这些阴暗的、不美好的东西，我有责任把你的眼睛蒙上。

我说，你是担心告诉我你和我爸爸之间只有一个是好人，让我必须做出选择，这太残忍了是吗？他摇了摇头，不，残忍的是我们都不是好人，残忍的是这个世界上没有所谓的好人。他拿过我的烟，点起一支。

酒吧已经打烊，客人陆续起身离开，户外的照明灯熄灭了。他盯着杯子里的白色蜡烛，轻声说，我写过一封匿名信，列举了你爸爸和学生开会，帮他们出主意的一些事实。是一个学生告诉我的，我听了以后还对他说，你别再跟任何人说了，否则恐怕对李老师不利。我自己也没跟别人说，这事就这么过去了。过了一个多月，有天下午，办公室只有我一个人，备完下个周的课，我感到有些疲倦，就泡了一杯茶。窗外天阴得厉害，快要下雨了，屋子里很闷，让人感到压抑。我拉开抽屉，拿出一沓稿纸，拔掉钢笔帽，一口气写完了那封信，看也没看就塞进了信封，走下楼，把它投到系主任的信箱里。迎面走过来一个同事，我还跟他打了招呼。回到办公室以后，我撕掉最上面几页有字印的稿纸，揣进口袋，然后坐下来，把那杯还有余温的茶喝完。外面的雨下了起来，雨点吧嗒吧嗒砸在窗台上。我头上有点冒汗，但是心里很平静，好像不过是刚干了一点平常的体力活。那种平静后来一直伴随着我，你爸爸辞职离开的时候，也没有被打破。临走前，你爸爸来办公室收拾东西。我和他在门口打了个照面。他对我点了点头。我也对他点了点头，然后说，那套《中国现代小说大系》明年能出来，到时候寄给你？好，他说，带上门转身走了。在那之前，我们已经很多年没说过话了，因为一起编撰那套丛书，有时不可避免地坐在一起开会，也像完全看不到对方一样。一年以后，那套书出来了，我把样书交给了一个和他还有联系的同事。后来，我就听到了你爸爸出车祸的消息，有人说是自杀。那天晚上，我一个人在阳台上坐了很久，抽了不少烟。最终我说服了自己，一个人的命运主要是由他的性格决定的，和别人没有多少关系。这个结论一直还算牢靠，直到你出现。从第一次看到你，我就觉得你身上那种悲伤的东西与我有关。对你的感情肯定是复杂的，有喜欢、有怜惜，也有歉疚。当你用那双早熟的眼睛看着我的时候，我会心里一紧，好像完全被看穿了。那种滋味不好受，可是我根本无法抗拒你。我只好对自己说，你需要我，我能带给你一些积极的东西，把你从颓废厌世的情绪中拖拽出来。可是有时我又会感到迷惑，觉得和你在一起，被拯救的那个人似乎是我。每当这样想，我都会感到很可耻。最后那个晚上，你的纯真和深情让我很心痛。我不能那么做，不仅因为我有家，你还是个孩子，还因为这个感情从一开始，就包含着欺骗和错爱……原谅我没把这些告诉你，说了或许可以减少一点你的痛苦，但也可能会让你对整个世界都感到幻灭。他停住了，摇了摇头，轻声说，也许都是借口，是我当时根本讲不出口，我还没准备好去面对当年的事。你能原谅我吗，佳栖？我抹了一下脸上的泪水，说你现在准备好了吗？他说，在那本回忆录里，我写了和你爸爸的往事，也写到了那封匿名信。那不是感情泛滥的忏悔书，我希望能跳脱出来，尽可能客观地看待当年的自己，包括所犯过的错误。每个人的灵魂里都有肮脏和丑恶的部分，跟善良和美好的品质混杂在一起，是没法去除的，承认它们，指出它们，可能是唯一和它们分离的办法。就像我告诉你的，这本书是为我自己写的，

第四章　　493

但是如果说它有那么一点价值，也许是提供了一种对待自身的罪的方式。这都要感谢你，佳栖，如果没有你的出现，我也许永远不会写这本书。你从我的生活中消失之后，在那些苦闷的日子里，我开始想要写这样一本书。但是很荒唐的是，在反省的同时，我还在犯新的错误——我是指和女学生的事，那当然是个错误，当然是，他低着头，动了动手指，也许这就是人的复杂之处吧，并不是承认和指出错误，就彻底了结，只要活着，只要还在呼吸，就总会面临考验，总会有一些虚弱的时刻。

一阵风吹过，竹叶窸窣作响，烛火蹿跳起来。我说，有时候我梦见我爸爸，出现的却是你的样子。他用你的语调说话，不说话的时候用你的表情沉默。我不知道是不是因为他离开太久了，我已经想不起他的模样。还是说，在记忆里你们慢慢长成了一个人。也许今天以后，我能把你们两个分开了。他苦涩地笑了一下，说但愿分开之后，你对我还能剩下一点感情。佳栖，他像是在梦里喊我的名字，能让我抱抱你吗？我朝他走过去的时候，发觉身体在摇晃，酒精或是别的东西延迟了它的效用。他抱住了我，让我的脸紧贴着他的胸口。咚咚的心跳击打着我的耳膜。然后声音渐渐变小了。周围很静，空气潮湿而温暖。一阵倦意袭来，像是走了很远的路，终于可以停下来。有那么一小会儿，我好像睡着了。等我睁开眼睛，仰起脸望着他时，我可以肯定，他哭过。我吻了一下他的嘴唇。他又吻了回来。

然后我从他的怀里坐起来。他的手臂向回缩，垂在身体两侧。酒精或是其他东西，现在我知道那延迟发作的不过是时光而已。过了一会儿，我们重新看着对方。天空开始发白，高处传来鸟的叫声。

空气一点点变热，散发出夏天干燥的气味。玻璃杯里的蜡烛还在燃烧，那团光像一个不断压低的声音，持续着它的诉说。我听到自己的声音，像是另一个我在跟另一个他诉说，像是时光中的声音。这些年，我一直想弄清楚我爸爸到底是一个怎样的人，我知道得越多，他就变得越模糊，每一次接近他，都是一次告别。

我们起身离开了酒吧。街上静悄悄的，马路好像变宽了，太阳照着洒过水的路面，泛起灰浅的光。分别前他对我说，这个夜晚也许是我一生中最后一个有特别意义的夜晚。再见了，佳栖。

我回到家的时候，唐晖睡得很熟。我在床边坐了很久，想等他醒来，后来太困，就躺下了。醒来时听到隆隆的雷声，窗外在下雨。唐晖背着身，正从衣柜里往外取衣服。我拿起床头柜的闹钟，下午一点钟。闹钟旁边放着我的包，再旁边是殷正的诗集。

我走到唐晖身后，"对不起。不过什么也没发生。"

"我没翻你的东西，"唐晖说，"你的包倒了，东西撒了一地。不过看没看到，也不会有什么区别。我说过的话必须得兑现。"他拉开抽屉，从那里面拿出毛衣。一包樟脑丸

第四章　　495

掉在他的脚边。它那股浓郁的气味已经消失殆尽，散落在过去那些平常的日子里。但我们却一直没有扔掉。他把它拾起来，丢进了垃圾桶。

"你还说过永远不会离开。现在你反悔了。"我低声说。

"是啊。我反悔了。趁着还来得及。"他说，"还来得及吗？我也不知道。"

"我早就知道你会反悔的。"

"是啊，你早就知道了。我相信昨晚什么也没发生，但是同时也发生了很多事情。不过你总能看到事物黑暗的一面，这有点好处，就是到了今天这个地步你不会太意外。"

他把箱子合上，竖起来立在墙边："关于你爸爸的历史，是不是找不到什么新线索了，所以决定把从前的故人重新拜会一遍？"

"不是这样。昨晚之后，都结束了。"

"只有在他们身上才能找到激情，对吗？否则就会活得如同行尸走肉。"

"别说了，求你。过去了，都过去了，唐晖。"

"李佳栖，想听听我对你这样一种生活的见解吗？你非要挤进一段不属于你的历史里去，这只是为了逃避，为了掩饰你面对现实生活的怯懦和无能。你找不到自己的存在价值，就躲进你爸爸的时代，寄生在他们那代人溃烂的疮疤上，像啄食腐肉的秃鹫。你不断拜访所谓的见证人，跟幽灵似的在那些废墟上游荡，把和你爸爸有关的碎片拾拣起来，拼凑出他和汪露寒的爱情故事，呵，多么荡气回肠啊，可惜都是你虚构和幻想出来的，为了滋养你自己匮乏的感情。你口口声声说着爱，一切都是因为爱的缘故。李佳栖，你懂什么是爱吗？"

我一动不动地站在那里，感觉脚底有一股冷气往上钻涌。

"你真的不懂。"他摇了摇头，拿起雨伞，拎上箱子走了出去。窗户被震得咣当一声响，屋子里恢复了寂静。

"什么是爱啊？你来告诉我，什么是爱？"我嘶吼着，拉开门冲到外面，对着已经合拢的电梯门大喊，"什么是爱，你告诉我！"

我回到房间，关上了门。狗看到我，向后退了几步，走到它的窝里。我站在屋子当中，滴答滴答的雨声不断涌进来。空气长出很多尖刺，划伤了我的肺。

什么是爱啊。什么是爱啊。什么是爱啊。回声像繁衍的细菌，填满了整个房间。我一分钟也没法再待下去，飞快地收拾东西，想马上逃出去。可是究竟哪些东西应该带走？和他一起买的杯子和碗，一起养大的植物，还是生日时他送给我的抱枕？夹在日记本里的宝丽来相片掉了一地，好像在逼迫我去注视那些被忽视的瞬间。唐晖是唯一一个愿意教我去爱的人，但他放弃了，把一直抓着我的那只手撤走了。我感觉到身体在失去重量。在下坠，不断下坠，坠入深渊。我跪坐在地板上，把手放在心口。也许那是我一生之中最接近懂得爱是什么的时刻。

我很快从那套房子里搬走了，狗送人了，家具暂时存放在一个朋友郊区的仓库里。为了节省开支，我寄住在朋友家，仍旧给杂志写稿。杂志不景气，陆续停刊了。我开始四处找工作。那期间也交往过几个短暂的男朋友。在他们眼里，我一定是个很奇怪的人。他们总是迷惑地看着我问，你到底想要什么呢？

然后沛萱来了，我搬到她那里住。在那段时间里，爷爷开始出现在我们的谈话间，也出现在那些沉默里。沛萱走了，我又在那套公寓里住了两个月。妈妈不时打来电话，提起小白楼，希望我能回来。那些声音汇集成一种召唤，越来越清晰。我意识到追随父亲的旅程已经接近尾声。我应该回到这里，和爷爷见面。

是否的确如殷正所说，承认和指出所犯下的罪，灵魂就会得到洁净呢？我不知道。但是哪怕有一线希望，爷爷也不应该放弃这种努力。但那是他一个人的事，没有人能逼迫，或者代替他干什么。所以我回来到这里，只是作为一个见证者。除了等待，我什么也不能做。

昨天去找你的时候，我忽然明白，这次旅程的终点不是来见爷爷，而是和你的重逢。很多事也许会因此而终结。但它同时也是一个开始。我们之间的连接，不会因为我爷爷的离开而割断。它永远都在，永远那么紧密。今天以后，它被完全交到了我们自己的手上。

程恭

天快要亮了，我应该动身了。今晚喝了很多酒，却好像是这些年来最清醒的一天。我要谢谢你，谢谢你请我到这里来，让我可以轻松一些离开。我不知道会去哪里，可能去南方吧，一个很热的地方，没有那么多的雾，阳光每天都很强烈，因为太热，什么事也没法去想。在那里开始一种新生活，是不是还不算太晚？我知道你一定很想问我为什么非要离开。是啊，为什么呢。我应该试着回答一下，在这样一个夜晚，没有什么是应该隐瞒的。

也许要追溯到二〇〇八年，那年秋天对我来说，是一段相当难熬的时间。小可离开后不久，姑姑就退休了。其实早就到了年龄，但她一直赖着不走。那份工作意义非同一般，或许因为是从爷爷那里继承来的唯一一件东西，她一直把它当作是祖传家产似的悉心守护着。谈过几次话，医院的领导失去了耐心，强行办了离职手续，把她赶回家。

每天早上八点，她会穿戴整齐地坐在沙发上发呆。这些年她从来没有迟到过，像城楼上敲钟的人一样准时。她记得每一种药放在架子上的什么位置，闭着眼睛也能拿过来。因为害怕丢失这项技能，她在家不断复习。阿莫西林放在哪里？它的左边是什么？我忘了，我真的忘了，她恐慌地哭起来，在屋子里走来走去，然后拿起拖把不停地拖地。当时我已经好几个月没有工作。离开广告公司之后，因为受够了愚蠢透顶又自以为是的老板，我决定自己创业，也有些不错的点子，写了很长的计划书寄出去，但没有回音。眼看积蓄快要花完，我告诉自己必须出去找工作了，可是仍旧从早到晚和姑姑面面相觑地待着。每天傍晚，天快黑的那一个小时，是一天里最难受的时候，我都会以找朋友喝酒为名出门。事实上我连楼洞都没有出，只是爬上了三楼。在小可住过的那个房子里，陈莎莎正在等我。

现在必须讲一讲我跟陈莎莎的事了。SARS 那年，我们离开那幢住院楼之后，她又开始不断出现在我的眼前。每个星期六我从学校回来，都能看到她站在南院的大门口。和过去不同的是，她不再假装偶遇，而是大大方方地走上来对我说，你回来了啊，你吃饭了没有。她手里拎着一只花花绿绿的塑料袋，一直跟着我走到我家楼下，才把它交给我，然后转身跑掉。袋子里是一些奇形怪状的饼干，应该是她自己做的，有的烤煳了，边缘被切掉了。我把它们扔进了垃圾桶。这样的事大概发生过七八回。后来，我接连好几个星期都没有回去，那阵子我刚和女朋友分手，情绪很低落，从早到晚窝在寝室里打游戏。有天晚上我下楼买吃的，走出宿舍楼就看到了陈莎莎站在路灯底下。你一天都没下楼啊，吃东西了吗？她挥了挥手里的塑料袋。这次是纸杯蛋糕，我确实很饿，就拿了一个。蛋糕中间好像有块湿面团，但我吃得太快，没吐出来。我问她怎么找来的，她说知道我读的是新闻学院，去院办公室打听的。我说你办法还挺多。她说，我给了那人两个蛋糕，本来有八个。我打算跟她谈谈，但是宿舍楼下面人来人往的，被同学看到了还以为是新女友。我带着她去了学校外面的小餐馆，点了些啤酒和烤串。我说，你以后不要再来找我了，我们是不可能的，懂吗？她垂下眼睛，过了一会儿才说，我懂，我也觉得李佳栖会回来的。我吸了一口气，这跟李佳栖有什么关系。她说，你喜欢她。我说，人一辈子会喜欢很多人，这个道理你明白吗？她不吭声。过了一个星期，她又出现了。还是站在那个地方，把塑料袋交到我手上就走了。我看也没看就扔了。她几乎每个星期都来，塑料袋里有时候也有别的，比如一条围巾，或是一顶很难看的帽子。但饼干和蛋糕总是有的，水平依然不稳定，有时候我看看没烤煳，就送给一个爱吃甜食的室友。后来我交了新的女朋友，那天新女友碰巧也在楼下等我，她亲眼看着我拉起新女友的手走了。她把塑料袋留给了宿管阿姨，我好几天都没去取，等拿回来的时候，里面的奶油蛋糕都长毛了。不过新的一个很快又送来了。她仍旧每个星期来。有一次来的时候，手打了石膏，挂在脖子上。说是摆高处货架的时候，脚踩空了。我才知道她找了份超市的工作，已经干了一年多。

毕业之后，我搬回家住。她又开始在南院大门口等我下班。隔几天就会出现一次，带着她的塑料袋，还是默默陪我走回家。其间她看到过我的好几任女朋友。我们似乎达成了一种默契，只要我旁边有人，她就不会走过来，即便那个人是我姑姑。后来我辞了职，出门的时间不规律，有阵子没碰到她。当时小可住在三楼，有天我从她那里出来，就看到陈莎莎坐在二楼的楼梯上。她看到我从上面走下来有点吃惊，问你搬家了？我说没有，也没再解释。她说，你出差了吗？我说，我辞职了。噢，她点点头，拿出塑料袋。我怕小可撞见她，就说咱们定个时间，星期六中午十二点吧，在南院那个小卖部门口见，以后别再到这里来了。她果然没再来，但是我经常忘了这回事，有时就是犯懒不想去。后来奶奶死了，小可离开了，我好几个星期都没有去。有一天傍晚我下楼扔垃圾，一出门她从楼上探出头来。看到我慌忙说，我本来是在路边等的，可是外面下雨，就跑进来了。她的衣服全湿了，头发在滴水，把袋子递过来，笑了笑，你去忙吧，我再坐会儿，雨小一点就走。我点了支烟，脑袋有些晕，可能因为刚醒，那段时间总是天快亮了才上床。抽完了烟，我还站在那里，湿漉漉的空气很舒服，想再多吸几口。此刻屋子里，我姑姑刚哭过一场，正在不停抹桌子。这一天是星期一，我本来打算去面试的，但是睡醒天快黑了，一天又过去了。你吃饭了吗？她问。在门口说话姑姑能听到，我示意她往楼上走。我们到了三楼。我靠在门上，又点了一支烟。小可以前就住在里面，门口还铺着她买的地垫。我用脚驱弄着那块地垫，听到微弱的金属的声音。是一把钥匙，从灰尘里露出来，银晃晃的，我仿佛感觉到小可离开时要把这屋子里发生的一切都抛开的决心。我想把钥匙踩住，却弯腰捡了起来，与此同时我听见自己说，你想进去坐一会儿吗？

　　我打开门，她跟着我走进去。那个沙发床垫并没有那么大，在记忆里它占据了整个房间。床单铺得很平整，虽然落满了灰，但还是很白。我坐下来，把头向后仰，慢慢躺了下去。陈莎莎也躺下来。外面的雨声很大，好像又回到了夏天。我看着天花板，伸过手去摸她，拨开那堆湿衣服，握住了她的一只乳房，上面沾着雨水，乳头像颗冰凉的棋子。我把手指放进她的体内，感觉着涌出的热流。她在发抖，房间里很冷，天花板上有一道裂缝。热流越来越黏稠，裹住了手指。我感觉到欲望正一点点回到身体里。胀的感觉，发烫的感觉，毫无意义但是真实强烈的生命力。我翻过她，从后面进入，完成了射精。

　　她开始每天傍晚坐在二楼楼梯上等我。后来天太冷了，我把小可那把钥匙给了她。除了塑料袋，她还会带来酒。她记下我说的牌子，每次都买那一种，要是附近的超市缺货，就去更远的地方买。偶尔她也喝一点，但只是一点，因为担心哮喘发作。几乎每天都做爱。喝了酒，关了灯，像是躺在木筏上，然后进入她的身体。起初我认为那只是对小可时代的一种追忆，直到有一天，我发现已经翻越过山峰，被带到一个新的地方。说不清是从什么时候开始，她产生了一些变化，在她混沌无明的心智底下，蕴藏着某种天赋和可怕的爆发力。也许正是因为混沌无明，什么都不用去想，才能够那么专注地沉入身体，体验到最细微的感受。她贪婪地捕捉着每一丝快乐，设法让它们在身体上停留更久。我意识到她完全掌控了我，了解身体的节律，知道它的需要。那种感觉让人害怕。所以有时候，作为惩罚，或者对她能力的约束，我会使用一点暴力。但她可能视为奖赏，并且在其中找到了新的快乐。她没有羞耻心，也不在乎自尊，无畏的天性带领着我们不断突破极限。

伴随那种巅峰式的快乐而来的，是强烈的失落感。一种极大的落差，在每次做完爱之后显现出来。我躺在床垫上环视空荡荡的房间，看着这个和我没关系的女人爬起身，在周围活动起来，总是会感到很恍惚，然后我意识到自己还待在原来的生活里，没有出口。那种绝望总是使我想立刻返回到先前的巅峰快乐中去。有些时候我真的这样做了，精疲力竭，接着要面对的是更大的失落感。为了避免这种情况发生，我认为她应该在做完爱后马上消失。有些时候我也真的这样做了，把她赶走。然后一个人待在空屋子里喝酒。直到一层层降下来的孤独感将我压垮，跌跌撞撞从地上爬起来，跑回家去，和我姑姑面对面坐在桌边，强迫自己跟她说话，回答她提出的问题。她在漫长而平淡的人生中，找到两个可以反复思考，把所有时间都填满的问题。一个是小唐后来过得幸不幸福，这个问题还有一个衍生问题，就是她当时应不应该跟小唐一起走。随即会引发对我的怨恨，要是我说是谁说自己不后悔的，她就会说，看看你现在是什么鬼样子，继而爆发激烈的争吵。另外一个问题是，我爷爷现在在什么地方，是不是还活着。这个问题会导致她坐立不安，甚至打算像我奶奶当年那样，拿着地图挨家挨户去找。她说，这事还没有完，就是死了也得把骨灰拿回来。

　　后来，我还是等姑姑睡了再回家。至于陈莎莎，我没有再赶她走，喝酒的时候就让她待在一边。她从背包里拿出很多零食，一个人慢慢吃。冬天来了，一年就要过完了。有一天外面在下雪，我喝得醉醺醺地坐在窗户底下，背靠着暖气片。热空气让人昏昏欲睡，所以我打开了一点窗户。雪花飘进来，丝丝点点地落进我的头发里。屋子里很安静，只有咬碎薯片的声音。我的眼泪顺着脸颊淌下来。你怎么了？陈莎莎放下手中的锡纸袋，走过来跪在我旁边，好好的，你怎么哭了呢？我的眼泪止不住地往外涌。她抱住我的头，不是都挺好的吗，别不高兴。她怀里有一股哈喇的膨化食品的气味。但是我没有推开，我一直待在那里，直到雪落满了肩膀。

　　大斌是元旦之后来找我的。我们已经很久没有联系了。他刚去美国的时候，时常给我打电话，告诉我他那里发生的新鲜事。他喜欢上了橄榄球，他学会了潜水，他在好莱坞撞见了布拉德·皮特。每回我都说，挺好。也许是我的回应不够热烈，电话渐渐变少，后来几乎没有了。最后一次通话是一年多以前，他告诉我他快要回国了。挺好，我说。他说，我们很快就能一起喝酒了，你高兴吗？当然，我说。

　　大斌约我在索菲特酒店顶层的旋转餐厅见面。他梳着油光光的背头，戴着一副小圆眼镜，衬衫上的袖扣和盘子边沿碰撞，发出叮叮的声响。你一点都没变，他说。获得这个评价不容易，幸亏下午理了发，我心想。吃完主菜他放下餐巾，看着我问，你想不想来我爸爸的公司上班。他说他已经念完硕士，这次回来要接管公司的一些业务。我说，嗯，你是想帮我。不是，他说，我想跟兄弟一起打天下，你忘了我们的约定了吗？我说，不管因为什么，都谢谢你。他举起酒杯和我碰了一下说，我等这一天等了很久了。

　　我等这一天等了很久了。也许我是更应该说这句话的那个人？大斌永远不会知道，高一那年暑假，我曾去五福药业报名，得到一份发放传单的工作。每个人负责几座居民楼，把传单插到每家每户的门上。那是夏天最热的时候，午后的太阳明晃晃，我骑自行车载着大叠宣传单前往遥远的住宅区。从一楼到六楼，上上下下，劣质的红色油墨弄得满手都是。很多人都只跑到三楼，把发不完的偷偷扔掉，但我没有。累了就坐在楼梯上歇一会儿，读传单上的字。传单上印着大斌爷爷的肖像，穿着白色长袍，像金庸小说里的张真人。天黑的时候发完了，就回去找负责人领钱，一百份能赚八块。但我并不是为了钱，我只是想以自己的方式接近它，成为它的一员，好像这样做，就迈出了通向成功的第一步。

一月中，我以大斌助理的身份进入五福药业。去上班的前一天，我对陈莎莎说，你别再来了，我要去工作了。她低下头，那以后饼干怎么给你？我说，你自己留着吃吧。那天我们没有做爱，我也没有喝酒。把她送出门以后，我收拾了房间，把她没吃完的食物和空酒瓶都扔掉，还有一盒没有用完的避孕套。

我把所有的精力都投入了工作。大斌非常尊重我，大事小事都会征询我的意见。我很快意识到，现在的五福药业已经不是记忆里那个神奇的工业帝国了。自从口服液失去市场以后，集团盲目扩张，除了房地产赚钱之外，其他领域都失败了。最要命的是，它是一个毫无章法的家族企业，到处都是安插进来的亲戚熟人，真正能做事的人根本没有几个。用不了五年这只苟延残喘的巨兽就会倒下，但是我有一种强烈的直觉，我或许可以挽救它。

我问大斌，你听过《出埃及记》的故事吗？你要做摩西，劈开红海走出去。他问我什么意思。我提议他创立一个新公司，专门拓展养生领域。他正苦于每天活在爸爸和叔叔的眼皮底下，一点自由也没有，于是拍手称好。我早就知道，他激动地说，你是有商业天赋的。新公司很快成立了，一切进展得很顺利。但是没过多久，大斌迷上了一个叫杜涵的女主播，对工作完全失去了兴趣。据说是因为女主播长得有点像李沛萱。在美国的那几年，他每隔几个月都会去看一次李沛萱，跟她在学校附近的餐厅吃一顿午饭。但他始终没有问她有没有男朋友。她那种居高临下的礼貌像一面结实的盾牌，使他无法靠近。女主播不一样，虽然看起来很矜持，其实是有回应的。他开始每天带着一束花去电视台楼下等她，开车载她去兜风，吃夜宵。后来发展到她录影的时候，他会一直陪在旁边，有时整整一天。公司的事全部交给了我。我每天加班到很晚，周末也不休息。研发的产品陆续上市，大获好评，年终业绩非常出色，总公司很满意，升我做了副总裁。

　　又一年元旦的时候，大斌和女主播结婚了。我是伴郎。婚礼上他喝醉了，抱着我哭，说你是我最好的朋友，我很幸运，有你这样的朋友。他在洗手间吐了一地，踩在自己的呕吐物上滑倒了，眉弓血流不止，送到医院缝了五针。此外，还有一个新娘从前的追求者来闹事，后来被两个保安架走了。那真是一场混乱的婚礼。等我把客人都送走，疲惫不堪地走出酒店大门，就看到陈莎莎在台阶上。大斌也请了她，但现场人太多，我没注意她坐哪儿。她走过来问，你不住南院了？对，我说，拦下了一辆刚送下客人的出租车，拉开车门坐进去。她把一个巨大的塑料袋塞进来。车子开动了，她站在原地冲我挥手。我打开袋子，里面有七八个密封罐，装满了饼干，好像我要出远门，这是路上的干粮。

自从我开始上班以后，她又恢复了在南院门口等我的习惯。但我总是加班，有时还出差，她常常等不到。后来我在公司旁边租了一套公寓，从家里搬了出去。姑姑不肯搬，我就隔两天回来看她一次。大多是晚上，很少跟陈莎莎碰到。要不是在婚礼上又见面，我几乎以为已经彻底摆脱掉她了。

大斌度完蜜月回来，我迫不及待地向他讲述了我的下一步计划。我认为我们应该吞并另一家分公司。那家公司的总裁是大斌的堂哥，已经亏损很多年。类似的公司还有四个，在未来几年里逐步把它们都吞并，扩大自己的实力，到最后再跟总公司合并。大斌听了很高兴，说到时候五福药业就是我们兄弟的天下了。

我花了两个月的时间，准备好一份完备的资料，能展示那个公司的真实运营情况，同时表明我们新开发的产品线和他们重叠，所以吞并显得顺理成章。但是在董事会上，大斌临阵退缩，把资料原封不动拿了回来。他说他不忍心看堂哥被撤职，毕竟他们是一起长大的。我说这样会拖垮集团，五福药业是你们家三代人的心血，孰重孰轻你分不清吗？最终他摇了摇头，说我真的不想伤害任何人。

过了两个星期，有一天早晨我来到公司，发现陈莎莎坐在靠墙的一张办公桌前面。看到我她立即站了起来，差点被脚边的塑料袋绊倒。秘书告诉我，这是大斌新招进来的人。我冲进办公室，拨通大斌的电话。他还在睡觉，迷迷糊糊地问怎么了。我说你让陈莎莎进公司，问过我的意见吗？他说，哦，她来找我说想来上班，我就答应了。我说她能干得了什么工作，你告诉我。他说，就让她跑跑腿，打印一下文件什么的，工资也没多少。我说，公司绝对不能养闲人，这是原则问题，然后挂掉了电话。整整一天，我几乎没出办公室。但是透过玻璃门，总是能看到陈莎莎的身影，走进走出好多回，不停朝里面张望。

她看起来和从前不一样了，动作好像敏捷了许多，似乎也懂一些人情世故。我忽然意识到她并不像看起来那么笨，那么单纯，她也有她的算计。

傍晚的时候大斌到公司来了，让司机载我们去从前我和他还有子峰、陈莎莎常去的小饭馆。我们多久没有一起喝酒了？他说，跟我碰了一下杯子，看着我一口把它喝完。没跟你说一声是我不对，他说，不过我真的没想到你会有那么大反应。他又给我把酒倒上，你说得都很对，这确实破坏公司的规矩。可是陈莎莎跟我们一起长大，能帮还是应该帮一下，你说对吧？我说，嗯，你当时让我来公司，也是这么想的，对吧？你看这样好吗，他想了想说，我不是还可以招一个助理吗，就让她算是我的助理，她的那份工资我自己出。我说，这是你的公司，你说了算。他说，不，这是我们的公司。他揽了一下我的肩膀，好啦，别生气了！

那天晚上我们都喝多了，后来说了什么也记不清了。回家的路上，凉风吹着额头，我睁开眼睛，发觉自己在大斌的车里，司机已经把他送回家了。我把脸贴在车窗上，酒精的灼烧感退去，变得很清醒。一年来我付出很大的努力，建立了一些东西。但它们并不牢固，随时可能被大斌的一个决定摧毁。我意识到自己的手中并不真的掌控着什么。第二天走进办公室，不出意料，熟悉的塑料袋出现在了我的桌子上。一抬头，陈莎莎正站在外面，隔着百叶窗对我笑。

星期天，我去见了蒋飞。还记得蒋飞吗，前面讲起过他，很多年前我逃学的时候，在台球室遇到的那个男孩。后来他来学校找过我，想问我借点钱。我没借给他，他好像也并不介意，站在学校门口跟我说了一会儿话就走了。他每隔一段时间就会来找我，没再借钱，就是说一会儿话，或是一起打台球。我上高中以后，他消失了三四年。好像是因为敲诈进了少管所。放出来以后，他又开始来找我，我们成了酒友。他的酒量一般，喝多了也会讲点自己的事，说他在帮人放高利贷，问我要不要跟他一起干，我没有接话。我失业在家的那段时间，他打来过几次电话，我都没接。我有点怕见他，担心自己喝了酒意志薄弱，被他拽着滑下去，最后变得像我爸爸一样。可是既然知道危险，我为什么还要一直跟他保持联系呢？这个问题我从来没有想过，直到和蒋飞谈完回来的路上，它才第一次浮现出来。那天我也喝了酒，所以没办法想清楚，到底是有一股黑暗的力量在拉着我下坠，还是我抱住这股力量不放。我只是记得我感到了恐惧。所以我不停地跟蒋飞强调，你要听我的，都按我说的办，懂吗？

　　我跟蒋飞注册了一家新公司。表面上所有的事都由他出面。我让他以新公司的名义去和一家原料供应商合作，帮他们拿到五福药业的大订单，返给我们十个点。五福药业这边我来接应，反正所有的合同都是我签字。但我的目的并不仅仅是赚一点钱，在这一点上和蒋飞有分歧，他的目光很短浅。我是打算把五福药业产品的保密配方拿出来，加以改良，在我和蒋飞的公司生产，并冠以新的名字。再加上我所掌握的销售渠道联系人名单，用不了多久，我们的产品就能打败五福药业，占领市场。但是指望蒋飞是不行的，我开始陆续从别的公司挖来出色的管理人才。蒋飞对此很警惕，总觉得有一天他们会取代自己。我指定其中一个做了副总经理之后，他就处处和那个人做对。在某件事的决策上，那个人没有按照他的意思来做，他很生气，打来电话说要把那个人开掉，我没有同意。下午，他就跑到五福药业来找我。此前我们有过约定，绝对不在外面碰头。会开到一半，我只好下楼去见他，把他领到一个隐秘的花坛边。他的情绪很激动，威胁说要是把他踢出局，他就去告发我。我花了很大力气才让他平静下来。我说，你先回去，回头我再找你，什么事都可以商量，但是你这么冲动，早晚要坏事。他有点理亏，但还是嘴硬，说别吓唬我，最晚明天，你必须来找我。他气呼呼地走了。已经是秋天，风追着落叶到处跑，可是我却出了汗，于是脱掉西装，从口袋里摸出打火机，点了一支烟。眼睛的余光瞥见一个红色的影子。我扭过头去，看到陈莎莎一动不动地站在那里。我把脸转回来，继续抽完那支烟，感觉身上的汗渐渐凉了下去。

又过了两天我才去找蒋飞，做出适当的让步，那个人仍旧留下，但是以后重要决策必须征得蒋飞的同意。我告诉蒋飞，我不喜欢别人威胁我，希望他以后别再这么做。他说知道了。我并不相信他的话，不过也只能先稳住再说。我至少要等到新公司足够强大，不需要再利用五福药业任何资源时才能辞职，再以跳槽的形式名正言顺地加入新公司。

没过多久到了中秋节。前一天公司组织了聚餐，但我还有些工作，就没有去。陈莎莎也没有去，我从百叶窗里看到了她。等所有人都离开以后，我从办公室里走出来。

她跑上来，又拿出一个塑料袋。我打开看了一下，是她自己做的月饼。我捏了捏，里面是金条吗，这么沉。她不好意思地说，怕不熟，多烤了几遍。我收起来问，我今天回南院，你回吗？我开着车往南院走，她坐在副驾驶座上，不时转过头来看看我。到了她家楼下，她的背一下直起来，紧紧捏住自己的包。到了，我说。你能等我一会儿吗，她说，出门前我烤上了一锅新的月饼，应该能软一点。我解开安全带，走下车。她说，你上来坐会儿吗，我是说，外面有点冷，你想上来也行。我跟着她走上楼梯。她家住的这幢楼没有我爷爷家那幢旧，但是楼梯很像，也有生锈的铁栏杆和没了玻璃的窗户，还有一股蜘蛛网的气味。一些记忆泛上来，很多个冬天的傍晚，我和她像这样一前一后走上楼梯。

那种身处一片黑暗之中，拢住唯一一丝火光的绝望。我惊讶于它如此迫近，好像至今还笼罩在我的身上。可是我竟然对它有一丝期待，因为那片绝望之中，裹挟着最磅礴的欢乐。也许那是只有拿最彻底的绝望才能兑换到，所以它应该跟绝望一起永久埋藏。

卧室的格局和三楼那个空房间很像。只有一张床在屋子中央，床单是白的，灯是关着的。她弓着身，疯狂地摇晃着，披散下来的头发一下下抽打着床单。虽然看不见她的脸，我却还是闭上了眼睛。可是我意识到无法把她想象成任何别的女人，那种不可替代的巅峰体验。结束的时候，她忽然翻过身来，紧紧地抱住了我，好像想让我看清楚那是她，只可能是她。我把她推开，坐了起来。月光下，四面都不靠的床在轻微地摆荡。我好像又回到了那只木筏上。

她披起衣服，跑进厨房给我拿月饼。新做的并没有更软，她带着棉手套把烤盘取出来，用牙签戳了戳。厨房的水槽里堆着七八个烤盘。装满饼干的密封罐大大小小摆满了操作台。我说，你做这么多干什么？她说，以前老失败，就多买了些烤盘和罐子，看到它们空着就难受，总想填满。她笑了，我喜欢屋里飘着那股烤东西的香味。除了厨房拥挤，屋子里别的地方都很空。她爸找了个女人，搬出去的时候，把一些家具也带走了。客厅里只有两把折叠椅子。一个反扣过来的木头箱子上，放着热水袋和几瓶药。

陈莎莎又开始每天在办公室等我下班，要是我旁边没有人，还会默默跟随我下楼，看着我钻进汽车。有一回我没忍住，又让她上了车。然后开始有第二次、第三次。每次走上她家楼梯的时候，我都会感到那种绝望又回来了。它像一束强光，照得我蜷缩起手脚。在那种时刻，我总会意识到，有些宿命的东西，可能一辈子也无法逃脱。

去年冬天，我跟一个交往了一阵的女友分手了。其实早就发现不合适，但是我一直拖着，总觉得她是一道屏风，能帮我挡一下。和她分手以后，去陈莎莎家的频率开始增多。有一回她上我的车，还被一个员工看见了。我怀疑公司的人都在背地里议论这件事，没准连大斌也知道了。

有一天下大雪，离开公司的时候，发现车冻住了，怎么也发动不了。我试了很多次，最后放弃了。陈莎莎一直站在后面看着我。我没想去她那里，可是雪太大，很难叫到出租车，好不容易来了一辆，我就让她上来了。本想把她送到南院继续走，但是司机说要收车了。我跟着她走上楼，又冷又饿，就吃了一碗她做的面条，虽然味道差强人意，但还是吃完了，然后开了一罐啤酒。原先那个牌子的啤酒她买了很多，在窗台上排成一排。她收走盘子，在厨房里鼓捣了一阵子，回来的时候宣布，我烤了个戚风蛋糕，又说我从窗户里看了，外面雪特别大，好像在暗示我没法马上走。她在旁边的椅子上坐下，很高兴地把杯子递过来，我能喝一点吗，我也想喝一点酒。

她一口气喝完了，眼睛有点发光，说我报了个辅导班，明年想参加自学考试。她想了想，又说晚上听课，不耽误上班。我没说话。屋子里很热，酒精从胃里升起来。身体开始发烫，有点想马上把她推倒。但是意识里又有一股力量，很想打败这种念头，哪怕一次，战胜它。她一边喝酒，一边笑嘻嘻地看着我，好像在观察我的变化。过了一会儿，她终于站起来，说我去看看蛋糕，然后跑进了厨房。我打开电视，她家没有装有线，总共只有十来个台，都是新闻联播。"在黎巴嫩的贝卡谷地，叙利亚难民妇女拿着小刀在地里挖草，一起挖的还有她们不足十岁的孩子们。联合国由于援助资金短缺的问题，在十天前切断了对叙利亚难民的粮食供给。难民们为了生存下去，想尽一切办法。"

　　厨房传来扑通一声。我放下了啤酒罐。屋子里又恢复了安静。电视里是天气预报的音乐，一个女人在讲解全国的降雪分布。我盯着屏幕看了一会儿，站起身走进厨房。陈莎莎躺在地上，蜷缩成一团，正张大嘴巴拼命呼吸。脸已经变成酱紫色，血管好像就要爆裂开。她痛苦地翻滚着，双手扣住脖子，喉咙里发出嘶嘶干号的声音。我蹲下，又站起来，四周看了看，然后想起客厅的木头箱子上有药瓶，可能是治哮喘的。但是我没有动，还待在门口。我站在那里，看着她用尽全身的力气举起手臂，想要够到我。渐渐地，她在视线里模糊起来。我心里变得很静，像是被带到一个很高的地方俯瞰着人间，她只是那么小小的一团，在地上蠕动。她的生命如此渺小，如此没有意义，就像一只虫，手指一碾就被抹掉了，不会留下痕迹。既然她带来麻烦，就应该被抹掉。我只是在行使自己的权力，让她消失的权力。你爷爷的脸浮现出来。那张印在宣传栏喜报上的他的照片。当时是谁手中拿着钉子，看着脚边的那个人？那个叫程守义的人对世界没有什么价值，还挡着别人的路，让那些有价值的人无法实现自己的价值，既然如此，为什么不能把他移走？他被移走了这个世界不是会更好吗？一些生命高于另外一些生命，一些人掌握着另外一些人的命运，这难道不就是世界的逻辑吗？这些念头像闪电在头脑中划过，照亮了所有黑暗的角落。我感到晕眩，又觉得亢奋。

当我的眼前重新变得清晰时，陈莎莎已经不再翻滚，只是一下下抽搐，眼睛盯着前面的某个地方，瞳孔似乎已经放大。烤箱在滴答作响，像颗定时炸弹。蛋糕的香气溢出来，一股甜蜜的奶油味。我透过厨房尽头的窗户看着外面，思考着接下来的步骤。带走烟蒂和啤酒罐，抹掉地上的脚印。遥控器也应该擦一下。

陈莎莎忽然动了，朝着我脚边挪了一点。我以为是自己的幻觉，向后退了两步。隔了一会儿，她又动了。脸朝下，匍匐着向前移动了半米。停了一会儿，她又继续，越过了我向前爬去，身体不断抽搐，如同一条被冲上岸的鱼。好像有一股神奇的力量推着她，滑过客厅的地面，来到木头箱子跟前。她支撑起身体，够到了上面的药瓶。哆嗦着拧开了盖子，把药灌进嘴里。然后她躺下去，仰脸向上。抽搐渐渐变缓，她喘息着，一点点侧过身来，仰起脸望着我。那双从凹陷下去的眼眶中凸出来的眼睛，目光炯炯，像广场上的长明灯。我怔在那里，过了一会儿才回过神来，拿起外套冲出门。

雪还在下，风掴着耳光。我深一脚浅一脚地朝前走，张大嘴巴才能呼吸。雪灌进喉咙里，是滚烫的。她的目光像一把烙铁，一遍遍碾过我的心。我回到姑姑家，走进屋子关上门，一头扎在床上。我蒙着被子，不断做噩梦。噩梦里套着噩梦，一层一层。我只记得看到了死人塔。注满福尔马林溶液的水池里，有个女人脸朝下躺着。我伸手去够她，但她漂走了，像一片树叶那样，轻悠悠地漂远了。有人在窃笑，声音越来越大，震击着耳膜。哈哈。哈哈哈。天花板在旋转，辽阔无边，也许是天空在旋转，不对，怎么会有一道裂缝？我从床上坐起来。天还没亮，屋子里有稀薄的光，白色，冰凉，好像是雪返照出来的。我盯着发出光亮的窗户，花了好长时间才确定，陈莎莎没有死。我爬起来去厕所，在镜子里看着自己的脸。一夜时间，胡子长长了那么多。我回到房间，点起一支烟。光线慢慢充盈起干瘪的房间。窗户上的冰凌在滴水。我走到窗台前面，抬起头，看到天空中的太阳，明亮、巨大、完整无缺。

中午过后我才到办公室，一屋子的人等着我。我下意识地望了望那个角落，陈莎莎不在，桌子上空空的，什么也没有。

开会的时候，我一直盯着面前的文件。那些字在蹿跳，并且各自读出了自己的发音。但是我没法抓住它们的意思。我用手中的笔戳着最上面那张纸，像是想用鱼叉叉住活蹦乱跳的鱼。但是鱼越来越多，四面八方涌过来。我"啪"的一下把笔放在桌上，所有的人抬起头。秘书跑过来扶起倒掉的杯子，将抹布按住桌上的那摊水。我说，刚才谈论的事让我再想想，散会。

我趴在桌子上，试图睡一会儿。不知过去多久，门吱嘎响了一声，有道风进来了，掠过我的头。屋子里很静。

桌上的那摊水好像还在往下淌，滴答，滴答。我支起身体，扭过头去，就看到陈莎莎站在门边。大半个脸沉在阴影里，像是戴着一副黑铁面具。刹那之间我想到了那只狗。从下水道里仰起脸看着我。面具慢慢朝这边走过来。我发誓就算后半辈子遇到再多的事，那都会是这一生中最难忘的画面之一。面具顶着一团浓黑的光，逼近过来。不断变大，黑光笼罩住我，使我一动也不能动。到了我面前，它停住了。我的心跳也停住了。但我听到水还在流，滴答，滴答。一颗走向终点的定时炸弹。我在等着它爆炸。浓黑的光骤然散去。面具消失。一簇天花板上射灯的光照亮了她的脸。带着微笑。别这么睡，会着凉的，她扬了扬手里的塑料袋，昨天那个戚风蛋糕烤好了。

她拉开椅子坐下，从袋子里拿出戚风蛋糕，用塑料餐刀切下一块。她递给我，把碎屑捻起来放进嘴里。还行吗，她说，戚风蛋糕真难做啊。我大口吃下去，被那团甜软的东西糊住了嗓子。她说，你的车能开了吗？没修，我说。她点点头，说我明天就去夜校报到了，你说我会不会上课睡着了啊？我茫然地摇了摇头。她睁大眼睛说，不会吗？我真挺担心的，都那么久没上课了。她吐了口气，沉了沉肩膀，看着我问，喝点水吗，我去给你倒。她站起来，我一把拉住了她，按在了座位上。她怔了一下，又露出微笑。我躲开她的目光，把剩下的半个蛋糕拖到面前。没想到你这么爱吃，她说，那我再做，这个蛋糕不能放，一放就干了。我埋着头，把蛋糕塞进嘴里。她又用手指沾了几下我袖口旁边的碎屑，说再过几年，我想开个蛋糕店，把我家那些烤盘都拿过去，换个大点的烤箱。你说行吗？行吗？一点水从我的眼角溢出来。我绕了绕眼球，想让它回去。行，我说。她咧开嘴笑了，到时候你随时来，都有刚烤出来的蛋糕。还有饼干，我多买点模子，能做熊猫脸，不难的，眼睛用可可粉，挺像我们小时吃的雪人脸，你记得吗？戴帽子那种。我吸了一下鼻子说，你回家吧。嗯？她疑惑地看着我。我说，我太困了，想回去睡一觉。她说，嗯，明天星期六，你能多睡会儿，但是晚饭还是得吃，吃完了再睡。

走出大门，天已经黑了，但路灯还没有亮。大风如尖利的鸟喙，啄着眼角潮湿的痕迹。雪从地上吹起来，扬到半空中，好像想再降下来一次，盖住眼前所有的东西。有人在背后喊我。我站住脚，陈莎莎追过来，手上拿着我的外套。你就没觉得冷吗？她说，然后像从前一样站在那里，看着我坐进出租车。车子开动，她跟着走了两步，朝我挥了挥手。昨晚的事好像只是前夜那些噩梦中的一个。它就如同没有发生，要是我愿意这么相信的话。我可以让自己这样相信吗？

我休了个假，在椰子树下面躺了几天。白色的沙子像糖，被太阳晒得蓬松，有股好闻的甜味。我把自己埋在里面，像是发烧时盖上厚厚的棉被。汗冒出来，把被子顶开了。我抬起胳膊挡住烤烫的脸，阳光从指缝里照进来，把手照得很白，边缘近乎透明。在露天咖啡馆里，服务员对着我微笑，告诉我现在播放的是她最喜欢的歌。自动饮料贩卖机前，一个女人把她的硬币借给了我。傍晚在沙滩上散步，有个小男孩追上来，嗨，你踩坏了我的城堡。不过没关系，我可以重搭一个，你帮我一起搭吗？我感觉这个世界好像和原来有点不一样了。它似乎对我抱有极大的善意。

世事无常，但也许总有一些恒固的东西在。我应该相信并且保护它们。这个信念超越了一切，甚至野心和对于成功的执着。在异乡旅馆的露台上，我坐到天色发白，想了很多事。我决定从五福药业辞职，结束这种"地下生活"，也结束对大斌的背叛。就在回程的前一天，我接到了大斌的电话。他说，嗯，我知道真相了。我的心一紧，什么真相？他说，杜涵和他们台长确实有一腿，让我给抓住了。你打算怎么办，我问。再来一瓶，和刚才一样的，他在那边吩咐服务生，然后回到听筒前，说我告诉你，这个世界上可能有很多人像李沛萱，但她们都不是她，李沛萱只有一个。他咳了几声，可能是喝呛了，又说，是我的错，是我没有坚守承诺。我问，什么承诺？他说，离开美国的时候，我在心里对自己说，我一定要干一番事业，再走到李沛萱面前。她喜欢有本事的人，我知道。是我太软弱了，经不起诱惑……但是我还有你，还有我们的公司。从明天起我会开始好好工作，跟你一起努力，争取让公司早点上市。我现在明白过来，还不算晚是吧？我应了一声，然后问，你跟杜涵呢，打算怎么办？离婚，他说。

他没有离婚，而是花了很大的力气来挽回这场婚姻。他带着她又去巴黎度了一次蜜月，几乎买空了一间香奈尔商店，还在艺术桥上挂了一把刻着他们的名字的锁。回来以后又为她举行了一次盛大的庆生宴会。可是没过多久，他就发现女主播和台长还有联系。他又一次接受了她的解释，但从此变得很多疑，每天都在寻找新的证据。这几乎牵扯了全部的精力，他坚持来公司没多久，又不见人影了。起先，是他那副把工作当作寄托、要跟我大干一场的架势，使我没法立刻开口说辞职。后来，每次见面他都要向我倾诉，罗列新掌握的证据，精神几近崩溃。我想只有等他渡过这个难关再说。蒋飞那里也有牵制，后面有好几宗大订单，能赚很多钱，他当然不肯罢手，动辄就说要去告发我，弄个鱼死网破。就这样一直拖了将近一年。

这一年，我重新搬回了南院。姑姑身体很不好，每天都失眠，对我变得非常依赖。但是又不肯离开原来的房子半步，我只好搬回来住。陈莎莎每天在下班后等我，所有人都走了以后，她就坐上我的车，跟我一起回南院。差不多每周一次，我会跟着她上楼，在她家待一会儿。那一天她就旷一节课，不去上夜校了。每次她总是像过节一样开心，说我是她的救星。夜校断断续续上了一年，自学考试一门没过，她决定再读一年。我给她买了张写字台，让她有个地方看书学习。写字台运来的那天，我们在上面做了爱。在那之前，我很久没有跟她做爱。对她生出一种敬重的感觉，总觉得不应该再像从前那样了。写字台散发着浓郁的油漆味，她张开双臂，抓住桌子的边沿。台灯的光照在她的脸上，汗水闪闪发亮。有什么东西变了。那种穷凶极恶的快感消失了，有些温柔的情绪在涌动，像潮水退去后海滩上细腻的沙子。在那张写字台上，我第一次吻了她。她怔了一下，把舌头伸进我的嘴里。我闭上了眼睛，感受着危机四伏的生活中最宁静的部分。

大斌终于和女主播离婚了。是女主播提出来的，她受够了这种每天被审问、被监视的生活。刚离婚的那两个星期，大斌每天喝醉，人瘦了一圈。就是在那个时候，他知道了我私下成立公司的事。是一个被蒋飞开除的人，为了报复他，跑到五福药业来找大斌的爸爸，说我们公司抄袭五福药业的配方，并且控制供货商索要回扣。大斌的父亲要求大斌彻查，找出背后操控的人。几天后大斌拿到那份调查资料，发现所有的证据都指向我。

上个星期的一个傍晚，他约我到南郊的山下见面。那里好像一个月前才发生过碎尸案，来到山脚下，我感觉到一股杀气。天气特别冷，山上一个人也没有。我跟着他往山顶爬，一路上谁也没说话。到了山顶，已经浑身出汗，在一个亭子里坐下来，两个人咻咻地喘气。面前是一片光秃秃的岩石，再往前就是陡峭的悬崖。

他说，你还记得吗，上小学的时候我们一起来这里春游，你和李佳栖掉队了，不知道跑到哪里去了，我和子峰到处找你们。我没说话，摸出打火机点了一支烟。他说，你从小就挺怪的，你和李佳栖都有点怪，和别的小孩不一样，你们身上有一种邪气，很神秘。虽然你们喜欢标榜自己有多坏，但其实你们很善良。我知道我没你们聪明，老是跟不上你们的步子，但和你们玩我不担心，因为我知道你们不会害我。他深吸了一口气，把脸埋在手心里。隔了一会儿，他抬起头来说，还记得我们那个差生小团体吗？每天放学大家聚到一起，玩你和李佳栖发明的各种稀奇古怪的游戏，那真是一段快乐的日子啊。后来李佳栖转学了，再后来子峰当兵了，这里就只剩下我们三个。你可能觉得陈莎莎不重要，但我永远都把她当成我们当中的一员，这也是为什么我非要让她留在公司。我总觉得既然成为朋友，就是一辈子的朋友。也许是我的想法太幼稚，总是感情用事，说的事一件也没做到。可是我真的把你当成最好的朋友……他哭起来，为什么你要这么对我？我嘿嘿笑了一声，眼睛盯着岩石缝里的一簇枯草。他说你为什么不说话，我在等你辩解呢，说你是有苦衷的。我摇摇头，没什么苦衷，我只是很清楚，五福药业早晚会垮掉，再努力也没有用。他问，那我呢，你心里是不是很瞧不起我，觉得我只配给你当垫脚石，随便利用，随便伤害都没关系？我按下打火机，火苗一蹿起来就灭了，再按，又熄灭了。我说，我可能太自负了，总觉得自己能做成一点大事，不过不管你信不信，过去这一年，我确实很想回头。我看着他，现在说这个已经没什么意义了。你打算怎么处置我？他沉默了一会儿说，你走吧，我会把调查你的那份文件多压几天。你趁这几天快点走，找个什么地方躲起来。我说，谢谢你。他仰起头看着天空，说但我们不再是朋友了，我就当不认识你。我捻着那根点不着的烟，点了点头，说要是以后——我是说很久以后，我再回到这里的话，还是希望能找你一起喝酒。我们也许可以重新认识。你以前说过，谁规定人跟人只能认识一次？说完这话，天色忽然暗了下去。我们默然坐了一会儿，起身走出凉亭。

要离开的事，本来并没打算瞒着姑姑。可是那天一回家，她就跟我说，她去北郊的一片住宅区找汪露寒，结果真的遇到一个很像她的人。戴着个口罩，但是那双眼睛跟她一模一样。可惜骑着自行车，一溜烟就没影了。所以我姑姑打算明天再到附近去等着。我说，挺好，去吧。看到她脸上焕发着荣光，重新有了生活的寄托，我感到很欣慰。也许真的是汪露寒呢。也许她们见了面，能够冰释前嫌，心平气和地聊聊当年的事呢。我由衷地期待能有那么一天，因为那对姑姑来说，才意味着一切都结束了。

至于陈莎莎，我考虑了很久，还是决定跟她说一下，主要是怕她到处去找我。我说，我要出一趟远门，过些时候才能回来，你好好上夜校，争取明年考试考过了。她问，要很久吗，明年春天我考试的时候能回来了吗？我说，也许能。她点点头，问我哪天走，说要多做些饼干给我带着。今天下午你来过之后，我收拾好行李，出门给姑姑买了些备用的药，经过陈莎莎家楼下，想再上去看看她。她正在烤饼干。所有的密封罐又都塞满了。她说，我觉得你可能快走了，就多做了一些预备着。我开了罐啤酒，坐下来。她问，这几天你怎么都没去上班啊？出什么事了吗？没有，我说。她说，你是不是今晚就要走了？我没说话。她说，我想过了，夜校可以回来再上，反正考试每年都有，我还是跟你一起去吧，这样你路上能有个伴。我不答应。她说，我保证不给你添麻烦，要是你觉得麻烦了，我就回来，行吗？她摘下围裙，拍了拍身上的面粉，说我现在就去收拾东西。我没拦着她，因为不想让她难过，虽然迟早是要难过的，但我还是喜欢看到她高兴的样子。这十几年来，我给她带来的快乐实在少得可怜，能高兴一刻是一刻。我打开给姑姑买的安眠药，在她的茶杯里放了几颗。她背着一个很大的旅行包从里面跑出来。说，好了，现在走吗？不急，我说，坐一会儿。她说，那我去把烤盘洗出来，不然容易招蟑螂。我说，坐一会儿吧，坐一会儿好吗？噢，她点点头，从椅子上坐下。我说，来，咱们碰一下，我用酒，你用水。你有哮喘，以后不要再喝酒了。她仰起脖子喝下去，然后说，我还没问你，咱们是去南方还是北方？我说，南方。她拍拍手，给我猜中了，你看我厚衣服都没带几件。她看了看我，说要真是北方也没关系的，到了那里再买就是了。我说，你不觉得辛苦吗？她问，什么事辛苦？我说，给我烤了那么多年饼干。她说，噢，饼干！忘了装饼干了。她跑进了厨房，回来的时候出了一头汗，问我说，几点了，我怎么那么困呢？我说，去睡觉吧，睡醒了我们再走。她问，你也睡吗？嗯，我也睡。我跟着她走进卧室，在床上躺下来。她转过身来，抓住我的胳膊，说我睡觉很轻，要是该走了，你就摇我几下。好，睡吧，我说。她仍旧笑嘻嘻地看着我，眼皮一张一合，过了一会儿完全闭上了。我关了灯，在黑暗里坐了一会儿，起身走出房间。

现在她应该还在睡着吧。我希望她能多睡一会儿，醒来就当是做了一场梦，把所有的事都忘了。我真的很盼望她能开始新的生活，甚至比对我自己的新生活还要盼望。要是我真的能开始一种新生活，也都要感谢她。是她使我没有彻底崩坏，完全毁灭。也许太迟了，但还是想试一试，这一次我会心平气和地去生活，慢慢散掉胸中那股戾气。无论在哪里，我会一直在心里默默祝福陈莎莎。如果可以，我很想把自己毕生的好运气都送给她，不知道会不会让她离幸福稍微近一点。

第
五
章

天已经亮了，风停住了，窗户一动也不动。屋子里笼罩着灰白色的光线。桌上并排放着两只空酒瓶和两个杯子。李佳栖走到窗前，看着外面。

　　"雪小了。"她说。

　　"我该走了。"程恭说，但他没有动。

　　李佳栖看着远处，说："我好像看到死人塔了。"

　　"前两年那里着了一场大火，都烧没了。"

　　"周围一棵树都没有，怎么会着火呢？"

　　"不知道，好像是一帮小孩，跑到那里放烟火。"

　　程恭走到窗边。

　　"孩子们都喜欢那里。"李佳栖说。

　　"塔里的骨骸都烧成了粉末，也许这是他们想要的，我是说那些死者，不想在这个世界上留下什么痕迹。"

　　"嗯。"

他们看着窗外。大雪覆盖了中心花园的假山，覆盖了崎岖的小径，耐心地包裹起这个世界上每件有棱角的东西。

李佳栖转过头来，看着程恭。

"你的灵魂对讲机呢，放在哪里了？"

"忘了，好像在阳台上的一个箱子里，怎么了？"

"想看看。"她说，"不知道现在还好不好用。"

程恭耸耸肩膀："从来没有好用过。"

"我记得那时候我们玩过家家，我一唱歌，你爷爷就会眨眼睛。我想用灵魂对讲机给他唱首歌……"

床上的人动了一下。李佳栖和程恭朝那边走过去。床上的人睁开了眼睛。

"人都齐了……"他喃喃地说。

李佳栖看了一眼程恭："也许应该把教堂里的那个牧师叫来。"

"死了两年了。"程恭抬起头望着窗外。他皱着眉头，用力想把什么东西看清楚，然后沉了一下肩膀，把手抄进口袋，"我出去一下，"他说，"抽根烟。"

李佳栖目送他走出去，扭过头看着李冀生。

"那根钉子，你记得那根钉子吗？"她问。

床上的人定睛看着她，似乎被一股力量拽回身后的世界。这个世界的大门即将关上。永远关上。她伸出手，轻轻抚摸着他的额头。

"你觉得自己有罪吗？"她问。

李冀生仍旧看着她，但目光穿过她，落在一个旷阔的地方。

"把灯关了吧，太亮了。"他说。

李佳栖走到墙边，手放在开关上，但没有按下。灯是关着的。在黑暗中，她听到床上的人叹了一口气。她朝床边走来，又停住了，站在屋子当中。她听着。屋子里很静，窗外也很静。墙壁消失了，房间空阔无边。李佳栖在床边蹲下来，把头埋在他的身旁。隔着被子，她的额头感觉到他的手的形状。突出的骨骼，似乎还蕴藏着没有散去的力量。

李佳栖站起来。电视机屏幕上出现乡村的泥路，有一只狗站在田埂边。底下的字幕说："一九二一年，李冀生出生在这个村庄的一户农民的家里。那时，他的母亲已经守寡三个月，这里的人只知道她姓梁。"狗扭过头，看了一眼镜头，又向前跑了。黑白画面，村庄零落的房屋，像是真的还停在一九二一年。这时要是打开声音，就能听到婴儿啼哭声吧，李佳栖猜想。屋子里静极了，她好像又听到谁在叹气，然后发现仅仅是风吹动了窗帘。

她走出房间，看到程恭站在走廊里，右手夹着一根没有点燃的烟。

"一切都结束了。"李佳栖说。

程恭没说话，给自己点着了烟。

"晚些我给沛萱打电话。她还是应该回来。"李佳栖说。

"嗯。葬礼一定会很体面。"程恭盯着手里的火光。

"我去把窗户关上。"李佳栖说。

她走出来的时候，带上了门。他们走下楼梯。到了一楼，程恭停下脚步，看着空荡荡的大厅："当时那些大人们就是在这里跳交谊舞的吧。"

"嗯。"

"音乐老师喜欢坐在东边靠窗的位置上，射灯从她头顶侧上方照下来，像伦勃朗的画。她自己肯定也知道，每次都选那个座位。"

"你们男生都觉得她很美。"

"女生呢？"

"一般吧。"

"后来她得了食道癌。临走的时候我想去看她，但是她不见任何人。"

"她不想在那种情况下告别。"

"不，我觉得当年在舞厅见到她，她坐在灯下的样子，每一次都是在告别。"

"一切都结束了。"李佳栖说，"我刚才是不是已经说过这句话了？"

"是的。"

他们走到大门口。李佳栖拿起立在墙边的伞。

"其实你不用送我。"程恭说。

"我想透口气，在屋子里待了太久。"

外面雪很深，埋到脚踝。往前看是一片茫茫的白色。

"我在想，你其实可以在小白楼躲一段时间，没人会想到你在这儿。"李佳栖说。

"你呢，有什么打算？一直待在这里吗？"

"不知道，也许等事情办完了就走。"

"去哪里？"

"南方，"她笑了，"很热的地方，你不是说那样就可以什么都不用想吗？"

"没错。"

"嗯。"

他们继续往前走，走到十字路口。

"想不想赌一下？"李佳栖从口袋里摸出一个五角钱的硬币，交给程恭，"要是字，你就去火车站，要是花你就留下，待在小白楼里，我每天给你送饭。我会做蛋炒饭。"

"能吃面条吗？"程恭问。

"不能。我不喜欢吃面条。"

"炸酱面，学一下，很简单的。"

"答应了？那你扔吧。"

程恭摸了摸那枚硬币，然后抛向空中。硬币落在雪中，没有声响。两人望着彼此。一个红色的身影朝这边跑来。越来越近，是陈莎莎。来到程恭面前，她站住了。

"你摇我了吗？"她问，"是不是我睡得太死了？"她的目光移到李佳栖的身上，好像才发现她的存在。

"李佳栖？你是李佳栖吗？"她怔怔地望着她，然后笑了，"我就知道你会回来的。"

他们三个人站在那里。雪越下越大。

陈莎莎从包里掏出两罐饼干塞给程恭，拍了拍他的肩膀上的雪，然后拉上拉锁，把旅行袋背到肩上，朝来的方向走去。

程恭喊住了她，从口袋里掏出那张药方："据说能治哮喘，你试试。"

"我觉得我已经好了。"陈莎莎笑着挥了挥手，继续向前走了。

程恭回过身来，硬币已经被新落的雪覆盖，看不见了。他和李佳栖站在那里，听着远处的声音。汽车发动机的声音，狗的叫声，孩子们的嬉笑声，一个早晨开始的声音。程恭闻到了炒熟的肉末的香味，浓稠的甜面酱在锅里冒着泡，等一下，再等一下，然后就可以盛出锅，和细细的黄瓜丝一起，倒入洁白剔透的碗中。

后　记

　　一九七七年男孩告别了他工作的粮食局车队，走进大学的校门。报到那天，教会他开车的师傅坚持要送他，戴上白手套，穿上工作服，开了车队最新的一辆解放牌卡车。路上师傅不说话，一支接一支地抽烟，快到学校的时候才忍不住问，你那个中文系具体是学什么的？男孩说，不知道，我想学写小说。师傅说，写那玩意儿有什么用？男孩说，我就是想写。师傅叹了一口气，放着那么好的工作不干了，我怕你迟早是要后悔的。

　　第二年秋天，男孩完成了他的第一篇小说，把它寄给了上海的一个文学杂志。小说的题目叫《钉子》，源自一件少年时代目睹的真事。在他居住的医院家属院里，隔壁楼洞的一个医生在批斗中，被人往脑袋里摁了一枚钉子。那人渐渐失去言语和行动的能力，变成了植物人，后来一直躺在医院里。在那个动荡的年月，身边发生过不少残忍的事，可是不知道为什么，这一件好像在他的头脑中留下了难以磨灭的印象。一个月后，男孩收到了杂志社的录用通知。他很高兴，把这件事告诉了他的女朋友，他们还庆祝了一下。又过了一个月，他收到编辑的信，说上面觉得那篇小说的调子太灰，恐怕还是没法用。一场空欢喜。男孩把稿子丢进抽屉，再也没看过。后来，他又写了几篇小说，调子都很灰，寄出去就没有了消息。毕业之后，他留在了学校教书，和那个女朋友结了婚。教工宿舍是一幢拥挤的筒子楼，过道里堆满了书和白菜，傍晚的时候，大家在走廊里做饭，整幢楼里都是葱蒜的气味。孩子出生以后，他的写字台被搬走，换成了一张婴儿床。从那之后，他再也没有写过小说。把日常生活对人的消磨当作停止写作的原因，在任何情况下都很合理。只不过偶尔一些时候，他的头脑中会冷不丁冒出他师傅的话：写那玩意儿有什么用？小说虽然没有写下去，但是随着时间的推移，读大学的决定显得越来越英明，他心里不免有点庆幸。世界上的事大抵如此，走着走着就忘了初衷，偏离了原来的道路，可是四下望望，好像也不算太糟，就继续往前走了。

　　至于那篇小说，没多久就在一次搬家中丢失，男孩渐渐也忘记了当时写过什么。从某种意义上说，它基本等同于没有在这个世界上存在过。直到很多年后，他说起写过这篇小说，连带着回忆起钉子的事。那个沉入记忆谷底的故事，早已褪色、风干，变得非常瘦小。他自己说着也觉得没意思，几句话就把它讲完了。又过了一些年，有一天吃晚饭的时候，他的女儿漫不经心地向他宣布，我打算把钉子的事写成一个小说。他花了点时间才记起钉子的事指的是什么，随即笑了笑，那有什么可写的？女儿没理会，只是向他询问更多的细节。他勉强回忆起几处，其他都想不起来了。女儿显得有些失望，没有再谈起这件事。后来他才知道，女儿自己跑到那座医院去做调查，搜集了一些关于植物人的资料。但此后就没动静了。她向来有点捉摸不定，今天这样明天那样，他早就习惯了。这个女儿，从世俗意义上说不算特别叛逆，但也绝对谈不上乖巧。总之，肯定不是他理想中的那种女儿。就这样又过去很多年。他退了休，有些时间会住在北京的女儿家里。有一天，他发现女儿家有一摞白皮的书。那是她刚写完的小说，在正式出版之前影印了一点，打算送给周围的朋友读。女儿填写了寄书的单子，委托给他，然后就出门了。他把那些书一一塞进袋子，交给送快递的人。有一本书，因为缺少收件人的手机号码，滞留下来。他把它搁在了茶几上。吃完晚饭，他在电脑上下了一会儿围棋，对方水平很糟糕，眼看快输了，于是就临阵脱逃。他有点不甘心地在屏幕前等了一会儿，才合上笔记本。客厅里很安静，外面有一点春天末尾的风声。他倒了杯茶，重新回到沙发上，发了一会儿呆，目光落在那本白皮书上。他朝前坐了坐，拿起那本书，翻开第一页——

回到南院已经两个星期，除了附近的超市，我哪里都没有去。哦，还去过一次药店，因为总是失眠。我一直待在这幢大房子里，守着这个将死的人。今天早晨，他陷入了昏迷，怎么也叫不醒。天阴着，房间里的气压很低。我站在床边，死亡的阴影像一群黑色翅膀的蝙蝠在屋子上空盘旋。这一天终于要来了。我离开了房间。

我从旅行箱里拿出厚毛衣外套。这里的暖气总是不够热，可能是房子太大的缘故。我一直试着和那种从墙皮里渗出来的寒冷相处，终于到了无法忍受的地步。我走到洗手间，没有开灯。细细的灯棍散发出青寒色的光，会让人觉得更冷。我站在水池边洗脸，想着明天以后的事。明天，等他死了，我要把这里所有灯都换掉。洗手池的下水管漏了，热水汩汩地溢出来，静静地流过我的脚面，像血一样温暖。我站在那里，舍不得把水龙头关掉。

我写下这行字的时候，大约是二〇一一年初。这个当时还没有名字的小说，在那之前已经换过好几个开头。有的开头女主人公坐在高墙上，有的开头女主人公坐在火车上。最离奇的一个开头，竟然出现了一只红尾巴的狐狸。现在我已经想不起，为什么需要那么一只狐狸了，但在当时好像觉得它不出场，故事就没法说下去。应该是个类似先知的角色，可惜总是帮倒忙。我记得狐狸当时还警告女主人公，你最好接受我的存在，我既然出现了，就不可能再消失了。结果没过几个星期，这只挺威风的狐狸，就从word文档里彻底被删除了。没有了狐狸以后，主人公变得有些萎靡不振，好像在茫茫大海中失去了航标，就那么漫无目地漂着。我试了几次，也没找到方向，就撇下她不管，去写别的东西了。那时候，我和她的交情没那么深，见不到也不至于太牵挂。

春节前，我回到了济南的父母家。他们刚搬了家，又住到了我小时候生活的大学家属院。我已经很多年没有回去过。从前住的旧楼已经拆了，原来的地方盖起了高层公寓。乍然一看变化很大。但是除夕那天下午，我一个人在院子里游逛，很快发现到处都是从前的痕迹。树木，平房，垃圾站。门口卖报的男人还在那里，帮她爸爸守着水果摊的女孩，也仍旧坐在原来的地方，只是已经是个中年女人，眼睛变得浑浊了。看到这些，我并没有觉得亲切，反倒感到一丝恐怖。我离开之后，那些人还在原来的地方继续生活着，事情本来不就是这样吗，可是看到他们的那一刻，好像发现了什么巨大的秘密似的，自己吓了一跳。随即有些不安，仿佛是我抛弃了他们，把他们留在了原地。我停在那里，看着由那些熟悉的人和景物组成的图景，似乎在等待着什么。等着下一秒，另一个我走进画面。那个我和这个我具体有什么不同，好像也说不太清楚，但总之那是另一个我，一个从未离开的我，在这里长大、衰老，有快乐也有烦恼。也就是说，我们所离开的童年，不是一个闭合的、完结的时空，而是一个一直默默运转着的平行的世界。那天下午，我在大院门口站了很久，当然并没有等到另一个我现身。不过小说中一直面目模糊的另外一位主人公，倒是一点点在头脑中显影。他大概更像女主人公的"另一个我"，留在童年的平行世界里。

接近零点的时候，一簇一簇的烟火蹿上天空，照亮了黑漆漆的窗户。我坐在那张书桌前，写下了现在的小说开头。稍后我发现，它不仅决定了小说的叙述视角，也确立了小说的结构。在此之前，我一直想不好该怎么去讲那个早就交到我手里的故事。我做了一些调查和采访，用各种方式接近那个故事，但总有一些隔膜的感觉。这个夜晚，我回到小时候生活的地方，惊讶地发现原来通往故事的路径，就在我的童年里。

钉子的故事发生在我爸爸的童年，我的童年里却有它的入口，这或许说明我和爸爸的童年，本来就是连接着的吧。那件事在他的童年烙下深刻的印记，也必将以某种方式在我的童年中显露出痕迹。那些历史，并不是在我们觉察它们、认出它们的一刻，才来到我们的生命里的。它们一直都在我们的周围。

那年春节，我一直沉浸在某种童年的气氛里，却没怎么跟我爸爸说过话。我们本来就是一对交流很少的父女，到了那个时候，更是变得少得可怜。我在努力避免和他讲话，似乎只有隔绝和他的联系，才能把他的故事完全变成我自己的。可是随着时间推移，等到小说写了一半，我发现我爸爸已经进入了这个小说。我好像没法把他和他的故事剥离开，他们是长在一起的。他进入这个小说的方式，并不是化作了某个具体的人物，而是确定了一种基调。失望，拒绝，不再相信什么。那是我爸爸身上的一种东西，长久以来，或许就是它，一直离间着我们之间的感情。特别是对于童年里那个对世界充满无限热情的我来说，一定会觉得有些难以接受吧。但是直到现在，我才意识到那种性情并不是与生俱来的，它和时代、历史之间存在着许多关联。几乎是在开始写小说的时候，我就在表达一种对爱的需索，也意识到在爱这件事上，自己是有困难的，不懂得去爱，或者是失去了一部分爱的能力。在随后的写作中，我不知不觉地写到爸爸，似乎开始意识到很多关于爱的问题都和父辈相关。然而直到写这个小说的时候，我才真切地明白根源或许是他们所经历的事，是那些改变他们、塑造他们的历史。

我出生的时候，那个植物人还活着。就躺在同一座医院的同一幢住院楼里。秋天的午后，他是否听到隔壁病房传来的婴儿的哭声，是否能够知道，很多年以后，这个女孩将重新回到医院，收集和他有关的点滴，把他的故事写出来呢？他也许根本没有兴趣知道。对于一个已经身在世界之外的人来说，他的故事以何种形态存在，是消散在空气里，还是被书写和记录下来，又有什么分别呢？这个故事对我爸爸来说，也不再重要。我的书写并不会照亮他的记忆，唤起少年时的那种内心的震动。他也许会在百无聊赖的时候拿起这本小说翻几下，但是几乎不可能把它读完。这当然也是因为我写得不够有趣，不过更重要的是，他不再相信虚构的魔法了吧。

并没有什么人需要这个故事。它只是对我很重要。七年前我带着这个小说上路，对于它具体是什么样子，完全没有想法，随着一步步向前走，一点点撩开迷雾，它的轮廓开始清晰，血肉慢慢浮现。多少时日的晨昏相伴，它陪着我走过了青春的最后一些时间。说完全不在乎最终的结果，那是假的，可是我确实想说，这个探寻和发现的过程远比结果更重要。因为说到底，文学的意义是使我们抵达更深的生命层次，获得一种从未有过的体验。

我的脑海中，总是无端地浮现出那个植物人脸上的微笑。就是在那个秋天的午后，听到隔壁婴儿啼哭的时候，他脸上慢慢露出的一丝微笑。我没见过他，却见到了那个微笑。于是我相信，在写下这个故事的时候，我一定是在被什么看不见的人祝福着的吧。

二〇一六年春天

图书在版编目 (CIP) 数据

茧 / 张悦然著 . -- 北京 : 北京日报出版社 ,
2024.1
ISBN 978-7-5477-4660-8

Ⅰ . ①茧… Ⅱ . ①张… Ⅲ . ①长篇小说 – 中国 – 当代
Ⅳ . ① I247.5

中国国家版本馆 CIP 数据核字 (2023) 第 146904 号

责任编辑 : 姜程程
特约编辑 : 黄平丽　黄盼盼
封面设计 : 陆智昌
内文制作 : 陈基胜

出版发行 : 北京日报出版社
地　　址 : 北京市东城区东单三条 8-16 号东方广场东配楼四层
邮　　编 : 100005
电　　话 : 发行部 : (010) 65255876
　　　　　总编室 : (010) 65252135
印　　刷 : 山东韵杰文化科技有限公司
经　　销 : 各地新华书店
版　　次 : 2024 年 1 月第 1 版
　　　　　2024 年 1 月第 1 次印刷
开　　本 : 787 毫米 ×1092 毫米　1/32
印　　张 : 17.25
字　　数 : 337 千字
定　　价 : 78.00 元